ADRIANA TRIGIANI

LOS AMANTES DE LA COSTA

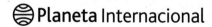 Planeta Internacional

LOS AMANTES DE LA COSTA

 Planeta

Título original: *The Good Left Undone*

© 2022, Adriana Trigiani

Derechos reservados en todo el mundo para The Glory of Everything Co.

Traducción: Yara Trevethan Gaxiola
Diseño de portada: Planeta Arte & Diseño
Fotografías de portada: © iStock / © Stephen Mulcahey / Trevillion Images
Fotografía de la autora: Adriana Trigiani

Derechos reservados

© 2023, Editorial Planeta Mexicana, S.A. de C.V.
Bajo el sello editorial PLANETA M.R.
Avenida Presidente Masarik núm. 111,
Piso 2, Polanco V Sección, Miguel Hidalgo
C.P. 11560, Ciudad de México
www.planetadelibros.com.mx

Primera edición en formato epub: abril de 2023
ISBN: 978-607-07-9964-8

Primera edición impresa en México: abril de 2023
ISBN: 978-607-07-9949-5

Extracto de *The Daily Mirror* está en la página 262, cortesía de Mirrorpix/Reach Licensing.

Impreso en los talleres de Litográfica Ingramex, S.A. de C.V.
Centeno núm. 162-1, colonia Granjas Esmeralda, Ciudad de México
Impreso y hecho en México − *Printed and made in Mexico*

Para Lucía

PARTE UNO

Quienquiera que anhele alcanzar la vida eterna
en el paraíso preste atención a estas advertencias.
Al considerar el pasado, contemple lo siguiente:
El mal que hicimos.
Las cosas buenas que dejamos por hacer.
El tiempo desperdiciado.

Prólogo

Karur, India
Hace mucho, mucho tiempo

La montaña era un santuario con una sola puerta. Detrás de esa puerta, bajo las cavernas oscuras y frescas talladas en la profundidad de la tierra, yacían las venas más ricas de corindón, pirita y rubíes de todo el sur de Asia.

Afuera de la entrada de la mina, el sol calcinaba el suelo rojizo marcado por huellas de todos tamaños. El aroma a clavo y barro se mezclaba con una neblina tan espesa que era imposible ver el camino. Los comerciantes de gemas estaban reunidos en las cercanías de una aldea de Karur, en espera de la carga, cuando voltearon hacia la montaña. Escucharon el barritar de la elefanta, un lamento lleno de nostalgia, como el sonido sordo de una trompeta en la oscuridad. Cuando la enorme cabeza de la bestia apareció en la entrada de la mina, su gemido se hizo más intenso y resonó en las colinas.

Los ojos de la elefanta estaban nublados por una capa blanca debido a las cataratas de la edad. Manchas color bermellón de sangre seca, donde la habían golpeado con cadenas, marcaban su extensa piel. En las patas traseras y delanteras llevaba arneses de sogas gruesas de cáñamo asegurados con abrazaderas de hierro que atravesaban su piel gris y suave. Arrastraba una enorme plataforma en la que se apilaba un montón de rocas con motas de rubíes en bruto.

El cuidador de elefantes era de complexión delgada y tenía la piel color canela. Montaba sobre el lomo de la elefanta; la brida de hierro, sujeta a las cadenas de plomo, hinchaba el hocico del animal. La elefanta agitó la cabeza para aflojarla un poco, pero su amo la sujetó con más fuerza.

La elefanta se detuvo. No estaba ni dentro ni fuera de la mina.

—¡Jao! —gritó el cuidador de elefantes cuando quedó atrapado entre las vigas que sostenían la entrada.

La elefanta ignoró la orden. Desde su lomo, el cuidador la golpeó con la cadena.

—¡Jao!

El animal no cedió. Por primera vez en su larga vida, no obedeció la orden de su cuidador. No cedió al azote de la cadena; en su lugar, levantó la cabeza y elevó la trompa para seguir avanzando.

La elefanta recordó el campo de hierba dulce en las riberas del Amaravati. Ese recuerdo daba a la bestia la fuerza para jalar la plataforma y sacarla de la mina, hasta la luz del sol.

Capítulo 1
Viareggio, Italia
Hoy

Matelda Roffo cerró los ojos y trató de recordar qué había pasado después. Algo le sucedió al cuidador de elefantes, eso era todo lo que sabía. Por desgracia, los detalles del cuento para dormir que le contaba su abuelo se habían esfumado, junto con el resto de la información innecesaria que su mente ya no podía retener. La vejez era una caja de sorpresas, y no de las buenas. ¿Por qué no escribió la historia de la elefanta? Quiso hacerlo tantas veces, pero nunca lo logró. ¿Por qué procrastinaba tanto? ¿Quién conocería el desenlace? ¡Nino! ¡Llamaría a su hermano que vivía en Estados Unidos! Pero su mente también estaba perturbada. ¿Quién contaría el relato de la elefanta cuando ella hubiera muerto? Las historias eran lo que fortalecía a una familia.

El abuelo de Matelda, Pietro Cabrelli, toscano de nacimiento, fue tallador de gemas y orfebre. Creó cálices, pátinas y píxides para el Vaticano, usando las piedras y los metales más preciosos del mundo, pero nunca fue su propietario. Cabrelli trabajaba por comisión, establecida por el comprador. Su esposa, Netta, no se sorprendía: «Bien podrías dedicarte a barrer las calles de Roma, te pagarían lo mismo por ese trabajo».

Cada día, después de la escuela, Matelda se reunía con su abuelo en el taller de su tienda. Se sentaba en el alféizar, descansando los pies sobre el radiador, y lo observaba en silencio. Cuando no medía, tallaba o pulía las piedras que engarzaba en sus creaciones, Cabrelli trabajaba sobre una flama azul, soldando y moldeando el oro. Llevaba un delantal de cuero, unos lentes de lupa alrededor del cuello, un lápiz sobre la oreja y un cincel en el bolsillo trasero del pantalón. La primera música que Matelda escuchó fue el zumbido de la pulidora, un sonido agudo parecido al *staccato* de un violín. Cabrelli sostenía un pedazo de piedra, no más grande que el tamaño de su uña, contra la superficie áspera para pulirla. Para pasar el tiempo, Cabrelli le enseñó a su nieta a estudiar las gemas a través de la lupa. Para Matelda era un placer cada vez que la luz en las facetas de la gema creaba un caleidoscopio que jugaba con los colores de la piedra. Matelda se divertía en la tienda, pero también tenía responsabilidades. Su trabajo consistía en abrir las ventanas cuando Cabrelli soldaba los metales y cerrarlas cuando había terminado.

En la pared del taller había un mapamundi en el que Cabrelli marcaba las minas de rubíes más productivas. Le mostraba los lugares en Sudamérica, China y África, pero en ocasiones su dedo marcaba la ruta hasta la India, donde había dibujado la mayoría de los círculos. Cabrelli trabajaba con rubíes porque a la santa Iglesia Romana le gustaba el color rojo. Estaba seguro de que sus creaciones tenían la chispa de lo divino. Incrustar las joyas en una custodia que guardaba el Santo Sacramento significaba imbuirlo con las propiedades de la fe y del tiempo.

Matelda cerraba los ojos con fuerza y se inclinaba hacia adelante, sujetándose al banco de la iglesia, inhalando los aromas de cera de abeja e incienso que parecían despertar sus recuerdos. En lugar de rezar en silencio, entre la distribución de la sagrada comunión y la bendición final, buscaba en el disco duro de su memoria aquellos días en los que sus padres, sus abuelos y su hermano menor vivían en la misma casa y caminaban juntos cada domingo hasta esta iglesia.

En la mente de Matelda empezaban a desaparecer fragmentos de la India de su abuelo. Los mineros masticaban panales con miel para permanecer despiertos mientras trabajaban largas horas durante la noche. Los rubíes sangre de pichón tenían el color de uvas rojas maduras; nubes rosadas flotaban en el cielo lapislázuli.

Por las noches, después de que la familia cenaba junta, sus padres salían a caminar y dejaban que el abuelo les contara a los niños un cuento para dormir. Pietro Cabrelli apilaba almohadas en el piso para representar las piedras de la mina. Metía la mano en el bolsillo, sacaba su pañuelo y lo presionaba contra su rostro para representar el calor abrasador. Encarnaba todos los papeles usando distintas voces para los personajes, como un actor de teatro. Cabrelli incluso se convertía en la elefanta. Se tambaleaba por la habitación, balanceando el brazo de un lado a otro para imitar la trompa del animal.

—¡Matelda! —exclamó en un murmullo su amiga Ida Casciacarro, con un ligero empujón.

Matelda abrió los ojos.

—¡Te quedaste dormida!

—Estaba pensando —respondió en un susurro.

—Te quedaste dormida.

No tenía caso discutir con Ida. Se sentaban juntas en la misma banca para la misa diaria, su rutina estaba grabada en piedra como la flor de lis en los azulejos incrustados en el suelo de granito de la iglesia. Se levantaban, inclinaban la cabeza y se persignaban al tiempo que el sacerdote dibujaba en el aire una cruz imaginaria. Cuando eran niñas, hacían juntas la genuflexión cuando las campanas matinales de la iglesia de San Paolino repicaban el kirieleisón que convocaba a las mujeres a la oración.

En Viareggio no era necesario tener un reloj para saber la hora; las campanas y el panadero establecían el ritmo de la vida. Umberto

Ennico sacaba las charolas de cuernitos de mantequilla del horno en el momento en el que don Scarelli empezaba la misa. Cuando el servicio terminaba, los pastelillos esponjados ya se habían enfriado y Umberto los había glaseado con almíbar de chabacano para que estuvieran listos cuando los devotos regresaban a casa.

—Pasemos por un pastel y un café —sugirió Ida, poniéndose la bufanda sobre la cabeza y atándola bajo su barbilla mientras caminaban juntas.

—Hoy no.

—Pero es tu cumpleaños.

—Lo siento, Ida. Anina va a ir a casa.

—Bueno, otro día entonces. —Ida inclinó la cabeza hacia un lado y examinó a su amiga a través de sus lentes bifocales—. ¿Lo prometes?

—Lo prometo.

Ida metió la mano el bolsillo y le dio a su amiga un paquetito atado con un listón.

—¿Por qué haces esto?

—No te emociones, no es nada. —Ida metió las manos en su abrigo de lana, como el sacerdote escondía las suyas en las mangas de su sotana al dar el sermón—. Vamos, ábrelo.

—¿Qué es? —Matelda agitó el frasco de plástico lleno de pastillas.

—Probióticos. Esto cambiará tu vida.

—Me gusta mi vida.

—Te gustará más con probióticos. No me creas a mí, pregúntale a tu médico. En estos días todo se trata de la salud de los intestinos.

—¿Por qué gastas tu dinero en mí?

—Es imposible regalarte algo. Tienes todo.

—Ida, si cuando llegues a los 81 años no tienes todo lo que deseas, probablemente nunca lo tendrás.

Ida le dio a su amiga un beso rápido en cada mejilla antes de voltear y subir la empinada calle empedrada hacia su casa. La bufanda rosa resbaló de la cabeza de Ida y su cabello blanco voló con el viento. Los Metrione-Casciacarro eran buenos trabajadores, gente robusta que laboró en la fábrica de seda cuando el negocio estaba en auge. Matelda recordaba cuando su amiga tenía el cabello negro y subía la colina a saltos después de su largo turno. «¿En qué momento envejecimos?», se preguntó.

Capítulo 2

El pueblo de Viareggio estaba asentado en la costa del mar de Liguria, en la parte alta del mar Tirreno. Las casas pintadas de color pastel con vista al mar estaban sombreadas por arboledas de pinos cuyos troncos altos y cenceños estaban coronados por follaje verde e inflado. Como esmeraldas ensartadas, la playa de Viareggio se extendía en el litoral oeste de Italia.

Los aromas de eucalipto quemado y azufre persistían en el aire cuando Matelda subió los escalones desvencijados hacia la pasarela. El carnaval había terminado oficialmente la noche anterior, cuando los fuegos artificiales convirtieron en ceniza el cielo negro. El último turista había dejado la playa antes del amanecer. La rueda de la fortuna rosa estaba inmóvil. Los caballos del carrusel se congelaron en pleno vuelo. El único sonido que se escuchaba era el batir de los toldos sobre los puestos vacíos de los comerciantes.

Sola en la pasarela, Matelda se recargó contra el barandal, desde donde observó las volutas de humo de las hogueras abandonadas en la playa que se elevaban hacia el firmamento como ofrendas. El cielo cubierto se difuminaba en el horizonte hasta fundirse con el mar plateado. Escuchó el sonido de una bocina de niebla cuando un elegante trasatlántico apareció a la distancia, formando olas de espuma sobre la superficie del mar. El elegante barco se deslizó frente a ella, jalando a su paso el estandarte del alba sobre el agua. Toda su vida, Matelda había esperado las grandes embarcaciones y consideraba que avistar una era de buena suerte. No podía recordar dónde lo había aprendido, era algo que siempre había sabido.

«Regresa», pensó Matelda mientras la nave blanca de casco granate y acabados azul marino navegaba hacia el sur. Demasiado tarde, el barco se alejaba rumbo a un lugar cálido. Matelda estaba harta del invierno. No faltaba mucho para que las olas turquesa volvieran a aparecer bajo el cielo claro de la primavera. Cómo anhelaba salir a caminar en la playa cuando hacía calor.

En las mañanas, Matelda acostumbraba dar un pequeño paseo después de misa para ir a comprar los ingredientes para las comidas del día; y por las tardes daba una larga caminata para pensar. Estos rituales habían moldeado sus días en el último capítulo de su vida, después de que se jubiló de su puesto de contadora en Cabrelli Joyeros. Se daba tiempo para dejar sus asuntos en orden; no quería dejar a sus hijos con los montones de papeles administrativos y habitaciones llenas de muebles que sus padres le habían dejado al morir. Quería preparar a sus hijos para lo inevitable, lo mejor que pudiera.

Quizá Matelda se sentía bendecida por haber escapado al virus que había limitado a Bérgamo al norte; después de todo, un virus que atacaba a los ancianos sin duda la había puesto en alerta. Era optimista porque no tenía otra opción. El destino era una bola de demolición: no sabía cuándo oscilaría para infligir daño; solo estaba segura, por experiencia, que lo haría.

La costumbre de examinar su conciencia, inculcada por las monjas cuando era niña, no la había abandonado. Matelda pensaba en el daño que le habían ocasionado en el pasado y evaluaba lo que había hecho padecer a otros. Quizá los toscanos vivieran en el momento, pero el pasado vivía en ellos. Incluso si eso no fuera verdad, cada rincón de su pueblo natal albergaba recuerdos. Conocía a Viareggio y a su gente igual que conocía su propio cuerpo; en cierto sentido, eran uno.

En el pueblo, el estado de ánimo se ensombrecía conforme las fiestas del carnaval terminaban y empezaba la Cuaresma. Los siguientes cuarenta días serían un momento lúgubre de reflexión, ayuno y penitencia. Cuando era niña, le parecía que la Cuaresma duraba una eternidad. El Domingo de Resurrección tardaba mucho en llegar. El día del alivio. «No podemos gozar la alegría del Domingo de Pascua sin la agonía del Viernes Santo», les recordaba su madre. «Sin cruz no hay corona», decía en un dialecto que solo sus hijos entendían.

La resurrección del Señor redimía al pueblo y liberaba a los niños. Quitaban las telas negras de las estatuas de los santos; decoraban de nuevo el altar desnudo con mirtos y margaritas. El caldo sencillo que consumían durante el ayuno era reemplazado con pan dulce. El aroma a mantequilla, cáscara de naranja y miel cuando mamá amasaba la pasta para el pan de pascua en Semana Santa los animaba. El sabor del pan suave de huevo, trenzado en hogazas, servido caliente, recién salido del horno, y cubierto de miel indicaba que el sacrificio había terminado, al menos hasta el año siguiente. Matelda recordó un *Pranzo di Pasqua* en particular, al que asistieron parientes de ambos lados de la familia. Con puertas de madera, papá elaboró una larga mesa para el comedor, para que toda la familia pudiera sentarse junta. Mamá cubrió la mesa con un mantel amarillo y la decoró con canastas llenas de pan recién horneado.

—Somos uno —dijo su padre, levantando la copa.

De inmediato, primos, tías, tíos y hermanos alzaron sus copas con él.

Matelda había pasado muchos momentos felices en su vida, pero ese Domingo de Pascua en específico, después de la guerra, fue significativo. Si alguna vez la memoria le fallaba por completo, estaba segura de que recordaría a su familia en el jardín, bajo el sol brillante, rompiendo juntos el ayuno. Cuando era joven, perseguía al tiempo para obtener lo que deseaba. Ahora perseguía al tiempo para aferrarse a él.

Las tarimas de madera de la pasarela crujían bajo sus pies conforme avanzaba. Al llegar a la mitad del muelle, volteó hacia atrás, hacia el ancho muelle gris. ¿Por qué le parecía interminable cuando era niña?

Recordó una tarde de verano en esa pasarela, cuando era niña y caminaba al lado de la carriola de su hermano durante *La Passeggiata Mare*. Nino nació en 1949 (tenía buena memoria con los números, como acostumbran los contadores). La guerra había terminado. Su madre llevaba un vestido de organza color chabacano y su padre iba vestido con un sombrero de paja decorado con una banda ancha de seda color frambuesa. Matelda se llevó la mano al pecho al visualizar todos los detalles. Muy pronto, los fantasmas la invadieron y llenaron de color la pasarela que estaba a oscuras. Imaginó a hombres vestidos en trajes de tonos caramelo y mujeres acicaladas con sombreros adornados con plumas de pavorreal. Su madre hacía girar lentamente un parasol de lino desteñido por el sol. Cuando Matelda se detuvo a descansar en una banca, cerró los ojos y juró que podía escuchar la voz de su madre. Con su ejemplo, Domenica Cabrelli le había enseñado a su hija a amar el océano. Matelda podía sentir la calidez de la presencia de su madre siempre que caminaba junto al agua, bajo el sol de coral.

Se preguntó por qué le era tan fácil regresar a su infancia con tanto detalle, y tan difícil recordar qué había cenado la noche anterior. ¡Quizá los probióticos de Ida ayudarían! Tendría que preguntarle a su médico. Cuando su esposo la llevó a la última cita, la enfermera le hizo un examen de memoria. No le hicieron ni una sola pregunta sobre el pasado; en su lugar, el doctor y la enfermera estaban obsesionados con el presente. «¿Quién es el primer ministro de Italia? ¿Qué día de la semana es? ¿Qué edad tiene?». Matelda quería responder «¿A quién le importa?», pero sabía que no debía hacer enojar al doctor. El médico le aseguraba que sus visiones y sueños del pasado eran normales, pero por completo irrelevantes cuando se trataba de evaluar el estado actual de su cerebro. «El pasado y el presente no están conectados en el cerebro humano», le explicó. Ella no estaba tan segura.

Cruzó el bulevar y se acercó al escaparate original del negocio familiar, que ahora era una tienda de vestidos. Le enorgullecía ver «Cabrelli Joyeros» aún pintado en el edificio, aunque las letras estuvieran desteñidas. Habían pasado veinte años desde que su esposo mudó la tienda a Lucca, una pequeña ciudad animada a unos cuantos kilómetros tierra adentro de Viareggio.

Matelda se cubrió los ojos y echó un vistazo al interior de la tienda por la amplia vitrina. Podía ver que la puerta hacia la trastienda estaba abierta. El taller que albergaba la pulidora donde su abuelo tallaba gemas ahora estaba lleno de estantes de ropa.

Los dependientes en el bulevar estaban ocupados quitando las decoraciones del carnaval. Bajaban las guirlandas, quitaban los adornos y las iluminaciones, mientras un hombre guardaba el equilibrio en una escalera para descolgar las banderitas rojo, blanco y verde que adornaba la ruta por la que pasó el desfile. El tendero barría confeti hacia la alcantarilla y asintió en silencio a modo de saludo cuando ella pasó.

Matelda ahuecó las manos y dio un sorbo al agua helada que caía de la montaña hacia las antiguas cisternas. Los grifos salían de las manos de ángeles tallados cuyos rostros estaban erosionados por el tiempo. El agua estaba cargada de metales preciosos que daban fuerza a la gente que la bebía. Pensó en su madre mientras se secaba las manos con el pañuelo que guardaba en el bolsillo. Domenica Cabrelli no solo insistía en que sus hijos bebieran el agua por salud, sino que también le enseñó a Matelda a contar mientras pasaban una serie de fuentes de ángeles camino a su escuela. Viareggio también había sido su primer abecedario.

La mujer abrió su bolso para pagarle al vendedor de fruta mientras él seleccionaba seis manzanas golden sin magulladuras y las metía con cuidado en una bolsa de papel.

—¿Cómo va el negocio? —preguntó extendiéndole el dinero—. *Buona festa?*

—No como en otras épocas —se quejó el vendedor.

Matelda pasó frente a un grupo de seis hombres en la Via Firenze; doblaban por las esquinas una enorme carpa de franjas azules, como si fuera una cobija. Los primos Cabrelli habían ocupado las casas de colores brillantes que bordeaban la calle, apilados unos sobre otros como libros en un estante. Ella aprendió a distinguir la casa de cada familiar por el color de la puerta de entrada: rosa para los primos Mamaci, amarillo para los Biagetti y verde para los Gregorio. El color también anunciaba aislamiento. No era bienvenida en la casa de la puerta azul, debido a una enemistad de larga data entre los Cabrelli y los Nichini, calcificada en la historia mucho antes de que ella naciera. La rivalidad continuó después de que los Nichini se mudaran a Livorno y dejaran atrás la casa de la puerta azul. Matelda recordó los veranos de su infancia cuando se paraba en la falda de la colina y silbaba para llamar a sus primos para ir a la playa. De inmediato, las puertas de las casas se abrían, y se creaba una línea colorida cuando los niños salían corriendo a la calle para reunirse con ella.

Para divertirse, se metió dos dedos a la boca y chifló. El agudo sonido llamó la atención de los hombres que doblaban la carpa en la calle, pero ni una sola de las puertas se abrió de golpe. Por desgracia, sus primos habían emigrado a Lucca también. Matelda y Olimpio eran los veteranos del pueblo. Los últimos de los Cabrelli-Roffo de Viareggio.

El teléfono vibró en su bolsillo. Se detuvo para leer el texto: «¡Feliz cumpleaños, Matelda! Gracias por tu hermosa visita».

Respondió al mensaje de su cuñada: «Gracias. Fue divertido, ¡aunque duró poco!».

En verdad le caía bien su cuñada, Patrizia. Era una promotora de la paz y había animado a Nino a que se llevara bien con ella; después de todo, solo se tenían el uno al otro. Matelda no tuvo una sola discusión con su hermano cuando él y su esposa vinieron de visita la última vez.

«¿Podrías preguntarle a Nino si recuerda la historia de la elefanta del abuelo Cabrelli?», escribió en el mensaje.

Patrizia envió un emoji de una carita guiñando.

Matelda odiaba los emojis. Muy pronto los seres humanos no necesitarían el lenguaje para comunicarse; caritas animadas con ojos enormes hablarían por ellos.

Se detuvo frente a la reja del jardín público que la familia Boncourso había cultivado cien años antes. Décadas después, el predio seguía a su nombre, aunque la familia se extinguió después de la Primera Guerra Mundial. El jardín en barbecho estaba cubierto de fango. Algunas plantas perennes estaban cubiertas de yute para protegerlas de las heladas. El quiosco blanco se elevaba solitario en el centro del jardín, como un carruaje de novios abandonado en el lodo.

Recordó su primer beso en ese quiosco. Era verano, había cerrado los ojos e inhalado el aroma de la vid que trepaba por el arco. Rocco Tiburzi lo tomó como una señal y aprovechó el momento para robarle un beso. Matelda tenía catorce años y pensaba que nada más maravilloso podría sucederle de nuevo; regresó a casa casi flotando. Cuando llegó, su abuela Netta la regañó porque había olvidado el costal de castañas que debía recoger. La ternura y la vergüenza permanecerían íntimamente vinculadas en su corazón hasta que se dio cuenta de que esa combinación le impedía amar en verdad.

Los castaños que se alineaban frente a la pared del fondo del jardín estaban cargados de fruta. Sus vecinos seguían recogiéndolos en sacos de yute durante la cosecha, pero ella prefería no tomar su parte. Ya había comido suficientes castañas en empanadas, rellenos y masa cuando hubo escasez de comida después de la guerra; se prometió no comer una más cuando creciera y la cocina familiar estuviera a su cargo. La actual popularidad de los platillos italianos cocinados con castañas la desconcertaba y le recordaba lo rápido que la gente olvidaba la adversidad y el sufrimiento una vez que habían terminado.

Ella y su marido, Olimpio, vivían en el ático de la Villa Cabrelli, que hacía el ángulo de la avenida Giosuè Carducci. Los Roffo eran la tercera generación que vivía en la casa familiar. Después de la muerte de los padres de Matelda y de que sus hijos adultos se mudaran, ella y Olimpio reconfiguraron la casa. Se instalaron en el *penthouse*. «Al fin llegamos a la cumbre», bromeaba su esposo, «pero tuvimos que perder a todos a los que amábamos para lograrlo».

En la Villa Cabrelli, había experimentado la vida desde todos sus aspectos. Era muy desafortunado que esas generaciones ya no vivieran en una sola casa separada por unos cuantos escalones entre los pisos. Sus propios hijos se mudaron tan pronto como se casaron. Su hija vivía en Lucca, que estaba cerca, y su hijo un poco más lejos, sobre la costa. Durante muchos años fueron muy cercanos, pero ya no. Ella hubiera querido que toda su familia permaneciera bajo el mismo techo.

El pueblo evolucionó al tiempo que las familias cambiaron. La mayoría de los vecinos que eran propietarios de las casas con vista al mar las convirtieron en departamentos cuando los dueños murieron; sus herederos no querían deshacerse de la casa familiar y encontraron el ingreso que necesitaban en las lucrativas rentas estivales. La Villa Cabrelli también se dividió en departamentos para renta, pero esto se debió más a que los Roffo envejecían y necesitaban menos espacio que a su necesidad financiera. La renovación incluyó la instalación del primer elevador en el edificio,

Olimpio insistía en que algún día sería necesario. Tenía razón. Una remodelación a los sesenta años cuidaría de él a sus ochenta; y eso sucedió rápidamente.

Una vez que Matelda llegó a lo alto de la colina, hurgó en su bolso en busca de la llave. El color naranja significaba que estaba en casa. La puerta naranja no había cambiado desde que era niña.

—*Signora!* Tengo algo para usted. —Giusto Figliolo, el vecino de cabello blanco, le hizo una seña con la mano desde el otro lado de la reja antes de acercarse a ella—. Mi hija fue a Pietrasanta. —Le extendió un gran bloque triangular de queso parmesano envuelto en papel encerado—. Tengo más si necesita.

Ella levantó el queso como si fuera una pesa.

—¿Está seguro de que puede prescindir de él?

—Sí, sí —exclamó con una risita—. Me trajo un trozo grande. Nos durará hasta el próximo carnaval.

—Gracias, *signore.* Por favor, llévese unas manzanas —ofreció, abriendo la bolsa de papel.

—Tomaré una.

—¿Está seguro? Tengo muchas.

—Solo necesito una. *Buon compleanno* —dijo él con una sonrisa.

Solo un Figliolo le regalaría en su cumpleaños un pedazo de queso. Alguna vez fueron los propietarios del restaurante más popular en el pueblo, donde las familias iban a celebrar. Su madre había sido muy buena cocinera y el padre un excelente administrador. Todos los hijos Figliolo habían trabajado en el restaurante. Eran apuestos, lo que ayudaba cuando se quiere atraer a los clientes. Las hermanas Figliolo se habían ido hacía mucho tiempo, pero Matelda recordaba su cabello negro, su silueta delgada y las uñas pintadas de rojo.

—¿Tiene planes para celebrar su cumpleaños? —le preguntó Figliolo.

—Bastante modestos. Mi meta es estar viva mañana a esta misma hora. Y el día después, si Dios me lo permite.

—Que Dios la bendiga y le conceda lo que necesite, porque lo que desea la meterá en problemas. —Figliolo se santiguó—. Los Cabrelli siempre han sido luchadores. Estará bien.

Ella levantó el periódico.

—Tome, quédeselo.

—¿Está segura?

—Ya no hay noticias, solo obituarios. No necesito que me recuerden lo que viene.

—Es usted una chiquilla, Matelda. —Giusto tenía 93 años—. Apenas empieza.

La última peladura de la manzana cayó como un listón dorado en el fregadero. Matelda cortó la pulpa en rodajas finas con el cuchillo para mondar. Golpeó la masa sobre la charola de las galletas y, con cuidado, colocó las rebanadas de manzana sobre la masa; encima esparció cuadritos de mantequilla y espolvoreó la mezcla con azúcar. Echó canela sobre el azúcar y luego jaló las cuatro esquinas de la masa hacia el centro para formar una bolsita, como su madre le había enseñado. Después metió el *strudel* de manzana en el horno.

Alimentó a las mascotas. Su perro, Beppe, comió rápido y se quedó dormido debajo del sofá.

—Eres igual a tu amo: comer, dormir, comer... —bromeó con el perro.

Argento caminó por la parte superior del librero de la sala y llevó a cabo su acto de circo cotidiano.

—¡Y tú! —espetó agitando un dedo hacia la gata— ¡Tú estás loca! Estás demasiado vieja para las alturas.

La gata la ignoró, pero eso no era nada nuevo. Argento actuaba como si los Roffo vivieran con ella, en lugar de que fuera al revés.

Matelda se quitó el delantal y arregló la sala.

Cuatro sofás grises modernos formaban un cuadrado alrededor de la mesita de centro, suficiente para acoger a la familia entera cuando la visitaban. Una cámara Leica vintage, una escultura primitiva y floreros de cristal llenos de conchas de mar que sus nietos habían recogido reposaban en los estantes de sus libreros. Pasó un plumero sobre los libros.

Satisfecha, sacó un pedacito de papel amarillo del florero de Capodimonte que había sobre la mesa. Descolgó un pequeño cuadro que estaba colgado bajo las escaleras; detrás se escondía la puerta de metal de la caja fuerte. Pegó el oído bueno a ella y siguió la secuencia de números que estaba marcada en el papel, haciendo girar la rueda como un ladrón profesional. Escuchó el *clic* de la combinación. La puerta se abrió. Metió la mano y sacó un joyero de terciopelo. Dejó abierta la puerta y, camino a la cocina, puso el joyero sobre la mesa.

Sacó el *strudel* del horno y lo colocó sobre la barra para que se enfriara. El vapor se elevaba de las capas doradas de la corteza espolvoreadas de azúcar glas. Abrió su cuaderno sobre la barra y escribió la lista de ingredientes y las instrucciones para hacer el pastel. Su hija, Nicolina, guardaba las recetas familiares. Matelda nunca usaba recetas, preparaba sus platillos como su abuela y su madre le habían enseñado: con los mejores ingredientes. No medía, usaba su instinto.

Abrió la cafetera italiana. Sacó el filtro y midió los granos recién molidos de expreso en una taza. Llenó el fondo con agua y con la parte roma de una cuchara dio unos golpecitos a la molienda para nivelarla antes de enroscar la cafetera. La puso sobre la estufa y prendió la hornilla.

La cocina se llenó del aroma terroso del amanecer cuando Matelda se dio cuenta de que había caído café en el tapete debajo del fregadero. Se inclinó, maldijo, y enrolló el tapete como si fuera un puro; luego lo llevó a la terraza, lo sacudió a un costado y lo colgó del barandal.

La mujer se estremeció por el frío, se ajustó con fuerza el suéter sin abotonarlo y cruzó los brazos sobre el pecho. Las olas habían empezado a agitarse en la costa. Los vientos bruscos que soplaban entre las cimas de los Alpes Apuanos y silbaban por Pania della Croce prácticamente garantizaban que habría al menos una tormenta más antes de la primavera. No podía recordar un invierno toscano más crudo que el que acababa de padecer. Sacudió el tapete una vez más y luego lo dobló.

Cuando volteó para entrar escuchó un chillido en el cielo. Alzó la cara y vio a una enorme gaviota que bajaba en picada entre la niebla.

—¡Shú! —gritó, extendiendo el tapete hacia el pájaro.

Pero en lugar de alejarse volando, el pájaro se dirigió hacia ella y se acercó tanto que la punta afilada de su pico curvo y amarillo le rozó la mejilla.

—¡Beppe! —llamó al perro.

El perro cruzó de un salto la puerta de vidrio abierta y le ladró al pájaro. La gata se escabulló hasta la terraza, curiosa por el escándalo. La gaviota bajó en picada para provocar a la gata, que arqueó la espalda y bufó.

—¡Argento, métete! —Envolvió a la gata en el tapete—. ¡Beppe, *andiamo!*

El perro regresó corriendo al departamento. Matelda deslizó la puerta hasta azotarla. Colocó a la gata en la silla y le quitó el tapete mientras el perro daba saltos junto a sus piernas con la lengua de fuera.

Matelda buscó bajo su blusa el pañuelo que guardaba sujeto al tirante del brasier. Con cuidado se enjugó el sudor de la frente y se llevó la mano al corazón, que latía con fuerza. Miró al cielo por la puerta de cristal, la gaviota se había ido. Cuando se sentó para recuperar el aliento tenía una sensación extraña.

—Demasiadas emociones para una vieja. Y para ustedes también —murmuró hacia el perro y la gata.

Capítulo 3

—*Nonna?* —El sonido de la voz de su nieta Anina en el interfono la sorprendió cuando hizo eco en el departamento—. Soy yo. Traigo mi llave.

Cuando salió del elevador y entró al departamento, Anina hablaba en su celular. Con la boca dibujó un «*Ciao, Nonna*», le lanzó un beso al aire, le dio a su abuela una bolsa con fruta fresca y le indicó con una seña que necesitaba terminar la llamada. Se quitó el abrigo y lo aventó a una silla, luego se dejó caer en el sofá y siguió su conversación.

A los veinticinco años de edad, Anina Tizzi era deslumbrante. Tenía la boca de los Cabrelli; nariz recta, tez oscura clara y una silueta esbelta. Su cabello castaño era espeso, como lo había sido el de Matelda, y si bien los ojos de la joven eran grandes como los de su abuela, eran verdes y no castaños, una característica de la familia de su padre, Giorgio, de los Tizzi del Sestri Levante.

Anina vestía un pantalón blanco de mezclilla que estaba rasgado en varias partes, desde los muslos hasta los tobillos. El pantalón mostraba gran parte de la pierna; su abuela se preguntaba por qué se molestaba siquiera en ponérselo. El ombligo de su nieta también estaba a la vista. El suéter azul cielo apenas le rozaba la cintura. Matelda no sabía cómo no se había muerto de frío.

Anina se retorció el cabello hasta hacerse un chongo sin dejar de conversar por teléfono. Su anillo de compromiso, un diamante sencillo de talla esmeralda montado en un aro de platino, brillaba bajo la luz. Desde la perspectiva de su abuela, el anillo era el único toque de sofisticación en una joven que no debió ser más que elegancia; después de todo, Anina había tenido lo mejor; los Cabrelli eran los artesanos del pueblo.

Matelda llevó la fruta a la cocina. Su celular vibró en la barra. Lo puso en altavoz.

—*Pronto* —saludó a su esposo.

—¿Qué escogió Anina? —quiso saber Olimpio.

—Nada aún. Está hablando por teléfono. Cuando un joven visita a un viejo suponen que el viejo no tiene nada que hacer en todo el día más que quedarse ahí sentado mirando el reloj y esperando morir.

Olimpio lanzó una carcajada.

—Dile que cuelgue. Respira profundo. Relájate.

—No es tan fácil.

—Lo sé. No te he visto tomar un respiro en cincuenta y tres años, al menos no uno profundo.

—¿A qué hora llegarás a casa?

—Como siempre. Reza, voy a tener una reunión con los banqueros.

—Convéncelos con tus encantos.

—Sí, sí. Los haré sentir especiales. Tú haz lo mismo con Anina.

Matelda preparó una charola con platos, cubiertos y servilletas de lino. Colocó el *strudel* con miel en el centro y pasó un cuchillo debajo de él.

—¿Sigues en el teléfono? —se quejó al tiempo que colocaba la charola sobre la mesa. Pasó la palma de la mano sobre la superficie de mármol.

Cuando sus padres murieron hacía veinte años, con cinco meses de intervalo, dejaron cuatro pisos llenos de muebles y objetos. La mesa del comedor con superficie de mármol tenía una historia. Habían hablado de venderla cuando necesitaron dinero después de la guerra y la tienda tenía dificultades para permanecer abierta. Pero nadie quería comprarla, porque lo último que la gente compraba en tiempos difíciles eran antigüedades.

No sabía qué hacer con las pertenencias de sus padres, pero entonces la señora Ciliberti, una mujer sabia que vivía en Via Castagna, le aconsejó conservar solo un objeto especial que le recordara a su madre.

—Podrías vender todo lo demás —le había dicho.

Libre de culpa, Matelda se deshizo de todas las posesiones de su madre sin ayuda de su hermano. Nino fue al funeral de su madre, la lloró junto con todo el pueblo y se marchó poco después, dejando a su hermana a cargo de todo lo demás, incluidos los platos que hubo que lavar después de la reunión del sepelio. Cuando se trataba del hogar, las mujeres italianas se encargaban de todo lo importante entre el nacimiento y la muerte.

Matelda puso el joyero en el lugar que le había asignado a su nieta en la mesa.

—Anina.

La joven volteó y sonrió. Alzó el dedo índice para indicarle que le diera un minuto más y siguió hablando.

—Anina, cuelga el teléfono —ordenó.

—*Ciao, ciao*, me tengo que ir. —Colgó—. Lo siento, *Nonna*. Cuando Paolo quiere hablar tengo que dejar lo que estoy haciendo. —Se sentó a la mesa con su abuela—. Últimamente, lo único que quiere hacer es hablar.

—Te hice tu favorito... —empezó Matelda.

El teléfono de su nieta sonó.

—Perdón. —la joven lo tomó para contestar.

—Dame el teléfono. —Extendió la mano abierta.

Anina le dio a su abuela el teléfono que aún vibraba. Matelda caminó hasta la caja fuerte, metió el teléfono y cerró la puerta.

—Es de mala educación visitar a tu abuela y pasar todo el tiempo hablando por teléfono.

—¿Me puedes regresar mi teléfono? —dijo perpleja.

—Después.

—¿Lo vas a dejar ahí?

—Sí. —Sirvió el café—. Puedes llamarles más tarde.

—*Nonna*, ¿qué pasó? —Entrecerró los ojos al ver la cara de Matelda—. Tienes sangre en la mejilla.

—¿Dónde? —Se levantó y se miró en el espejo. Anina tenía razón, había una débil marca carmesí en su rostro—. ¿He estado sangrando todo este tiempo?

—Debiste cortarte. ¿No sentiste cuando sucedió?

—No. Bueno, espera. Debió ser el pequeño altercado que tuve con la gaviota antes de que llegaras.

—¿Qué quieres decir?

—Estaba en el balcón esperándote. Una gaviota salió de la nada, pero pensé que no me había alcanzado.

—Te alcanzó.

—Quizá no fue el pájaro. Tal vez me rasqué.

—¿Y tampoco lo sentiste?

Anina se preocupaba por su abuela, aunque su madre le aseguraba que viviría más que todos ellos. Quizá fuera cierto, porque al parecer no había envejecido como otras abuelas. Como caucho vulcanizado, parecía que la suya se fortalecía con los años. Si caía, rebotaba. Matelda era la única abuela que Anina conocía que no se caía. Su postura erguida era como un ejercicio militar. Su estilo era tradicional: vestía con faldas clásicas de lana y suéteres de cachemir. Siempre llevaba un broche de buen gusto y un collar de perlas. Se vestía como una mujer de recursos que trabajaba en una ciudad, aunque ahora estuviera jubilada y fuera un ama de casa que vivía a la orilla del mar.

—Deja de mirarme así. —Matelda se llevó la mano al rostro y encontró la herida con la yema de los dedos. No era más ancha que un hilo y salía de la parte superior del pómulo hasta la oreja.

—Si te atacó un pájaro, todos esos gérmenes entraron a la herida. Transmiten enfermedades; además, es de mala suerte.

—Yo no me preocuparía si fuera tú. Es mi mala suerte, no la tuya.

Anina abrió el joyero. El contenido se deslizó como una cinta de caramelo.

—Recuerdo esta caja. Cuando era niña me dejabas jugar con las joyas.

—Eso no suena a algo que yo haría.

—Bueno, me dejabas pulir las joyas, ¿recuerdas?

—Eso me suena más: poner a niños ociosos a trabajar para evitar que hagan travesuras.

—Hacías que una tarea que debía hacerse fuera divertida.

—¿Era divertido? —preguntó riendo.

—A veces. —Cerró el joyero y miró a su abuela.

—¿Qué pasa?

—¿Tienes un ungüento, una curita o algo? No voy a disfrutar nuestro tiempo juntas hasta que te pongas algo en esa herida.

—*Madonne.* —Empujó su silla para alejarla de la mesa y fue al baño—. Es solo un rasguño.

—Es una herida —dijo Anina a su espalda—. Buscaría en Google, pero me quitaste el teléfono.

Matelda abrió el botiquín que guardaba bajo el fregadero. Se lavó las manos antes de aplicarse una fina capa de antiséptico sobre la cortada que tenía en la cara. Presionó una gasa contra ella para dejar que penetrara el ungüento.

—Listo. Ya estoy curada. —Regresó a la mesa.

—*Grazie mille.* —Anina levantó los compartimentos del joyero y los colocó sobre la mesa—. ¿Cómo sucedió exactamente ese incidente con el pájaro?

—¿Eso qué importa? No puedo denunciarlo a la policía.

—¿El pájaro estaba solo o venía en parvada?

—Solo uno. Ya sé a lo que quieres llegar. Si hay sentido en esto no sé cuál podría ser. Mi madre conocía el folclor italiano, ella era la experta. Decía que si un pájaro se posa en la ventana y ve hacia la casa, eso quiere decir que alguien de la familia morirá.

—¿Qué diría de un pájaro que ataca a una mujer inocente, a plena luz del día, sin que lo provoquen?

—No tengo idea.

—Podríamos llamar a una bruja —sugirió Anina.

—Todas las brujas que conocía en el pueblo están muertas —admitió Matelda.

—Quizá mamá conozca a alguna en Lucca.

—No vas a andar por todo Lucca buscando a una bruja.

—Era solo una sugerencia. —Sacó un anillo de la caja y se lo puso—. Solo trato de ayudar.

—No es nada —la tranquilizó. Pero no estaba por completo segura. Esto era lo peor de ser viejo: no había nadie a quien llamar cuando necesitabas respuestas—. Tu café se va a enfriar. ¿Se te antoja el *strudel* con miel?

—No puedo.

—Es tu favorito.

Anina se dio unas palmaditas en el vientre firme y dijo:

—Tengo que entrar en el vestido de novia.

—¿Vas a usar uno de esos? —No podía ocultar su decepción.

—No voy a usar vestido largo, no quiero verme como un *bomboloni* el día de mi boda.

—En su lugar, te pondrás un vestido apretado del que todo se desborda, como si fueras la anfitriona de un programa de televisión.

—Nada se va a salir. Se le pueden hacer modificaciones para evitarlo.

Contra la luz, Anina examinó un broche de platino en forma de arco con pequeños zafiros azules.

—El sacerdote tendrá algo que decir sobre eso.

—Ya lo hizo. Voy a pláticas con Paolo. Le mostré a don Vincenzo una fotografía del vestido. Le pareció encantador.

—Hay reglas. Una novia tiene que llevar la cabeza y los brazos cubiertos en la iglesia. Nada de mostrar los pechos.

—Pero tengo pechos.

—Modestia. Cubrirse es una señal de respeto propio; es guardar algo solo para ti y para tu esposo.

—No sé qué quieres decir.

—Ya es muy tarde para enseñarte.

—¿Importa?

—Quizá no. —Sonrió. La mayoría de las cosas que para ella tenían un significado ya no le importaban a nadie más. No tenía derecho a quejarse, pero recordaba la época en la que un anciano podía hacerlo—. Anina, ponte lo que sea que te haga feliz.

Al menos ella se casaría por la iglesia. Muchas amigas de Matelda tenían nietos que se habían casado en parques públicos o en la playa sin mencionar a Dios. Todo lo que había era una novia descalza, quemaduras de sol y un *prosecco* caliente en un vaso de papel.

—¿Sabes qué día es hoy? —le preguntó a su nieta.

—El día que me pediste que viniera y escogiera una joya para mi boda. —Regresó el broche al joyero de terciopelo—. Una tradición de la familia Cabrelli. Tu abuela te dio una joya para que la llevaras el día de tu boda, tu madre le dio la joya a mi madre y ahora es tu turno de dármela a mí.

—También es mi cumpleaños.

—No. —Puso las manos sobre la mesa y pensó un momento—. ¡Lo es! ¡Lo siento! *Buon compleanno!* —Se levantó y le dio a Matelda un beso en la mejilla que no estaba lastimada—. No se me olvidó por completo. Me acordé ayer; es solo que se me olvidó esta mañana. ¡Debí traerte un regalo!

—Lo hiciste. Me trajiste fruta, un regalo que se debe usar de inmediato. Es el presente perfecto para una mujer de ochenta y un años, si no muero antes de que se eche a perder.

—Lo siento, *Nonna*. Nunca me sale nada bien contigo.

—Eso no es cierto. Solo me gustaría verte más seguido, y no es crítica.

—Siempre que alguien dice «no es crítica», es una crítica.

—¿Por eso no me visitas más seguido? ¿Te critico mucho?

—Sí. —Trató de no sonreír—. ¿La verdad? Estoy muy ocupada.

—¿Haciendo qué?

—Planeando una boda. —Agitó las manos, frustrada, sobre el estuche de las joyas.

—A tu edad yo ya llevaba la contabilidad de mi padre.

—Me van a dar el puesto de Orsola cuando se vaya por licencia de maternidad.

—Excelente. Cuando no estés atendiendo a los clientes trata de pasar tiempo con tu abuelo en la trastienda. Ahí es donde se hace el verdadero trabajo. Aprende el negocio de un profesional, podría avivar tu creatividad.

—Veamos cómo me va en el puesto de Orsola y luego hablaremos de mi creatividad.

—Aprovecha la oportunidad y haz algo de ella. Deberías pensar en tu carrera.

—Primero quiero hacer un hogar para Paolo y para mí; ya sabes, hornear un *strudel,* pintar las paredes y cultivar un jardín.

—Necesitas un proyecto que vaya más allá de cultivar arúgula. A veces suceden cosas en la vida y tendrás que mantener a tu familia. Necesitarás dinero para hacerlo.

—No me importa el dinero —espetó—. ¿Podemos hablar de otra cosa? Pensé que hoy íbamos a divertirnos.

Una ola de vergüenza invadió a Anina. Su abuela estaba haciendo un esfuerzo. *Nonna* se había preparado para esta visita especial y había planeado todo. Tomó la mano de Matelda y le dio unas palmaditas.

—Gracias por hacer todo esto por mí —agregó—. No sé qué escoger. ¿Me ayudas? —Tomó una medalla religiosa de oro.

—Esa es una medalla milagrosa.

—¿Es tuya?

—Perteneció a mi madre. Antes sabía qué quería decir, pero ya no me acuerdo. Lo recordaré, pero para ese entonces no será importante. La vejez es terrible.

—Debe haber algo bueno en envejecer.

Matelda lo pensó.

—Usar mangas.

Anina rio. Matelda levantó la medalla de Santa Lucía.

—Esta tiene una historia. También perteneció a mi madre.

—Quiero escucharla.

La joven sacó un pequeño sobre de la caja. Un rubí de un quilate, corte Peruzzi, cayó del sobre en la palma de su mano como un pequeño dulce rojo.

—¡Guau!

—Ese es el rubí de Speranza. Mi abuelo aseguraba que su amigo en Venecia era el mejor tallador de gemas de Italia. Si quieres, podrías mandarte a hacer algo con esa piedra.

Anina regresó el rubí al sobre.

—Ya tuve demasiados problemas para elegir el diseño de mi anillo de compromiso. Dejemos esto para alguien que tenga imaginación.

Matelda sacó de la caja un pasador de espiga del que colgaban tres anillos y sacó un grueso anillo de oro.

—Este anillo perteneció a la madre de mi madre, Netta Cabrelli. Fue su anillo de bodas.

Anina se lo probó.

—¡No me pasa del nudillo!

—*Nonno* podría ajustarlo si quieres. Hay mucho oro ahí. Ella era más pequeña que tú, pero para mí era un gigante, y no siempre muy amable. Tengo una fotografía de ella en mi buró.

—La he visto. Es aterradora. La gente que se sacaba fotografías en sepia siempre se veía deprimida.

—Porque no podían moverse; tenían que permanecer quietos para que el fotógrafo tomara la imagen. Pero eso es solo parte de la historia. Netta Cabrelli era severa por otras razones.

—¿Qué es esto? —Levantó un reloj vintage empotrado en una piedra de aventurina verde tallada en forma de rectángulo.

—¿Dónde lo encontraste?

—Estaba en el fondo del joyero.

La carátula azul claro de concha de nácar del reloj colgaba de un prendedor de oro labrado. Los números 12, 3, 6 y 9 en la carátula estaban hechos de gemas preciosas rectangulares.

—Creí que lo había dejado en la caja fuerte del banco.

—¿Es valioso?

—Solo para mí.

—La filigrana del prendedor sería un excelente tatuaje para el tobillo.

—¿Tienes un tatuaje? —se quejó Matelda.

—Mamá me advirtió que no te dijera.

—¿Dónde?

—Un corazón en la cadera.

—Ya tienes uno en el pecho.

—Pero el de la cadera es encantador. —Levantó el reloj de aventurina—. *Nonna*, quiero este. ¿Puedo quedármelo?

—Escoge otra cosa.

—Dijiste que podía tener cualquier cosa que estuviera en el joyero.

Matelda le dio a su nieta un anillo refinado, un racimo de rubíes *briolette* engarzados en oro amarillo.

—Se verá hermoso con tu diamante. Tu abuelo lo confeccionó para mi cumpleaños número cuarenta.

Anina se puso el anillo en el dedo medio de la mano derecha.

—Es maravilloso, pero es demasiado, *Nonna*. —Devolvió el anillo al joyero y volvió a tomar el reloj—. ¿Por qué la carátula del reloj está al revés?

—Para que mi madre pudiera ver la hora.

—¿Por qué tendría que verla al revés?

—Porque con frecuencia usaba ambas manos para trabajar. Usaba este reloj en su uniforme. Era enfermera.

—¿Yo lo sabía? No creo que lo supiera. Nunca hablas de tu madre. ¿Por qué?

—Sí hablo de ella. —Cruzó las manos sobre su regazo—. Tú no escuchas cuando te cuento cosas. Los jóvenes de ahora están demasiado ocupados con sus teléfonos.

—¿Te sientes bien? Estás pálida. ¿Quieres que cambiemos el día? Podemos hacer esto en otro momento.

—Ya es muy tarde.

—¿Para qué? —Miró alrededor—. ¿Tienes que ir a algún lado?

Matelda hubiera deseado que fuera cierto. Su corazón latía con fuerza; en su interior germinaba la frustración, el combustible de la ansiedad. Podía ver el futuro. Ella moriría y los chicos se reunirían alrededor de esta mesa. Su hija, Nicolina, hurgaría en el contenido del joyero. Su hijo, Matteo, permanecería sentado hasta que su hermana hubiera acabado y después él curiosearía a su vez. En el mejor de los casos, sus hijos tendrían una vaga idea de la historia detrás de cada pieza. Sin los hechos, no tendrían significado; y sin significado, no tendrían valor. No tendrían más remedio que vender la colección al mejor postor. Desengarzarían las piedras preciosas de sus monturas, pesarían el oro, lo fraccionarían y lo derretirían para volver a utilizarlo. Las joyas que quedaran intactas las venderían como piezas de colección en alguno de esos sitios web que utilizan los ricos porque no tienen nada mejor que hacer que adquirir más cosas. El estómago le dio un vuelco.

—*Nonna*, ¿estás bien? En serio, te ves muy mal.

Anina fue a la cocina.

Matelda se tomó un momento para recuperarse. Cuando un ama de casa envejecía, su última tarea era imaginar qué perduraría del trabajo de su vida una vez que se hubiera ido. La madre moldeaba la misión de la familia y, si fallaba, la familia fracasaba con ella. Matelda presentía que no le gustaría lo que sus hijos hicieran cuando ella hubiera muerto, pero ella era la única culpable. Se había dado por vencida muy fácilmente. No había compartido la verdad ni hizo que la historia familiar fuera una prioridad. Nunca llevó a sus hijos al lugar donde había nacido ni compartió con ellos la historia de su padre. Unas vacaciones en Montenegro eran más importantes que un viaje a Escocia. Pero tenía sus razones. Lo que ella sabía de su padre era limitado, pero esa no era una excusa. Sus hijos y nietos necesitaban saber ciertos hechos antes de que ella los olvidara por completo o de que muriera de pronto. No era necesario que un pájaro cayera del cielo para enviarle el mensaje.

Anina volvió con un vaso de agua.

—*Nonna*, tómate esto.

Matelda tomó pequeños sorbos de agua.

—*Grazie*.

La joven se llevó el reloj de su bisabuela, Domenica Cabrelli, al oído.

—No le han dado cuerda en años —admitió Matelda.

Anina examinó el reloj. La aventurina era distinta a las otras gemas del joyero; no era cálida como los rubíes magenta de la India que adornaban su anillo de cumpleaños; no era suave como los espirales de oro del coral de Capri. No atrapaba la luz como un diamante. No era italiana. La gema era verde oscuro y lúgubre, extraída en un país lejos de Italia, en un lugar en el que las densas raíces de los altos árboles absorbían la temporada de monzones constantes, seguidas por meses de sol abrasador. La filigrana y el engarzado tampoco tenían un diseño italiano. El reloj era la belleza inoportuna de la colección, la extranjera.

—Creo que era una antigüedad mucho antes de que la bisabuela fuera su dueña —dijo Anina—. Sin duda es del siglo xix.

—¿Cómo sabes?

—*Nonno* me enseñó a leer las marcas. —Lo volteó sobre su mano y se lo mostró—. El oro está estampado. Y hay otras pistas. La relojería no es suiza, ni la carátula o el mecanismo que, en general, son italianos. Tampoco es alemán o francés. ¿De dónde viene?

La abuela no respondió.

—Mira. Está grabado. Hay una «D», luego está el signo «&» y después una «J». ¿Quién es la «J»?

—No estoy lista para deshacerme de él.

—Siempre deseo lo que no puedo tener. —Regresó el reloj al joyero.

Matelda se llevó la mano al rostro, como siempre hacía cuando necesitaba pensar. Sus dedos rozaron la cortada de su cara. La herida superficial le ardía lo suficiente como para recordarle que estaba lastimada.

Afuera, la tarde de invierno retumbó con truenos como redobles de tambor, seguidos por las luces de relámpagos.

—Oh, no. —Anina se acercó a las puertas de la terraza—. ¡Se aproxima un aguacero!

Una lluvia pesada y fría empezó a caer, aporreando el piso de la terraza como si fueran flechas de plata.

—¡Las ventanas del cuarto! —exclamó Matelda.

—¡Yo las cierro! —respondió la joven, subiendo rápido por las escaleras hasta el cuarto de sus abuelos.

Matelda desconectó los aparatos electrónicos de la sala, en caso de que la tormenta provocara una sobrecarga eléctrica. Beppe ladraba y corría en círculos mientras ella tomaba la lámpara de emergencia del estante.

—Todo listo —dijo su nieta sentándose, sin aliento—. Las cerré todas. Eres la única persona que conozco que deja las ventanas abiertas en invierno.

—Mi madre me enseñó a abrir las ventanas en la mañana para dejar salir a los malos espíritus. Se me olvida cerrarlas.

—¿Tu madre era una bruja?

—No lo creo.

—Entonces ¿cómo sabía todo eso?

—Domenica Cabrelli era una de esas mujeres sabias. Tenía sentido común, pero conocía el mundo espiritual. También respetaba la ciencia. Los vecinos la llamaban a ella antes que al médico.

Beppe dio un salto y se acomodó en el regazo de Matelda.

—Me gustaría saber de ella.

—Mi madre nació en esta casa; noventa y tres años después murió en ella. Vivió toda su vida en Viareggio, salvo cuando era una joven enfermera y tuvo que dejar un tiempo a su familia.

—¿Por qué se fue?

—Mira. El mar está picado. Esta es la gran tormenta que nos prometieron.

—*Nonna*, quiero saber por qué mi bisabuela se fue del pueblo. Me voy a casar. Quiero que mis hijos sepan sobre sus ancestros.

Una franja de luz naranja descansaba en el horizonte, iluminando las olas agitadas conforme se fortalecía la tormenta. El mar de Liguria también tenía una historia. Anina muy pronto sabría a dónde el mar se había llevado a Domenica Cabrelli, antes de que la transportara junto con su verdadero amor y su secreto.

Capítulo 4
Viareggio
1920

Domenica Cabrelli ahuecó las manos alrededor de su boca, giró hacia las dunas y exclamó a viva voz:

—¡Sil-vio!

La niña de once años tenía la capacidad pulmonar de una gran soprano. La playa le pertenecía, no había una sola alma a la vista. El cielo era de un azul al estilo de Tiepolo, y las nubes color rosa flamenco flotaban en el horizonte, una señal clara de que más tarde llovería. Bajo el cielo del mediodía, el mar ondeaba apacible y las olas lamían la costa. La niña se sobó el estómago, tenía hambre. Domenica se estaba impacientando y llamó a Silvio de nuevo. Tenían trabajo que hacer. ¿Dónde estaba?

Los ojos negros y profundos de la niña recorrieron las crestas de las dunas como lo haría un general antes de la batalla. Cruzó los brazos sobre el delantal de trabajo limpio y planchado, que su madre había remendado y parchado con pedazos de yute de los costales y desechos de telas que cubrían el suelo de la fábrica de seda. La mayoría de las niñas del pueblo usaban un estilo similar. El delantal tenía un cuello cuadrado con dos tirantes anchos sobre los hombros, que se sujetaban en la espalda con dos botones. Los bolsillos estaban cosidos al frente y eran lo suficientemente profundos como para guardar una escuadra, unas pequeñas tijeras y una bobina de hilo con una aguja, y lo suficientemente anchos para que cupiera un bastidor de bordado y algunas cosas más. La señorita Cabrelli dejaba espacio en sus bolsillos para conchas y piedritas a las que más tarde les encontraba un uso.

Domenica estaba descalza, como todos los niños italianos durante el verano. Las plantas de sus pies estaban gruesas por cargar las cubetas de agua fresca de un lado a otro de la pasarela de madera. La arena blanca bajo sus pies era tan suave como una alfombra persa. Llevaba el cabello oscuro trenzado y acomodado en una corona sobre su cabeza, aunque algunos rizos se le escapaban de las trenzas, y se apartaban del rostro cuando la brisa marina los revolvía. Los calzones y los pantalones bombachos de algodón que usaba bajo el jumper de lino eran herencia de una prima, pero ahí terminaba la beneficencia. Unas arracadas de oro que le había hecho su padre, aprendiz de joyero, brillaban en sus lóbulos. Los aretes estaban hechos de una malla de oro tan delicada que para distinguirla había que acercarse como para murmurarle al oído.

Silvio Birtolini apareció en la cima de la colina. El chico de cabello negro tenía su misma edad, pero era unos centímetros más bajo que ella, como la mayoría de los niños de la escuela. Domenica le hizo una seña con el brazo:

—¡Apúrate!

Silvio se deslizó por la duna y corrió hacia ella lo más rápido posible, pateando la arena en su camino.

—¿Lo conseguiste?

Del bolsillo trasero de su pantalón, Silvio sacó un cilindro delgado de papel atado con un listón. Se lo dio sin dejar de mirarla, ansioso por complacerla, con la esperanza de que su reacción fuera positiva. Domenica desató la cinta y desenrolló el papel. Sus ojos recorrieron el mapa casi exacto de Viareggio, absorbiendo la información.

—¿Alguien te vio? —preguntó sin apartar la mirada de la cuadrícula pintada con tinta negra sobre el fondo beige.

—No.

—Bien. —Asintió—. Si vamos a encontrar el tesoro, nadie debe saber que lo estamos buscando.

—Entiendo.

Silvio nunca sabía qué parte del tiempo que pasaba con Domenica Cabrelli era fantasía y qué parte eran hechos reales. ¿Había un tesoro? ¿Quién era exactamente «nadie»? No tenía idea.

Domenica enrolló el mapa y, usándolo para señalar, lo dirigió hacia una duna al otro extremo de la playa.

—Sígueme. —Empezó a caminar con trabajo en dirección a Pineta di Ponente—. El destino de todo depende de nosotros.

—¿Cómo puede eso ser cierto? —Silvio caminaba a su lado.

—Porque lo es.

—Pero, ¿el destino de todo? Tú no eres el Creador.

Habían estudiado la palabra de Dios en el catecismo para prepararse para el sacramento de la confirmación. Silvio se había dado cuenta de que Domenica con frecuencia se sentía inspirada para actuar en la vida real en oposición directa a cualquiera que fuera el dogma que habían aprendido en la escuela.

—¿No nos dijo don Fernando que teníamos derecho a bautizar a alguien que necesitara el sacramento si no había un sacerdote disponible?

—Sí, pero eso no te hace un sacerdote.

—Nos dio permiso de bautizar a los no cristianos. ¡Somos lo suficientemente santos para hacerlo! Un sacramento es una señal externa de la gracia interna. Todos tenemos gracia interna. Hasta yo. Hasta tú.

—Yo no bautizaría a nadie, iría corriendo a buscar un sacerdote. Las monjas nos enseñaron que debíamos ir por un sacerdote. Tienes que volver a hacerlo todo de nuevo si no hay uno.

—Escucha a las buenas monjas de San Paolino, pero no creas todo lo que te digan.

—¿Quién lo dice?

—Papá. Se supone que yo no debí escucharlo, pero oí que se lo decía a mi madre. Debe ser verdad.

Silvio no tenía padre, así que estaba en desventaja para rebatir su argumento. En ocasiones deseaba poder decir «Mi papá dijo...», solo para retarla.

—Cuando mis padres murmuran, me aseguro de estar cerca para escuchar lo que dicen. Los veo cuando cuentan el dinero y pongo atención cuando hablan del sacerdote. Me quedo adentro cuando tienen compañía y me acerco a papá cuando habla con los clientes en la tienda. Cuando tenemos compañía, los invitados siempre llevan limones o jitomates, pero también historias de Lucca. No creerías lo que pasa ahí. Hay un hombre que trae patas de cerdo de Lazio; sabe a dónde va el dinero para los pobres de San Sebastiano. Y está la señora Vanucci, que le da azúcar a mi madre cuando le sobra, pero también busca hacer negocios. Esa señora tiene muchas historias.

—¿La casamentera?

—¡Esa! Casa a hombres buenos de patas zambas con mujeres que ya están viejas para tener amoríos y que, de otro modo, no las pedirían en matrimonio. Pero eso no lo sabría si no escuchara sus largas historias. Le dijo a mamá que si fuera más joven no sería casamentera. Buscaría hacer fortuna y se dedicaría a buscar tesoros enterrados. Así fue como me enteré sobre el botín de Capri. —Domenica dibujó un círculo en el aire con el mapa—. La señora Vanucci dice que parte de la historia es verdadera. Para mí, eso es suficiente.

—¿Y si no lo encontramos?

—Lo encontraremos.

—¿No te preocupa que alguien más haya encontrado el tesoro?

—Quienquiera que encuentra un tesoro lo presume.

47

Silvio se preguntó cómo hacía Domenica para estar segura de todo.

—No he escuchado ni una sola palabra del tesoro, así que tal vez… —Razonó en voz alta.

—¡Porque no lo han encontrado! ¡Esa es la prueba! —Domenica estaba impaciente y no podía formular las palabras con la rapidez necesaria para explicarle a su amigo la urgencia de esta misión—. Cuando los piratas robaron las perlas y los diamantes en Capri, antes de la Gran Guerra, primero fueron a Cerdeña a esconderlas. Luego fueron a Isquia, después a Elba. Pararon en la isla de Ustica. Córcega. Finalmente llegaron a estas costas, a esta playa. Escondieron las joyas aquí, eso es seguro. Muchas personas en Viareggio vieron a los piratas llegar e irse. Cuando se fueron, los piratas regresaron a su barco y zarparon a Grecia para robar más, ¡pero los mataron a todos lejos de la costa de Malta, en una batalla sangrienta como nunca se había visto! ¡Cortaron gargantas! ¡Aporrearon cabezas! ¡El sacerdote perdió los dos brazos!

—Está bien, está bien. —Silvio se limpió el sudor del rostro con la manga.

—¡Pero el tesoro sobrevivió! Porque está aquí, escondido en Viareggio, el mejor lugar para ocultar lo que no debe ser encontrado, salvo por las personas que lo esconden porque tenemos dunas, bosques, canales, ¡y montañas de mármol! ¡Senderos y veredas secretas que llevan a las grutas! No lo olvides. El mismo Napoleón trajo aquí a su hermana ¡y nadie lo supo!

—La princesa de la Borghese de Toscana. Mi bisabuelo atendía su caballo.

—Bueno, los lugareños lo sabían. No importa —le aseguró Domenica—. La ley dice que si el tesoro perdido no es reclamado por los dueños en un plazo de tres años, quien encuentre ese tesoro en suelo italiano tiene derecho a él. Esos podríamos ser nosotros. ¡Seremos nosotros!

—Pero esta playa mide kilómetros, y hay cientos de ensenadas —se quejó Silvio—. Las dunas tienen dos costados, como las montañas. Pudieron enterrarlo en cualquier parte. ¿Y si escaparon al bosque o a los Alpes Apuanos? ¿Y si lo dejaron ahí, en algún lugar? ¿Cómo sabremos dónde escarbar? Es imposible.

Domenica se detuvo a considerar sus opciones. Sus pies se hundían en la arena tersa al borde del agua. Permitió que el suave oleaje rodeara sus pies. Se hundió hasta los tobillos en la arena fresca hasta que quedó a la misma altura que Silvio, cuyo cabello rizado estaba espeso por el rocío del océano y eso lo hacía parecer, al fin, más alto que ella. Domenica se irguió para que no fuera así.

—¿Quieres encontrar el tesoro enterrado o no? Porque si no quieres, puedo hacerlo sola. Y si estoy sola cuando lo encuentre, no tendré que compartirlo contigo.

—No quiero perderme el festival en la iglesia de la Santissima Anunziata —se lamentó Silvio—. Hoy es el día de los *bomboloni*.

—¿Eso es todo? ¿Para ti es más importante una dona que una vida de riquezas?

La niña trató de equilibrarse poniendo una mano sobre el hombro de él, pero sus pies estaban pegados como dos tapones de goma a la arena húmeda. Silvio le dio un empujón para que lo soltara, pero en su lugar, ambos cayeron sobre la playa riendo.

—¡El mapa!

Domenica sostenía el rollo de pergamino hacia arriba para que no se mojara.

Él se lo arrebató y se levantó.

—Lo tengo.

—¡Ladrón! —vociferó alguien desde la cima de una duna detrás de ellos. Los niños voltearon y vieron al señor Aniballi, el bibliotecario del pueblo, amenazador, vestido con su chaleco arrugado y pantalones de lana—. ¡Regrésame el mapa! *Subito!*

Domenica le arrebató el mapa a Silvio y empezó a correr por la playa. Él corrió tras ella.

—¡Pensé que nadie te había visto! —exclamó la niña, jadeando cuando Silvio la alcanzó. Un grupo de chicos apareció en la cima y formaron una línea, como una hilera de cuervos negros sobre un cable.

Aniballi señaló:

—¡Ahí está! ¡Es el chico Birtolini! ¡Atrápenlo!

El ejército de Aniballi bajó corriendo la duna. Cuando los chicos llegaron a la playa, empezaron a perseguir a Domenica y a Silvio por el borde del agua. Aniballi resbaló por la colina de arena sobre sus zapatos de agujetas hasta que sus pies se enredaron en unas algas. Se puso de pie, maldijo, se sacudió los pantalones, revisó el bolsillo de su chaleco para asegurarse de que su reloj no se había dañado con la caída y siguió a los niños.

Domenica y Silvio corrieron por la playa; la pandilla casi les pisaba los talones. El corazón de la niña latía con fuerza en su pecho, sentía como si fuera a explotar bajo su piel; sin embargo, disfrutaba el sentido de peligro y la emoción de la persecución. Escuchó insultos, pero los ignoró y corrió más rápido. Fingió que el mapa era el testigo de una carrera de relevos. Lo sostuvo alto en el aire, se detuvo un momento y luego se impulsó con los brazos. El *jumper*, que su madre pensaba que era demasiado corto y que debía bajarle la bastilla, tenía el largo perfecto para la persecución. Ella era rápida.

Las burlas de los chicos se escuchaban sobre el sonido de las olas. Domenica ignoró los insultos, pero Silvio los escuchó y sintió miedo. Su corazón latía con fuerza por distintas razones. Esa pandilla ya lo había perseguido antes. Cuando estaba solo, nada más tenía que preocuparse por sí mismo. Podía calcular con exactitud cuánto tiempo le llevaba a los acosadores perder interés en la caza, y sabía dónde podría esconderse a esperar que todo se calmara. Domenica lo retrasaba, pero no la dejaría sola. Mantuvo el ritmo de su amiga para protegerla.

—¡Por aquí!

Ella giró. Examinó la playa y trepó por la arena hacia las dunas en dirección a las escaleras que llevaban al muelle.

Silvio se detuvo.

—¡No! ¡Por acá!

Señaló a la duna que los llevaría al bosque de pinos, donde conocía lugares dónde esconderse.

—¡Sígueme! —insistió la niña sin dejar de correr.

Silvio corrió tras ella. Los chicos, que eran más grandes y más rápidos, pronto les dieron alcance.

—¡A la tienda de papá! ¡Vamos!

Domenica jadeaba cuando Silvio la alcanzó al pie de las escaleras. Juntos voltearon para subir los escalones, cuando Domenica escuchó un fuerte golpe.

Un rocío de sangre explotó en el aire como perlas rojas.

La piedra destinada a Silvio lo golpeó en el rostro y le desgarró la piel.

—¡Mi ojo! —gritó el niño cayendo al piso.

Domenica se arrodilló a su lado.

—*Il bastardo!* —canturreó el grupo de muchachos al tiempo que los rodeaban.

Domenica sintió claustrofobia; el aroma acre del aliento y el sudor de los chicos mezclado con el de las algas le hacía sentir náuseas.

—¡Basta! —gritó.

Guido Mironi, el más alto y de cuello más grueso, le arrebató a Domenica el mapa de las manos.

—¡A un lado, chicos! —exclamó jadeando el señor Aniballi, al tiempo que se abría paso entre ellos.

Mironi le dio el mapa al bibliotecario.

—Gracias, Guido, gracias —dijo Aniballi—. Eres un buen chico.

Domenica estaba en el suelo junto a Silvio, protegiéndolo con su cuerpo. El niño sufría; se había hecho un ovillo, como la concha de un caracol; con una mano se cubría el ojo y lo protegía sin que la sangre dejara de fluir entre sus dedos.

Domenica se levantó. Tomó la roca que había causado los estragos.

—¡Váyanse para que pueda ver lo que hicieron!

—No hemos terminado con él —siseó el chico Pullo detrás del bibliotecario. Era el más pequeño del salón, y solo era valiente cuando se sentía respaldado por el grupo.

—¡Es suficiente, chicos! —dijo Aniballi, alzando la voz—. Váyanse. Yo me encargo.

Poco a poco, el grupo se dispersó.

Domenica escuchó sus murmullos y risas; eso quería decir que Silvio también podía oírlos.

La niña miró a Aniballi.

—El doctor Pretucci tiene que verlo.

—No puedo cargarlo —respondió, sacudiéndose los pantalones.

—Déjame ver —dijo Domenica en voz baja a Silvio.

Él sacudió la cabeza. Como si fuera posible, se apretó más en ovillo, como un animal cuyo instinto fuera camuflarse frente al peligro.

—No lo voy a tocar. Solo necesito ver dónde te golpeó la piedra —murmuró.

Domenica tomó la mano ensangrentada de su amigo y, con cuidado, la apartó de su rostro. La piel estaba desgarrada en la frente y mostraba una herida, un tajo rojo rubí sobre la ceja izquierda. Silvio apretó el ojo con fuerza para protegerlo, pero de la herida salía sangre que le resbalaba por la cara. La niña limpió la sangre de su párpado con el pulgar.

Aniballi se estremeció al ver la sangre en la mano de la joven.

—Abre el ojo. —Domenica usó las manos para proteger el rostro de su amigo del sol—. Puedes hacerlo.

Silvio parpadeó, pero el sol era muy brillante incluso bajo la sombra que ella había creado, así que volvió a cerrarlo con fuerza.

—No te dieron en el ojo.

Domenica se quitó el delantal, metió el contenido de los bolsillos en su vestido y dejó las conchas rosadas sobre la arena. Dobló el delantal hasta formar un cuadro.

—Toma. Sostén esto sobre la herida y presiona con fuerza. Tenemos que parar el sangrado. —Ayudó a su amigo a levantarse—. Tenemos que ir a que te cosan eso.

—¡No! —gritó Silvio.

—Es profunda. Tienes que hacerlo. Yo te llevo.

El señor Aniballi observó cómo Domenica ayudaba a Silvio a subir la escalera y desaparecer detrás de la cresta de la duna. Sacó un monóculo del bolsillo exterior de su saco y se lo puso sobre el ojo derecho. Desenrolló el mapa; no parecía estar en peores condiciones que cuando el chico lo tomó de la vitrina de la biblioteca. La princesa Pauline Bonaparte Borghese lo había mandado a hacer cuando su hermano Napoleón coronó a su hermana Elisa como la Gran Duquesa de la Toscana. A partir de ahora, el bibliotecario cerraría con llave todas las vitrinas.

Conforme el hombre enrollaba el mapa hasta formar un cilindro, advirtió un defecto. En el pergamino había una mancha café, no más grande que un punto al final de una oración. Después de todo, *il bastardo* había dejado su marca en el mapa oficial de Viareggio.

Capítulo 5

El joven médico pasó el rodillo de papel secante sobre la tinta fresca, sellando así su registro con la fecha del 15 de julio de 1920. El doctor tenía alrededor de treinta años, pero su calvicie incipiente y sus lentes de cristales gruesos lo hacían parecer de mediana edad. Por suerte, el doctor Armando Pretucci daba consulta en Via Sant'Andrea y no en el hospital en Pietrasanta cuando Domenica Cabrelli abrió la puerta de su consultorio con el codo y ayudó a entrar a Silvio Birtolini. El chico había empezado a temblar al ver su propia sangre, que había saturado su camiscta y el delantal de la niña.

—No la veas. La cabeza es lo que más sangra. No significa nada —le aseguró Domenica—. Doctor, mi amigo está sangrando mucho. Necesita unas puntadas.

Pretucci puso manos a la obra. Ayudó a Silvio a subir a la mesa de exploración para que se recostara. Presionó la herida con una gasa gruesa y limpia, y cubrió los ojos del chico con un pañuelo; luego acomodó la lámpara junto al rostro del chico para examinar la herida. Domenica se sentó en un banco junto al doctor para observar.

Pretucci estaba de acuerdo con la pequeña.

—Tienes razón con lo de la cabeza.

—¿De que es lo que más sangra? Lo sé.

Domenica se asomó a ver la herida de su amigo.

—¿Qué pasó? —preguntó Pretucci mientras limpiaba con cuidado la sangre para ver mejor la profundidad de la herida.

—Lo golpearon con una piedra —explicó Domenica.

—¿Tú la lanzaste?

—No. Él es mi amigo.

—Entonces, ¿la piedra la lanzó un enemigo?

—No sabemos cuál de ellos.

El médico se dirigió a Silvio:

—¿Tienes más de un enemigo?

—Muchos —murmuró.

—Por fin el paciente habla. ¿Cómo te llamas?

—Silvio Birtolini, doctor. —El niño temblaba.

—¿Dónde trabaja tu padre?

Domenica respondió antes de que su amigo lo hiciera:

—Su padre está muerto. Su madre trabaja en la iglesia.

Por la ropa del niño, Pretucci podía ver que el empleo de su madre estaba muy mal pagado.

—¿Tienes hermanos y hermanas?

—No.

—Está solo. Salvo por mí, claro. He sido su amiga desde que teníamos cinco años —explicó Domenica.

—Esa es una amistad de toda la vida —dijo Pretucci.

—Hasta ahora, doctor. ¿Lo puedo ayudar? ¿Voy por agua fresca? —la niña miró alrededor—. ¿Algodón? ¿Tiene algodón?

—Las vendas que están en el mueble están limpias.

Pretucci había lavado las vendas él mismo y las había puesto al sol a secar. No podía permitirse tener una enfermera. Conservaba la clínica en Viareggio para atender a los constructores navales, marineros y empleados de la fábrica de seda locales. La mayor parte de su tiempo lo pasaba en sus consultas de medicina general, cuidando a pacientes en visitas domiciliarias. Pretucci no había buscado ni a un solo paciente en Pietrasanta o Viareggio desde que volvió cuando terminó sus estudios en la Universidad de Pisa. No tenía que hacerlo: los pacientes necesitados siempre lo encontraban.

La clínica de Pretucci era austera y limpia, olía a alcohol. Dos sillas de madera, un banco y un escritorio con una silla estaban iluminados por una sola lámpara cubierta por una pantalla blanca de esmalte que colgaba sobre la mesa de exploración. Una vitrina de cristal portátil con botellitas, tinturas, algodón e instrumentos médicos estaba abierta sobre el escritorio. Esas eran las herramientas más modernas disponibles.

Cuando Domenica regresó de haber recogido agua fresca de la fuente en la calle, juntar la gasa y encontrar una taza de aluminio para darle de beber a Silvio, el doctor había reunido los instrumentos para coserle la herida. El chico yacía inmóvil sobre la mesa, con los ojos cerrados y las manos cruzadas sobre el vientre. Parecía valiente, pero el fluir constante de sus lágrimas silenciosas por el rabillo de los ojos marcaba riachuelos por la arena y la sangre que se habían apelmazado en su rostro.

—No llores, Silvio.

—Es mejor que llore. Eso limpia la suciedad. Llora cuanto quieras, hijo —dijo Pretucci, dándole unas palmaditas en el hombro.

Domenica mojó una banda de algodón en el agua fresca y con cuidado limpió la suciedad de la cara de su amigo, empezando por el mentón, el área más alejada de la herida, y subiendo hacia el ojo. Pretucci examinó su técnica. Con ligeros golpecitos, la niña pasó el algodón mojado contra la piel de Silvio, quitando la arena de la herida. Enjuagó el algodón en el tazón de agua y repitió el procedimiento hasta que el área quedó limpia. Silvio hizo un gesto de dolor cuando se acercó al ojo.

—¿Te duele? —le preguntó Domenica.

—Un poco —murmuró.

—Trataré de no lastimarte. Sí te dieron con ganas.

—Usa más agua en la gasa para enjuagar la herida —le aconsejó Pretucci. Midió el hilo para suturar contra la luz y cortó un trozo largo. Engarzó el hilo en la aguja e hizo un pequeño nudo. Colocó el paño sobre los ojos de Silvio y acercó la lámpara—. Buen trabajo, señorita.

—Gracias, doctor. ¿Le molesta si le doy un poco de beber al paciente? El miedo hace que les de sed a los niños.

—Eso no me lo enseñaron en la escuela de medicina.

—Mi madre me lo dijo. —Domenica se hincó sobre el banco—. Es estricta, pero también amable. —Colocó una mano en la nuca de Silvio y levantó un poco su cabeza para que pudiera beber, llevando la taza hasta su boca. Él bebió lentamente el agua fresca.

—*Grazie* —murmuró el chico cuando tuvo suficiente.

—Quizá sea mejor que tomes la mano de tu amigo. A veces esta parte arde un poco.

Ella no había tomado a Silvio de la mano desde que eran pequeños. Tenían once años, estaban en esa época extraña entre la niñez y la adolescencia cuando sabían que el mundo estaba a punto de cambiar, pero no tenían palabras para expresarlo. Domenica tomó la mano de Silvio y él la apretó con fuerza.

El médico se inclinó sobre el paciente y con cuidado cerró la herida abierta en un extremo. La piel suave de Silvio tenía textura de terciopelo dorado.

—¿Quiere que yo lo haga? —ofreció Domenica.

Pretucci estaba asombrado. Con mano firme empezó a coser la herida con puntadas tan pequeñas que el hilo apenas se veía.

—¿Sabes hacer puntadas quirúrgicas?

—Sí, doctor.

—¿Quién te enseñó?

—Cosí la mano de mi padre en la tienda cuando se cortó con una navaja. Tenía la herida en la mano derecha, por eso no podía hacerlo él mismo, así que tuve que hacerlo yo. También sé bordar.

—Esa es una excelente forma de practicar.

—Lo sé. Papá fue muy valiente y eso facilitó las cosas. Es como coser un dobladillo. Las puntadas tienen que estar apretadas y derechas —explicó—. Soy muy buena haciéndolo.

—¡No, Domenica! —gritó Silvio—. Quiero que lo haga el doctor.

Era lo único que el chico había pedido desde que llegó. El doctor sonrió.

—Entonces yo terminaré el trabajo.

Ella no estaba contenta.

—Me ayudaste mucho —le aseguró Pretucci.

El cumplido no fue suficiente como para compensar que no la dejaran cerrar la herida.

—*Grazie...* —masculló Domenica, recordando sus buenos modales.

La lámpara se balanceaba un poco. Afuera, los relámpagos eran seguidos de truenos. Pronto, una lluvia densa empezó a bailar sobre el vidrio de la ventana. Domenica no apartó los ojos del médico mientras trabajaba.

Pietro Cabrelli era delgado y se movía con rapidez por el mundo, como si perder el tiempo fuera un pecado. Llevaba un bigote delgado a la moda y un traje de tres piezas de sarga café, el único que tenía. Se resguardó de la lluvia en el consultorio del médico, seguido por su hijo de doce años, Aldo.

Cabrelli se quitó el sombrero y se sentó en la silla. El niño sacudió su cabello mojado para quitarse la lluvia, que salió disparada en todas direcciones. Domenica lo miró fijamente. Su hermano tenía unos modales terribles.

—¿Por qué lo trajiste, papá? No sabe comportarse.

—No te preocupes por tu hermano. Esto se trata de ti. Domenica, te lo advertí, ni una pelea más.

El hombre estaba harto de reunirse con las monjas, quienes le rogaban que controlara a su hija, que rondaba por la escuela en busca de justicia para los niños que eran incapaces de defenderse por sí mismos.

—Esta vez no fue una pelea, papá. Nos persiguieron.

Cabrelli señaló el suelo, lo que significaba que no se salvaría. Era casi imposible hacer enojar a su padre, pero de alguna manera ella se las arreglaba para hacerlo. Domenica bajó del banco y se le acercó. Se paró frente a él como un acusado frente al juez.

—Lo siento, pero ha habido un malentendido —dijo Domenica con diplomacia—. Déjame explicarte.

Quitó unas cuantas gotas de agua de la solapa del traje de su padre.

—Siempre hay malentendidos. Siempre hay una excusa. Te lo dije, no más pleitos.

Aldo sonrió, travieso, al tiempo que metía los dedos entre las costillas del esqueleto modelo que colgaba en la pared.

—¿Le vas a pegar?

—¡No! —Silvio trató de levantarse de la mesa.

—Acuéstate y no vuelvas a moverte —le ordenó el médico. Sin alzar la vista, se dirigió a Cabrelli—: Tengo trabajo aquí, señor.

—Disculpe, *dottore*. Vine a llevarme a mi hija a casa.

—Discúlpeme también, señor, pero necesito que se quede —replicó Pretucci.

—No entiendo.

—De todas las personas, usted debería comprender. Ella cosió su mano, ¿no es así?

Cabrelli estaba confundido.

—¡Sí le dieron con ganas! —Aldo había rodeado la mesa de exploración y miraba al doctor que lo estaba cosiendo. —Estuviste esta tarde en la playa. —Domenica entrecerró los ojos con sospecha—. ¡Tú nos perseguiste junto con los otros!

—Tu hermano siguió a los chicos para tratar de protegerte. Trató de aventajarlos para ayudarte.

—¿Eso es lo que le dijiste a papá? Es una broma. No necesito su ayuda. —la niña puso los brazos en la cintura con autoridad—. Además, yo puedo correr más rápido que Aldo, siempre.

—¡No, no puedes! —El rostro de su hermano se puso rojo de furia.

—Cuando termine aquí, te lo demostraré.

—Eres una flacucha —respondió Aldo.

—Y tú eres gordo.

—¡Niños!

—Papá, ya viste. Es mala.

Una mujer pequeña y sombría, con un pañuelo de algodón sobre la cabeza y empapada por la lluvia, abrió la puerta y miró alrededor furtivamente.

—¡Señora Vietro! —exclamó Domenica, acercándose a ella—. Aquí está Silvio.

El médico se hizo a un lado para mostrarle a su hijo, que estaba acostado en la mesa de exploración. La señora Vietro avanzó rápidamente y sin hacer ruido hacia el pequeño y encontró un lugar a un extremo de la mesa. Se abrió paso entre la mesa y la pared, en un espacio apenas lo suficientemente ancho para una escoba. La señora examinó el rostro de su hijo. Cuando comprendió la gravedad de la herida, su expresión pasó de preocupación a desesperación. Sus ojos se llenaron de lágrimas mudas, pero ninguna cayó sobre su rostro. Con una mano acarició el hombro de su hijo y puso la otra sobre su pecho, donde podía sentir que el corazón del pequeño latía con miedo.

—Aquí estoy, Silvio —dijo en voz baja.

Pretucci continuó su trabajo.

—Soy su madre. ¿Cómo está su ojo?

Pretucci siguió cosiendo.

—No tocaron su ojo. Es un chico con suerte.

Su hijo era todo menos un chico con suerte. La señora Vietro examinó a Silvio en busca de otras heridas. Él permanecía quieto mientras el doctor curaba la herida. Los ojos del chico estaban cubiertos por el paño, por lo que su madre no podía ver el terror en ellos, pero ella lo conocía bien. Sus manos estaban apretadas en un puño; su frente, empapada en sudor. La mujer envolvió las manos del niño con las suyas. Estaban heladas.

—Eres valiente. Ya casi acaba.

—Señora, la piedra lo golpeó justo sobre la ceja. Le quedará una cicatriz.

Su madre suspiró en el oído de Silvio:

—Lo siento.

Silvio le apretó la mano.

—Señora, es mi culpa. —Domenica cerró el puño y golpeó su pecho como las monjas le habían enseñado cuando pedía perdón—. Mi gran culpa. Perdóneme. Le pedí a Silvio que tomara prestado el mapa para mí. El señor Aniballi envió a una pandilla para recuperarlo. Nos persiguieron por la playa de Viareggio.

—No. Di la verdad —dijo Aldo interrumpiendo a su hermana—. ¡Él robó el mapa!

—No lo robó. Lo tomó prestado.

—Hablaremos de esto más tarde —dijo la señora Vietro en voz baja a su hijo.

—Señora, yo necesitaba el mapa. Le pedí a Silvio que me lo trajera. Quería encontrar el tesoro pirata de Capri.

—¡No puedo creerlo! —Cabrelli lanzó las manos al aire.

—Papá, escuché que hablaban de eso en nuestra casa. Mamá tuvo una visita y ella le contó la historia. Cualquiera que encuentre el tesoro se lo puede quedar. Han pasado años desde que lo escondieron. Un tesoro pirata haría mucho bien por aquí. Lo necesitamos. Tampoco se lo daría a la iglesia.

—Domenica —le advirtió su padre.

—Ya tienen suficiente. Nosotros necesitamos un caballo y una carreta. Tenemos que caminar a donde quiera que vayamos. ¿Usted tiene uno, doctor?

—Yo no.

—¿Ven? Podría tomarlo prestado también.

Netta Cabrelli se asomó por la ventana del consultorio. La tormenta empeoraba conforme los nubarrones color carbón se acercaban desde el mar. Sujetó su sombrero de paja con fuerza al tiempo que cruzaba la puerta.

—¡Mamá! —Aldo corrió hacia ella.

—Vine tan pronto lo supe —le dijo Netta a su esposo. Los ojos azul profundo de la señora Cabrelli estaban rojos por el llanto.

Domenica se sintió mal por haber hecho llorar a su madre de nuevo. Netta poseía una belleza simple y sobria, como la estatua de la virgen de San Paolino, pero su expresión era la de una madre enojada.

—¡Mamá, créeme! —exclamó Aldo, señalando la mesa de exploración—. ¡Silvio robó el mapa!

Al ver al chico ahí acostado, Netta se estremeció.

—Silencio, Aldo. Domenica, quiero que te lleves a tu hermano a casa. Ahora.

—Sí, mamá.

Cuando se trataba de castigos, Domenica le tenía más miedo a su madre que a su padre. Mamá sabía cómo superar cualquier penitencia impuesta por el sacerdote después de la confesión con el tipo de privaciones que harían que una jovencita cambiara sus malos actos por buenos. Unas cuantas avemarías no eran suficientes para Netta Cabrelli; ella hacía que el castigo doliera: no cenar, no leer, no jugar en la playa ni pasear por el bosque. Y lo peor: las tareas de Domenica aumentaban. Tendría que ir a recoger agua para los vecinos hasta que ya no sintiera los brazos. Su madre la haría apilar leña y entregarla hasta que no quedaran más árboles en el bosque. El castigo podría terminar siendo peor que la Cuaresma. Sin embargo, a pesar del comportamiento de su hija, Netta la abrazó.

—¿Dónde está tu delantal? —le preguntó su madre.

Domenica dio unos golpecitos a su vestido. Había olvidado el delantal.

—¡Allá está! —gritó Aldo, señalando el rincón junto al gabinete.

El delantal limpio que Domenica se había puesto esa mañana se había arruinado. Estaba hecho bola sobre el piso, saturado de la sangre de Silvio, que lo había teñido del color de un ladrillo.

—Acabo de remendar ese delantal. Ahora tendrás que terminar el año sin uno.

—Lo siento, mamá.

—Y tú —dijo Netta, dándole a Aldo un golpecito en la parte trasera de la cabeza—. ¿Qué estabas haciendo en la playa con esos niños mayores?

—El señor Aniballi nos mandó a perseguir al ladrón —respondió el niño, sobándose la cabeza.

—Silvio. No. Robó —Domenica le habló a su hermano como si sus oídos estuvieran llenos de arena—. Tomó prestado el mapa para mí. Las bibliotecas prestan libros, mapas, registros y planos. Lo íbamos a devolver.

—Nosotros nos asegurábamos de que devolvieran el mapa *prestado* —se burló Aldo.

—Tú ni siquiera sabrías cómo leer un mapa —espetó Domenica—. Tienes el cerebro de una alcachofa.

Pietro Cabrelli estaba exhausto.

—¡Basta!

Domenica estudió la técnica de Pretucci mientras anudaba el hilo de las puntadas de Silvio.

—Mamá, fue idea mía, no de Silvio. Soy yo quien debe recibir el castigo —dijo sin apartar la mirada de la técnica del médico.

—¡Oh!, recibirás un castigo.

Silvio trató de incorporarse.

—Señora Cabrelli...

Pretucci le tocó suavemente el hombro.

—Acuéstate. Señorita, muéstrele a su madre y a su padre sus habilidades. Corte el hilo y termine con astringente, por favor.

—Sí, doctor.

Domenica se lavó las manos en la palangana y luego se subió al banco. Cortó el hilo quirúrgico con cuidado, con ayuda de las tijeras de Pretucci. Roció una gasa cuadrada con astringente y la pasó con suavidad alrededor de la sutura.

Vera Vietro no apartaba los ojos de su hijo.

—¿Qué está pasando aquí? —preguntó Netta Cabrelli, dirigiéndose su marido y después a Pretucci—. ¿Por qué mi hija le está ayudando, doctor?

—Porque es capaz. —Pretucci se lavó las manos en la palangana de agua fresca—. Su hija fue mi ayudante. Ella preparó la palangana, las vendas y limpió la herida. Incluso se propuso como voluntaria para hacer la sutura.

—No lo dudo —dijo Netta Cabrelli en un suspiro—. *Va bene, dottore*. Domenica, vuelve a casa en cuanto termines aquí.

—Gracias, mamá.

—Tu padre se quedará contigo hasta que el doctor diga que te puedes ir.

Netta tomó a su hijo por el cuello de la camisa y lo sacó sin despedirse de la señora Vietro.

Mientras Domenica limpiaba los puntos de sutura, la piel de Silvio alrededor de la herida se puso rosa brillante.

—Señora Vietro, ¿ve la piel rosada? Eso significa que está sanando.

La niña estudió el hábil trabajo de sutura del médico. El hilo quirúrgico marcaba una hilera de pequeñas puntadas apretadas, una serie de puntos negros seguida por el arco de las cejas negras y delgadas de Silvio.

—Bien hecho, *dottore*. —Domenica estaba impresionada. Luego se dirigió a la madre de su amigo—: Si pone aceite de oliva sobre las puntadas antes de que Silvio se vaya a dormir, cicatrizará bien —agregó.

Aún había una buena posibilidad de que Silvio no terminara con un recordatorio permanente de este horrible día. Pero Domenica lo tendría. Lo que recordaría no era la pandilla que Aniballi lanzó tras ellos, ni el sonido de la piedra cuando golpeó el rostro de Silvio, ni las burlas de la pandilla lo que recordaría: sino el vergonzoso comportamiento de sus padres en el consultorio del médico. No saludaron a la señora Vietro, quien, hasta donde ella sabía, no solo era una buena persona, sino la madre de su mejor amigo. La señora había tratado bien a Domenica y, por esa razón, sus padres debían comportarse igual, pero la ignoraron por completo.

Quizá su mamá había olvidado que, el invierno pasado, la señora Vietro le había preparado a su familia una cacerola de sopa de papa con pedazos de jamón ahumado y había remendado sus calcetas de lana cuando las polillas se las comieron. ¿Su mamá había olvidado que la señora les dio a los niños colores pastel y papel para que pudieran dibujar los frescos en San Paolino mientras ella trabajaba ahí, puliendo las bancas con aceite de limón para la Semana Santa? Quizá si sus padres recordaran lo amable que la señora Vietro había sido con su familia la tratarían con el mismo respeto que sentían por las otras familias del pueblo, las familias que tenían dos padres. Y aunque la señora Montaquila era viuda, a sus hijos los trataban con respeto en la escuela. Los invitaban a comidas en el campo y a fiestas. Sus padres invitaban a los Greco, DeRea, Nerino y Tiburzi a la casa Cabrelli. Sus hijos podían jugar en el jardín de los Boncourso sin invitación, ¿por qué Silvio no? Domenica no podía pensar en una buena razón que justificara el comportamiento de sus padres. Quizá no saludaron a la señora Vietro como debían porque no llevaba sombrero. Su madre podía ser una maniática cuando se trataba de tonterías como guantes y sombreros.

Pobre Silvio. Pasaba los días tratando de ser invisible para evitarse problemas, mientras su madre se paseaba por Viareggio como si lo fuera.

Capítulo 6

Netta Cabrelli hundió el paño en la pasta negra y aceitosa y pulió la punta del zapato de trabajo de su marido. Frotó la piel de adelante hacia atrás con pequeños movimientos, aplicando presión. Muy pronto, las marcas desaparecieron. La cera rellenaba las cuarteaduras donde la piel se había adelgazado. Levantó el zapato hacia la lámpara y examinó las reparaciones que Massimo, el zapatero, había hecho. Había instalado una capa adicional de caucho granulado entre el empeine y la suela.

Massimo explicó que el caucho provenía del lote más fino del Congo. Lo habían mezclado en contenedores con una gran cantidad de ceniza para espesar el líquido que provenía del cáñamo. La sustancia viscosa se vertía en charolas, se secaba al sol y se cortaba en paneles antes de enviarla a Italia. Los zapateros cortaban el caucho a la medida y lo cosían a los zapatos y las botas. La capa de caucho evitaba que el zapato se empapara con las lluvias del largo invierno, al tiempo que ayudaba a preservar la piel y aumentar la vida útil del calzado elaborado a mano. Netta quería que su marido, el aprendiz, pareciera un artesano experto mientras trabajaba mucho para convertirse en uno, así que cuidaba de manera especial su apariencia, de pies a cabeza. *La bella figura* también concernía a los hombres, en particular a quienes se ganaban el pan.

Pietro cerró la puerta de la recámara.

Netta alzó el zapato.

—Mira. Massimo reparó tus zapatos.

—*Va bene.*

—Ahora están pesados. No sentirás el frío cuando llegue el invierno.

La mujer lustró el zapato con vigor.

—Se supone que Aldo debería lustrar mis zapatos. Tenemos un acuerdo.

—Estaba cansado.

—De tanto correr por la playa. No está acostumbrado a moverse rápido.

—Al menos puedes atraparlo. —Netta suspiró—. Aunque tuviéramos la delantera, nunca atraparíamos a Domenica. Es como un zorro.

—No sé. Es más inteligente que astuta.

—Demasiado inteligente para su propio bien. —Sonrió.

—Nada de eso.

—Los niños de la escuela le tienen miedo.

—Es una líder.

—¿Y de quién es líder? No tiene amigos. Las niñas no la invitan a jugar. Por eso le dije que las invitara al jardín, pero ella no quiso. Dijo que las niñas de su edad son tontas. «Se ríen demasiado», eso me dijo.

—Porque es cierto.

—Así son las niñas.

—Si no le caen bien, no tiene por qué estar con ellas. Es capaz de hacer amigos.

—¡Los incorrectos! Debí prohibirle que pasara tiempo con Silvio Birtolini desde un principio.

—Eso no habría cambiado nada. Ella hubiera encontrado una manera de ser su amiga.

—Solo se hizo su amiga porque él no tiene ninguno. Le tiene lástima.

—Eso la hace compasiva.

—De él no saldrá nada bueno. Cualquier persona que se lleve con él terminará señalada también. Ahora roba.

—Porque nuestra hija se lo pidió.

—Eso lo entiendo. ¿Pero lo entenderán las mujeres en la iglesia? No creo.

—Nosotros somos quienes tenemos que explicar lo que pasó. Ellos son unos niños. Nuestra hija escuchó una historia y estaba intrigada por la idea de un tesoro escondido. Cuando se dice la verdad, todo es más inocente.

—¿Cómo pagaremos el mapa que destruyó? Aniballi insistió en que el mapa estaba arruinado y cubierto de sangre.

—Estuve de acuerdo en compensarlo. La biblioteca necesita reparaciones. Me llevará meses terminar el trabajo.

—Asegúrate de que el chico Birtolini te ayude.

—Aniballi no le permitirá acercarse a la biblioteca.

—Sería un milagro si lo dejan regresar a la escuela. ¿Ves lo que quiero decir? Domenica no debería juntarse más con él. Ve cuál es su pasado.

—No es culpa suya.

—Nadie pregunta nunca de quién es la culpa cuando se arroja la piedra.

—Deberían hacerlo, Netta. Pero no lo hacen. Acosan al chico que no tiene padre.

—¡Tiene un padre! Pero su padre tiene una esposa y una familia en Orvieto. No se quiere llevar al niño. Imagino que la esposa tiene algo que decir al respecto.

—Chismes, puros chismes.

—Chismes que afectan a nuestra hija y su reputación.

—Los Vietro son buenas personas. El padre de Vera era herrero en Pietrasanta. La familia de la madre era de Abruzzo. Granjeros honestos. Un error borró generaciones de una vida piadosa —se lamentó Cabrelli.

—Fue más que un error. No le tengas lástima. Fue un pecado mortal.

—Un pecado que nosotros no tenemos que expiar. Todos estos rumores sobre Vera y Silvio son solo eso. No quiero que mi esposa participe en ello. Ignóralo.

—Tengo demasiado de qué preocuparme. Le estoy fallando a mis propios hijos.

—Los chicos se meten en problemas —dijo Pietro cansado—. No voy a golpear a mis hijos.

—Eres el único padre que no lo hace, ¡y se nota! Domenica no le tiene miedo a nada. La mando a la iglesia, toma sus sacramentos, pero no le teme a Dios; pasa sobre ella como vapor y desaparece en las nubes como humo. No le entra. Reta a las monjas. Ellas dicen que es amable cuando hace preguntas, pero ¿quién es ella para hacer preguntas? Y si no le gusta la respuesta, ¡cuidado! Se pone como loca. Discutirá hasta que suene la campana de la escuela.

—No hay nada malo en tener convicciones. Eso debería ser incentivado, sobre todo en una niña inteligente.

—Tenemos que castigarla por el papel que jugó en el robo, porque si no lo hacemos... —dijo Netta y se enjugó las lágrimas con un pañuelo—, ¿cómo crecerá para ser una mujer respetable? ¿Una esposa? ¿Una madre? Cree que Viareggio es su reino y que ella pone las reglas. Debió ser una Bonaparte, es arrogante como ellos.

Cabrelli se sentó junto a su esposa.

—Ya le quitaste la cena y la biblioteca. Es todo lo que tiene. Domenica hace sus tareas de la casa, ¿no?

Netta asintió.

—Estudia mucho. Dice sus oraciones. Es obediente.

La mujer fulminó a su esposo con la mirada.

—Tiene un problema con la obediencia —admitió él—. Pero siempre tiene una buena razón para empezar un alboroto. Tiene altos valores morales.

—A su manera. Pero este incidente muestra que carece de juicio.

Netta se sentía perdida.

—Hablaré con ella.

—Esta noche.

—¿Por qué la prisa, Netta?

—Esa piedra no iba dirigida al niño Birtolini.

Capítulo 7

Detrás de la iglesia de San Paolino, al final del camino de piedra, antes de que construyeran el nuevo granero, junto al cobertizo del jardín se encontraba el establo que usaban para guardar el carruaje y el caballo del sacerdote. Cuando el nuevo párroco adquirió el primer vehículo de motor en Viareggio, vendieron el caballo y el carruaje, y el establo quedó vacío.

La señora Vera Vietro era la cuidadora de la iglesia y de la casa del párroco. Intercambiaba la mitad de su sueldo por la renta del establo. Se mudó ahí antes de que Silvio naciera y, con la ayuda del jardinero, lo hizo habitable. El establo tenía un encanto rústico. Jazmines de Virginia con flores naranja en forma de trompeta trepaban entre las gruesas hojas verdes por un costado y sobre el techo de teja, cubriendo de colores la madera vieja. Las ventanas tenían contraventanas de madera con ganchos y sin rendijas. El piso de pino con muescas se hizo con los restos de madera que usaban cuando instalaban pisos nuevos en la casa del párroco.

Las paredes tenían ganchos de hierro en los que alguna vez se sujetaron riendas, aparejos, muserolas y monturas de los caballos de la parroquia. La señora Vietro usaba esos mismos ganchos para colgar regaderas, herramientas de jardín y cubetas. El jardinero instaló materiales sobrantes de la renovación de la iglesia, incluidas tejas y tablones de madera, para apuntalar la estructura. Las paredes del establo estaban pintadas del mismo color amarillo mantequilla que la sacristía de San Paolino, porque había unas cuantas latas sobrantes de pintura cuando terminaron la renovación de la iglesia. Era una habitación ecléctica, pero caliente y seca, el único hogar que el chico Birtolini había conocido.

Las puertas del establo se abrieron y el aroma a tierra limpia de lluvia entró como una ráfaga en el lugar. Su madre había lavado la ropa. El pantalón y la camisa de Silvio, junto con el vestido de trabajo de su madre, colgaban de una cuerda que estaba atada a dos vigas.

Silvio barrió el piso; sabía que su madre apreciaría su esfuerzo. También se sentía culpable de dejar su trabajo esa tarde en la iglesia. Al sacerdote no le gustaba cuando la llamaban de la escuela por Silvio o cuando se quedaba en casa a cuidarlo porque estaba enfermo. Su madre nunca le hacía sentir que fuera una molestia; pero, a pesar de sus esfuerzos, él sentía que lo era.

Silvio siempre necesitaba una ruta de escape y un sitio donde esconderse. Se las había arreglado para mantener en secreto el lugar donde él y su madre vivían, aunque eso no evitaba que los niños de la escuela inventaran cuentos loquísimos sobre ellos.

Algunos niños murmuraban que Silvio vivía en el bosque con los jabalíes; otros difundían la historia de que vivía en el sepulcro de la iglesia y que dormía de pie junto a las tumbas. Silvio había escuchado a Beatrice Bibba decirle a un grupo de niñas en la escuela que obligaban a su madre a limpiar la iglesia porque había cometido un pecado mortal que solo la esclavitud podía expiar. En realidad, su madre limpiaba la iglesia porque necesitaba llevar comida a la mesa y poner un techo sobre sus cabezas. No tenía el apoyo de ningún hombre; no había un padre que los protegiera. Los niños inventaban historias que se alimentaban de las historietas de aventuras de los periódicos. Los relatos eran una manera efectiva de mantener a Silvio Birtolini en su lugar, como *il bastardo*.

—No barras, Silvio, descansa —dijo su madre cuando llegó a casa cargando un pequeño paquete—. Toma. —Abrió la envoltura, puso unos *bomboloni* calientes en un platito y se los dio—: Tus favoritos.

—No tengo hambre, mamá.

—Come, Silvio. Están recién hechos. Los traje de la fiesta.

—Lo sé. Pero no es lo mismo cuando los traes a casa. Saben mejor en el puesto, después de que juego.

Su madre regresó el *bombolone* a su envoltura y la cerró bien.

—No te sabrá dulce mientras tengas pensamientos amargos.

—La mayoría de mis pensamientos son amargos, mamá. Es un milagro que pueda saborear algo dulce.

—No te culpo. —Le presionó la frente con la palma de la mano y con cuidado tocó el vendaje sobre su ojo—. ¿Cómo te sientes?

Silvio apartó su mano.

—Me duele.

—Sanará, ya lo verás. Mañana en la mañana te sentirás mejor. En unos días lo habrás olvidado.

—No olvido.

—Debemos perdonar.

—No puedo.

—¿Aunque te prometiera que no volverá a pasar?

—Pasará hasta que tenga la edad suficiente como para detenerlo. Y entonces tendré que formar mi propio ejército. Por ahora no tengo a nadie, solo soy yo. —Trató de sonreír, pero las puntadas se le jalaban.

—Deberían avergonzarse de perseguirlos a ti y a la niña Cabrelli como si fueran animales. Deberían castigarlos por lo que hicieron.

—No lo harán. —El niño se dio unos golpecitos sobre el vendaje.

—Domenica me dijo que te pusiera aceite de oliva en las puntadas y que así no te quedaría cicatriz.

Silvio puso los ojos en blanco.

—Se cree médico.

—Es una buena amiga.

El chico no quiso decirlo en voz alta porque sabía que lastimaría a su mamá, pero, de hecho, Domenica era su única amiga.

—Será muy difícil irnos de aquí —agregó su madre en voz baja mirando alrededor.

—¿El párroco quiere que le regresemos el granero?

—Ya conoces a los de la iglesia, siempre necesitan más espacio.

—Mamá, ¿alguna vez has pensado que el sacerdote del pueblo vive solo en una casa muy grande? ¿Por qué un solo hombre necesita tantas recámaras?

—Porque es importante.

—Me gusta nuestra casa. Quiero quedarme.

—Lo que queramos no es importante. Ya tomé la decisión, tenemos que irnos de Viareggio.

—¿Por qué?

—Porque sigues teniendo los dos ojos. No descansarán hasta que te hayan hecho tanto daño que no puedas recuperarte. Sé qué va a pasar. Empeorará hasta que te saquen de aquí por completo. Luego encontrarán a otro chico a quien molestar. Siempre es igual.

—¿A dónde iremos?

—La tía Leonora nos dará asilo.

—No, mamá.

—No es tan mala. Solo tenemos que escuchar sus tonterías sobre sus achaques y hacerle bolitas de ron. Es buena.

—¿Cuándo?

—Mañana, antes de que salga el sol. Don Xavier enviará a un chofer para que nos lleve al tren que va a Parma. Él pagó el pasaje y me dio una carta que me asegurará un puesto en la iglesia de Sant'Agostino.

Silvio tenía ganas de decir que quería quedarse, pero se sentía mal por su madre, así que abandonó la idea.

—Hay muchas cosas de Viareggio que extrañaré.

—¿Después de todo esto? Eres un buen niño.

Vera abrazó a su hijo y lo sostuvo tanto tiempo como él se lo permitió.

—Descansemos. Mañana será un gran día.

Su madre terminó sus tareas. Planchó la ropa, rociándola con lavanda y limón antes de pasar la plancha caliente sobre la tela. Empacó sus escasas pertenencias, que cabían en un costal de tela. Vera se puso en cuclillas y aflojó una piedra de la chimenea; sacó los ahorros que escondía en un agujero debajo de ella. Silvio abrió los ojos como platos al ver a su madre sentarse a la mesa y contar las liras. Las metió en su bolso de mano, uno de piel que la tía Leonora le regaló cuando dejó de usarlo. Su madre colocó el bolso sobre el costal. Miró alrededor de la habitación para asegurarse de que había dejado el establo como lo había encontrado.

Vera se acostó y se quedó dormida muy rápido, era una broma entre ellos. Al otro lado de la habitación, en su cama, Silvio yacía despierto. Le tomó horas quedarse dormido porque, en la oscuridad, pensaba en la vida que algún día tendría cuando fuera lo suficientemente grande como para reclamarla. Imaginaba diferentes situaciones, dependiendo de su estado de ánimo. A veces era un soldado en el reino mítico de la caricatura de Zella; otras, un marinero en altamar que navegaba entre tormentas y piratas, o se imaginaba una vida en la que vestía un traje café, zapatos negros y un sombrero para ir a una oficina en algún lado. Su fantasía favorita era planear cómo obtener un trabajo en el gobierno, donde le dieran un uniforme y una motocicleta. La estacionaría frente a su departamento, el cual tendría una terraza sobrevolada y macetas de barro en las escaleras. Cuando estaba cansado, soñaba con tener una vida ordinaria, una en la que la gente fuera amable con él. Las opciones más fantásticas requerían mayor concentración.

Pensó que irse de Viareggio no era lo peor. Su madre necesitaba empezar de nuevo, mucho más que él. Le dolía cuando las personas que iban a la iglesia la ignoraban, aunque fuera ella quien limpiara las bancas, puliera los pisos y lavara las ventanas sucias. ¿Los parroquianos alguna vez se preguntaban quién hacía las velas de cera de abeja y rellenaba las bandejas de ofrendas para que sus preciosas plegarias fueran respondidas antes de que el pabilo se consumiera? A Vera Vietro la trataban mal, pero ella lo soportaba porque su casa en el terreno de la iglesia estaba incluida en el mísero sueldo que recibía. El desdén que mostraban a su madre no parecía molestarla, pero sí molestaba a su hijo. Vera Vietro estaba tan ocupada tratando de sobrevivir, que no se daba cuenta de cómo la trataban; y si alguna vez lo advertía, lo ignoraba por el bien de su hijo.

Silvio había observado cómo su madre se llenaba de falsas esperanzas siempre que un niño, además de la inalterable y leal Domenica Cabrelli, se hacía amigo de él. Cuando alguien invitaba a su hijo a jugar en la calle, ella esperaba que eso significara que al fin sus compañeros lo aceptaban. Promovía cualquier amistad incipiente con actos de amabilidad; enviaba un pastel o una cacerola de sopa a la casa del nuevo amigo como muestra de gratitud, con la esperanza de que su gesto promoviera la amistad y tomara raíces. En esos momentos, cuando parecía que las cosas habían cambiado para su hijo, la señora Vietro creía que lo peor había pasado. Pero, desde luego, no era así. Los padres de los niños cortaban cualquier vínculo cuando se enteraban de las circunstancias del nacimiento de Silvio. Les interesaba alejar al chico Birtolini de su familia.

Cuando Silvio creció, el acoso se tornó en desprecio, el umbral de la violencia. No había forma de cambiar la idea que tenían de su hijo, sobre todo cuando estaba tan profundamente arraigada en la gente que perpetuaba el dolor. Solo había una persona en el mundo que podía hacer que eso cambiara, y él no lo haría. El padre de Silvio no lo quería, y eso hacía que nadie en el mundo lo quisiera. A pesar de todo esto, el niño seguía intentando adaptarse.

Cada día de su vida, Silvio Birtolini comenzaba de nuevo. Todas las mañanas salía de casa de su madre con grandes esperanzas, creyendo que este sería el día que borraría el pecado, o que al menos lo dejaría en el pasado para que lo olvidaran. Se esforzó mucho por adaptarse, por ser buen amigo, pero eso no le garantizó ninguna lealtad, aunque él la diera. Nadie devolvía su amabilidad; nadie pensaba en incluirlo, aunque pasara noches de insomnio pensando cómo hacer amigos y encontrar camaradería en interacciones sencillas que para los otros niños se daban tan fácilmente. Como si eso no fuera dolor suficiente que padecer, veía lo que le hacía a su madre. El rechazo de sus maestros y compañeros era una herida para ella, le rompía el corazón sensible vivir tal desamparo.

Su único alivio era la biblioteca, y ahora hasta eso le habían quitado. Antes del incidente, si Silvio se portaba bien y seguía las reglas, le permitían quedarse todo el tiempo que quisiera; un privilegio para un niño que no era bienvenido en ningún lugar. Silvio y Domenica pasaban horas ahí juntos, leyendo con detenimiento los libros que les encantaban, sin importar el número de veces que los leyeran. Domenica se envalentonaba cuando leía *Los tres mosqueteros*. El niño aprendió a lidiar con su situación leyendo a Charles Dickens, quien escribió sobre las circunstancias de Silvio como ningún otro escritor. Las historias de las vicisitudes de otros le ayudaban a darle sentido a su propia vida; la única diferencia era que los personajes ficticios que enfrentaban adversidades estaban seguros en sus libros. Silvio no, él tenía que vivir en un pueblo en el que no había protección alguna.

Silvio cumpliría doce años en unos días y estaba ansioso por convertirse en un hombre. La adultez significaba que al fin podría tomar el control de su propia vida. Había señales de que eso se acercaba, por lo que se preparaba para el nuevo papel. Lo abordó de la misma forma en la que había estudiado los sacramentos.

Sabía que su madre no podría guiarlo en ese aspecto, pues solo un padre habría podido hacer eso por su hijo. Lo averiguaría por sí mismo en los libros.

Antes de llevarse el mapa de la biblioteca, Silvio perdió el sentido del tiempo leyendo sobre los cambios que tendría su cuerpo en *La guía del médico para el varón adolescente*. Leyó cosas que lo perturbaron y lo emocionaron tanto que casi olvidó por completo llevarse el mapa y reunirse con Domenica. Pero no defraudaría a su amiga. Si tan solo se hubiera quedado leyendo en la biblioteca, habría evitado lo peor de este terrible día.

Hubiera querido tener el tiempo de terminar el libro sobre la pubertad. Había leído suficiente como para entender que cuando cumpliera catorce sería un hombre a nivel físico, en camino a tener la fuerza, la altura y el peso que harían imposible que alguien se metiera con él. En ese momento podría dejar la escuela, meterse de aprendiz en algún oficio y tener un trabajo para ganar un sueldo con el cual mantenerse él y a su madre. Silvio pensó que era gracioso que en la pubertad sus glándulas tuvieran el control de su destino y que serían el catalizador que lo ayudaría a dejar atrás el dolor de su infancia. Según el libro, así sería. La edad adulta cambiaría su vida. Abandonaría su niñez en el camino a Parma. Ya no quería justificarse, soportar las burlas cotidianas ni verse obligado a esconderse cuando lo perseguían en la oscuridad. Aparte de la lealtad de Domenica, no había nada para él en este pueblo costero. Sin importar el bien que pudiera hacer o lo que pudiera lograr o ser, en Viareggio siempre sería *il bastardo*.

Capítulo 8

Domenica estaba acostada en su cama, debajo de la ventana de la cocina, y miraba el cielo nocturno. Trataba de examinar su consciencia, pero el proceso era tedioso. Le disgustaba el ejercicio espiritual casi tanto como su labor casera más aburrida, la ardua tarea de quitar todas las espinas del bacalao para curarlo para el invierno. Siempre había más espinas, sin importar cuántas sacara. Eso pasaba con el pecado. Escogía sus acciones para prepararse para la confesión, pero invariablemente había más pecados que hubiera podido confesar. ¿De qué servía hablar una y otra vez de lo que ya había sucedido, cuyos resultados no podía cambiar y cuyos efectos eran imparables? Todo le parecía inútil.

Había sido un día de vergüenza para la familia Cabrelli. Su hermano se escapó del castigo y se había convertido en una especie de héroe para la biblioteca del pueblo al unirse con los rufianes en la playa. Aniballi prometió a los chicos limonada y galletas para celebrar que recuperaron el mapa. Era repugnante. Y, tal como había esperado, los castigos de su madre fueron severos. Ninguna cena hasta el domingo. Quedó expulsada de la biblioteca durante un mes. Lo último era prácticamente una sentencia de muerte, pero sobreviviría. Al menos tenía siete libros debajo de su cama, esperando lectura. Probablemente Silvio no podría regresar más a la biblioteca, así que tendría que compartir su reserva con él. Era lo menos que podía hacer. Después de todo, tendría una cicatriz por su culpa. Se sentía culpable por eso y ya le había pedido perdón a Dios. Sin embargo, a pesar del problema, este había sido el mejor día de su vida. Había colaborado con el doctor Pretucci y había hecho un buen trabajo. Domenica había encontrado un propósito: sería enfermera. El momento más feliz en la vida de una persona es cuando encuentra la actividad para la que ha nacido. Bajo la luz de la luna, estaba entusiasmada.

—Domenica, ¿estás dormida? —susurró su padre desde el umbral.

—No, papá, estoy rezando.

—Sigue rezando. Podemos hablar en la mañana.

—Ya acabé. —La niña se persigno rápidamente y se incorporó en la cama—. ¿Mamá volverá a hablarme alguna vez?

—Eso espero.

Pietro se sentó en la silla junto a la chimenea.

—Cuando yo sea madre, siempre hablaré con mis hijos, sin importar lo que hagan.

—Harás lo que creas mejor cuando llegue ese momento, igual que tu madre.

—¿Por qué todos están enojados conmigo?

—Eres una persona fuerte y obligaste a alguien más débil a que hiciera algo malo.

—Silvio no es débil, es un buen compañero. Es el único niño que conozco que puede mantener mi ritmo en los senderos. Es fuerte.

—No importa lo que sea. Fue tu plan. ¡Tú se lo metiste en la cabeza! Domenica, solo hay dos golpes a la reputación de los que es imposible recuperarse en un pueblo: una vez que te conocen como pordiosero o como ladrón, siempre te tratarán como lo uno o lo otro.

—Tomamos prestado el mapa de la biblioteca.

—Eso no es lo que el señor Aniballi me dijo. Silvio robó el mapa. Fue a la sala de geografía y lo sacó de la vitrina sin pedirlo.

—Podemos ver los mapas.

—Con permiso.

—Íbamos a regresarlos. Aniballi pasa la mitad del tiempo dormido en su escritorio. Ni siquiera se da cuenta de quién entra o quién sale de la biblioteca. La tiene contra Silvio.

—Tal vez eso sea cierto, pero no importa. Aniballi estaba lo suficientemente despierto para ver que Silvio se robaba el mapa. El hombre que roba una hogaza de pan y se la come nunca puede devolver el pan robado. Y aunque después lo pague, sigue siendo un ladrón.

—Papá: es un mapa, no un pan. El señor Aniballi recuperó su mapa.

—Y estaba arruinado.

—No estaba arruinado. Lo sé. Yo lo tuve en la mano.

—No fue eso lo que Aniballi me dijo.

—¡Aniballi! —Domenica chasqueó la lengua—. No diré lo que es, porque estoy a punto de hacer la confirmación y no quiero que el Espíritu Santo me mande una bola de fuego fulminante para castigarme.

—Entonces no lo hagas.

—Dime una cosa: ¿cuál es el castigo para el señor Aniballi por mentir sobre la destrucción del mapa? ¿Por hacer que los chicos del pueblo se volvieran una jauría de perros?

—No puedes culparlo por eso —espetó Cabrelli.

—¿Por qué no? —La niña cerró los ojos y se golpeó el pecho—. Por mi gran culpa. Silvio obedecía mis órdenes. Perdóname, Madre Santa, Santa Comunión de los santos, niño Jesús y Dios mismo, por rezar pidiendo justicia. Aniballi debería tener un gusto amargo en la boca hasta que aprenda a decir la verdad. Amén.

—Eso no es justo. Aniballi tiene un trabajo. Debe proteger los libros y los mapas de la biblioteca. No lo culpes por tu error. Escúchame, tú eres la instigadora. Cuando el bosque se quema, eres tú a quien encuentran con una caja de cerillos en las manos. Tú y tus decisiones. La locura de tu plan terminó en esto. No puedes ir por ahí diciéndole a otros niños qué hacer. No eres ni su madre ni su padre. No eres la policía, tú no haces las reglas y no eres quien las hace cumplir.

—Quisiera que fueras rico. ¿No te gustaría ser rico, papá?

Cabrelli suspiró.

—Trabajar con gemas invaluables te cura de querer poseerlas.

—Yo quiero poseerlas. Cuando eres rico nadie puede decirte qué hacer. Al alcalde y el obispo nadie les dice qué hacer.

—Seas rico o pobre, tu conciencia te dice qué es lo correcto. Y eso es lo que nos preocupa a tu madre y a mí. No mostraste buen criterio.

—Si tomamos prestados libros de la biblioteca, ¿por qué no podemos tomar prestado un mapa? ¿La biblioteca no nos pertenece a todos?

—El mapa le pertenece al Estado. Hoy pudiste haber salido muy lastimada. Silvio tendrá una cicatriz.

—Como un pirata.

—Los piratas no son santos. Son ladrones. Te prohíbo ir a la caza de ese tesoro enterrado. No existe. Es una fábula que resucita en el pueblo y ronda siempre que la gente cree que el dinero los puede salvar. Lamento que mi propia hija crea esas tonterías. Tu amigo pudo haber perdido el ojo. Y tú pudiste perder el tuyo. Al chico que arrojó la piedra no le importaba quién saliera lastimado, solo quería detenerlos.

—¿Y cuál es su castigo?

—Aniballi no sabe cuál de ellos lanzó la piedra.

—Aniballi estaba en las dunas. Podía ver toda la playa. Solo San Miguel, en su nube azul, podía ver mejor. No importa. Yo sé quién la lanzó.

—¿Viste al chico?

—No. Pero Guido Mironi llegó hasta mí primero y me quitó el mapa. Así que fue él.

—No puedes acusarlo a menos que estés segura.

—La herida en la ceja de Silvio era larga y profunda, y la piedra era pesada, eso significa que el chico que la lanzó estaba cerca. El ángulo de la herida en su frente indicaba que la piedra cayó de arriba, así que alguien más alto que nosotros la lanzó con fuerza. Fue Mironi. Se burla de Silvio en la escuela. Le quita su libro y el pan. La mitad de las veces Silvio no come porque le roban la comida.

—Y tú compartes la tuya con él.

—Sí, papá. Pero no le digas a mamá.

—En esta casa no serás castigada por ser amable. Pero eso no compensa el robo del mapa. Hoy, los ángeles estuvieron de tu lado, Domenica; no sé si será igual la próxima vez que tomes algo que no te pertenece.

—Los ángeles saben la diferencia entre robar y tomar prestado. Están de mi lado, créeme.

Cabrelli suspiró.

—Di tus plegarias.

—Ya lo hice.

—Di unas más —agregó Pietro acercándose a la puerta.

—Papá, ¿por qué Silvio no tiene el mismo apellido que su madre? Ella es la señora Vietro y él es Birtolini.

—La señora Vietro no podía casarse con el padre de Silvio porque el hombre ya tenía una esposa.

Domenica pensó en eso.

—¿Birtolini es el apellido de su padre?

—No. Según la ley italiana, hay una letra para cada mes, y la madre sin marido escoge un apellido, cualquiera, usando esa letra. Silvio nació en un mes en el que la «B» era la letra designada. Su madre escogió el apellido de una lista.

—Pobre Silvio. *Il bastardo* —murmuró Domenica—. Papá, creí que habías dicho que en Viareggio las únicas dos cosas que no puedes ser es pordiosero o ladrón.

—Así es.

—Pero eso no es cierto. Tampoco puedes ser *il bastardo*.

—Domenica.

—No es culpa de Silvio. ¿Cómo pueden culparlo por algo que no hizo? ¿Por qué está marcado?

—Tenemos que rezar por él.

—Eso no le dará un padre.

La niña tenía razón y su padre lo sabía. *Il bastardo* no era solo una provocación, era una marca para su futuro. Silvio no heredaría nada y la educación después de la escuela primaria le estaba vetada.

Los ronquidos de Aldo se podían escuchar desde la habitación contigua. La prepubertad lo había convertido en una especie de oso gigantón, que eructaba y expulsaba flatulencias. Era ofensivo incluso cuando dormía. Domenica esperaba con ansias crecer, para alejarse de Aldo lo más posible.

—¿Tienes hambre?

—No, papá —mintió la pequeña.

—Mamá te preparará una *frittata* en la mañana.

—¿Cómo sabes?

—Mandó pedir los huevos.

—¿Lo hizo?

Domenica se acomodó bajo las sábanas, confiada en que, después de todo, su madre no la culpaba por los eventos de ese día.

Cabrelli apagó de un soplido la llama de la lámpara y el aire se llenó del dulce olor a almendras del aceite.

—Entre más pronto te duermas, más pronto comerás.

Domenica giró sobre la cama. Cuando escuchó que la puerta de la recámara de sus padres se cerraba con un suave chasquido, se acomodó bocarriba, pasó las manos detrás de la cabeza y miró al techo. Dijo una rápida oración de agradecimiento por los huevos. Su madre la amaba. Rezó por su padre, porque la amaba sin importar lo que hiciera. También rezó por Aldo, porque tenía la obligación de hacerlo.

Sus ojos empezaban a entrecerrarse cuando, de pronto, un rostro apareció en la ventana como una foto fija iluminada por la Luna a contraluz. Demasiado aturdida para gritar, se levantó de un salto para salir corriendo de la habitación, pero entonces se volvió para mirar hacia allá. La forma de la cabeza le era familiar: redonda como una avellana, con la barbilla puntiaguda. Los rizos negros de la cabeza se fundían con las volutas de hierro forjado de la reja al otro lado de la calle, lo que dificultaba verlo con claridad. El chico se paró bajo un haz de luz.

Domenica se hincó en la cama y abrió la ventana.

—¿Cenaste? —murmuró Silvio.

—No tengo permiso de cenar hasta el domingo. Me quieren matar de hambre.

—Toma.

La niña desenvolvió el pedazo de tela. Un dulce aroma de vainilla y mantequilla llenó el aire. El hojaldre estaba cubierto de azúcar.

—¿De dónde lo sacaste? —Le dio una mordida y masticó despacio, saboreando el dulzor mantecoso de la masa y el azúcar al derretirse en su lengua—. Toma uno —agregó, y le extendió el pastel a Silvio.

—No puedo.

—¿Por qué no?

—Las puntadas me duelen cuando mastico. Pretucci debió apretar algo de más.

Silvio le mostró: peló los dientes como un orangután y trató de abrir y cerrar la mandíbula. Ella rio.

En la habitación contigua, Aldo roncó con fuerza y giró sobre la cama.

Domenica salió por la ventana y se sentó en las escaleras junto a Silvio.

—Entra, te vas a meter en más problemas —le advirtió su amigo.

—Una vez que estás en problemas, es demasiado tarde como para meterte en más.

—¿Eso es cierto?

—Es sentido común. —Domenica terminó el primer *bombolone*. Con cuidado, recogió los granitos de azúcar que quedaron en la tela y se lamió el dedo—. Es el pastel más delicioso que he probado. En toda mi vida. Gracias.

—*Prego*.

Por hambriento que estuviera, Silvio era más feliz al ver que su amiga disfrutaba el pastelito.

Fortalecida por tener el estómago lleno, Domenica le presentó un nuevo plan a su amigo.

—No necesitamos ese estúpido mapa. Aniballi puede quedárselo en su biblioteca polvorienta. Podemos encontrar el tesoro sin él. Encontraremos la manera de cruzar el bosque de pinos. Tengo la corazonada de que los piratas lo dejaron cerca de los canales.

—¿Estás segura?

—Es lo más lógico. Tenían que contar con una huida rápida. ¡Iremos mañana! Cuando amanezca. Después de que vaya por el agua.

—No podré ayudarte a encontrar el tesoro.

—Bueno, tal vez no de inmediato. Tenemos que dejar que la maldición de Aniballi se termine. Nos tiene en la mira.

—No, quiero decir que no estaré aquí. Tenemos que irnos mañana de Viareggio.

—¿A dónde irán?

—A casa de mi tía, en Parma.

—¡No, con ella no! —Domenica recordaba a la tía Leonora; se daba sus aires. Tenía la frente tersa y el peinado alto de una aristócrata. La tía venía a la costa en agosto y la señora Vietro tenía que atenderla como si fuera su sirvienta. A sus espaldas la llamaban la tía Regina—. ¡Es horrible!

—Lo sé. Pero no tengo opción. Tendré que hacer labores en la casa y portarme bien. Eso es lo que dice mamá.

—¿Cómo se supone que hagas algo cuando los chicos te arrojan piedras?

—Quizá en Parma no tienen piedras. —Silvio trató de sonreír, pero el rostro le dolía.

—¿Quién te protegerá? No me gusta nada esto de Parma. Pero este pueblo tampoco me gusta. No tengo nada agradable que decir de Viareggio. Casi pierdes el ojo.

—No debí voltear. Si te hubiera escuchado, no me habrían golpeado.

—Siempre hay más piedras y más chicos para arrojarlas.

Domenica le dio unas palmaditas en la mano. Ella y Silvio se quedaron sentados en el escalón durante un buen tiempo, mientras la luna blanca brillaba intermitente detrás de las nubes.

—Silvio, escúchame. Cuando llegues a Parma, no les cuentes sobre tu apellido.

—De cualquier manera lo sabrán.

—No si tienes una historia mejor —ofreció Domenica.

—¿Qué quieres decir?

—Tienes que hablar de tu padre antes de que ellos asuman que no tienes uno. Algo así: el señor Birtolini era un gran hombre, capitán de un barco que peleó contra los piratas. Salvó un tesoro que pertenecía a la santa Iglesia Romana en un barco que se quemó en el mar.

—Pero eso no es cierto.

—¡No importa! Es tu historia. ¡Tú invéntala! Di que tu padre saltó del barco con las preciadas reliquias hasta un pequeño barco de pesca. Cuidó esas reliquias contra huracanes, desgracias y hambruna, y las devolvió en las manos del mismo papa, quien lo ungió frente a todos los cardenales cuando el señor Birtolini...

—Fue golpeado con una piedra.

—¡No! Tu padre murió de repente porque lo mordió un pez venenoso en la costa de Nápoles, mientras salvaba las reliquias. Eso es lo importante. ¡El señor murió en su intento por devolver el botín! El papa cayó de rodillas y besó a tu padre agonizante para darle los últimos sacramentos. La extremaunción. Tu papá está ahora seguro en este mundo y el siguiente. Los cardenales formaron un círculo rojo y lloraron. El papa lloró. Juntos, rezaban mientras los ángeles bajaron para llevarse el alma de tu padre con Dios.

—No necesitas ir a la biblioteca. No necesitas leer libros. Tú eres un libro.

—Ten lista una historia, o la gente la inventará por ti. Tienes que hacerlo antes que ellos. ¿Lo prometes?

—Lo prometo.

—Al menos escúchame. A nadie aquí le importa lo que yo pienso.

—Yo creo que eres la persona más inteligente que conozco. Nunca tendré a otro amigo como tú.

—Claro que lo tendrás —le aseguró.

—No lo creo. Tú eres rara, Domenica. Pero lo que te hace diferente es tu fortaleza. *Coraggio.*

La niña abrió el envoltorio. Le dio a Silvio el último *bombolone.* Él lo aceptó y lo partió a la mitad para compartirlo con ella.

—Come bocados pequeños para que no te duelan las suturas —dijo.

Silvio se comió casi todo el segundo *bombolone* en bocados diminutos. Ella se comió el resto. No dejaron ni un solo grano de azúcar en el envoltorio.

Domenica dobló la tela en un cuadro perfecto y se lo devolvió a su amigo.

—Tenía mucha hambre —dijo, mientras entraba de nuevo a la casa. Sacó la cabeza por la ventana abierta y agregó—: Gracias.

—¿Domenica?

Ella se recargó sobre el alféizar. Su rostro, el único que él buscaba al llegar a la escuela o a la iglesia o, de hecho, en cualquier lugar, estaba tan cerca del suyo que, por primera vez en su vida, el chico se sintió afortunado.

—Antes de llevarme el mapa encontré algo que creo que podría ayudarte.

—¿Un arma?

Él sonrió, pero le dolió la herida.

—No. En la sala de mapas hay un libro que se llama *El registro del capitán Nicola Forzamenta*. A menudo, los piratas escondían sus tesoros en las iglesias.

—Interesante.

—Lo es.

Silvio bajó dos escalones. Se detuvo al pie de la escalera, dio media vuelta y de un salto volvió a subir para quedar frente a ella.

—¿Domenica?

Ella se inclinó sobre la ventana.

—¿Qué pasa? —murmuró.

Silvio no respondió; en su lugar, tomó el rostro de ella entre sus manos y la besó.

Los labios de Silvio eran más suaves que los *bomboloni*; eso la sorprendió.

—*Ciao*, Domenica. —Después de expresarse de manera tan íntima con su mejor amiga, Silvio se sentía abrumado por lo que acababa de hacer—. Debo irme. —Bajó la escalera y cuando llegó a la calle alzó la cabeza para mirarla; le sonrió, se tocó la herida donde la piedra lo había golpeado porque aún le dolía—. Regresaré por ti algún día —agregó en un murmullo que solo la luna escuchó.

Domenica agitó la mano en despedida y luego cerró las persianas, bajó la ventana y puso el cerrojo. Por las rendijas pudo ver cómo Silvio Birtolini se alejaba.

Habría sido más fácil quedarse dormida ahora que tenía el estómago lleno. ¿Qué haría sin la amistad de Silvio Birtolini? Los viejos decían que todas las personas son reemplazables; pero, en su corta vida, no estaba tan segura. No había manera de reemplazar a Silvio Birtolini porque, de ser así, ya lo habría hecho. Él era el único amigo a quien confiaba sus secretos y sus sueños. Tenía el ingenio para ir en busca del tesoro enterrado, y era el único amigo con quien podría compartir el botín cuando lo encontraran. Un verdadero amigo robaría por ti.

Era probable que Silvio tuviera razón, que los piratas no enterraran sus riquezas en las dunas, como ella había pensado, sino que escondieran las joyas en una de las iglesias. También era posible que los piratas hubieran enterrado el tesoro en el bosque de pinos o que hubieran encontrado un escondite en Pania della Croce. Pensó mucho tiempo en esto para eliminar algunas ubicaciones de conocimiento ancestral. Los piratas no pudieron llegar hasta el monte Tambura porque regresaron el mismo día al barco que estaba amarrado en Viareggio. Era posible que hubieran subido hasta el refugio Rossi, dejado sus cosas en la cabaña y escalado un poco más para enterrar el tesoro; luego habrían recuperado sus cosas de regreso al barco. Había tantas opciones, tantos lugares en donde los piratas pudieron haber escondido el tesoro. Dudaba poder encontrarlo sin Silvio.

Domenica había perdido a su compañero y sabía que necesitaba uno si quería encontrar un tesoro enterrado. La opción obvia para reemplazarlo era su hermano, pero Aldo no era inteligente, y era pésimo para seguir instrucciones, en particular cuando era ella quien las daba, así que no era probable que lo convenciera de seguir su plan.

Le inquietaba pensar en subir sola esa montaña. Había escuchado las historias del *Uomo Morto*, la formación rocosa en la cima que parecía el rostro de un hombre muerto. Había escuchado a los chicos del pueblo decir que solo Dios podía ver su expresión. Era una imagen descomunal, tan sorprendente que algunos viajeros se habían caído por el acantilado de una montaña cercana cuando se encontraron con él. ¡Debía ser algo horrible! Algo que se tenía que evitar. Si alguna vez tuviera que viajar al norte, a Milán, a Bérgamo o a Cremona, no pasaría por esa montaña; en su lugar, permanecería cerca del agua, seguiría el mar hacia el norte. No escalaría las colinas de mármol porque no quería ver la cara de la muerte.

Domenica giró sobre un costado para dormir. Ya no podía tener los ojos abiertos para pensar. Se lamió los labios, que aún tenían azúcar de los *bomboloni*. Volvió a pasar la lengua sobre ellos, al tiempo que acurrucaba la cabeza en la almohada. Se estaba quedando dormida cuando se dio cuenta de que no era el azúcar del pastelillo lo que permanecía en sus labios, sino algo por completo distinto: era el sabor dulce del beso de Silvio Birtolini.

—¡Domenica! —su madre, Netta, la llamó desde la ventana—. Toma dos cubetas. Una para la señora Pascarelli y otra para mí.

La niña alzó la vista y le hizo una seña con la mano a su madre.

—Sí, mamá.

Estaba contenta de que su madre le hablara después de lo que pasó con Aniballi, aunque solo fuera para decirle que trajera agua fresca.

—Haré los huevos cuando regreses —prometió su madre antes de cerrar las contraventanas.

En lugar de tomar las cubetas, Domenica entró a la casa a toda velocidad y subió las escaleras. Encontró a su madre en la cocina, corrió hacia ella y la abrazó.

—Lo siento, mamá.

Netta abrazó a su hija y la besó en la cabeza.

—Ahora vete —le dijo.

La niña bajó rápido las escaleras. Al otro lado de la reja, descolgó del poste las cubetas de madera y cuando volteó, dispuesta a empezar su camino, vio un bulto en el escalón.

Dejó las cubetas en el piso y levantó el paquete. ¡Estaba dirigido a ella! «Señorita Cabrelli». Con cuidado, abrió el sobre que lo acompañaba.

Querida Domenica:
  Eres una buena amiga. Gracias. Don Carini bendijo el regalo.
Señora Vietro y Silvio.

Domenica abrió el paquete que estaba envuelto en yute limpio y sacó su delantal. Un pequeño regalo envuelto en un poco de tela estaba atado al paquete con un listón. Lo desató y puso el regalo a un lado.

Desdobló el delantal. Estaba tan blanco y reluciente como el sol y las prístinas nubes que lo cubrían. ¡No había ni un solo rastro de la sangre de Silvio en la prenda! ¡Hasta los parches estaban limpios! Pasó el delantal sobre su cabeza y lo abotonó en la nuca. Metió las manos en los bolsillos. La tela planchada olía a limón y almidón. Se dio cuenta de cuánto había extrañado su delantal y los bolsillos cuando no tuvo uno para usar.

Se sentó en el escalón y abrió el paquete; de él salió una pequeña medalla de oro. La examinó con cuidado. Santa Lucía, la santa patrona de la visión, brilló bajo la luz matinal. Con cuidado envolvió la nota y la medalla en la tela y las metió al bolsillo de su delantal. Levantó las cubetas vacías y emprendió el camino para llenarlas de agua fresca.

Pasó la mano por encima del bolsillo del delantal para asegurarse de que la medalla estaba protegida al interior. No hablaría ni de la nota ni de la medalla con su madre, su padre o su hermano. Ni siquiera con la chica LeDonne, aunque era sabido que Amelia guardaba los secretos mejor que ninguna otra niña en Viareggio.

Domenica no conocía a nadie en el pueblo que pudiera alegrarse de que el niño Birtolini le hubiera dado un regalo. Creía que Silvio y su madre eran buenos y amables, aunque la gente de Viareggio no estuviera de acuerdo. Además, solo los más devotos se acordaban de llevar una medalla a bendecir antes de regalarla. La señora Vietro y Silvio Birtolini tenían fe, a pesar de sus circunstancias; por lo tanto, la chica aceptó su talismán con humildad. Domenica Cabrelli tenía la protección de una santa, y a los once años, sabía que la necesitaría.

Capítulo 9
Viareggio
Hoy

Olimpio Roffo estacionó el coche en la calle, frente al jardín de los Boncourso. Olimpio era un marido agradable que anhelaba compartir una comida caliente y una conversación con su esposa después de un largo día de lidiar con los artesanos y los clientes. La lluvia y el tránsito fueron pesados en la autopista. Tomó el atajo que serpenteaba por las colinas, en curvas que seguían los arroyos que llevaban al mar. La neblina en el camino era espesa, por lo que, con sumo cuidado, manejó despacio y eso hizo que llegara tarde. Tenía una buena razón para tomarse su tiempo. Tenía noticias para su esposa y quería llegar a casa sano y salvo para dárselas. No sería el destino el que arruinara una racha de buena suerte antes de que tuviera la oportunidad de disfrutarla. Apagó el motor. Llovía tan fuerte que apenas podía ver por las ventanas del coche.

Revisó la carpeta con papeles de la Banca d'Italia a la luz de su teléfono. Había firmado el pagaré del nuevo negocio de Cabrelli Joyeros que, estaba seguro, sería el último paso importante de su carrera. Lo más probable era que también fuera el paso más importante de su vida.

El jueves 3 de marzo sería un día para recordar en un calendario de vida lleno de fechas importantes que celebrar. Cerró la carpeta, la metió en el gran sobre, cerró el broche y lo metió en el portafolios para que Matelda lo firmara. Levantó la caja de pan del asiento trasero. Salió del coche y se apresuró hasta la puerta de la casa, tan rápido como podía moverse un hombre de ochenta y un años en forma, lo que en su caso era impresionante.

—*Nonno!* —Anina abrazó a su abuelo cuando salió del elevador.

Le ayudó a quitarse el impermeable empapado.

—Mi día perfecto acaba de mejorar. —Besó a su nieta.

—¿Perfecto? ¡Estás empapado! —exclamó Matelda desde el umbral de la cocina, antes de volver a la estufa.

—¡Y no me derretí! —Luego, se dirigió a Anina—: ¿Has estado aquí todo el día?

—Todo el día. Elegí un viejo reloj para mi boda, pero *Nonna* no me lo quiere dar.

—Hablaré con ella —murmuró.

Anina llevó el impermeable mojado de su abuelo y el portafolio al baño para que se secaran. Cuando regreso, Olimpio sonrió.

—Así que conoces la historia.

La joven asintió.

—*Nonna* abrió la caja fuerte familiar en más de una manera.

—No lo digas como si fuera una condena carcelaria, Anina —dijo Matelda alegre.

—No lo es, *Nonna.* Tu comida es mejor. —Siguió a su abuelo a la cocina—. Aunque en la cárcel te quitan el teléfono y *Nonna* me quitó el mío.

—Te lo devolví, ¿o no? —dijo la abuela con dulzura.

—No quiero saber por qué te castigaron —dijo Olimpio a su nieta, al tiempo que le daba a Matelda la caja de la panadería—. *Buon compleanno* —la felicitó, dándole un beso.

—*Grazie.*

Matelda sonrió al abrir la caja llena de sus *sfogliatelle* favoritos, unos pastelillos milhojas rellenos de ricota dulce en forma de concha, espolvoreados con azúcar y cubiertos de miel.

—¡Qué bien! ¿Son de Biagetti? —Anina miró al interior de la caja.

—¿De dónde más? Son familia. —Matelda puso la caja sobre la barra.

—¿Qué le pasó a tu cara?

—Una gaviota la atacó —respondió la joven antes que su abuela.

—Esos pájaros pueden ser agresivos cuando tienen hambre. —Olimpio examinó el rasguño en la mejilla de su esposa—. Sobre todo, después de que los turistas los alimentaron durante el carnaval.

—Se negaba a ponerse ungüento, pero la obligué, y no quiso ir al doctor.

—No me sorprende.

—No es nada.

—¿Mamá? —la voz de Nicolina Tizzi resonó por el interfono, sobresaltándolos—. Ya llegué.

—¿Así sueno cuando llamo? —preguntó Anina riendo—. Es como el altavoz de la playa.

—Olimpio, por favor arregla esa cosa. Me asusta.

—Está bien. Yo me ocupo. Recuérdamelo después. —Suspiró.

—Sube, mamá —dijo la joven por el interfono.

Matelda abrazó a su marido. Sin importar el momento del día o de la noche, el cuello de Olimpio olía a menta. Su barba siempre estaba recortada y el grueso cabello canoso bien cortado. Su camisa de vestir estaba tan fresca como en la mañana cuando la descolgó del gancho, incluso después de todo un día de trabajo y luego de lluvia.

—Gracias.

—¿Qué preparaste para cenar? —preguntó, abrazando más fuerte a su esposa.

—*Orecchiette*. Chícharos frescos. Menta.

—¿Mi platillo favorito para tu cumpleaños?

—No me dejó preparar la cena, *Nonno*.

—No pasa nada.

Matelda escurrió la pasta y los chícharos en el colador. El vapor empañó sus lentes. Olimpio se los quitó para que pudiera continuar con lo que estaba haciendo.

—¿Todo salió bien en tu junta? —preguntó Matelda.

—Traje los papeles.

—Felicidades. Trabajaste duro.

—Trabajamos juntos —la corrigió—. Tu firma es tan importante como la mía.

A Anina le sorprendía la relación de sus abuelos: mientras Matelda rociaba los *orecchiette* con aceite de oliva y machacaba las hojas de menta, le pasó el tazón a su marido. Olimpio ralló queso sobre la pasta.

—Feliz cumpleaños, mamá —dijo Nicolina besando a su madre.

—Estás mojada.

—Sigue lloviendo.

Nicolina le dio un beso a su padre y a su hija. Su cabello negro, empapado, tenía mechones plateados. Tenía los rasgos delicados de su padre y la postura erguida de su madre. Era esposa de un policía, lo que significaba que esperaba siempre lo mejor, pero era práctica para lidiar con lo peor. Su hijo, Giacomo, acababa de ingresar a los *carabinieri*, por lo que su ansiedad se había duplicado. Anina tomó el abrigo de su madre y lo colgó en el baño.

—¿Dónde está Giorgio? —preguntó Matelda.

—Cuando diluvia lo necesitan en la autopista. Giacomo atiende la recepción en la estación. A veces les asignan la misma tarea, pero no esta noche.

—La autopista estaba complicada —confirmó Olimpio, colocando el tazón de pasta sobre la mesa—. Yo me salí de la autopista y tomé las calles traseras. Con la neblina debió estar peor.

—Este mal clima está lejos de terminar. Giorgio no está contento. Son turnos largos para los *carabinieri*. Disculpen.

Nicolina fue al baño.

Anina revisó su teléfono.

—Paolo no puede venir.

—¿Qué pasó? —Matelda estaba decepcionada.

—Tiene que ver a un amigo para que le aconseje sobre un trabajo al que envió su solicitud.

—Pero tiene que comer, ¿o no?

—Se van a reunir en un café. Manda disculpas.

—Quita su lugar de la mesa, por favor.

Anina quitó el plato de Paolo.

—Puedo llamarle una vez más para recordárselo.

—La gente encuentra la manera de tener tiempo cuando le importa —espetó Matelda.

—*Nonna*, está ocupado y es difícil convencerlo de que cene. No lo tomes personal.

Nicolina regresó del baño y arregló el listón del regalo de cumpleaños de su madre. Puso sobre la mesa la caja envuelta en papel fino.

—Feliz cumpleaños, mamá.

—Es demasiado bonito como para abrirlo.

—Espero que te guste. Es difícil comprarte regalos, ¿sabes?

—Eso he escuchado. Pregúntale a Ida Casciacarro. Me regaló una botella de cápsulas. —Matelda desenvolvió el regalo y sacó una fotografía enmarcada de la caja—. Ni siquiera sabía que debía curarme la panza.

—¿Sabes quién es? —preguntó Nicolina.

—Nunca había visto esta fotografía.

La fotografía en blanco y negro de Matelda y su madre en la playa de Viareggio era una prueba de que sus sueños recientes no eran una invención, sino que estaban basados en la verdad. Domenica llevaba un vestido de lino con encaje. Sus trenzas negras estaban peinadas en un chongo. Matelda era una niñita y llevaba un sombrero de paja. Podía sentir la arena caliente bajo sus pies, y sus ojos se llenaron de lágrimas.

—Lo siento, mamá. Pensé que te alegraría.

—No, no, es un regalo hermoso. Me hace feliz. Me ayuda a recordarla, a verla de nuevo. —Matelda le pasó la fotografía a Olimpio—. Extraño a mi madre. —Se secó las lágrimas con un pañuelo—. Uno jamás se recupera de la pérdida. Lo mejor que puedo hacer es ir diario a misa a rezar para verla de nuevo.

Nicolina se alejó de la mesa como si el regalo hubiera sido un error. Lo último que quería era hacer sentir mal a su madre. Anina le dio un ligero codazo para que fuera a tranquilizar a Matelda. Nicolina se acercó a ella y le puso las manos sobre los hombros.

—Estoy bien, Nicolina.

—Pero yo no, mamá. —La abrazó—. Yo también sé lo que significa amar a mi madre.

—Es un pecado cuánto amo los *sfogliatelle* de Biagetti —dijo Matelda saboreando otro bocado, seguido por un sorbo de su expreso caliente.

—Me da gusto que los ames. Hay ocho más en la caja y a mí no me gustan tanto —bromeó Olimpio. Luego levantó la fotografía—. Es encantadora. Y no asusta como las fotos que tienes en el buró. ¿Dónde la encontraste? —le preguntó a su hija.

—En una venta del periódico *Stella di Lucca*; vendieron sus archivos para pagar sus deudas. Esta es una fotografía que el periódico nunca usó. Tienen muchas cajas de ellas. Por suerte, el fotógrafo catalogó las fotos por año, así que fui varias veces para hurgar en las cajas. Encontré esta y me la vendieron. Es triste saber que el periódico va a cerrar.

—Estamos suscritos.

—No por mucho tiempo, mamá.

—Es una lástima. Es un buen periódico. Así entraron los fascistas. Fue la primera señal. Mussolini cerró los periódicos —dijo Olimpio—. La gente no aprende; ni siquiera en Italia, donde lo padecimos y sabemos de qué se trata.

—Esperemos que esta vez no sea el caso —comentó Nicolina—. Me dijeron que no pueden competir con internet y los periódicos gratuitos.

—Me hubiera gustado vivir en esa época —dijo Anina, apoyando la cara en sus manos mientras estudiaba la fotografía de su bisabuela y su abuela—. Estás igual a tu madre —dijo.

—Tenía talento. Ella me cosía la ropa. Mamá decía que hacer los dobladillos le ayudaba en sus talentos como enfermera. Mi abuela Netta me hacía los sombreros. Eran una obra de arte.

—¿En qué año tomaron esta foto? —preguntó Olimpio.

—1950. —Anina le mostró a su abuelo la inscripción en la parte trasera del marco—. En el bulevar, justo enfrente de la playa de Viareggio.

—Yo tenía nueve años —confirmó Matelda.

—Creí que tus padres se habían casado en 1947. El sacerdote nos mostró el registro con sus nombres. Paolo y yo firmaremos el mismo libro el día de nuestra boda.

—Así es, mis padres se casaron en 1947.

—¿Naciste antes de que se casaran? —Anina miró a su abuela—. ¿Naciste fuera del matrimonio?

—¡No! —exclamaron Matelda y Nicolina al unísono.

—*Nonno?*

—No me mires a mí. Yo no podo el árbol familiar, solo me casé con esta tribu. Yo no establecí ninguna fecha, más que la de mi boda con tu abuela.

—Mi madre se casó dos veces. Su primer marido era mi padre.

—¿Tú sabías esto? —le preguntó Anina a Nicolina.

—Sí. Pero no había mucha información sobre él.

—La mayoría de las familias en la Toscana tienen una historia como esta o una versión de ella. La guerra desplaza a la gente y suceden cosas —dijo Olimpio.

—¿Cómo se llamaba? —quiso saber Anina.

—John Lawrie McVicars.

—¿Era estadounidense?

—Escocés.

—¿Somos escoceses? Me hubiera gustado saberlo. ¿Tienes una fotografía de él? —preguntó la joven.

Matelda negó con la cabeza.

—Todo lo que tu abuela tiene de él es el reloj que él le dio a tu bisabuela Domenica. Por eso no te lo podía dar —explicó Olimpio.

—¿De qué reloj hablas, papá? —preguntó Nicolina.

—Del verde —respondió Anina impaciente—. El reloj que está al revés.

—¿Conozco ese reloj? —Nicolina preguntó a su madre.

—Está en el joyero. Creí que lo había llevado al banco, pero me equivoqué.

—Tú me pediste que te trajera el reloj, querida. Hace como un año. Querías tenerlo cerca, ¿recuerdas? —explicó Olimpio con amabilidad.

—La bisabuela Domenica era enfermera —explicó Anina a su madre—. Eso tampoco me lo contaste.

—No era enfermera cuando la conocí —se defendió Nicolina—. Era una abuela de cabello blanco; como ahora la *Nonna*.

—¡Oye!

—Tú estás en mejor forma, mamá. Cuando *nonna* Domenica tenía tu edad le costaba mucho trabajo caminar.

—Cuando llegas a este momento de la vida pierdes o el cuerpo o la mente, y no eres tú quien elige —dijo Matelda.

—Por eso necesitamos saber sobre nuestros ancestros. Podemos prepararnos para lo malo si sabemos qué esperar —insistió

Anina—. Debí conocer la historia de la bisabuela Domenica desde antes.

—¿Cuál hubiera sido la diferencia? —preguntó Nicolina.

—Quizá habría considerado estudiar enfermería —respondió la joven.

Sus abuelos rieron.

—Bueno, quizá no. No soporto nada caótico o triste. Pero no importa. Tal vez hay algo más en su historia que explique mi vida ahora. En una familia, una sola persona afecta a todo el grupo. Papá acudió a la Universidad de Milán para rastrear sus raíces familiares y por eso supe que la familia Tizzi era en parte francesa.

—Busqué información sobre John McVicars, pero no encontré nada —admitió Matelda—. Estaba en una lista de la marina mercante, pero eso era todo.

—Nunca me dijiste —dijo Nicolina sorprendida.

—Ahora sabes cómo me siento —intervino Anina—. Bienvenida.

—Quizá no hice muchos esfuerzos. Mi madre había muerto y, en mi duelo, me di cuenta de que también lamentaba la pérdida de mi padre, John McVicars.

—¿Hay otros secretos familiares que debería saber?

—Bueno, uno de mis tatarabuelos pasó un verano en Rumania con una cantante de ópera. Debería seguirle el rastro a ese —bromeó Olimpio.

—Tal vez sí deberías. Nadie debería formar su propia familia sin conocer su historia.

—Eres una chica razonable —Olimpio elogió a Anina.

—Razonable no es una palabra que yo elegiría para describir a Anina.

—¡Mamá! —exclamó Nicolina.

—Anina, discúlpame. Eres inteligente, eres una belleza. Pero ¿razonable? En fin, puedes trabajar para serlo —explicó Matelda.

—No me interesa ser razonable. Ser razonable es como el cárdigan de la personalidad.

—Gracias —dijo la abuela enderezando el cárdigan que llevaba puesto; se irguió en la silla y metió las manos en los bolsillos.

—¡Sabes qué quiero decir! —exclamó Anina impaciente—. Ser razonable es carecer de estilo. Soy demasiado joven como para carecer de estilo.

—Yo soy demasiado viejo para carecer de estilo —bromeó Olimpio.

—Tú nunca serás viejo, *Nonno*. Tú tampoco, *Nonna*. No te imagino con un vestido negro de lana y calcetas a la rodilla durante el verano, como las viudas del pueblo.

—Ya veremos. No soy viuda. Todavía.

—No dejaré que mueras antes, Matelda. Yo me voy primero. Así que elige ya tu vestido negro de lana.

—Lo que tú digas.

—No podría vivir sin ti. Listo, ya lo dije. —Olimpio unió las palmas en una plegaria—. ¿Estás escuchando, Dios?

Matelda rio. Olimpio no podía vivir sin ella y ella no podía imaginar vivir sin él. Él cuidaba el negocio familiar como si hubiera nacido como un Cabrelli. Entendía su dolor a pesar de cuánto se esforzaba ella por ocultarlo. Cuando no sabía de dónde provenía su impaciencia o su enojo, él la guiaba con paciencia hasta los motivos. Matelda se negaba a creer que el padre que nunca conoció fuera la causa de su ansiedad. A los ochenta y un años, no quería culpar a los muertos por sus problemas, ni a su padre ni a su madre ni a su padrastro; pero su problema también era Olimpio. Había pasado su matrimonio tratando de convencerla de que la pérdida de su padre escocés era algo que debía enfrentar para sanar su corazón. Por fin, Matelda empezaba a poner manos a la obra.

Capítulo 10
Lucca, Italia
Hoy

Anina estaba parada en la cocineta del pequeño departamento que compartía con Paolo, mientras él estaba acostado en el sofá de la sala. El volumen de la televisión era ensordecedor, y él escribía mensajes en su teléfono, ajeno al partido de futbol en la pantalla. Anina ponía en un plato las sobras de la cena del cumpleaños de la *Nonna*. Aunque estaba molesta con él, siempre que estaba cerca de su prometido olvidaba por qué se había enojado. Sabía lo que tenía: Paolo era un buen partido y había muchas chicas en Lucca que andaban tras él, pero él la eligió a ella. Anina tomó una servilleta y cubiertos, y se reunió con Paolo en la sala.

Él se había quitado la camisa y los zapatos. Sus rizos negros necesitaban un corte y su barba era incipiente, aunque se había rasurado esa mañana. Sobre la mesita de centro había una copa de vino.

—*Nonna* preparó tu pasta favorita. —Colocó el plato sobre la mesa.

—Me muero de hambre. Gracias, bebé.

—Sabía que no comerías en el café. Me hubiera gustado que fueras a celebrar el cumpleaños de la *Nonna* con nosotros.

—No podía salir de la reunión.

—Lo sé. Solo que les gustaría verte de vez en cuando.

—Pasaré a saludar cuando vaya al pueblo.

—Eso sería muy amable.

Anina dudaba que Paolo hiciera un viaje especial para ver a su abuela. Viareggio no quedaba en su camino. Dio media vuelta para irse.

—¿A dónde vas? —Él la tomó de la mano y la jaló hasta su regazo—. ¿Pasa algo?

—Estás viendo el partido.

Paolo apagó el televisor.

—¿Qué puedo hacer?

—No sé.

Anina recargó la cabeza sobre el hombro de él.

—¿Estamos bien?

—Sí.

—Entonces, ¿por qué ese estado de ánimo tan raro?

—No sé.

—¿Tu madre? —Hizo una mueca.

Ella lanzó una carcajada.

—Nos estamos llevando muy bien.

—Eso es porque nos vamos a casar. A tu madre no le gusta que vivamos juntos.

—No creo que sea eso.

—Entonces soy yo. Están preocupados. Cuando consiga un empleo estarán contentos.

—Quizá tienes razón. ¿Cómo va eso?

—Ya casi. —Paolo sonrió—. Tal vez tengamos que mudarnos a Roma. ¿Qué te parece?

—Viviremos donde quiera que encuentres trabajo —le aseguró—. Papá dijo que podrías enviar tu solicitud para el servicio civil. Giacomo está feliz con su trabajo como *carabinieri*.

—No quiero trabajar con mi futuro suegro y con mi cuñado. No quiero ser policía.

—Giacomo tampoco estaba muy seguro, y ahora le gusta.

—Me da gusto por él.

—Está bien. Olvídalo. —Anina extendió el brazo, tomó unos *orecchiette* con el tenedor y se los ofreció—: ¿Están buenos?

—Tu abuela podrá ser mala persona, pero es buena cocinera.

Paolo le dio un beso.

—No es mala, tiene estándares altos, eso es todo.

Cuando se mudó al departamento de Anina, Paolo le avisó a sus padres; pero ella no hizo lo mismo al principio. No quería que su madre se sintiera incómoda con Matelda. Cuando por fin se los contó, Nicolina le aconsejó: «No le digas nada a tu abuela. Eso la mataría».

Desde que se graduó de la universidad, Paolo había tenido empleos temporales. Quería trabajar en una agencia de deportes, pero esos trabajos eran escasos. Ahora que estaba comprometido, tomaba en serio la búsqueda de un empleo. Anina amaba muchas cosas de él: la hacía reír, sus orígenes eran similares; quizá no era tan ambicioso como algunos jóvenes, pero ella apreciaba que le diera prioridad a tener una vida feliz y no al aspecto material. Después de todo, se enlistó como voluntario para rescatar animales en Viareggio cuando hubo un derrame de petróleo en la costa. Paolo tenía buen corazón.

—A veces me miras como si no tuvieras idea de quién soy —dijo.

—¿Lo hago?

—Como si me estuvieras evaluando.

—Eso ya lo hice. Pasaste.

Paolo levantó a Anina en sus brazos. La cargó por el estrecho pasillo hasta la recámara, al fondo del departamento, cubriéndola de besos en el camino. Para Paolo, la pequeña habitación cuyas paredes abrazaban la cama a cada lado le parecía tan vasta como un campo de girasoles. Si dependiera de él, se quedaría ahí con

Anina para siempre. La puso con cuidado sobre la cama, le besó las manos, el cuello y los labios. Cuando hacían el amor resolvían todos sus problemas sin decir una sola palabra.

Paolo se quedó dormido abrazado a ella. Anina permaneció despierta, con los dedos entrelazados a los suyos. Se sentía encerrada en esa pequeña recámara. El póster de una playa en Montenegro no ayudaba a que pareciera más grande, como prometía el artículo de la revista. La única salida a este sentimiento de claustrofobia era soñar. Imaginó una casa frente al mar. Su recámara sería grande, blanca, con una gran cama de plumas y muchas ventanas, que dejaría abiertas. El sonido del oleaje los arrullaría por la noche hasta que se quedaran dormidos, y en la mañana, el reflejo del sol en el agua los despertaría. De alguna manera, tenía que hacer que su prometido comprendiera su sueño. Lo amaba, pero debía encontrar la clave de su ambición. Dormido, Paolo la jaló más hacia él. Nadie vivía de puro amor, y muchos sobrevivían sin él, pero ella no quería ser una de esas personas.

VIAREGGIO

Matelda se sentó en la cama con los audífonos puestos. Se quitó uno y miró a Olimpio, quien estaba acostado viendo sus correos electrónicos en el celular.

—No vas a creer esto. Nino grabó lo que recordaba de la historia de la elefanta.

—Estás bromeando. ¿Sabe hacerlo? Cuando estuvo aquí le tuve que enseñar cómo borrar sus mensajes de voz.

—Patrizia le ayudó a grabarlo. ¿Quieres oír?

—Escúchalo tú y me cuentas después.

Matelda volvió a ponerse el audífono y escuchó la voz de su hermano.

Hola hermana:

Pat me dijo que querías la historia de la elefanta. Recuerdo que Nonno corría por la habitación como un loco para actuarla. Quería que entendiéramos de dónde provenían las gemas que tallaba y cómo eran las personas que arriesgaban su vida en esa mina. Creo que eso era lo que quería decirnos. Recuerdo que cambiaba algunas cosas para mantener nuestro interés.

Bien, ahora la historia de Nonno, aquí va, esto es de lo que me acuerdo. Empezaba con una elefanta que estaba atrapada dentro de una mina en la India. De alguna manera logró salir. Era una hembra; habían pintado su piel con líneas rojas para un desfile, o algo así. Recuerdo la parte sobre lo que pasó en la mina porque me imaginaba a todos los trabajadores, capas y capas de tierra, como un hormiguero con túneles y curvas, unas sobre otras.

Nonno describía el gran incendio que hizo que la mina se colapsara. Los hombres trataron de salir. No puedo creer que les contara a unos niños una historia tan horrible, pero en fin, lo hizo. En ese entonces los niños éramos diferentes a los de ahora. Hoy solo son historias de gatitos. En fin, la elefanta se liberó. Esa era la parte feliz del cuento. Pero no recuerdo a dónde se fue la elefanta. Y no sé si la elefanta murió. La parte terrible era la del padre y el hijo que no pudieron salir de la mina. Quienquiera que haya construido la mina no excavó otra salida y los trabajadores quedaron atrapados. El peligroso trabajo que ellos realizaban ofrecía belleza y valor al mundo, pero arriesgaban su vida para extraer las piedras. ¿Valía la pena? ¿Cómo podía ser así? Murieron en la mina. Recuerdo que Nonno decía que un padre haría cualquier cosa por alimentar a su familia, y nunca olvidé eso.

Así es, hermanita. Esa es la parte que siempre recordé. Era peligroso, pero valía la pena arriesgar su vida para poder alimentarse. Me gustaría acordarme de lo que le pasó a la elefanta. Tendrás que perdonarme eso. Oh, sí, recuerdo algo más. Nonno decía que los mineros estaban descalzos. Así es. No tenían zapatos o botas

de trabajo. No puedo imaginar cómo sería caminar sobre las pie-
dras afiladas, por las paredes de roca, en esa mina en la que los
túneles se hundían en las profundidades durante kilómetros. Todo
por un rubí. O rubíes. El tesoro que necesitaban para comer. Eso
es todo lo que tengo. Ya me voy. Espero que sea lo que buscabas.
Gracias por la agradable visita. ¿Quién sabe si iremos de nuevo?
Estamos envejeciendo, Matelda. Es triste, pero así es la vida. Ter-
mina, como nos lo prometieron. De cualquier modo, siempre es
bueno volver a casa y practicar mi italiano. Fue bueno verte a ti,
a Olimpio y a los chicos.

—Nino tampoco recuerda lo que le pasó a la elefanta. —Matelda se quitó los audífonos y los guardó en su estuche—. Ni siquiera suena ya como nosotros.

—Suena como italoestadounidense de Nueva Jersey, porque eso es. Lleva cincuenta años viviendo ahí. Eres lo que comes, don-de vives y lo que manejas.

—Qué observación tan triste. —Puso el teléfono sobre el buró—. Es decepcionante.

—Al menos te devolvió la llamada. Jamás lo hubiera escrito.

—No, pero trató. Hizo *algo* por mí. Eso es nuevo. Le pedí que hiciera algo por mí y lo hizo.

—Dejaste atrás los resentimientos. Ahora ustedes dos tienen una buena relación.

—Sí, ¿verdad?

Matelda se había esforzado mucho por olvidar el rencor que sentía por Nino. Había hecho muchas locuras en todos estos años. Nino no se había hecho responsable del papel que jugó cuando se presentó el caos; en su lugar, la culpaba a ella. Él acusaba a su hermana de haber robado la fortuna familiar. La demandó por las ganancias de la venta de la tienda de Viareggio. Ella le dio la mitad del dinero, aunque pensaba que habían sido ella y Olimpio quienes trabajaron en el negocio. Nino afirmaba que no lo habían consultado y que, por lo tanto, no debieron vender el edificio. Pidió los bocetos originales de los diseños de su abuelo; ella se los envió cuando él le aseguró que una universidad los había solicitado, pero él se los vendió a una joyería de lujo en Nueva Jersey. Matelda tuvo que comprar los bocetos para conservarlos en la familia cuando Nino se negó a hacerlo. No le interesaba la historia familiar, aunque se mudó a Estados Unidos gracias a un préstamo de Cabrelli Joyeros. Tuvo mucho éxito en la fabricación de cristales que se usaban como ornamento para bolsos y zapatos. Nunca pagó el préstamo. Hubo años en los que los hermanos no se hablaron. Matelda y Olimpio no fueron invitados a la boda de su hija Anna porque él estaba furioso con su hermana por algo que ella ya no recordaba. Patrizia no pudo convencer a Nino de que asistiera a la boda de Nicolina, porque ella y Olimpio no asistieron a la boda de *su* hija. Al final, Olimpio y Patrizia lograron una tregua entre los hermanos, y cruzaron los dedos por que durara hasta el final de sus días.

—Nino siempre ha creído en el «ojo por ojo, diente por diente». Solo hasta hace muy poco su emoción principal no es la ira. Quizá esté tomando algún tipo de medicamento.

—O tal vez se cansó de pelear —sugirió su esposo.

—No creo que nuestros problemas fueran sobre papá. Tal vez Nino resintió la relación tan estrecha que yo tenía con mi madre, o le molestaba que tú y yo viviéramos en la casa de mis padres. O quizá él quería la casa.

—Le pagamos la parte que le correspondía.

—Tiene mucho dinero. Mi hermano tiene un hueco que nada puede llenar. Por desgracia, cree que fui yo quien hizo ese agujero.

—¿Sabes, Matelda?, tal vez lo que no le gustaba era tu cara.

—¡Eso es! —exclamó ella con una carcajada—. Solo te tomó cincuenta años darte cuenta.

Olimpio rio. Ella sacó una bata del cajón de la cómoda.

—Voy a hacer mi rutina —dijo, y cerró la puerta del baño tras de sí.

—¿Vamos a seguir hablando de tu familia el resto de nuestra vida? —preguntó.

Ella abrió la puerta.

—¿Es un problema?

—Sin duda —se quejó su esposo.

Matelda se paró frente al lavabo; mientras se lavaba los dientes, una capa de burbujas azul brillante en el fondo del vaso con agua llamó su atención. Escupió la pasta de dientes y se llevó una mano al pecho en busca de sus lentes para leer. Volteó el vaso sobre la palma de la mano y sobre ella cayó un brazalete de gemas azul aguamarina relucientes con incrustaciones de pavé de diamantes.

—¡Olimpio! —Se secó la boca y volvió a la recámara—. ¿Qué es esto? —preguntó, mostrándole el brazalete.

—Feliz cumpleaños.

—¿Pusiste un brazalete de mucho valor en el vaso del baño? ¿En el lavabo? ¿Estás loco?

—Quería sorprenderte —explicó con una sonrisa.

—Se pudo haber ido por el caño.

—Pero no fue así.

—Pero pudo. —Su rostro enrojeció de indignación.

—¡Oh, por Dios, Matelda! ¡Es una sorpresa! Lo hice yo. Dijiste que querías un brazalete que hiciera juego con tus aretes. No eches a perder el momento, solo disfruta tu regalo, por una vez.

Ella volvió al baño. Se sentó en el borde de la tina y lloró. Escuchó que tocaban la puerta con suavidad; tomó una toalla y se enjugó las lágrimas.

Olimpio abrió la puerta y asomó la cabeza.

—Matelda.

Alzó la mirada hacia su marido, desesperada.

—Dámelo.

Le dio el brazalete.

—Lo siento —se disculpó extendiendo la mano.

—Yo también lo siento. Fue una tontería tratar de sorprenderte. —Olimpio le puso el brazalete en la muñeca y cerró el broche de oro—. Pensé que podíamos divertirnos como en los viejos tiempos.

—Lo dice el hombre que escondió mi anillo de compromiso en un *sfogliatella*. —Con cuidado, hizo girar las gemas brillantes sobre su muñeca—. Es magnífico. Gracias.

—Feliz cumpleaños, *bella*.

Le dio un beso y tomó su mano. Ambos regresaron a la recámara.

Ella le dio la espalda cuando se sentó en su lado de la cama.

—No puedo ser feliz.

—Ya has sido feliz.

—¿Lo he sido?

—Acuéstate. Déjame abrazarte. Estás cansada.

—Lo digo en serio. No puedo disfrutar nada. ¿Quién recibe un regalo tan hermoso, y antes siquiera de ponérselo ya imagina que se perdió?

—Alguien que no desea perder nada.

—Siempre tienes una respuesta.

—No seas tan dura contigo. Cuando sufres, es como ver que torturan a alguien durante las Cruzadas. Olvida el pasado, no lo puedes cambiar.

—¿Y si es lo único que puedo recordar?

—Entonces aférrate a los buenos recuerdos. Yo solo soy el hombre afortunado que se enamoró de una chica en bikini blanco hace cincuenta y seis años, en la playa de Viareggio. —La ayudó a acostarse.

—Soy afortunada. Las cosas terribles que me pasaron vinieron con un regalo que abrí cuando los problemas ya habían terminado. Perdí a mi padre, pero luego tuve un padrastro que fue bueno conmigo. Él había crecido sin un padre, por eso sentía empatía por cualquier niño que sufría ese tipo de abandono. Ya sabes cómo es eso: la enfermedad que padeces es para la que quieres encontrar una cura.

—Todo eso pasó hace mucho tiempo.

—En eso tienes razón, y mis huesos son la prueba. —Matelda se movió bajo las sábanas para buscar una posición cómoda—. Ya llegó. El día que tanto temí llegó. Soy vieja.

—Yo también.

—Me estoy descomponiendo como un coche usado. —Suspiró.

—Siempre y cuando siga funcionando y te lleve a donde vayas, ¿qué importa? —Olimpio le dio un beso de buenas noches a su esposa—. Aunque estemos descompuestos, somos hermosos.

Capítulo 11
Viareggio
1929

El sol de la madrugada bañaba el consultorio de Pretucci con tanta intensidad que no era necesario prender la lámpara sobre la mesa de exploración.

Pretucci estaba sentado en un banco a un lado, mientras Domenica Cabrelli, enfermera en formación, estaba de pie al otro. Bajo la cofia, llevaba el cabello sujeto con cuidado e iba vestida con el delantal azul marino de las aprendices. Sus bolsillos estaban llenos de las herramientas indispensables de enfermería: tijeras, gasa, hilo y tintura de yodo.

—¿Estás lista? Hagamos esto rápido. El alcalde de Pietrasanta tiene gota. —Pretucci consultó su reloj.

—¿Otra vez?

—Otra vez, señorita.

A los veinte años, Domenica hacía sus prácticas como estudiante de enfermería en el consultorio de Pretucci. Él había organizado todo para que estudiara con las Hermanas de Nuestra Señora de los Dolores, una orden franciscana de monjas en Roma.

El doctor cruzó los brazos, se echó hacia atrás en el banco y observó a su alumna.

Domenica colocó una naranja madura sobre la mesa. La cáscara estaba lo suficientemente suelta como para pellizcarla. Abrió el maletín que contenía el equipo para inoculaciones y sacó una jeringa.

—Diez centímetros cúbicos —le indicó Pretucci.

Ella limpió un área pequeña de la cáscara con una gasa empapada en alcohol. Levantó el frasco que contenía el suero de práctica hacia la luz, lo examinó y llenó la jeringa hasta la medida. Aspiró el suero con unos golpecitos para sacar todas las burbujas de aire y apretó el émbolo con el pulgar. Una gotita de líquido salió por la aguja. Con una mano, sostuvo con firmeza la naranja sobre la mesa y en la otra tenía la jeringa.

—Debe inyectar en un ángulo de 45 grados. Busque la grasa —le recordó el médico—. Tenga cuidado de no perforar el músculo. Bueno, si lo hace el paciente se lo dirá.

Domenica pellizcó la cáscara para crear un ligero pliegue. Metió la aguja en la piel de la naranja y presionó el émbolo hasta que todo el suero desapareció. Con cuidado, sacó la aguja y la colocó en la charola; volvió a limpiar el área con la gasa humedecida en alcohol y miró a su jefe.

—Bien. Ahora, cuando se trate de un paciente, ¿tendrá la misma confianza?

—Eso espero, doctor.

—Cuando regrese a Roma para sus exámenes finales, las prácticas las impartirán las monjas. Si las agujas no le dan miedo, las monjas lo harán.

—Mi madre siempre dice que una buena costurera no le teme a las agujas.

—Un metro de satén no grita cuando lo pinchan.

—Puedo manejar a los pacientes. Entre mayor sea el caos y más fuertes los gritos, más tranquila me pongo.

—¿Eso por qué?

—Porque no lo cuestiono, doctor. Solo hago el trabajo que se debe hacer.

—La hermana Eugenia me preguntó cuáles eran sus debilidades en el trabajo y no pude pensar en ninguna. Tiene afinidad por este empleo, tiene el talento para ser una gran enfermera.

—Gracias.

—Tenga cuidado. Las monjas son persistentes. La capacitaron bien en medicina y esperan algo a cambio; le pedirán que entre a la orden.

Domenica sonrió.

—La mayoría de mis plegarias no han sido respondidas, lo que me hace preguntarme si Dios las escucha. ¿Por qué llamaría a alguien como yo para unirse al ejército azul?

—Yo no compartiría esos sentimientos con la hermana Eugenia —dijo el médico tomando su sombrero y su maletín—, hasta que haya pasado sus exámenes.

—Sí, doctor.

—Es totalmente egoísta de mi parte. Quiero que las monjas le den su certificado y la regresen a Viareggio para que trabaje conmigo. Necesito una buena enfermera. Si falla, imagino que tendré que ofrecerle el empleo a la señora Maccio, que es una buena enfermera, pero nunca deja de hablar. Si usted no obtiene su certificado y vuelve al pueblo lo más pronto posible, me volveré loco.

Pretucci partió y dejó a Domenica para que preparara la clínica y la dejara lista para la mañana siguiente. Acomodó las tinturas, limpió los instrumentos y trapeó el piso.

La naranja madura que usó para practicar las inyecciones estaba en la charola de los instrumentos. Cosió la piel con un hilo grueso, hizo un nudo dejando un bucle y salió con ella.

Domenica se paró de puntas, jaló una rama del espino que estaba cerca y colgó la naranja. Soltó la rama, que rápidamente tomó su posición en lo alto.

Pronto los pájaros picotearían la naranja hasta que solo quedara el hilo. Regresó al consultorio, se paró frente a la ventana y vio cómo bajaban los pinzones.

Capítulo 12
Viareggio
Hoy

—¿Mamá? —llamó Nicolina al salir del elevador del departamento de sus padres—. Mamá, soy yo. Traigo la pasta de anchoas que querías. Y compré unos...

La puerta de la terraza estaba abierta; las cortinas se inflaban al interior de la habitación. Nicolina puso las bolsas de compras sobre la mesa y salió a la terraza.

Preocupada, volvió a entrar a la casa y miró alrededor. Subió la escalera hasta la recámara, llamando a su madre. La cama estaba tendida. Bajó rápidamente y entró a la cocina. Encontró a su madre tirada en el suelo.

—¡Mamá! —exclamó arrodillándose junto a ella.

—Estoy bien —murmuró.

—Estás en el piso.

—Me mareé.

—¿Quién soy? —preguntó mientras la ayudaba a sentarse.

—Eres mi hija, Nicolina. Pesaste 4.4 kilogramos al nacer y aún puedo sentirlo, cincuenta años después.

—Me diste un buen susto. —Le sirvió a su madre un vaso de agua—. Quédate aquí. No te levantes. Voy a llamar a una ambulancia.

—¡No lo harás!

—Voy a llamar a tu médico.

Matelda no se opuso y bebió agua.

Nicolina llamó al doctor. Luego la ayudó a levantarse y tomó el abrigo y la bolsa de su madre. Caminaron despacio hasta el elevador. Una vez afuera, ayudó a Matelda a meterse al coche y le puso el cinturón de seguridad.

—Me tratas como a una niña —dijo Matelda.

—Llegó el momento, mamá. ¿Te acuerdas de lo que me dijiste?

Matelda asintió. Ella había cuidado a su madre, Domenica, hasta su muerte; le parecía imposible que ahora fuera ella la anciana que necesitaba que su hija la cuidara.

Nicolina se sentó en el asiento del conductor, se puso el cinturón de seguridad y encendió el coche. Manejó despacio hasta la avenida principal y se detuvo en el semáforo. Abrió una botella de agua y se la pasó a su madre.

—Bebe esto, por favor.

—Estoy bien.

—Tómalo. Cuando algo malo le pasa a la gente mayor se debe a que no beben suficiente agua.

Matelda le dio un sorbo.

—Probablemente fueron los *sfogliatelle*. Me los comí todos. Supongo que ya no puedo comer lo que me gusta.

—Un pastelillo no hace que te desmayes.

—No perdí el sentido.

—No sabemos cuánto tiempo estuviste así. Papá se fue a trabajar a las siete y yo llegué a las nueve.

—Solo fueron unos segundos.

—¿Cómo sabes?

—Estaba pensando en mi madre, cuando era una joven enfermera en la clínica. ¿Qué significa eso?

—¿Que necesitabas a un médico?

—Me cuido —espetó Matelda, a la defensiva.

—Dejemos que el doctor decida eso.

Ida Casciacarro estaba en el mercado cuando vio pasar a Matelda en el coche de Nicolina. Pensó en saludar con un gesto de la mano, pero percibió que discutían.

—Los Cabrelli... siempre peleando —masculló.

Olimpio salió de la tienda y llamó a Nicolina.

—¿Qué dijo el doctor?

—Dijo que su corazón está débil. Eso podría estar provocando los cambios de humor. Por eso llora de repente. También por eso tiene problemas de memoria. Ella dijo que está teniendo sueños muy vívidos, sueña con su infancia; cree que su madre la llama para estar con ella. Los puede ver. —Se le quebró la voz.

—¿El médico dijo algo más? ¿Qué podemos hacer?

—Dijo que mamá estaba en las primeras etapas de cualquier cosa que esto sea.

—¿Demencia?

—El doctor no cree que sea eso. Tampoco Alzheimer.

—Gracias a Dios.

—Dijo que nada había cambiado desde que la llevaste a hacerse exámenes.

—Bien.

—Que su problema cardiaco es lo que provoca la falta de oxígeno al cerebro. Quiere que mamá use oxígeno en las noches, mientras duerme. Dice que eso ayudará. Voy camino a su casa con la máquina para mostrarle cómo usarla.

—Voy para allá.

—No, papá, quédate. Yo me encargo. El médico dijo que continuáramos con nuestras rutinas, pero que no la perdiéramos de vista. Se agitará si empezamos a actuar diferente.

—Entiendo. Voy a llamar a tu hermano.

Olimpio se quedó parado en la banqueta. Después de todo, era de esperarse; eran octogenarios y era seguro que algo saliera mal con uno u otro, o incluso ambos. Pero el momento había llegado demasiado pronto. Aún le quedaban recuerdos por acumular.

Nicolina manejaba por la avenida; su madre estaba en el asiento del copiloto.

—Mamá, ¿estás bien ahí?

—*Va bene*.

—Lamento que hayas tenido que pasar por esto.

—Ir a ver médicos es mi nueva profesión. Cuando era contadora, tenía los fines de semana libres. Ser vieja y consultar médicos es un trabajo de siete días a la semana.

Nicolina se detuvo en el semáforo rojo.

—¿Ves la heladería? —preguntó Matelda señalando—. Antes era la clínica del doctor Pretucci. Mi madre trabajó ahí. Fue la primera mujer en este pueblo que tuvo una educación.

—Me enorgullece.

—A mí también. Pagó por ese logro, créeme.

Nicolina había advertido que la memoria de su madre mejoraba cuando caminaban o iban en el coche. Era como si el movimiento le desencadenara detalles y la animara a compartirlos.

—¿Qué le pasó a tu madre? —preguntó Nicolina—. ¿Lo recuerdas?

Capítulo 13
Viareggio
Febrero de 1939

El pueblo estaba tranquilo cuando Domenica Cabrelli caminaba al trabajo la víspera del último día de carnaval. Solo algunos lugareños estaban afuera, atendiendo sus negocios temprano en la mañana. Unos pescadores entregaban su pesca en el mercado y dos monjas regateaban con el granjero local sobre unos ramos de brócoli para preparar el caldo de Cuaresma. Los estantes de comida a lo largo del muelle estaban cubiertos de lonas. Los banderines entrecruzados que adornaban la pasarela revoloteaban en triángulos rojos, blancos y verdes. El único sonido que escuchaba era el golpe de metales que hacía un vendedor al frotar la parrilla del puesto de salchichas y pimientos, en preparación para la mayor noche de ventas.

El cielo rosado estaba moteado de luz dorada como feldespato. La luz se abrió paso entre las nubes, iluminando las onduladas cimas verdes. Los turistas no notarían los cuellos de los periscopios de los submarinos del régimen italiano mientras realizaban formaciones de práctica a media distancia, pero ella sí los veía. Italia se estaba preparando para una guerra que nadie deseaba.

Cuando entró a la clínica, abrió las ventanas y dejó la puerta abierta para permitir que entrara aire fresco. El olor de las tinturas con extracto de alcohol, amoniaco y formaldehído se hacía más intenso cuando la clínica estaba cerrada.

Empezó a preparar la clínica para el día: barrió la banqueta y después el interior; sacudió las superficies con un paño humedecido en alcohol e incluso limpió con un hisopo la pluma fuente del doctor Pretucci. Se puso el delantal y la cofia, y se lavó las manos. Sacó gasas, abatelenguas y el termómetro, y los puso sobre la mesa de trabajo; luego tomó asiento detrás del escritorio. Consultaba la lista de pacientes cuando Monica Mironi entró con tres niños pequeños.

La joven madre cargaba a su recién nacido dormido en un bambineto, su hijo de un año descansaba sobre su cadera y su hijo de tres años caminaba obediente detrás de ella. Los niños tenían las mejillas encendidas por el frío de esa mañana de febrero. Su madre también estaba sonrojada, con los rasgos delicados y la expresión de una muñeca triste.

—¿En qué puedo ayudarle, señora? —preguntó Domenica, acercándole una silla. Le dio una manzana al niño, tomó el bambineto del bebé y lo puso sobre la mesa—. Disculpe que no haya calefacción, el doctor Pretucci mantiene la clínica fría.

—Da las gracias, Leonardo.

—Gracias, señorita.

—De nada —respondió Domenica, despeinando un poco al niño—. Qué bien educado.

—Eso espero.

—El doctor Pretucci regresará mañana en la mañana.

—No necesito hablar con él. Quería hablar con usted.

Domenica se sentó.

—¿Cómo puedo ayudarla?

Monica bajó la voz.

—Quiero que me enseñe cómo no tener bebés.

—¿Ya no quiere tener más hijos?

—Tendría más hijos, pero no debería. La partera de Pietrasanta me dijo que tengo mala sangre. Ella estuvo en el parto de mi hija hace tres meses. Me dijo que si tenía otro bebé, eso pondría mi vida en peligro. Me preocupa que si me enfermo o si algo me pasa, nadie cuidará de mis hijos.

—¿Vive con su familia?

—Con mis suegros. Por eso me preocupo.

—Entiendo.

Monica asintió con tristeza.

—Mi marido quiere que tengamos muchos niños.

—¿Habló con su esposo sobre lo que le dijo la partera?

—Cree que es mentira.

—¿Por qué mentiría una partera? Su trabajo es traer niños al mundo. No le conviene reducir su negocio, ¿o sí?

—Es cierto. —Sonrió.

—Podemos pedirle al doctor Pretucci que la examine cuando venga al consultorio y que escriba un informe. Quizá así su esposo creerá la gravedad de su condición. Ya sabe, si lo viera en un papel...

Domenica sabía que Guido Mironi jamás creería en la palabra de una enfermera, pero tal vez escucharía a Pretucci. Escribió unas observaciones sobre la conversación con Monica en su registro.

—Haré una nota en la que el doctor debe esperar una visita de su marido.

La enfermera puso el lápiz sobre el escritorio y se inclinó hacia adelante en su silla. No debía aconsejar a los pacientes; pero, en este caso, pensaba que era importante.

—Señora, ¿entiende la ciencia sobre cómo una mujer concibe a un bebé?

—Sé algunas cosas.

—Es posible evitar un embarazo con un método de barrera. ¿Sabe de lo que estoy hablando?

Monica asintió.

—El doctor Pretucci se lo puede dar a su esposo.

—No lo usará.

—¿Y si fuera el doctor quien lo recomendara?

—¿Hay algo que yo pueda hacer?

—¿Sin decirle a su marido?

Asintió de nuevo.

—Sería bueno que su esposo participara en la planificación familiar —agregó Domenica.

—Guido no quiere saber nada. —Bajó la voz—. Una amiga mía me habló de este dispositivo. Me lo enseñó.

—Hablaré con el doctor Pretucci.

—¿Lo hará? ¿Él se lo dirá a mi esposo?

—Sus visitas a este consultorio son confidenciales.

Monica exhaló.

—Hagamos otra cita para usted. Puedo pedirle a la partera que asista, si eso la hace sentir más cómoda.

—Fue ella quien me envió aquí para hablar con usted, así que estoy segura de que no será un problema. Ella es católica y me dijo que el sacerdote me daría la absolución.

—Eso espero. Su caso es grave y debe escuchar al médico.

Domenica registró la cita en el cuaderno.

—Señorita, usted fue a la escuela con mi marido, ¿verdad?

—Sí —respondió, forzando una sonrisa.

—¿Cómo era mi esposo de joven?

—Guido era entusiasta —respondió con diplomacia.

Guido Mironi había reprobado dos años. En la escuela, siempre estaba en problemas o a punto de tenerlos. Como el incidente de la piedra y muchos otros parecidos. Pero no le correspondía a ella decirle eso a su esposa. Garabateó «Silvio Birtolini» al margen del informe y cerró el cuaderno.

—Guido tenía mucha vitalidad —agregó.

Domenica esperaba que Mironi hubiera cambiado, por el bien de Monica. Sus padres, que venían de otro pueblo, no podían saber la verdad cuando accedieron a esa relación.

—¿Qué tipo de hombre es ahora? —preguntó la enfermera.

—*Il Duce.*

Domenica rio con su paciente.

—¡Oh, no! Lamento escucharlo.

—Tuvo que ir hoy a Lucca, por eso tuve la mañana libre. No sé cómo agradecerle que se haya dado tiempo para hablar conmigo.

—Estoy segura de que él desea lo mejor para usted, para su salud.

—Eso espero.

Monica reunió a los niños para marcharse. Domenica fue hasta el escritorio del doctor Pretucci y abrió el cajón. Sacó un folleto y se lo dio.

—Este es un folleto sobre control de natalidad. Léalo antes de su cita y podremos hablarlo con el doctor Pretucci.

La enfermera observó cómo la familia se alejaba hasta el final de la calle y daba vuelta en la esquina, hasta que se perdió de vista. Un sentimiento de temor le estrujó el corazón. Agradeció que Pretucci estuviera trabajando en Pietrasanta y no estuviera presente para ver sus emociones. Se enjugó las lágrimas rápidamente y volvió al papeleo.

Domenica abrió la reja del jardín de los Boncourso y levantó un costal de yute lleno de castañas, uno de tantos apilados bajo la pérgola. El jardín había cambiado desde que era una niña. Los troncos de los castaños habían engrosado tanto con el tiempo que ya no podía rodearlos con los brazos.

En verano, el jardín era una mezcla de belleza y sustento: rosas rojas de plaza y girasoles amarillos crecían entre las hileras nítidas de endivias de verano, cebolletas, jitomates, arúgula y pimientos. Las viñas cargadas de uvas creaban un dosel sobre la pérgola que daba sombra cuando los jardineros almorzaban. En invierno, la misma pérgola se convertía en el lugar donde se elegían las alubias secas y se aprovechaba la débil luz del sol que penetraba por el dosel de la zarza.

Domenica se apresuró a casa con el costal de castañas. Algunas cayeron sobre la calle empedrada, golpeando las piedras con un repiqueteo. No se detuvo a recogerlas; podía ver los haces de luz del escenario que cruzaban fracturados entre los árboles.

Al entrar a la casa, llamó a su madre y a su padre, luego recordó que se habían ido al carnaval. Subió rápido la escalera, dejó las castañas en la cocina y siguió subiendo los escalones de dos en dos hasta su recámara. Preparó un baño caliente y se lavó los dientes mientras la tina se llenaba. Muy pronto, el vapor se elevó de la superficie del agua y empañó el espejo. Echó un poco de aceite de lavanda al baño, se quitó el uniforme de trabajo y se metió al agua.

Le dolía el cuerpo. Sus hombros y manos estaban adoloridos después de esa larga semana en la clínica. Sus piernas estaban cansadas por ayudar a la partera en una labor de parto prolongada. Poco a poco, se reanimó mientras se frotaba el cuerpo con el jabón de leche de cabra. Se enjuagó con agua fría, salió de la tina, se envolvió en la toalla y fue a su recámara. Mientras se vestía, tarareaba una canción, luego empezó a cantar. Se puso las medias, unos zapatos de baile y bajó a saltos la escalera.

El pueblo estaba abarrotado de turistas. Los visitantes provenían de toda la riviera italiana, así como desde el norte, de las Dolomitas, para entretenerse con los malabaristas, los magos y los espectáculos musicales. Comerciantes de Florencia y Milán ofrecían sedas, paja y artículos de piel en sus puestos a lo largo de los canales. Cada domingo del mes de febrero, el bulevar se despejaba para el desfile en el que circulaban enormes carrozas de papel maché con los llamativos rostros de personajes políticos, estrellas de cine y santos. Las exageradas representaciones de personas famosas y tristemente célebres, con ojos saltones y enormes bocas rojas con dientes tan grandes como teclas de piano, estaban vestidos como arlequines de colores caramelo y personajes de la *commedia dell'arte* y se alzaban imponentes sobre las multitudes como un grupo de monstruos de una pesadilla.

Domenica aceleró el paso para llegar a tiempo a la pista de baile. Alrededor del escenario se había reunido un nutrido público para observar. Llevaban máscaras pintadas, decoradas con cristales y perlas, una tradición del carnaval. La gente mayor llevaba solo máscaras de terciopelo atadas con un listón de satén; dejaban el destello a los jóvenes.

Domenica apretó los cordones de su corpiño cuando se unió a los bailarines. Su pequeña figura resaltaba mejor en la blusa blanca de mangas abombadas y con la falda roja tradicional ajustada a la cintura.

Los hermanos Cincotto la jalaron para meterla al círculo. El batir de los tambores, la cadencia del violín y la jubilosa vibración de los cornos dieron la pauta para que los bailarines tomaran sus posiciones. La enfermera levantó su falda por los costados y, con un simple paso de *chassé*, indicó a los Cincotto que la siguieran en el baile.

—Prepárate para volar, Domenica —prometió el hermano mayor. Ella rio.

—No me vayas a tirar, Mauro.

Un grupo de hombres estaba de pie al borde de la pista. Uno de ellos escuchaba a medias la conversación cuando sus ojos se posaron en Domenica Cabrelli. El hombre desató los listones de su máscara y la dejó caer sobre su cuello para verla mejor.

Domenica estaba en medio del escenario. Alzó los brazos, tomando la postura de óvalo, e hizo una pirueta. Las capas de su falda giraron en un círculo completo que mostró sus piernas bien formadas. Mauro la levantó del suelo; su cabello castaño sujeto en una sola trenza chascó como un látigo.

El desconocido se puso la máscara sobre los ojos y miró a la bailarina flotar en el aire nocturno.

—Tus padres están en el puesto de helados —dijo Amelia LeDonne al pasar junto a Domenica—. La banda tomará un descanso. Luego sigue una bergamasca. Veinte minutos —agregó dando unos golpecitos a su reloj de pulsera.

Domenica se abrió paso entre la multitud. Había olvidado lo hambrienta que estaba cuando olió el aroma de la salchicha, los pimientos y las cebollas en la parrilla.

La fila para comprar un sándwich era muy larga, así que se paró en el puesto de higos. El vendedor hacía girar los higos en palillos sobre el fuego. Las delicias que servían durante el festival casi hacían que los cuarenta días de privaciones que seguían valieran el sacrificio. Sobre el carbón caliente se rostizaban brochetas de higo, e higos rellenos de *prosciutto* y queso cuya piel se caramelizaba hasta formar una corteza azucarada. A los niños les encantaban porque eran dulces, y los padres los animaban a que los comieran porque no podían comer carne hasta que rompieran el ayuno el Domingo de Pascua. Domenica le dio una mordida al higo dulce y salado, cerró los ojos y masticó.

Los clientes hacían cola en el puesto de *bomboloni* el primer día de febrero, y así seguían hasta el último día de carnaval. Enormes cantidades de una combinación de harina, levadura y huevo se amasaban con largas espátulas de madera y, con habilidad, se vertían en cucharadas en los tanques burbujeantes llenos de aceite hirviendo para que las bolas de masa se hincharan hasta formar ligeras nubes doradas. Sacaban la masa frita de los toneles con coladores de tela metálica, los bañaban en azúcar y los servían calientes.

En el muelle, dos hombres robustos pedaleaban para hacer funcionar el aparato que mezclaba el helado recién hecho. El pedaleo ponía en movimiento largos batidores de metal dentro de un barril cuyo interior estaba cubierto de sal de mar. La nata fría estaba hecha de crema fresca, huevo y un puñado de vainas de vainilla. Cuando el helado espesaba, se vertía en un cono de galleta dulce y se cubría de chocolate derretido que se congelaba al tocar el helado.

Domenica encontró a sus padres sentados con sus huéspedes en una mesa frente al puesto de helados. Saludó a los Speranza de Venecia, Agnese y Romeo, amigos de sus padres de toda la vida. La pareja visitaba cada año a la familia para el carnaval. Cabrelli y Speranza eran expertos talladores de gemas y habían forjado su amistad años antes, en un viaje a la India, cuando apenas eran unos jóvenes aprendices de su oficio.

—Tu hija es hermosa —le dijo Agnese a Netta.

Agnese era una pelirroja delgada, llevaba un elegante vestido azul marino y un sombrero rojo de paja.

Domenica deseó haberse vestido a la última moda y no con el traje del pueblo.

—Gracias, señora. Me encanta su vestido y el sombrero —la elogió al tiempo que la besaba en ambas mejillas.

—No me olvides a mí —intervino Speranza, alargando el cuello.

—¿Quién va a olvidarte? —bromeó Cabrelli—. Pusieron tu fotografía en el periódico del Vaticano. Te llamaron el mejor tallador de gemas de Italia.

—Gracias a ti. —Speranza sonrió.

—Nunca lo olvidaría, señor, fuera famoso o no. —Domenica besó a Speranza en ambas mejillas también.

Netta comió el helado con el chocolate que servía como cuchara.

—Prueba —le dijo a su hija.

Domenica tomó un bocado.

—Ya queremos verte bailar —dijo Agnese.

—Vengan a ver la bergamasca una vez que haya calentado un poco. Espero que Mauro Cincotto aún tenga fuerza para alzarme en brazos. —Domenica se esponjó la falda—. No quisiera desperdiciar todo el trabajo que invertiste en este traje, mamá. *Ciao.*

Conforme avanzaba entre la gente hacia el escenario, Domenica se deshizo la trenza. Su cabello cayó en cascada sobre los hombros. Había pensado en cortárselo por encima de los hombros, como era la moda, pero aún no se había decidido.

—Así es como te recuerdo. —Oyó una voz a su espalda.

El carnaval atraía a mucha gentuza, encantadores de serpientes o gente peor. Aceleró el paso para perder al hombre entre la multitud, pero él la rebasó y se puso frente a ella; llevaba la máscara puesta.

Era alto, delgado y tenía la cabeza cubierta de rizos negros. Desató las cintas, se quitó la máscara y mostró su rostro.

—¿Me recuerdas?

Quizá no reconoció su nariz, su frente solemne y los rasgos de su cara, pero esa sonrisa la reconocería en cualquier parte.

—¡Silvio Birtolini! —exclamó, abrazándolo.

—Pensé que no me reconocerías.

—¿Qué te pasó? Yo era la alta, como por treinta centímetros.

—No eres mucho más alta ahora que cuando me fui del pueblo.

—Cuando te fuiste, dejé de crecer —bromeó.

—Estuviste devastada cuando me perdiste, ¿cierto?

—Nunca lo sabrás.

Ambos rieron.

—Diecinueve años, ¿puedes creerlo? —Silvio suspiró—. Pensé que seguramente me habías olvidado.

—Nunca podría olvidar a mi mejor amigo.

El rostro de querubín que había tenido de niño ya no existía; tampoco tenía los rasgos redondos de los serafines tallados en el altar de San Paolino; en su lugar, tenía la estatura y la complexión atlética de la estatua de San Miguel, que apenas cabía en su nicho. Todas las chicas que rezaban en San Paolino estaban enamoradas de San Miguel, y ahora Silvio Birtolini se había convertido en él. Su rostro era anguloso, la nariz recia; el único resto del niñito que había conocido eran sus ojos. Eran el mismo color castaño oscuro aterciopelado, con el mismo matiz de tristeza. Estaba segura de que solo ella podía ver lo que mostraban sus ojos, porque conocía la fuente de su dolor.

—¿Cómo me encontraste?

—Te he buscado por todas partes.

—Sabes dónde vivo.

—¿Sigue habiendo una puerta naranja?

—¡Lo recuerdas! Papá la pintó para el carnaval. Renovó todo el lugar.

—¿Sigue habiendo castaños en el jardín?

—Este año la cosecha fue copiosa.

—Esa iba a ser mi siguiente parada.

—Solo quieres ver las cosas que no han cambiado.

—Pero todo ha cambiado. Tú y yo, y el establo detrás de la iglesia. Convirtieron nuestra casa en un taller para automóviles. No hay ni un solo caballo.

—Enviaron a los caballos a vivir a la montaña. Al menos eso es lo que se dice en el pueblo.

—Cuando éramos niños, la mayoría de las familias tenían un caballo y nadie tenía coche. Los automóviles eran muy caros y raros. Muy pronto, cada familia tendrá un coche y nadie podrá comprar un caballo —dijo Silvio.

—Suenas como mi papá. ¿Cuánto tiempo te quedas?

—Solo esta noche.

—Qué lástima.

—Antes de irme, me gustaría conocer a tu marido.

—A mi madre también le gustaría.

—No te entiendo.

—No estoy casada.

—La señora Zanella dijo que...

—¿No sabes? La señora Zanella, pobrecita, inventa historias. Cree que es condesa y propietaria de la Banca d'Italia.

—¿Y no?

—Ni siquiera tiene cuenta bancaria.

—¿No estás casada? —Silvio se alejó un paso y la miró.

—Tengo una profesión. Soy enfermera. Trabajo para el doctor Pretucci.

—¿Sigue vivo?

—Cuando te suturó, tenía casi la edad que tenemos ahora. Él me ayudó a hacerme enfermera.

—Pero eso no explica por qué no estás casada. ¿Eres monja?

—¿Esto te parece un hábito?

—Podrías ser hermana de la Tarantella.

Domenica lanzó una carcajada.

—¿Y tú? ¿Estás casado?

—Prometido.

Domenica miró hacia el muelle, feliz de poder hacer algo que ocultara su decepción.

—¿Está aquí? Me gustaría conocerla.

—Está en Parma.

—¿Cuándo se casan?

—Este verano.

—Felicidades. Mereces ser feliz.

—Eres la única persona que lo pensaba. Bueno, no. Tú y mi madre.

El director de la banda sonó su silbato para llamar a los bailarines al escenario.

—Tengo que irme. ¿Me esperarás?

—Lo siento. Tengo que reunirme con mis amigos para regresar a Parma.

La joven no pudo ocultar su desilusión.

—Qué lástima. Tenemos tanto de qué hablar. —Se mordió el labio—. Todo este tiempo he rezado por ti. Cuídate.

Domenica volteó hacia el escenario para reunirse con los bailarines, cuando Silvio la tomó de la mano.

—Antes de que te vayas... —Se acercó a ella y le murmuró al oído—: ¿Encontraste el tesoro enterrado?

La banda empezó a tocar. Los bailarines se movían en el escenario sin ella.

—Nunca lo encontré.

—Qué lástima. Todas las mañanas tengo el recordatorio, cuando me veo en el espejo.

Silvio apartó un mechón de cabello que había caído sobre su rostro y le mostró la cicatriz sobre la ceja. El arco negro estaba enmarcado por diminutos puntos rosados donde tuvo las puntadas.

Domenica se acercó a la cara de Silvio para examinar la cicatriz. Con cuidado, tocó la línea del arco con el dedo. Estaba cerca de la boca de él; su dedo trazó el contorno hasta sus labios.

—Domenica —murmuró, rozando su mejilla con los labios.

—Apenas es visible, cicatrizó muy bien. Tomaste la decisión correcta; yo quería suturarte y no me dejaste.

Silvio rio.

—Pero seguí tu consejo del aceite de oliva. Gracias a ti no parece una cuchillada.

—No recuerdo eso.

—No importa, yo sí. —Tomó su mano—. Recuerdo todo.

—Recuerda que tu prometida está en Parma. —Apartó la mano—. ¿Dónde trabajas?

—Soy aprendiz con Leo DeNunzio, un maestro tallador en Turín. Tuve suerte de que me aceptara.

—Papá se alegrará de que estés en el negocio.

—¿Cómo está tu padre?

—Trabaja mucho y mi madre lo obliga a trabajar más.

—Tu padre tiene muy buena reputación en toda la Toscana.

—*Grazie.* ¿Y cómo está tu madre?

—Se casó con un buen hombre de Florencia, un cantero. Después de tanto tiempo, encontró la felicidad.

—Ella también se lo merecía. ¿Fue buen padre para ti?

—Fue amable y justo.

—¡Qué bueno! —exclamó Domenica con sinceridad—. Tu madre es una de las mujeres más buenas que conozco.

—Le diré que dijiste eso. ¿Cómo está tu hermano?

—Igual.

Silvio rio.

—¿Aldo no ha cambiado?

—En nada.

—¿Dónde está?

—Se enlistó en el ejército. Quizá eso ayude.

—Tal vez lo empeore.

—¡Eso fue lo que dijo mamá!

Mauro Cincotto se acercó al borde del escenario y le hizo señas a Domenica.

—Domenica. Formación de caja. Te necesitamos —exclamó en un murmullo—. No puedo cargar a Stella Spadoni.

—Sí, sí puedes. —Stella, alta y de hombros anchos, jaló a Cincotto para que tomara su posición—. Y lo harás.

—Perdí a mi pareja de baile —dijo Domenica, volviendo hacia Silvio—. ¿Te gustaría bailar?

—No soy buen bailarín.

—¡Que eso no te detenga! —exclamó, ignorando los ruegos de él para que lo soltara. Lo hasta la pista de baile—. Vamos, ¡eres de la región! Sígueme —ordenó. Tomó las manos de Silvio y las colocó sobre sus caderas; ella puso las suyas sobre los hombros de él—. Ahora, cuenta. —Con paciencia, le enseñó el paso de caja hasta que él tomó el ritmo—. Agregamos un salto... —Silvio saltó con la cadencia de la música—. Muy bien. Ahora, ¡muévete! —ordenó.

—Pensé que estábamos moviéndonos.

—Así. —Guio a Silvio hasta que él invirtió los movimientos y la guio a ella. Domenica rio al ver cómo se concentraba en sus pies.

Giraron y saltaron sobre la pista de baile hasta que llegaron al borde del escenario. En lugar de regresar, Silvio alzó a Domenica en brazos, la hizo girar y luego la bajó. Desde las mesas de pista que ocupaba la gente mayor se escuchó una salva de aplausos de admiración.

—Hazlo de nuevo —dijo Domenica.

Él volvió a alzarla en el aire, esta vez por encima de las otras parejas.

«La niña Cabrelli siempre obliga al chico Birtolini a hacer cosas que no debería», Silvio recordó las palabras que las monjas le dijeron a su madre cuando fue a informarles que se iban del pueblo.

Silvio la bajó con cuidado.

—¡Excelente! ¡Buen trabajo! Mereces un premio —exclamó Domenica haciendo una ligera reverencia—. Hay *bambolini*.

—¿Son tan buenos como eran los de la fiesta?

—Tendremos que averiguarlo.

Lo tomó de la mano y se alejaron de la pista de baile. Silvio siguió a Domenica entre la multitud. Se sentía afortunado de tener un lugar a su lado. No se había dado cuenta de cuánto había extrañado a Domenica Cabrelli, sino hasta que bailó con ella.

Silvio le compró a Domenica un *bombolone*.

—No quieres que me vaya, ¿verdad?

—Pero tienes que hacerlo. Una chica encantadora te espera.

—¿Cómo sabes que es encantadora?

—Cualquiera que hayas elegido debe serlo.

—Tienes muy buena opinión de mí.

—¿Puedo?

—Sí. Y te lo agradezco. ¿Te gustaría saber lo que pienso de ti?

—Ya lo sé —dijo Domenica, ofreciéndole un bocado del pastelillo.

—¿Lo sabes?

—Que soy mandona.

—Cierto —asintió riendo.

—¿Quién más haría que bailaras en el carnaval? ¿Filomena Fortunata? Te gustó solo seis días cuando teníamos diez años.

Silvio dejó de comer su pastel porque estaba muy ocupado hablando con Domenica. Cuando sus amigos lo encontraron, ya era hora de irse. Ella los acompañó al coche.

—Como en los viejos tiempos, tienes que asegurarte de que llegue a casa sano y salvo —bromeó Silvio.

—Ten cuidado.

Abrazó a su viejo amigo. Vio cómo se alejaban y se preguntó cuánto tiempo pasaría hasta que los cuatro jóvenes fueran reclutados para el servicio militar. Rezó una plegaria y besó la medalla de Santa Lucía que llevaba colgada al cuello y la protegía. Pensó que debió haber recordado mostrarle la medalla al chico que se la había regalado hacía tantos años. No tuvo tiempo suficiente.

Después del carnaval, caminó descalza a su casa; con un zapato de baile en cada mano, los balanceaba como si fueran las cubetas de agua que acostumbraba llevarle a su madre cuando era niña. Era casi difícil recordar cómo era la vida antes de que las tuberías llevaran agua fresca desde la montaña hasta su casa. Las piedras frías y lisas bajo sus pies no la molestaban. Los pies debieron dolerle toda la noche, pero no le molestaron en compañía de Silvio Birtolini.

El cubo de la escalera de la casa Cabrelli estaba saturado del aroma de canela y anís. Se reunió con sus padres y con los Speranza en la cocina.

Speranza estaba contando una historia mientras su madre mezclaba una olla de castañas en la estufa. La mesa de la cocina estaba cubierta con un mantel de muselina inmaculado. En el centro había un montón de azúcar. Agnese hundía las castañas en el azúcar y las colocaba en una charola para que se enfriaran. Cerca, su padre tomaba de otra charola las castañas escaldadas y tiernas cubiertas de azúcar para meterlas en una lata. Parecía que estaban cubiertas de nieve.

—Eso es mucho —Agnese le dijo a Cabrelli.

—Cuando trabajas, comes —respondió.

—Ve lo inútil que soy —le dijo Speranza a Domenica—. Dejo que tu papá y tu mamá hagan todo el trabajo.

—Está bien, Romeo. Tu manejarás esta noche.

—¿Vuelven a Venecia? —preguntó Domenica.

—Romeo tiene mucho trabajo —explicó Agnese—. Está creando una custodia para la catedral de Castel Gandolfo.

Cabrelli cerró la tapa de la lata de castañas. Domenica subió la escalera hasta el cuarto de invitados y tomó su maleta. La bajó a la cocina donde los Cabrelli y los Speranza se despedían. Cabrelli tomó la maleta de manos de su hija y siguió a sus amigos hasta la puerta.

—Prueba una —Netta ofreció a Domenica.

—Me comí un *bombolone*.

—Una castaña no te hará daño.

—Todo lo que haces es alimentarme. —Domenica probó la castaña mantecosa y azucarada—. Mamá, ¿por qué tantas latas de castañas?

—Las necesitaremos. ¿Ya te diste cuenta? Estoy llenando la alacena. Todo el mundo está hablando de eso en el pueblo. ¿Sabías que el viejo palacio Stampone está lleno de camisas negras? Eso es a menos de un kilómetro de la playa. Cada vez se acercan más.

—Quizá se dispersen.

—Rezo porque así sea. Tú también deberías rezar. —Netta bañó más castañas en el azúcar—. Te quedaste afuera hasta tarde.

—Encontré a algunos viejos amigos. ¿Te acuerdas de Silvio Birtolini?

Su madre hizo un esfuerzo por recordar.

—Ese chico horrible. Déjame adivinar: alguien lo asesinó.

—¡Mamá!

—Ese es el destino de los ladronzuelos. Empiezan jóvenes y, con el tiempo, empeoran hasta que tienen un final espantoso.

Lo que más le gustaba a Domenica de su madre era que nunca olvidaba nada, pero también era uno de sus peores atributos, puesto que guardaba rencores hasta que se volvían míticos.

—Pues se puso muy guapo.

—Un ladrón apuesto, gran cosa. En la cárcel de Lucca puedes encontrarlos, una celda tras otra.

—Esta noche bailé con él.

—¡Ay! ¿Está en Viareggio?

—Solo esta noche.

—¿Se portó bien?

—Está prometido a una buena chica, maestra de escuela.

—¿Qué hace?

—Es aprendiz de tallador de gemas.

Su madre puso los ojos en blanco.

—Otro. Diamantes y perlas para el papa mientras la esposa solo tiene *pasta e fagioli*, y un poco de vino hecho en casa, si tiene suerte.

—Shhh, mamá. Papá te va a escuchar.

—Lo ha escuchado durante treinta años. Y si Dios es bueno, lo escuchará treinta más. El negocio de la joyería solo es bueno para las personas que compran las joyas, nunca para quienes las hacen. Al final, se estafa al artesano. ¡La comisión! Que se la queden.

—Silvio está orgulloso de su oficio.

—Ha hecho las cosas mejor de lo que cualquiera hubiera pensado, se lo concedo.

—Yo nunca creí en esos chismes.

La mujer se sentó a la mesa, frente a su hija.

—Domenica, lo que sea que haya suscitado en ti, déjalo en el muelle. Tú fuiste a la escuela, tienes una educación. Eres enfermera. Quiero que te cases con un médico, no con un buscapleitos.

—Pretucci ya está casado.

—No con él. Un doctor joven. De Milán o de Florencia. Roma también está bien. Donde haya muchos médicos para escoger.

—Tal vez nunca encuentre a un buen hombre. No quiero decepcionarme si no tengo suerte. Soy feliz como estoy.

—Eso dices, pero no te creo. Trabajas demasiado, a veces siete días a la semana.

—La gente también se enferma los fines de semana.

—Que esperen hasta el lunes.

—Quizá amo mucho mi trabajo, me satisface. Pero no me molestaría que un hombre agradable me cortejara; eso me gustaría.

—Tú te mereces lo mejor. No te conformes con *il bastardo* o con alguno de su tipo. Es mejor ser una mujer sola con una profesión que casarse por debajo de su nivel social.

—Mamá, ¿de quién estás hablando?

—De las serpientes de los carnavales. Ya sabes, los que andan entre los puestos en la fiesta en busca de chicas bonitas. No olvides la historia de Giovanna Bellanca. Qué chica encantadora, ¡cantaba como un gorrión! Toda una vida de buen comportamiento y moral impecable, hecha trizas en una noche después de una vuelta en el carrusel. El carnaval terminó y ella huyó con un malabarista. ¡Sus padres estaban desolados! Esa hermosa familia, arruinada por un actor de circo. Me preocupas; cuando se trata de Birtolini, se te ponen los ojos como los de un pescado: ¡enormes!, ¡no ves nada más que a él!

—Hace años que no pensaba en él —mintió Domenica. Había pensado en Silvio de vez en cuando, se preguntaba qué habría sido de él. Ahora, por desgracia, sabía que le pertenecía a alguien más—. Quizá Aldo vuelva a casa con una princesa y tu sueño al fin se hará realidad.

—¿Aldo? Tendremos suerte si encuentra el camino de regreso a Viareggio, con un guía y un mapa, olvídate de una princesa.

—No te preocupes por mí, mamá.

—Cuando seas madre sabrás cuántas horas al día devora la preocupación.

—Siempre me he sentido afortunada.

—La suerte se acaba, así como la belleza de una mujer. Ya tienes edad suficiente para ver la verdad en el mundo. Pon atención.

Domenica le dio a su madre un beso de buenas noches.

—No vas a ver a ese chico Birtolini de nuevo, ¿verdad?

—Regresó a Parma. Me lo encontré por casualidad.

—Qué mala suerte. Bueno, puesto que se va a casar con alguien más, lo que sea que nos desee a nosotros, yo le deseo el doble.

Domenica puso los ojos en blanco.

—Eres muy amable, mamá.

—Terminé tu nuevo vestido. Está colgado atrás de tu puerta.

—Tengo un buen vestido.

—Y yo solo tengo una hija, y va a vestirse mejor que la princesa Borghese en la clausura del carnaval. Necesitas sobresalir entre la multitud.

—Lo que te haga feliz, mamá.

—Busco tu felicidad. Créeme, no encontrarás marido si te vistes con lino viejo.

Capítulo 14

La última noche de carnaval fue un desfile de modas: las damas llevaban sus mejores galas y los hombres vestían corbata y chaleco. Los espectáculos de cantantes, grupos musicales, malabaristas y gimnastas brindaban el entretenimiento; mientras tanto, los puestos de comida proporcionaban los alimentos. Las colas frente a las carpas de comida se duplicaban conforme se acercaba la medianoche y el inicio de la Cuaresma. Los precios de los *souvenirs* y de los artículos de piel bajaban a medida que avanzaba la noche. Los comerciantes empacaban los últimos artículos de sus inventarios para volver a sus ciudades al norte.

El aire era fresco y el cielo claro. La luna llena era una perla en el cielo azul aterciopelado. Las hogueras en la playa lanzaban llamaradas en la noche cuando los trasnochadores las alimentaban con los últimos leños de pino. El aire tenía el olor dulzón del anís, la cocoa y el tabaco. El muelle estaba tan abarrotado cuando Domenica comía el sándwich de salchicha y pimiento, que tuvo que esforzarse por abrirse paso entre la multitud para llegar al puesto de helados, porque volvía a tener hambre. Las luces se difuminaban en manchas rosadas, mientras el carrusel giraba al ritmo de la música del órgano.

Gilda Griffo, la cantante del pueblo, tenía casi setenta años. Había cantado en casi todas las bodas y ceremonias de inauguración desde la Gran Guerra. Por lo general, daba un concierto a capela la última noche del carnaval. Puesto que el escenario al final del muelle estaba ocupado, Griffo tuvo que cantar subida en unos barriles de vino rellenos de arena que anclaban el muelle y evitaban que en marea alta el agua de mar salpicara la calle. La noche anterior, el mismo barril fue el escenario de un mago que gozó de mucho público.

Griffo seguía teniendo buena voz, pero era difícil escuchar su contralto por encima del ruido de la multitud, la música del carrusel y el batir de la máquina de helados, que era más ruidoso que una mezcladora de cemento. Domenica se abrió camino entre la turba para escuchar el programa de Griffo. Se sintió mal por la cantante cuando la barca cargada de fuegos artificiales rozó los pilotes, haciéndolos crujir con fuerza mientras avanzaba lentamente hacia el mar mientras ella cantaba el aria.

Muy pronto, el cielo se llenaría de destellos de colores brillantes y de humo. Griffo concluyó su número e hizo una reverencia. Domenica le aplaudió, junto con un pequeño grupo de aficionados locales. Pocos apreciaban el estilo de Griffo. Era una cantante clásica, su presentación era como hacer caligrafía en el aire, su modo de expresarse dibujaba florituras. Los jóvenes italianos preferían el *swing* y el *jazz* estadounidense, más ligeros. Gilda Griffo estaba fuera de moda. Se inclinó, saltó del barril y aterrizó en la duna. Se sacudió la arena del dobladillo de la falda.

—Su voz es hermosa, señora —la felicitó Domenica.

—¿Quién puede cantar sobre un barril de vino? Necesito un escenario como se debe, pero está ocupado. En el escenario están tocando *frog hop*. El carnaval ahora es un desastre. Las viejas épocas eran mejores, se respetaba el arte.

Griffo dio media vuelta y se marchó. No muy lejos, Monica Mironi le hizo una seña a Domenica. Llevaba a su bebé en el bambineto y al niño de un año sobre la cadera. El mayor caminaba frente a ellos.

—¡La hermosa familia! —saludó a los niños Mironi.

—Deberían estar durmiendo en casa, pero Leonardo no quería perderse los fuegos artificiales.

Domenica se arrodilló para hablar con el pequeño:

—Esta noche será la gran final número veintinueve de fuegos artificiales al que yo asisto. Entiendo por qué no te los quieres perder.

—¡Qué hermoso vestido! —exclamó Monica, apreciando el atuendo de volantes ajustado a la cintura—. El verde esmeralda es mi color favorito.

—¿Cómo ha estado? —preguntó Domenica.

—Iré a verla otra vez.

—Tiene una cita, ¿lo recuerda?

Domenica vio que Monica avanzaba hacia el carrusel con sus hijos. Necesitaba ayuda, pero ¿dónde estaba su marido? Algunos hombres del pueblo mantenían a su familia, pero pasaban muy poco tiempo con sus hijos. Ella agradecía que su padre no hubiera sido así.

Caminó por el muelle. La mercancía exótica y novedosa que exhibían al inicio del festival ya había sido comprada. Escuchó al heladero gritar que ya casi no lo quedaba azúcar. El puesto de *bomboloni* tenía masa suficiente para una última tanda, y no habría más hasta el siguiente festival. Parecía que los turistas se habían marchado, llevándose con ellos la mejor comida y la diversión.

—¡Cabrelli, tengo que hablar contigo! —gritó Guido Mironi, saltando hacia la pasarela para aterrizar frente a ella.

Pronto llegaron algunos rostros que ella reconoció. Eran hombres que trabajaban con Mironi en la mina de mármol. Habían estado bebiendo, se habían aflojado las corbatas y desabotonado los chalecos. Domenica siguió caminando.

—Cabrelli, ¿estás sorda? —exclamó Mironi.

Los hombres estallaron en carcajadas.

Domenica giró y caminó hasta quedar frente a él.

—Señor Mironi.

Los hombres en el grupo empezaron a burlarse de su amigo:

—¡Señor! ¡Señor!

—Fui a la escuela con ella —explicó Mironi, brindando con la botella que llevaba en la mano.

—Cuando se dignaba a asistir —dijo Domenica—. Con su permiso.

Mironi le cerró el paso.

—Quiero hablar contigo —insistió.

Ella miró más allá del muelle, entre la muchedumbre, en busca de Monica y los niños. Se habían marchado.

—Señor.

Domenica cruzó los brazos sobre el pecho y se plantó firme sobre el muelle. Era una mujer pequeña, por eso había aprendido a ocupar espacio y a llenarlo con confianza. Su porte y el tono de voz de Mironi hicieron que la multitud formara un círculo a su alrededor, en espera de un pleito. Domenica buscó en el círculo algún rostro amigo, pero no encontró ninguno.

—No te metas en mis cosas —dijo él con desdén.

Le pasó la botella de grapa a uno de sus compañeros para poder hurgar en sus bolsillos. Apestaba a alcohol, pero estaba lo suficientemente sobrio como para mantenerse de pie, aunque balanceaba su enorme peso de un pie a otro.

—¿Qué es esto? —preguntó, agitando un folleto en el aire.

Domenica vio que se trataba del folleto de planificación familiar que le había dado a Monica; se lo arrebató de inmediato.

—Este no es el momento ni el lugar para hablar de asuntos privados. Vaya al consultorio del doctor Pretucci si tiene preguntas.

—Yo le digo qué hacer, no tú. Ni Pretucci. Yo.

—Ella sabe muy bien que usted es el *padrone*.

—¡Yo soy el *padrone*! —vociferó Mironi.

—Y ahora, todo el pueblo sabe que usted es el jefe.

La multitud rio y eso enardeció a Mironi, quien se abalanzó sobre Domenica. Era grande y torpe, pero ella era rápida y de inmediato se quitó del paso. Dobló el folleto y lo metió en la manga de su vestido.

—¡Aléjate de mi esposa! —la amenazó.

La turba se dividió en dos: hombres y mujeres. Domenica sintió la tensión en ambos bandos cuando ella se convirtió en la voz de las mujeres. Se mantuvo firme cuando Mironi dio media vuelta hacia la playa, pero en lugar de marcharse, giró de pronto y escupió a los pies de Domenica.

Ella miró al piso y luego hacia Mironi.

—Sin duda usted es un gran hombre en todos los aspectos, menos en el más importante.

La multitud se estremeció con una risita nerviosa. El pleito no estaba equilibrado, era un oso contra un ratón. La imagen de la joven que enfrentaba al gigante captaba todas las miradas.

—Guido Mironi, has sido un bruto toda tu vida —dijo Domenica con firmeza—. Haces tus tonterías a la sombra, para que no te atrapen, pero tú y yo sabemos lo que has hecho. Te convertiste en un borracho: el destino de todos los cobardes que no pueden enfrentarse a sí mismos.

—Tú le dijiste a mi esposa que abandonara nuestro lecho. Tú estás en contra de las leyes de la naturaleza, en contra de la Iglesia. No te metas en mi vida, Cabrelli.

Los primeros fuegos artificiales se dispararon en el cielo con un silbido estruendoso, hasta que alcanzaron su punto más alto y explotaron en una lluvia de colores brillantes en el cielo. El silbido, el estallido y los crujidos de los fuegos artificiales ahogaron cualesquiera que hayan sido las palabras que Mironi tenía que decir.

El grupo de Mironi lo jaló para bajar del muelle hacia la playa. Domenica dio la espalda al espectáculo. Caminó a casa bajo la lluvia de luces; años atrás, se habría parado en la playa y disfrutado su belleza. No lo mostró, pero tuvo miedo. Siempre que había una pelea en la escuela, al final del montón se encontraba el impulsivo Mironi. Eso no ha cambiado desde que eran niños. Pero, para Domenica, algo se había modificado durante el altercado. Por primera vez en su vida no sintió que Viareggio fuera su hogar. De alguna manera, los lugareños habían perdido el respeto que le tenían o estaban enojados de que tuviera la temeridad de adoptar una postura, o quizá era algo peor: se ponían del lado de Mironi y querían que la joven enfermera supiera cuál era su lugar: a la sombra de la santa Iglesia Romana.

Capítulo 15

Domenica nunca había visto enojado a Pretucci. Sin duda ella había cometido errores, pero en general él era paciente y esperaba que ella encontrara la solución.

Las persianas del consultorio estaban tan bien cerradas que no entraba ninguna luz. La lámpara de la mesa de exploración formaba un anillo de luz sobre el mármol, que parecía la luna. Domenica estaba de pie a un lado de la mesa. Pretucci daba unos pasos del otro lado. El doctor alzó la voz por primera vez:

—No puedes dar recomendaciones médicas que vayan en contra de la Iglesia.

—No hablé en contra de la Iglesia, estaba tratando de ayudar a la señora Mironi. No puede seguir teniendo bebés; su sangre es débil.

—Ese no es tu problema.

—Acudió a mí por ayuda. A la Iglesia no parecen importarle los tres niños que ya nacieron. ¿Quién los cuidará cuando su madre muera en el parto? Me gustaría ver a don Giuseppe empujando una carriola.

—¡Señorita!

—Es la verdad. ¿Por qué el cabezadura de marido que tiene Monica debe tomar las decisiones cuando se trata de niños? ¿No es ya suficiente que él maneje el dinero, las propiedades, el derecho a los hijos y cualquier herencia? ¿Por qué también tiene que decidir sobre la salud de ella?

—Dejé claro que no debería tener otro hijo. Se lo dije a Mironi, al sacerdote y al alcalde.

—*Il sindaco?* ¿Y él qué tiene que ver?

—Es la ley.

—Bassini es un bufón.

—No importa. Él representa la ley en este pueblo y la tiene en sus pequeñas manos.

—¿Tres hombres contra una mujer? Su sangre débil es un problema médico, ¿o no?

—Sí, lo es —respondió Pretucci, frustrado.

—Entonces dígaselos. Explíqueles la situación. Que entiendan esos cabeza hueca. ¡Deles los folletos!

—Los folletos son para los marinos que amarran aquí. No queremos que propaguen enfermedades por toda la costa. Yo no le doy esos folletos a parejas casadas.

—¡Debería! Esos folletos pueden ayudar a las mujeres para que se cuiden.

—Humillaste a Guido Mironi en un foro público.

—El carnaval no es un foro público, es un lugar de entretenimiento. Estaba borracho.

—¡No importa! ¡Él es la cabeza de la familia!

—No debería serlo.

—¡Pero lo es! Su esposa es su problema.

—Ella tenía miedo de hablarle sobre planificación familiar, era evidente.

—La solución a sus problemas familiares no consistía en enseñarle a la mujer cómo evitar un embarazo. Eso va más allá de tu papel como enfermera.

—¿De qué manera? Si aprendo algo en la escuela, ¿no debo aplicarlo?

—Puedes aplicarlo, pero necesitas entender el alcance de lo que le dices a un paciente.

—¿No debería decir la verdad?

—Eso déjamelo a mí.

—Pero usted me deja las mujeres a mí. Con su aprobación, le recomendé a la señora Luccizi la tintura de cimífuga negra para su menopausia. ¿De qué manera dañaría a una madre de tres hijos darle un panfleto?

—En ese caso, y tiene que escucharme, se debe a que su honestidad se ha vuelto un problema. El señor Mironi fue a ver al sacerdote y él vino a verme a mí. Quiere quitarnos la licencia.

—No tiene derechos en este asunto.

—El sacerdote apoya a Mironi. La ley también. Debemos tener cuidado cuando se trata de reproducción.

Domenica sintió una oleada de ira.

—Debo tener cuidado porque soy mujer.

Se sentó en el banco junto a la mesa de exploración y trató de pensar.

Pretucci se inclinó sobre la mesa.

—Me temo que lo toman muy en serio.

—Iré a ver al sacerdote y le explicaré.

—No lo haga. Está enojado. Yo puedo protegerla si se va de Viareggio. Podría decir que la despedí para enseñarle una lección. Hay un hospital en Marsella.

—¿Francia? Mi madre me necesita aquí.

—Señorita, debe ser práctica. Será mejor que no sea el sacerdote quien decida a dónde enviarla. Terminará en un rincón apartado del mundo. Si se va a tiempo, olvidarán que esto sucedió. Escuche a su jefe, a su amigo. —Pretucci sacó un pañuelo de su bolsillo y limpió sus lentes. Siempre lo hacía cuando necesitaba pensar—. Si se va a Marsella unos meses, estoy seguro de que con el tiempo esto se olvidará y podrá regresar a casa y recuperar su puesto.

Las lágrimas le picaban los ojos. Domenica se las enjugó rápidamente.

—Guido Mironi era un niño malvado y creció para convertirse en alguien cruel y salvaje. No me arrepiento de haberlo reprendido.

Pretucci hizo un esfuerzo por no sonreír. En cuestión de horas, el tiempo que había tardado el chisme en recorrer el pequeño pueblo, había escuchado la historia de Domenica Cabrelli y Guido Mironi en el carnaval. Los detalles del incidente no dejaban de correr, cada vez más adornados, pero siempre con un envidioso respeto por la determinación de su enfermera al enfrentar a un acosador.

—Dijo lo que tenía que decir.

—Quizá no fue la mejor idea, pero no tenía opción. La gente del pueblo tiene que entender que puede acudir a la clínica cuando necesita ayuda.

—Solo hay algo que usted debe saber. Quizá tenga razón y su punto de vista tenga mérito, pero eso es lo único que tiene. No ganará esta batalla en Viareggio nunca, aunque todo el pueblo esté de acuerdo con usted. El sacerdote siempre tendrá la última palabra.

Domenica encendió la estufa con un cerillo y colocó la cafetera italiana sobre las flamas azules. La pequeña lámpara sobre la mesa parpadeaba en la oscuridad. Se sentó y esperó que el expreso se filtrara.

La maleta de piel que había empacado la noche anterior pertenecía a su padre. Cuando Pietro Cabrelli era joven, había sido aprendiz de un orfebre en Barcelona, donde aprendió a soldar y a hacer filigrana. Su padre, Michele, le había regalado a Pietro una maleta para su viaje al extranjero. Más tarde, Pietro la llevaría con él a la India y África. Ahora estaba llena con la ropa de Domenica, aunque no la necesitaría: usaría el uniforme blanco que le darían las Hermanas de San José de la Aparición.

—¿Dormiste? —preguntó su madre desde el umbral.

—Nada.

—Quizá puedas dormir en el tren. —La señora Cabrelli abrazó a su hija—. Tienes que hacerlo.

—¿Alguna vez has ido a Francia, mamá?

—Una vez. Al sur. Era joven y fui con mis primos. Aprendimos a hacer jabón.

—No quiero dejarte —murmuró.

—No será por mucho tiempo.

—Es la única manera de sobrevivir. Si sé que no durará mucho puedo soportarlo.

—Quiero que vayas a misa y reces el rosario. Aunque tengas dudas, reza por mí.

—Lo haré.

—Y yo rezaré por ti. Tu papá estará bien. Tiene su tienda y sus problemas, que nunca resolverá, pero eso no importa porque mantienen su mente ocupada.

—Sé que querías ayudar, mamá, pero ¿por qué fuiste a ver al sacerdote?

—Eres mi hija y yo soy tu defensora. Por ti me enfrentaría a cualquiera: a cualquier ejército, a cualquier clérigo, incluso al mismo papa. Estaba tan enojada cuando el sacerdote te castigó que quería destrozar la catedral con un hacha hasta hacerla trizas. Es mi iglesia, mi fe. Nunca he faltado a misa los domingos ni ningún día de precepto. Tu padre y yo damos el diezmo. La Iglesia no ha sobrevivido durante siglos gracias a los sacerdotes, las sotanas de oro no me asustan. Los cardenales, obispos y monseñores podrían hablar conmigo y yo los convencería. Fui a ver al párroco porque creí que podía hacerlo cambiar de opinión, pero fue imposible. Dijo que si permitía que te quedaras, todas las mujeres del pueblo sabrían de tu conocimiento médico y acudirían a ti para que les dieras un folleto, ¡y que muy pronto no habría bebés en Viareggio! Imagina la estupidez de esa afirmación. Casi le digo qué hacer con su alma inmortal, pero tu papá confecciona los cálices para Roma y no podemos permitirnos perder ese negocio.

—Mamá, sería la primera vez en tu vida que te abstienes de hablar.

—Bueno, hay un bien mayor, ¿cierto? Sé cómo funciona y no vale la pena. Haz tu penitencia y vuelve a casa, y nunca más hablaremos de esto.

Domenica tragó saliva. Pensaba que su madre era ingenua y, de hecho, creía que Pretucci también lo era. Sabía lo que significaba estar marcada en un pequeño pueblo. A Silvio Birtolini casi lo lapidan por ser hijo ilegítimo. Recordó cómo habían tratado a Vera Vietro. Los lugareños ahora la trataban a ella de la misma manera. Evitaban mirarla en público, como si no existiera. Cualquier cosa buena que hubiera hecho la habían olvidado. Aunque les agradaras, aunque les prestaras servicio, no había defensa en contra de los poderosos, ellos podían desacreditarte a su antojo.

Mamá preparó el café como le gustaba a su hija. Netta sacó de la estufa la cafetera de expreso, abrió la puertecilla de la nevera que estaba en el piso y sacó una lata de crema fresca. Calentó la crema en una ollita sobre las flamas azules hasta que hizo espuma y la vertió junto con el café en un tazón. Netta midió una cucharada de azúcar, se la echó al tazón y se lo pasó a su hija.

Domenica bebió lentamente el café con leche endulzado, saboreándolo. No sabía si en Marsella preparaban el café como su madre lo hacía en Viareggio. La mayor parte de su vida, esto había sido su desayuno. No podía imaginar la mañana sin él. Colocó el tazón en la mesa.

—No quiero irme, mamá.

—Domenica, no lo digas. Tienes que ser fuerte. No debes llorar. No debes permitir que te venzan.

—Me castigan por hacer mi trabajo.

—Eres la única mujer en este pueblo que tiene una educación; este lugar no es lo suficientemente grande para tu mente.

A la joven le preocupaba la franqueza de su madre.

—Mamá, debes tener cuidado con lo que le dices a la gente poderosa. He visto más periscopios, están aquí.

—¿Los alemanes?

—Aún no. Los italianos. *Regia Marina*, la Marina Real del Duce.

—Tu padre y yo trabajaremos duro, pase lo que pase.

—No confíes en nadie, mamá. Hablo en serio.

Netta se sentó a la mesa con su hija.

—Si vienen por nosotros, no pelearé.

—Deberían irse ahora. No esperar —propuso inquieta—. Tenemos primos en la montaña, ellos los aceptarán.

—Hablaré con tu padre.

—Y no te preocupes por mí. Haré mi trabajo y volveré a casa tan pronto como pueda.

—Permanece cerca de las monjas. —Netta le dio un beso a Domenica.

—Aléjate de ellas. Ninguna hija mía será monja —intervino Cabrelli, quien entraba a la cocina en ese momento.

—No me quieren, papá.

—No me importa que te quieran. No pueden tenerte. Tendrías que depender de la caridad para vestirte, alimentarte y tener un par de zapatos nuevos. No serías más que una pordiosera casta. Ninguna hija mía aceptará caridad, nunca. Además, los zapatos son horribles.

—No te preocupes, papá, yo puedo comprarme mis propios zapatos. Y serán bonitos, mira. —Domenica le mostró a su padre los zapatos negros de vestir de piel que el zapatero local había confeccionado para ella.

—Recuerda que las monjas son hábiles. No dejes que te convenzan sobre su forma de vida. Hacen mucho alboroto sobre lo maravillosa que puede ser la vida en el claustro cuando vuelven de sus misiones. Cuando pasaban por aquí, yo te escondía. Le hacen creer a las familias que si ofrecen a sus hijas para el servicio, también los cuidarán a ellos. —Su padre le puso su reloj de oro de bolsillo en la mano—. Toma esto.

—Papá, tú necesitas tu reloj.

—Quiero que lo tengas tú.

—Debería ser de Aldo.

—Yo decido quién se queda con mi reloj.

—Gracias, papá.

La joven metió el reloj en su bolsillo.

—Cuando tienes algo de valor, la gente supone que tú también vales. Usa el reloj para que sepan tu valía.

Su papá le dio un beso en la mejilla, se alejó hacia la puerta de entrada y cargó la maleta de Domenica.

—Ya es hora.

Mamá se puso de pie y pasó el brazo por la cintura de su hija. Caminaron juntas en silencio hasta la entrada. Papá abrió la puerta. Estaba oscuro, pero los primeros brillos del amanecer se asomaban en el pueblo como dedos de cera en el horizonte. Un grupo de gente estaba reunido en la calle, frente a su casa. Domenica distinguió los rostros de sus primos, de Via Firenze, y de algunos de sus viejos amigos de la escuela. Hasta su jefe, Pretucci, se había detenido de camino al trabajo y estaba ahí, cargando su maletín, como si él también saliera de viaje.

La multitud lanzó una ovación y Domenica lo agradeció. La señora Griffo le ofreció un ramo de flores.

—Lo que te hicieron está mal —dijo, y su aliento cálido formó una pequeña nube en el aire frío—, todos lo sabemos.

Pretucci y Griffo iban a la cabeza del grupo que avanzaba hacia la estación de tren. Muy pronto, la calle se bañó de la luz matinal y cada puerta, cada ventana, cada pared y techo de estuco se iluminaron de dorado a su paso. Quizá la castigaron por dar por sentado que su pueblo le pertenecía. No había sido lo suficientemente agradecida. El grupo caminó en silencio. Los únicos sonidos eran las suaves pisadas sobre el empedrado, marcadas por el rechinido ocasional de los zapatos nuevos de Domenica. ¿Por qué su madre había insistido en que estrenara zapatos? Por la misma razón que su padre le dijo que se llevara el reloj de oro. Si Domenica Cabrelli parecía una joven de medios económicos, la tratarían como tal.

Lo más al norte que había viajado era al Sestri Levante, en el golfo de Génova y al sur hasta los suburbios de Roma. Nunca había salido del país ni visitado un lugar desconocido sola.

—Nunca he cambiado de tren, papá. ¿Y si algo sale mal?

—Estarás bien —aseguró su padre como si le leyera la mente—. Levanta la mirada, observa los horarios, encuentra el número del andén y ve ahí.

Ella asintió. Tomaría el tren de las 7:00 a. m. a Génova y ahí abordaría el tren francés que la llevaría a Niza, y de ahí iría por barco a su destino final, Marsella. Quizá ahí también haría calor, quizá sería algo familiar; quizá estaría bien.

Cuando Domenica entró al andén, la multitud murmuraba sus despedidas. Volteó y dijo adiós con la mano, pensando que no pasaría mucho tiempo para verlos de nuevo. Ese pensamiento evitó que llorara. Subió los escalones del vagón del tren. Por la ventana, vio que su madre agitaba un pañuelo y sonreía, pero podía ver las lágrimas que surcaban su rostro. Su padre se quitó el sombrero y lo sostuvo sobre el pecho, para que su hija no viera su corazón roto.

En una mano, Domenica llevaba los boletos de tren y en la otra el ramo de flores. El maletero tomó su equipaje y la condujo a su asiento. El ramo tenía un alfiler que sujetaba el listón de terciopelo al arreglo. La punta afilada le picó la mano, pero no lo sintió. Domenica Cabrelli no sentía nada mientras perdía todo.

El tren cruzó los campos de ruibarbo; cada giro de las ruedas la alejaba más de casa. Si esperaba volver algún día a Viareggio, debía permanecer alerta. Pondría atención al trayecto. Estudiaría la geografía y contaría las paradas. Conforme el tren avanzaba hacia el norte, Domenica marcaba en su mente los puntos de interés que veía por la ventana: una granja gris, una fábrica de cemento, un zoológico. Observaba los trenes que pasaban en dirección contraria, solo para tranquilizarse de que los ferrocarriles italianos hicieran el camino de ida y vuelta.

PARTE DOS

Quienquiera que anhele alcanzar la vida eterna
en el paraíso, preste atención a estas advertencias.
Al considerar el presente, contemple lo siguiente:
La brevedad de la vida.
La dificultad de salvar tu alma.
Los pocos que se salvarán.

Capítulo 16
Marsella, Francia
Marzo de 1939

El sur de Francia no le recordaba a Domenica Cabrelli las playas color perla y la tranquila alegría de la costa de Liguria; sin embargo, a primera vista tenía su encanto. Las casas bajas de estuco blanco construidas por los griegos siglos atrás estaban incrustadas entre edificios *Art Deco* con forma de cigarros y espirales que perforaban las nubes bajas. Más allá de la ciudad, los acantilados del macizo de Calanques formaban una línea verde y accidentada sobre el horizonte.

La tarde que Domenica llegó a Marsella, la hermana Marie Bernard, de la orden de San José de la Aparición, la recibió en la estación de tren. Fue fácil ver a la monja entre la gente, vestida con hábito negro y toca blanca. Sus mejillas encendidas, su alegre sonrisa y sus ojos azul claro indicaban un carácter afable. Muy pronto, la joven aprendería que esos ojos también eran una señal de la naturaleza de la monja.

—*Signorina* Cabrelli —saludó la hermana Marie Bernard, en italiano—. *Ciao.*

La monja tomó la maleta de la enfermera y la guio por las calles de Marsella. Tenía la complexión de un *panettone* y avanzaba como una rueda en perpetuo movimiento. Domenica daba saltitos para mantenerle el paso, al tiempo que trataba de observar su nuevo hogar; quería hacerle algunas preguntas a la hermana Marie Bernard sobre su trabajo; le preocupaban el idioma y sus capacidades, pero la monja tenía prisa. La hermana avanzó por callejones y cruzó una plaza con fuentes que borboteaban y donde había parejas jóvenes. Se agacharon debajo de la ropa húmeda que colgaba en tendederos que cruzaban un callejón. El olor a jabón de pino sería el primer recuerdo que Domenica tendría de Francia. Pasaron la zona costera, cuyos muelles estaban abarrotados con barcos que se balanceaban al ritmo de las olas.

Marsella estaba enclavada en una costa rocosa del Mediterráneo. Esculpidos en el litoral, había canales estrechos y anchos ríos navegables, con suficientes atracaderos para amarrar barcos de todo tamaño. Un muelle industrial se internaba en el mar, y daba cabida a trasatlánticos. Cruceros de Monte Carlo que llegaban con jugadores, yates navegados por millonarios, mientras los esquifes locales cargaban redes rebosantes de pescado fresco. Esta no era una ciudad de trenes y automóviles; era una ciudad de barcos.

La Casa Fátima, el dormitorio oficial de las enfermeras de San José, estaba al final de la calle de Calais, con vista al puerto y al mar de fondo. El Hospital de San José era la puerta adyacente al dormitorio. Las monjas vivían en el segundo piso del hospital, cerca de donde estaba la acción. El complejo, que incluía un gran jardín interior rodeado por un muro de piedra de casi tres metros, brindaba un santuario privado a las monjas.

—*Benvenuta alla tua nuova casa* —dijo alegre la hermana Marie Bernard—. El desayuno es a las 5:00 a. m. La hermana Juliette hace *croissants* frescos los miércoles y *éclaires* los sábados. En Cuaresma no hay *éclaires*. —Frunció el ceño.

Domenica siguió a la monja al segundo piso.

—Tres o cuatro enfermeras por cuarto —jadeó la hermana Marie Bernard mientras subía—. Los espacios comunes te gustarán. No sé a qué estás acostumbrada. Te damos jabón y champú.

Los hago yo misma. Cultivo la lavanda y crío las abejas, así que sé que son muy buenos. Algunas chicas no se quieren ir de San José solo por el jabón.

La enfermera rio.

—Le haré saber si es razón suficiente para quedarse, hermana.

—El secreto es el aceite de incienso. Las flores y la miel juntas pueden ser demasiado dulces, así que lo diluyo con un poco de aceite de incienso. —Marie Bernard tocó la puerta 307—. Las chicas deben estar afuera. Disculpa, no hay compañeras que te den la bienvenida.

La monja metió la mano bajo su hábito y sacó la llave, que estaba en un llavero repleto. Abrió la puerta y encendió la luz. La habitación tenía tres camas. Los burós de dos estaban abarrotados de cepillos, libros y ceniceros. Una sola cama estaba tendida en el cuarto, con una cobija blanca y una almohada. El buró estaba vacío. La brisa que entraba por la ventana inflaba las cortinas.

—Esta será tuya, Cabrelli. —La hermana colocó la maleta sobre la banca a los pies de la cama—. Tienes suerte, te tocó una recámara de tres.

—Gracias, hermana.

Domenica exhaló. Después de todo, el lugar no parecía una cárcel.

La hermana Marie Bernard le dio a Domenica un rápido recorrido.

—Haré que suban tus uniformes, damos dos. Un jumper blanco estándar y un delantal con la blusa y las medias del reglamento. —Bajó la mirada a los pies de la joven—. ¿Calzas del 31?

—Exacto.

—No arruines tus lindos zapatos. También te enviaré ropa interior y una cofia. Las enfermeras lavan su propia ropa en el convento. Las chicas te enseñarán.

La monja dejó sola a la enfermera para que desempacara. Domenica se quitó el sombrero, se hincó en la cama y se asomó por la ventana. Podía ver los barcos en el puerto, las luces de la cubierta que brillaban en la superficie del agua verdeazulada. Aspiró la brisa fresca del océano y cerró los ojos. No importaba adónde fuera en el mundo, el mar era su alma y su salvación.

Domenica estaba decidida a no sentirse abrumada por el alcance de su trabajo en San José. Nunca había trabajado en un hospital, pero aprendía rápido. Se preguntaba si alguna vez asimilaría los nombres de todas las monjas y enfermeras, una tarea abrumadora, además de los turnos de diez horas que tenía que cubrir.

Las hermanas eran devotas del poder sanador de los santos y los ángeles, con el mismo fervor con el que se adherían a la ciencia médica moderna. Una estatua de la virgen María daba la bienvenida a los pacientes cuando entraban al vestíbulo. En la planta baja había una capilla.

El hospital tenía la estructura de una iglesia. Los anchos pasillos tenían techos abovedados y pisos de terrazo pulido que evocaban a los de una catedral gótica. Las ventanas lanceoladas de vidrios color ámbar bañaban los pasillos y las habitaciones con una luz dorada. Las estatuas de yeso de los santos en tamaño real estaban en nichos como centinelas. Un crucifijo colgaba sobre cada una de las camas del hospital, y una pila de agua bendita estaba empotrada junto a cada puerta.

Sin embargo, en el dormitorio de las enfermeras había poca religión. El único altar en Fátima era de papel, dedicado a Robert Taylor, el apuesto actor estadounidense conocido por sus espesas cejas negras a la francesa. Las chicas se relajaban, fumaban y chismeaban después de sus turnos, mientras en la radio sonaba música de *swing*. Pegaban fotografías brillantes, de ocho por veinticinco, de Ronald Colman, Spencer Tracy y Clark Gable en los espejos, y más de uno de los ídolos del momento tenía una mancha de lápiz labial sobre la mejilla en blanco y negro. A San José llegaban a trabajar enfermeras de todo el mundo: Filipinas, Cuba, Estados Unidos, Jamaica, Irlanda, Liberia e Italia, reclutadas por las monjas mediante su red escolar. Sin importar de qué parte del mundo llegaran, las jóvenes enfermeras eran fieles a las estrellas de cine estadounidenses.

En San José había dos hermandades en plena operación: un grupo portaba hábito y había tomado votos, en tanto que el otro había confeccionado su propia versión de los vestidos de moda, conocía los últimos pasos de baile, se enseñaban entre ellas francés e inglés y se peinaban unas a otras.

Los sábados en la noche, cuando se habían quitado el uniforme y habían terminado sus obligaciones laborales, las enfermeras se convertían en jóvenes despreocupadas. Se quitaban el uniforme blanco y lo reemplazaban con sus mejores vestidos de fiesta. Marsella palpitaba con música de jazz y charlas anodinas hasta que salía el sol, reemplazando el zumbido de las máquinas de las fábricas con risas. Las enfermeras se relajaban en las pistas de baile distribuidas de un extremo al otro de la playa. Los marinos, soldados de infantería e incluso hombres bien vestidos en trajes de la sastrería Savile Row eran sus compañeros. Las enfermeras llamaban «burmas» a los estadounidenses porque olían a cedro y vainilla, el olor de la crema estadounidense para afeitar.

Cuando no estaba en turno, Domenica y sus nuevas amigas también hacían largas caminatas por la ciudad. Se sentaban junto a la fuente rococó del palacio de Longchamp, navegaban en el ferri al viejo puerto y terminaban el día en la calle du Panier, bajo un toldo, bebiendo un Chablis helado y comiendo caracoles delicadamente cocinados con ajo y mantequilla.

—Domenica, ven con nosotras, va a haber un baile en el muelle. Una nueva banda. —Stephanie Arlette, una enfermera estadounidense de Chicago, nunca perdía la oportunidad de divertirse—. Club Mistare.

—Suena divertido, pero esta noche no saldré. —Domenica dejó el periódico.

—¿Otra vez? —Stephanie se dejó caer en la cama junto a su compañera—. No vas a pasar tu día libre escribiéndole a tu madre, ¿o sí?

—Pensé que, para cambiar, le escribiría al doctor Pretucci.

—¿Es guapo?

—Es viejo. No es para ti.

—Nunca se sabe. —Stephanie se quitó los listones del cabello que se había atado en secciones para que se rizara al tiempo que se secaba. Sacudió sus bucles rubios—. Yo me voy a casar por dinero.

—Es tan buena razón como cualquiera —dijo Josephine Brodeur, una joven jamaiquina de veinticuatro años, mientras se limaba las uñas.

Stephanie se puso su vestido de fiesta de organza azul y se agachó para que Domenica le cerrara el zíper en la espalda.

—¿Estás segura de que no quieres venir con nosotras? —Josephine intentó convencerla, subiendo la media de seda por su pierna—. Nunca conocerás a un hombre apuesto ni te enamorarás si te quedas a garabatear en este cuarto.

—Quizá Domenica no quiere enamorarse.

—No lo creo. —Josephine se puso la segunda media—. Yo me he enamorado tres veces y sucede así: imaginen que están en la montaña más alta del mundo y las empujan por un acantilado. Enamorarse es ese sentimiento entre el momento en que te empujan y el momento en el que golpeas el suelo.

—Yo me enamoré una vez —admitió Stephanie—. Y espero nunca volver a verlo.

—Yo no estoy lista para que me avienten por la montaña. Prefiero dormir en mi día libre. —Domenica sonrió a sus compañeras de cuarto.

—No quería arruinártelo. —Josephine se sentó y sujetó las medias en el liguero—. Cada quien es diferente. Quizá cuando te enamores lo sentirás como un baño caliente.

—Quizá no lo expliqué como lo maravilloso que puede ser. —Stephanie se roció un poco de perfume—. Solo que es horrible cuando termina. —Llenó su bolso para la noche—. El golpe es tan terrible como el sentimiento fue hermoso. Pero siempre vale la pena.

Domenica miró el periódico.

—El *Arandora Star* llega esta noche. Dicen que los Vanderbilt van a bordo. Y quizá la estrella de cine, William Powell. Mañana llega el *Avila*, los cinco trasatlánticos de Blue Star vienen a Marsella.

—Avísame cuando llegue Clark Gable —dijo Stephanie, cepillándose el cabello—. Pueden quedarse con sus horribles barcos.

—Espero que no arruinen los trenes. Algún día quiero volver a casa —dijo Domenica en voz baja.

Josephine fulminó a Stephanie con la mirada.

—Volverás a casa. Pero ahora deberías disfrutar la vida. Stephanie y yo nos preocupamos por ti. Deberías divertirte. No utilices ese tonto castigo de tu sacerdote como excusa para encerrarte en el dormitorio. La hermana Marie Bernard dijo que eras libre de ir y venir a tu antojo. Las reglas italianas no se aplican en Francia —dijo Josephine con dulzura.

—Te vendría bien un poco de aire fresco. Eso no significa quedarte sentada junto a la ventana mirando el mar. —Stephanie corrió las cortinas sobre la ventana abierta.

—Tiene razón. Sal a caminar. Ve a ver a los pasajeros en el muelle. Y platícanos cómo van vestidas las chicas elegantes.

Domenica las despidió con una seña de la mano, alegre:

—*Va bene*, chicas.

Las muchachas se fueron, dejando un rastro de perfume My Sin y Joy en el aire. Algún día, muchos años después de que se hubiera marchado, el olor a gardenias y rosas haría que Domenica pensara en Francia. La enfermera italiana había hecho verdaderas amigas en Marsella. Quizá su amor mutuo por su profesión las vinculaba, o la experiencia de vivir y trabajar juntas las animaba a confiar la una en la otra; pero, cualquiera que fuera la razón, Doménica había encontrado amigas en quiénes confiar. Ella guardaba sus secretos y ellas los suyos. Solo la hermana Marie Bernard y sus compañeras de cuarto sabían por qué había llegado a San José, y no les importaba. Domenica Cabrelli estaba lejos de casa, pero no estaba sola.

21 de marzo de 1939
Querida mamá:
Ya no siento nostalgia por mi hogar. Las hermanas me mantienen muy ocupada. Tenemos que ir a misa, las chicas de África le hicieron pasar momentos difíciles a la hermana Marie Bernard. No son católicas, así que no ven la necesidad. Yo les digo que vayan a misa, que inclinen la cabeza y piensen en cualquier cosa que las haga felices. ¡Imaginan cosas muy divertidas! Una de las chicas pasa Vísperas haciendo leche de coco en su mente. ¿Recuerdas a Josephine? Ha ahorrado casi todo el dinero para irse a Nueva York. Planea trabajar ahí en el hospital San Vicente. Las hermanas mandan cartas para encontrarnos empleos. Siempre que me preguntan si necesito una, respondo: «¡Mándenme a casa, a Viareggio!». Stephanie es muy divertida. Es buena enfermera, pero cuando termina su turno tiene que ir a bailar o hacer otra cosa. Ahora estoy entrenando para emergencias. La hermana Marie Bernard nos está enseñando cómo tratar heridas de batalla, aunque en Marsella casi no se habla de la guerra. Ella dice que, con o sin guerra, necesitamos saber cómo actuar en emergencias. ¿Cómo está papá? Por favor escribe. Aldo sigue en entrenamiento en Calabria, me envió una carta, mamá. ¡Parecía tan maduro! ¡No perdamos la esperanza!
Ti voglio bene,

Domenica

El guardia estaba dormido en la silla de su puesto, a la entrada del dormitorio, cuando Domenica dejó la carta a su madre en la bandeja de salida sobre su escritorio. Anudó los lazos de su sombrero de paja bajo la barbilla y salió.

La música que venía del muelle se enfatizaba por el gemido ocasional de la bocina de niebla y el meneo de los botes que rozaban los pilotes. El muelle erosionado crujió cuando Domenica caminó sobre él. El barandal se caía a pedazos y faltaban tablones. Domenica podía ver a través de los agujeros cómo el agua del mar golpeaba las rocas debajo. Era una señal inconfundible de que se avecinaba una guerra: las reparaciones de la propiedad pública habían cesado. De manera oficial, la mano de obra se necesitaba en otro lugar; además, no tenía sentido arreglar las estructuras que quizá serían destruidas. Era mejor dejar que las débiles se cayeran y apuntalar la infraestructura sólida.

Domenica se unió a la multitud que se concentraba en el largo muelle para dar la bienvenida al *Arandora*, atracado en el puerto. El barco era tan grande que bloqueaba el cielo nocturno con las curvas de su casco. La estructura del *Arandora* era blanca brillante, y tenía bordes de un color rojo y azul marino reluciente. Dos estrellas azules en las chimeneas marcaban al barco como uno de los cinco trasatlánticos más exclusivos que hubieran navegado los mares. Domenica dio unos pasos atrás y se paró de puntitas para admirar su grandeza. Los amarres de latón pulido centelleaban al atrapar la luz de las llamas de las antorchas que iluminaban el muelle. Las cubiertas superiores empezaban a llenarse de pasajeros vestidos de manera elegante, que formaban una línea para desembarcar. Bajaron la rampa de desembarco con cadenas que hicieron un sonido metálico al caer sobre el piso con un golpe seco.

—¡Ahí vienen! —gritó una niña francesa. Un cuarteto de vientos de madera empezó a tocar una música ligera. El desfile de damas a la moda bajó por la rampa, una por una, vestidas de satén en atuendos apretados a la cintura, de colores pastel, con sombreros de ala ancha coordinados y decorados con tul, que parecían copetes de algodón de azúcar.

Un grupo de fotógrafos de los periódicos franceses se reunió alrededor de una joven en particular, que llevaba una camisa de encaje blanco con mangas cortas abombadas. «Debe ser una actriz famosa», pensó Domenica al tiempo que explotaban los flashes y hacían que todo se volviera blanco brillante. Se paró de puntitas para dar un vistazo a la joven cuando pasó frente a ella. Se sintió decepcionada cuando supo que no se trataba de Janet Gaynor ni de Myrna Loy, sino de otra chica bonita que navegaba alrededor del mundo en un yate de lujo. Ninguna estrella de cine ni Vanderbilt ni bailarina rusa del Bolshói desembarcó del *Arandora Star*.

Domenica decidió caminar a lo largo del muelle y luego regresar a Casa Fátima. Una multitud se había reunido fuera del popular club donde la banda había salido a la calle para tocar. Muy pronto, los dueños salieron al muelle y empezaron a bailar. Estaba perdida en la música, cuando sintió que unas manos la tomaban por la cintura; la levantaron y la alzaron en el aire. Le ordenó al desconocido que la soltara.

—La próxima vez pregúntame antes de lanzarme al aire —espetó Domenica.

—Disculpa. Vi que te movías al ritmo de la música.

El joven se marchó en busca de una compañera de baile más dispuesta. A Domenica no le gustaba regañar a la gente que se emocionaba de manera espontánea, en particular cuando había música, pero la última vez que sus pies se levantaron del suelo había sido en el carnaval, cuando bailó con Silvio.

Cuando las chicas le preguntaron si había estado enamorada, ella afirmó que no, pero la verdad era que no podía estar del todo segura. El único amor que había conocido de otra persona en ese sentido no había sido ni impetuoso ni teatral. No se cayó de una montaña, no hubo momentos en los que le faltó la respiración, porque su primer amor empezó con la amistad. A Silvio

Birtolini lo amó primero como amigo, con un amor práctico, sólido y, en su corazón, eterno. Y aunque él no le pertenecía, ella lo amaba. ¿No era esa la naturaleza del verdadero amor? ¿Desear la felicidad del otro más que la propia? O ¿eso la hacía una «boba», como los estadounidenses llamaban a quienes no tenían voluntad propia? «Se va a casar con otra persona, Domenica», se decía. «No te pertenece». En eso concluía todo.

Capítulo 17

La cubeta que la hermana Marie Honoré había colocado debajo de la gotera del techo en el pasillo del primer piso del hospital estaba llena casi hasta la mitad. Domenica la vació, la regresó a su lugar y esperó hasta escuchar la primera gota que caía del agujero en el techo.

Colgó el portapapeles con sus notas de la noche de rondas en un gancho junto a la puerta y luego regresó a su estación en el recibidor. El único sonido era el tictac de un gran reloj en la pared. Se quitó los zapatos. Eran las 2:05 a. m. Siempre que trabajaba el turno de la noche, Domenica se las arreglaba para ver la hora a las 2:05, el día y mes del nacimiento de su madre. Bostezó y pensó en bajar a la estación de enfermeras del vestíbulo para prepararse una taza de té. Una de las chicas había hecho macarrones. Sin embargo, se irguió en el respaldo de la silla y se estiró.

Olivier Desplierre, de quince años, estaba de servicio con Domenica en ese turno. El vigilante y conserje nocturno se esforzaba por no quedarse dormido en la silla. Ella sintió compasión por el niño, le recordaba a Aldo. Con cuidado, le puso la mano sobre el hombro.

—Lo siento, enfermera Cabrelli —dijo Olivier, irguiéndose.

—Te vas a lastimar el cuello si duermes así. En la habitación 13 hay una cama. Ve.

De debajo del escritorio, Domenica sacó una canasta de vendas recién lavadas. Empezó a doblarlas en cuadros apretados cuando de pronto un haz de luz que salía de la puerta cerrada de la capilla llamó su atención. Tal vez un vagabundo entró a hurtadillas a la capilla mientras ella hacía sus rondas. Las monjas habían advertido a las enfermeras que los lugareños usaban el hospital como parque público.

Abrió de par en par la puerta de la capilla y dijo «Hola» en voz muy alta, antes de echar un vistazo al interior. Las bancas estaban vacías. Exhaló. La luz provenía de la lámpara de un sagrario que parpadeaba en el altar, cerca del tabernáculo. Se persignó con agua bendita de la pila junto a la entrada y cuando cerraba la puerta detrás de ella, las puertas de la entrada del hospital se abrieron de golpe.

Un estridente grupo de hombres que apestaban a aceite para motores y humo, con la piel cubierta de hollín, llenaron el vestíbulo. Domenica supuso que eran bomberos, pero al verlos más de cerca, notó que sus uniformes, o lo que quedaba de ellos, habían sido alguna vez azul marino y blanco. Algunos de ellos no llevaban camisa, otros estaban descalzos. Hacían tanto escándalo que no podía entender lo que decían en inglés; hablaban muy rápido. El más alto de todos entró con un hombre herido en brazos. Los hombres se apartaron, en una suerte de deferencia, para dejarlo pasar.

El rostro del hombre alto estaba cubierto de hollín, como el de los demás. Ella no hubiera podido dar un solo detalle de este hombre porque algo sucedió en el momento en que lo miró. Las luces parpadearon, el estómago se le hizo un nudo, su ritmo cardiaco se aceleró y el sonido de la habitación desapareció. Domenica miró el reloj, el minutero avanzaba como de costumbre. Alzó la mirada al techo, algunos focos habían explotado, cambiando la tonalidad entre luz y oscuridad en el vestíbulo, pero los focos brillaban con una luz blanca.

—Hubo un incendio. Este hombre se llevó la peor parte. Necesita a un médico —le dijo.

Despertado por el escándalo en el vestíbulo, Olivier se abrió paso entre la gente hasta llegar al lado de la enfermera.

—Llama al doctor Chalfant. Toca la campana en Fátima y ve a buscar a la hermana Marie Bernard en el convento —le dijo Domenica.

—Ahora mismo.

—Sígame. —Domenica guio al hombre que cargaba al marino lesionado a la sala de exploración más cercana.

—Acuéstelo ahí. Ya fueron a buscar al doctor. Puede lavarse en ese lavabo. —Dio media vuelta para marcharse, pero el desconocido la tomó del brazo.

—Quédese con él, por favor.

—Tengo que ingresar a los lesionados —respondió con calma—. Es el protocolo del hospital.

—Por favor, revíselo. Él estaba en la sala de la caldera —explicó el hombre—. No ha recuperado la conciencia desde la explosión.

—Sufrió una conmoción. Necesita que lo vea un médico.

—Por favor. ¿No podría examinarlo?

Domenica puso las manos sobre el joven y observó sus heridas. Cuando puso las manos sobre su rostro, él parpadeó y abrió los ojos.

—Va a estar bien —le aseguró.

Le levantó la cabeza y colocó una almohada debajo.

La hermana Marie Bernard entró corriendo, poniéndose un delantal sobre el hábito.

—¿Qué tenemos, Cabrelli? —preguntó al tiempo que se lavaba las manos.

—Se desmayó. Abrasiones en el pecho, una quemadura grave en el brazo izquierdo y una cortada profunda en la pierna. Eso solo a primera vista.

—Lo voy a curar. Despeja el vestíbulo. Asigna a los pacientes a las salas de exploración en orden descendiente de gravedad de sus lesiones.

—Sí, hermana.

Stephanie, quien llevaba el cabello sujeto en rizadores de tela, se reunió con ellas en la sala.

—Reportándome para servicio, hermana.

La monja le echó un vistazo rápido a la enfermera y le dio instrucciones.

—Arlette, toma mi lugar. Limpia la herida del brazo y véndala. El doctor tendrá que examinar su pierna.

El desconocido salió del consultorio detrás de la hermana Marie Bernard y de Domenica. Trató de escuchar su conversación mientras avanzaban por el pasillo, pero la hermana había bajado la voz para que solo Domenica pudiera escucharla.

—Que la enfermera Arlette se quite los rizadores cuando haya terminado.

—Sí, hermana.

—¿Y qué tipo de enfermera despierta de un profundo sueño, a medianoche, con los labios pintados?

—Una que no estaba dormida, hermana —respondió Domenica en voz baja.

La hermana Marie Bernard dio media vuelta y quedó frente al desconocido.

—¿Quién es usted?

—Soy el capitán John Lawrie McVicars, del *Boidoin* —saludó a la monja—. Estos son mis hombres, mi tripulación.

—Necesitaré su manifiesto. Tenemos que documentar a los heridos de manera precisa —le dijo al capitán—. Encárgate del papeleo, Cabrelli. Y examina al capitán, no me gusta cómo está su cuello.

—Sí, hermana. —Domenica se inclinó para acercarse a la monja—. ¿Es un acto bélico?

—En estos tiempos, ¿quién sabe de qué se trata?

La hermana Marie Bernard se alejó hacia el pabellón para revisar las camas.

El capitán siguió a la enfermera por el corredor.

—Esa monja es mala.

—Le agradecerá que sea tan directa cuando pelee por sus hombres.

Domenica abrió la puerta de una sala de exploración que estaba vacía.

—Bernard es un nombre extraño para una mujer.

—Es por el santo. San Bernard de Clairvaux. Francés. Fundó la abadía de Clairvaux y amplió la orden cisterciense.

—Ah, claro, los famosos cistercienses.

—Necesito examinarlo.

—¿Por qué?

—Para que sus lesiones estén registradas cuando lo examine el doctor Chalfant. —Domenica tomó el portapapeles y un lápiz—. ¿Me puede deletrear su apellido, capitán?

McVicars deletreó su nombre.

—¿Qué edad tiene?

—¿Qué edad tiene usted? —espetó.

—Más joven que usted, obvio. —Colocó el portapapeles en la mesa y se inclinó para examinar su cuello—. ¿Cómo pasó esto?

—Sunterland se aferró a mí.

—¿Sunterland es el paciente de la sala 1?

—Sí, ese es él.

McVicars tenía el rostro de un aventurero de portada de esas novelas estadounidenses baratas que las chicas del dormitorio hacían circular como las cajetillas de cigarros o una caja de chocolates. El capitán tenía un perfil florentino. Su nariz y barbilla recias le recordaban a su gente, aunque hablaba en inglés. En este tipo de situaciones, la familiaridad provocaba compasión. Tenía el cabello castaño y grueso; parecía ser mucho más alto que sus hombres, pero su complexión no era delgada, sino robusta y de hombros anchos. Sus dientes estaban derechos y se podía advertir un brillo dorado al fondo de la boca; sus ojos eran verdeazulados, como la superficie del mar Tirreno en verano. ¿Cómo era posible que un hombre tan ajeno a su hogar se lo recordara? Cuando lo veía, sentía que la bañaban las cálidas olas del mar. No tenía idea de dónde venían estos sentimientos ni sabía cómo detenerlos. En sus prácticas había aprendido a atender a sus pacientes manteniendo la distancia emocional. El hombre que entró como tromba por la puerta, con un marino de su tripulación en brazos, había derribado ese muro.

—¿Se siente bien, señorita? —preguntó McVicars.

Domenica se sonrojó.

—Tengo hambre. Eso es todo. —Metió la mano al bolsillo del delantal para sacar un lápiz y hacer anotaciones en el expediente, pero el lápiz se le cayó y se fue rodando debajo de la mesa de exploración. Se arrodilló para recogerlo.

—¿Ese es el último lápiz que hay en Marsella?

—Siempre los perdemos. Las hermanas se molestan cuando nos pasa. Ahora que se avecina la guerra ya hay escasez de plomo.

—Estoy seguro de que su lápiz nos acerca un poco más a la victoria.

—Nunca se sabe, capitán. —Trató de no sonreír. Se acercó al gabinete y le dio un pijama gris—. Pase detrás del biombo y póngase esto. Deje su uniforme y ropa interior en el canasto, se lo lavaremos y plancharemos.

—No necesito cambiarme de ropa.

—Política del hospital. Tiene que hacerlo; de lo contrario, la hermana le pondrá ella misma el pijama. No la rete, la he visto hacerlo.

El hombre se quejó y pasó atrás del biombo.

—Melanie. ¿Así la llamó la monja?

—Cabrelli. Las hermanas nos llaman por el apellido.

McVicars salió con el pijama puesto y se sentó en la mesa de exploración. Con cuidado, Domenica le limpió la herida del cuello. Estaba lo suficientemente cerca como para que él pudiera contar las pecas de su nariz. Él se apartó.

—Quisiera esperar al doctor. Quizá él encuentre algo —refunfuñó McVicars.

—Tengo una idea de lo que encontrará —respondió, cubriendo la herida con una gasa.

—¿Una laceración tan profunda que requiere cirugía?

—No. Un paciente difícil.

—Cabrelli. Una italiana en Marsella, Francia. ¿Por qué? No me diga, una historia triste, ¿cierto? Sin familia, sin amigos, sin hogar. Las monjas le dieron cobijo porque no tenía a dónde ir. Le enseñaron enfermería a cambio de mano de obra gratuita, pero usted sabía que la educación que le daban valía mucho más, así que decidió trabajar en este deplorable hospital para pagar su deuda con las buenas hermanas.

—Vengo de buena familia, las monjas no me recogieron. Estudié enfermería en Roma antes de venir aquí. Este hospital no es deplorable, tenemos mucho trabajo. Y nadie paga, por eso las monjas no tienen dinero para arreglarlo. No lo olvide cuando vaya de salida. Ponga algo en la caja para los pobres que está en el vestíbulo.

Domenica se excusó antes de marcharse. El hombre se acostó sobre la mesa para esperar al médico y rápidamente se quedó dormido.

El doctor Chalfant entró al pabellón. Tenía aproximadamente cuarenta años, era delgado y pelirrojo. A la distancia, con la bata blanca, parecía un cerillo encendido. Observó cómo la enfermera Cabrelli ayudaba a un paciente a entrar a la tina llena de hielo.

—Doctor, en un momento lo llevo a las salas de exploración.

—Cabrelli, necesito hablar con usted —dijo la hermana Marie Bernard.

—Yo me ocupo —intervino Josephine, tomando el lugar de Domenica.

Domenica siguió a la monja al pasillo.

—Hermana, ordené los baños porque no sabía de qué otra forma tratar la gravedad de las quemaduras. En mi capacitación aprendí que los baños de hielo son el primer paso para aliviar el dolor. Perdóneme si me excedí en mis...

—Hizo un trabajo excelente, Cabrelli. No sé cómo organizó a las enfermeras, pero siguieron sus órdenes mejor de lo que jamás usted ha seguido las mías.

La enfermera italiana se enjugó el rostro con el borde del delantal. Se recargó en la pared y cerró los ojos.

McVicars vio a Domenica desde el otro extremo del corredor. Se le acercó y se recargó contra la pared junto a ella.

—Fui a ver a la mayoría de mis hombres. Bien hecho, usted es mejor capitana que yo.

—Solo soy una enfermera.

—Seamos amigos, Cabrelli. Antes solo la estaba molestando.

—¿En verdad? ¿Sus hombres llenaron los formularios?

—Todos menos Donnelly. No sabe leer ni escribir.

—¿De dónde sacó esa bata?

—Me la dio la hermana Aloysius o alguna de ellas. —Anudó la cinta alrededor de su cintura—. ¿Le gusta?

—El doctor está haciendo las rondas en las salas de exploración —dijo Domenica mientras avanzaba por el pasillo—. Usted debe ir a su camilla y esperarlo.

—Me gustaría seguirla y así conocer el hospital, si me hace el honor. Necesitaré pasar a ver a mis hombres.

—Es simple. Hay dos pisos y treinta habitaciones. —Señaló en dirección de los cuartos sin dejar de avanzar—. No somos un hospital lujoso, pero somos buenos.

Domenica tomó un carrito lleno de ropa sucia que estaba en el corredor. Él la siguió.

—¿Hay marinos en su familia? —le preguntó McVicars.

—Ninguno. Amamos el mar, vivimos en el agua. ¿Eso cuenta?

—Depende. ¿De qué mar estamos hablando?

—El mar Tirreno.

—¡El mar Tirreno! Lo conozco bien. También he navegado por el mar de Liguria y el Mediterráneo. El golfo de Génova al norte es tan triste como un corazón roto; tengo gratos recuerdos de ese puerto.

—No lo dudo. ¿Conoce Viareggio?

—No. Echamos ancla en el puerto de Gioia Tauro. ¿Lo conoce?

—En la costa del Tirreno.

Domenica se inclinó para recoger un montón de sábanas sucias del suelo y las echó al carrito.

—No es una chica francesa fingiendo tener un acento italiano ¿o sí?

—Los ingleses piensan que todos los acentos son fingidos menos el suyo.

—¡Yo no soy inglés! Soy escocés. ¿No se dio cuenta?

—¿Cuál es la diferencia?

—¡Toda! ¿Alguna vez ha ido a Escocia?

—No. Conozco mi pueblo y conozco Marsella. He estado en solo dos países en toda mi vida. Francia es el segundo.

Domenica empujó el carrito hasta la lavandería. Él la siguió al interior. El calor en la habitación era sofocante. Las máquinas hacían un ruido ensordecedor. Una monja con un pañuelo en la cabeza y delantal empujaba una sábana por el escurridor de la lavadora. Otra monja, vestida con el mismo uniforme de trabajo, usaba la plancha industrial que lanzaba nubes de vapor cuando presionaba la tela. Alzaron la mirada hacia McVicars y luego se miraron entre ellas.

—Es un paciente —explicó Domenica mientras vaciaba el carrito y separaba los pijamas de hospital de las toallas.

—¿Le gusta la lluvia y el frío? —McVicars gritó sobre el ruido. Ella negó con la cabeza.

—Se acostumbrará. Hay muchas cosas recomendables: las pasturas verdes, los lagos... yo.

—Acabo de conocerlo, capitán. Pero no se lo echo en cara, es franco.

Él rio.

—Lo soy, ¿verdad?

—No me molesta. —Domenica levantó una pila de sábanas limpias de un estante en el clóset de la lavandería—. Solo está asustado.

—¿Qué quiere decir? —Fingió no haberla escuchado cuando ella salió de la lavandería hacia el pasillo—. Tengo que decirle que soy famoso por mi valentía.

—Es verdad que guio a sus hombres hasta el hospital anoche. Algunos están en peores condiciones que otros, pero todos sanarán. Tuvieron suerte.

—No diría lo mismo si hubiera visto el *Boidoin* —dijo y siguió a Domenica hasta la sala de exploración. Se quedó de pie mientras ella ponía sábanas limpias en la cama—. ¿Cree que podríamos ser amigos? —preguntó.

Domenica ayudó al capitán a subirse a la cama.

—Hacer amigos lleva tiempo.

—Bueno, se ve que piensa rápido. ¿Qué está pensando ahora? ¿Cree que podría ser mi amiga? ¿Le gusta? ¿No le gusta? ¿Reflexiona? ¿Indiferente? ¿Indecisa?

—Habla muy rápido.

Tomó las piernas de McVicars y las subió a la mesa.

—¿Cómo hizo eso? Soy tres veces más grande que usted.

—Toallas calientes —dijo Josephine abriendo la puerta con la cadera; le sonrió al capitán

Este tomó la toalla y se limpió la cara.

—¿Así está bien, enfermera?

—Mejor —respondió Josephine.

—Y usted, Cabrelli, ¿Qué piensa?

—No veo gran diferencia. Josephine, ¿cómo va todo en el piso?

—Todos los chicos tienen las heridas limpias. El doctor Chalfant los está examinando. La hermana Marie Honoré ya puso a tres hombres a dormir leyéndoles las Escrituras en voz alta.

—Perdónelos —exclamó McVicars, sacudiendo la cabeza con tristeza—. Dígale a la hermana que les lea los resultados de las carreras, eso los mantendrá despiertos.

—Debo irme —dijo Domenica dando media vuelta.

El capitán la tomó de la mano.

—La enfermera dijo que la situación está bajo control.

Con delicadeza, la italiana retiró la mano y dijo:

—Ella no es la jefa. Es mi turno y yo estoy a cargo. Puedo hacerle una pregunta.

—¿Cuál?

—¿Le gustaría una taza de té, capitán McVicars?

Stephanie asomó la cabeza.

—Domenica, te necesitan en piso.

—Disculpe, capitán. El té y los macarrones están en la estación de enfermeras, al final del pasillo. Sírvase usted mismo.

Capítulo 18

Conforme el sol se levantaba sobre Marsella, el vestíbulo del hospital San José se bañó de luz. Exhausto, Olivier empujaba lentamente de un lado a otro el trapeador sobre el piso.

—¿Qué haces todavía aquí? —preguntó Domenica tomando el trapeador de las manos del chico.

—La hermana Marie Bernard dijo que no podía irme hasta que quitara el olor a humo del vestíbulo.

—Podría llevar algún tiempo. Echaré un poco de perfume.

Olivier sonrió y volvió a tomar el trapeador para terminar su tarea.

—¿Y usted por qué sigue aquí, señorita?

—Porque soy la jefa hasta que empiece el siguiente turno.

El hospital estaba tranquilo cuando Domenica hizo sus rondas. Los marineros del *Boidoin* habían sido examinados y tratados. Durmieron en paz en su cama, en el piso principal. Las enfermeras del turno de la mañana ya estaban reunidas en la cocina del hospital, preparando el desayuno para los pacientes. El olor a café recién hecho y a *croissants* calientes flotaba en el pasillo. Por hambrienta que Domenica estuviera, pensar en su cama le parecía más atractivo que la comida. Firmó la salida de turno y recogió el registro de trabajo. Se detuvo para persignarse con agua bendita de la pila fuera de la capilla, cuando recordó algo más que había prometido llevar a cabo. Entró en la capilla y cerró la puerta detrás de ella. Hizo una genuflexión frente al altar, en la fresca oscuridad. El olor de los claveles llenaba el aire. Colocó la sagrada Biblia en el atril y puso las vinajeras, las campanillas y el lino en la mesa lateral para la misa.

—No encontré la luz. —La voz de un hombre cortó el silencio.

Ella entrecerró los ojos en la oscuridad.

—¿Capitán McVicars?

—No estoy rezando.

—No es una acusación.

—¿Qué hace? —preguntó el capitán con inocencia.

—La hermana Claudette me pidió que preparara la capilla para misa.

—¿Es domingo?

—Tenemos misa todos los días. ¿Usted qué hace?

—La lavandera está planchando mi uniforme. No sé cómo pudo quitarle las manchas de aceite, pero lo hizo. Le ofrecí darle un beso.

—¿Aceptó?

—Eso queda entre la señora Ester DeGuisa Wing y yo.

Domenica dio vuelta para marcharse.

—Quédese —dijo él.

—La madre superiora está esperando unos papeles.

—Debería procurar que cualquier persona que lleve en su nombre la palabra «superior» esperara un poco, aunque solo sea para enseñarle humildad. Venga a sentarse conmigo.

Se deslizó a la mitad de la banca para hacer espacio para ella, luego extendió los brazos sobre el respaldo, como si fueran alas.

Ella se sentó en un extremo, tan lejos de él como pudo.

—¿Es católico?

—No. No. No. No.

—Un solo «no» es suficiente.

—Las grandes canciones suenan mejor en armonías de cuatro. Señorita Cabrelli, quizá no sepa esto, pero en Escocia no hay muchos católicos. Los expulsaron.

—Conozco la historia.

—Entonces, ¿por qué preguntó?

—Porque como conozco la historia, el último lugar en el que un buen protestante quisiera estar es una capilla católica. Así que pensé que usted lo era.

—¿Está permitido reírse aquí?

—Usted es el capitán, puede hacer lo que quiera.

—¿Quién es ese tipo? —McVicars señaló la estatua.

—Es San Bernard de Clairvaux. El santo del que le hablé.

—Cierto. Parece enfermo.

—Es francés. A San Bernard se le conoce como el doctor de la iglesia.

—Me parece que un santo debería ser vigoroso para que los devotos tuvieran algo a lo que aspirar, algo que emular. También sería una mejor estatua, ¿no cree? La Iglesia católica debería ir a Escocia y encontrar a un campeón de lanzamiento de cáber con piernas anchas para que posara para sus estatuas. San Bernard no vale el bronce. Yo no confiaría mi alma a un tipo enclenque de hombros enjutos y mentón retraído, ¿usted sí?

—Demasiado tarde. Ya le recé.

—Usted tiene exactamente siete pecas en la nariz.

—Y usted tiene un diente de enfrente ligeramente astillado. El izquierdo —replicó Domenica.

—Me caí de un caballo.

—¿Cómo está el caballo?

—Me temo que murió hace mucho. Yo tenía diez años.

—Las hermanas lo invitaron a desayunar. Cuando no lo encontré en la cama que le asignaron, supuse que se había ido del hospital. Debe estar muerto de hambre. Puedo acompañarlo al comedor en mi camino de salida.

—Si esas santas mujeres guardaran una galleta en el cajón, no tendría hambre.

—Debí servirle el té y un macarrón.

—No hace bien su trabajo, Cabrelli. No importa. A decir verdad, me comí un macarrón con una rubia encantadora.

—Así que, después de todo, encontró su camino en el hospital.

—Lo hice. Luego la hermana Marie Honoré me dio bicarbonato. ¿Usted es monja?

—No.

—Bien. Me asustan.

—No deberían.

—Pero así es. Se mueven en grupos, en formación, como enjambres de abejas.

—Usted es el segundo hombre en un mes que me pregunta si soy monja. ¿Debería tomarlo como una señal para convertirme en una?

—Eso depende. ¿Qué piensa de las abejas?

El comedor de las monjas era luminoso y alegre. Una chimenea de piedra en la pared del fondo crujía con llamas anaranjadas sobre una parrilla abierta que sostenía tres teteras. Un enorme espejo sobre la chimenea reflejaba a las hermanas mientras desayunaban en una larga mesa en el centro de la habitación.

—La madre superiora quisiera conocerlo —murmuró Domenica—. Vaya.

—¿Cuál es?

—La que lleva la cruz más grande, en la cabecera.

Domenica vio cómo McVicars, en pijama y bata, se acercaba con cautela a la madre superiora. Trató de ocultar cuánto le divertía la escena.

—Gracias, madre, por sus atenciones y el cuidado de mis hombres —agradeció el capitán, al tiempo que le hacía señas a

Cabrelli para que se acercara—. Enfermera, disculpe, ¿cómo se llama?

—Cabrelli.

Él chasqueó los dedos.

—Enfermera, ¿su nombre de pila?

—Domenica.

—La enfermera Domenica Cabrelli hizo un trabajo estupendo.

—Es una de nuestras novicias talentosas.

—Una novicia carece de experiencia. Anoche, la señorita Cabrelli dirigió el pabellón como un general.

—En su caso, «novicia» significa que está en la primera etapa para convertirse en hermana de San José de la Aparición.

McVicars miró a la enfermera.

—Me dijo que no era monja.

—No lo soy. Estoy rezando sobre ese tema.

La madre superiora miró al hombre de arriba abajo.

—Capitán, ¿puedo ver sus manos?

Las manos de McVicars estaban enrojecidas y tenían ligeras quemaduras por el incendio.

—Capitán, insisto en que la enfermera Cabrelli le vende esas heridas. No queremos que se infecten; su sangre se echará a perder. —La madre superiora volteó hacia Domenica—. Tráigalo a desayunar cuando se haya ocupado de él.

La sala de exploración estaba inmaculada. El piso de losa estaba impecable, así como las ventanas, que se veían tan claras que parecía que no tenían vidrios en los marcos.

McVicars se negó a ver mientras Domenica limpiaba con cuidado la piel superficial quemada en sus manos para quitarle las abrasiones. La enfermera colocó las manos del hombre en una palangana llena de agua helada.

—Lo siento, pero si vendo las quemaduras sin limpiarlas por completo le quedarán cicatrices. Tiene manos hermosas, no sería correcto.

—No voy a agradecerle el dolor. Pero le agradeceré el cumplido. Habla muy bien inglés, señorita Cabrelli.

—Es mejor que mi francés. Comparto muchos turnos con Mary Gay Mahoney. Es una de las enfermeras; también es de Escocia. En su cama tiene una cobija de lana maravillosa. Me dijo que las hacían allá.

—¿Cómo va a renunciar a todas las cosas bonitas cuando tome los votos?

—Una monja no renuncia a la belleza. Ese es uno de los regalos más maravillosos que Dios le dio al mundo, ¿o no? Aquí está su anillo de bodas. —Domenica lo metió en la camisa del hospital y abotonó el bolsillo.

—Es un anillo insignia. Lo gané en la Gran Guerra.

—Pero solo era un niño.

—Dieciséis. Por eso lo uso en el meñique. Parece que mis manos crecieron más que mis pies en los años que siguieron. He querido mandarlo a agrandar.

—Mi padre podría hacerlo por usted. Es orfebre y tallador de piedras preciosas.

—¡Ah! Entonces usted es como Santa Catarina: era una joven rica de buena sociedad, una *flapper* de su época, por así decirlo, que renunció a toda la diversión para meterse en un convento. Disculpe lo obvio, pero es lo que los escoceses llamamos un seguro contra incendios. Consagra su vida a buenas obras y eso le da un pagaré para no ir al infierno cuando llegue la hora de la muerte.

—Para ser protestante, sabe mucho sobre la vida de los santos.

—Leo.

—Entonces sabe que no todos los joyeros son ricos. Mi padre se gana el pan y, como cualquier artesano, espera que le paguen.

Mientras papá espera su comisión, mi familia sobrevive como puede con los estofados de mi madre.

—Más hambruna que fiesta.

—Los italianos nunca mueren de hambre. Comemos gracias a nuestro ingenio. Vivimos en la costa, así que pescamos. Comemos castañas, dientes de león y huevo. Jitomates. Hacemos pan. Usted sabe, ha estado en Italia.

—Mi madre hervía carne y hacía estofados, pero siempre teníamos una botella de buen whisky en la casa para pasar la mala comida.

—Una buena dieta para un clima frío.

—Nunca he comido una castaña.

—Son deliciosas.

Pensar en su madre frente a la estufa, asando castañas, entristeció a Domenica.

—Hice que se entristeciera —McVicars sacó las manos del agua—. No llore.

—Mantenga las manos en el agua fría —ordenó Domenica, enjugándose una lágrima con la manga.

—Me portaré bien si me dice qué la hizo llorar. —Volvió a meter las manos a la palangana.

—Pensaba en mi madre. —Sacó del agua una de las manos de McVicars, la secó con cuidado y aplicó una espesa capa de antiséptico en las abrasiones.

—¿Qué es eso?

—Miel.

—¿Como la que se usa en el té?

—Como la que se usa en medicina. Las monjas tienen panales en el jardín y fabrican su propio antiséptico con la miel. Me han dicho que viene gente de todo Francia a comprar un solo tarro. —Envolvió con cuidado su mano en una tela limpia de algodón—. Yo tomé un frasco pequeño y lo uso como crema facial.

—Deberían embotellarlo y venderlo para que las mujeres que lo usen se vuelvan tan bonitas como usted.

Domenica le dio la espalda a McVicars y reprimió la risa. Había atendido a muchos pacientes varones en el hospital. La mayoría de ellos estaban tan agradecidos que la llamaban su hermoso ángel. Pero los pacientes agradecidos les decían lo mismo a todas las enfermeras.

Domenica vendó la otra mano.

—¿Cómo se siente?

—No me duele nada.

—La hermana lo hará comer. Una vez que coma y que su uniforme esté listo, podrá regresar a su barco y navegar hacia donde quiera que iba.

—¿Señorita Cabrelli? La amo.

Ella soltó una carcajada.

—No, lo digo sinceramente —agregó—. Las manos me ardían y ahora están envueltas como un niño recién nacido. —McVicars alzó las manos—. Sé un poco de su trabajo, una vez saqué una bala del vientre de un hombre en el campo de batalla; bueno, no era el campo de batalla, era un bar que solía frecuentar, un *pub* llamado Tuck's, en Glasgow, pero le salvé la vida. Aunque no creo que en realidad haya aliviado el dolor de otra persona, y usted lo hizo.

McVicars siguió a Domenica de regreso al comedor. El capitán estaba mareado por el hambre, pero no tenía apetito. Aunque tenía el cuerpo adolorido, no lo sentía; no era él mismo, y no entendía por qué.

La madre superiora aprobó los vendajes en las manos del capitán. Le agradeció a Domenica y la invitó a desayunar con ellos. Esta invitación no era común, y ella aceptó con humildad. El capitán se sentó con la enfermera italiana junto a la chimenea; ella lo entretenía con historias de su hogar. Él bebía cada una de sus palabras al tiempo que comía el mejor desayuno de su vida. La mermelada de fresa en su *croissant* explotó en su boca como un cálido día estival. El *omelette* esponjoso, sazonado con hierbas frescas, se derritió en su boca. El café era el más caliente que había bebido desde que el *Boidoin* atracó en Colombia, en América del Sur. No se trataba del hambre común que se saciaba con una buena comida; también era un alimento para el alma del capitán. Se preguntó si la enfermera de ojos castaños de Italia tendría algo que ver con eso.

McVicars esperó mientras las enfermeras se formaban para entrar a la capilla. Cabrelli asintió en su dirección; el hombre también recibió guiños y sonrisas de las demás. Las hermanas siguieron a las enfermeras al interior. La hermana Marie Honoré le sonrió al capitán cuando se inclinó para quitar la cuña de madera de debajo de la puerta de la capilla para cerrarla. Podía escuchar el murmullo de las plegarias del sacerdote. McVicars dio media vuelta para salir del hospital San José, por donde había entrado la noche anterior, pero en ese momento quedó frente a frente con la estatua de María en un pedestal. Se quedó quieto un momento y la miró. Dio unas palmaditas al bolsillo de su uniforme, sobre su pecho, y encontró el anillo de oro. Tomó un pedazo de papel y un lápiz del escritorio de la recepción, y escribió:

23 de marzo de 1939
Estimada madre superiora:
    Muchas gracias. Los hombres del Boidoin están eternamente agradecidos. Por ahora, por favor acepte este anillo como pago por su excelente servicio.
    Atentamente,

Capitán John Lawrie McVicars

Envolvió el anillo en la nota y lo depositó en la caja de donaciones que estaba en la recepción. El capitán había seguido el consejo de la enfermera Cabrelli. Salió del hospital y caminó hacia los muelles donde entendía cómo funcionaba el mundo.

Capítulo 19

Abril de 1939

Stephanie apagó la lámpara del buró. Josephine se quitó las pantuflas y se metió a la cama.

—Las monjas deberían prender la calefacción en la noche —se quejó Josephine.

—Pronto hará tanto calor que se te olvidará lo frío que fue el invierno. —Stephanie extendió una cobija adicional que tenía a los pies de la cama y se cubrió con ella.

Domenica sacó un brazo de debajo de las cobijas y cerró la ventana.

—De ahí venía el aire frío.

—Lo siento, chicas.

—¿Llegó correo hoy?

—Lo puse sobre tu escritorio —respondió Domenica.

—Para mí no —dijo Stephanie—, para ti.

—Nada —dijo Cabrelli.

—Estaba segura de que tendríamos noticias de tu capitán —dijo Josephine.

—No es mi capitán —espetó a la defensiva.

—Algunos hombres son lentos. —Josephine golpeó su almohada y giró sobre un costado.

190

—Señoritas, solo ha pasado una semana. —Les recordó Stephanie—. Está en la etapa de lucha.

—¿Contra quién?

—Contra sí mismo. Está peleando contra sus sentimientos.

—¿Por qué haría eso? —preguntó Domenica sentándose en la cama.

—¿Sabes? En realidad no nos quieren. Los hombres desearían que no existiéramos para no tener que rendirse. Les gusta recorrer el mundo sin ataduras. ¿Por qué otra razón un hombre elegiría vivir en el mar? —Stephanie se puso la crema facial sin usar el espejo.

—¡Tienes un conocimiento enciclopédico de la especie masculina! —exclamó Josephine, asombrada.

—No me importa si me escribe. No quiero estar relacionada con un marinero —insistió Domenica.

—Ya estás relacionada. Además, tiene rango —aclaró Josephine.

—Nunca te cases con un marinero —intervino Stephanie—. Se van más veces que las que regresan. Tendrías un montón de hijos que criar sola, y al capitán no se le vería por ninguna parte.

La italiana giró sobre la cama. Al menos sabía lo que sus mejores amigas pensaban del capitán. Había sido un largo día. Mientras decía sus oraciones, la vida en el convento tomaba una pátina en su imaginación que le parecía reconfortante. Mientras se quedaba dormida, pensó de nuevo en volverse monja. Ahora que el mundo era un lío, ¿era demasiado sacrificio? Ansiaba la serenidad y la paz que traía conocer su propio corazón. Muy pronto averiguaría si pertenecía a las hermanas de San José o al capitán.

La campana sonó tres veces en el cuarto piso de Casa Fátima para indicar que había un invitado en el vestíbulo. La asistente llamó al teléfono del cuarto piso y le avisó a Domenica que la esperaban en la recepción. Estaba limpiando el cuarto en su día libre, vestida con un overol desteñido y una blusa de algodón. Stephanie le había puesto unos rizadores en el cabello, así que su cabeza estaba cubierta de moños del mismo color.

—Tiene visita, señorita —le dijo la ayudante.

El capitán McVicars se puso de pie.

—Buenos días, señorita Cabrelli.

No iba vestido de uniforme; llevaba un traje gris oscuro y una corbata azul.

—¿Hay un funeral?

—No, este es mi traje bueno.

—Se ve bien —lo halagó.

—Llevo ya una semana en Marsella.

—Once días —lo corrigió la enfermera.

—¿Ya ha pasado tanto tiempo? He estado trabajando aquí, en el puerto. Todo el día, por supuesto, tratando de que el viejo *Boidoin* pueda volver a navegar.

—¿Y lo logró?

—Casi.

Domenica escuchó con cuidado su letanía de disculpas. Cuando lo dejó después del desayuno, once días antes, esperaba volver a verlo pronto. Pero pocas veces los pacientes que mejoraban y eran dados de alta regresaban al hospital.

McVicars ofreció otra excusa:

—Son épocas difíciles para los marineros comerciantes. Cerraron algunas de nuestras rutas y otras están comprometidas.

—Entiendo.

—Pedí el día y recordé que el sábado era su día libre. Es evidente que no está en servicio.

Domenica dio unas palmaditas a los rizadores que llevaba en la cabeza.

—Hoy es el único día que me arreglo el cabello —explicó avergonzada.

—Ya veo. —McVicars continuó—: Pensé que se veía un poco pálida la última vez que estuvimos juntos y me preguntaba si le gustaría salir a dar un paseo. Me prestaron un coche, un convertible. No circularé a más de 50 kilómetros por hora, pero no vamos más lejos de cincuenta kilómetros, así que no habrá problema.

—Está bien.

—¿Quiere decir que está bien que haya tomado prestado un coche o que viene conmigo a dar un paseo?

—Ambos. Voy por mi sombrero.

Domenica subió a su habitación, entró y se quedó paralizada.

—¿Qué pasa? —Josephine alzó la vista del libro que estaba leyendo.

—El capitán está aquí. Acepté su invitación para dar un paseo en coche.

—¡Stephanie! —gritó Josephine.

Stephanie entró al cuarto con una canasta de ropa limpia sobre la cadera.

—¿Qué?

—Domenica tiene una cita con el capitán.

Josephine empujó a Domenica a una silla. Stephanie dejó caer la canasta de ropa. Ambas se pusieron manos a la obra. Josephine le quitó los rizadores y le cepilló el cabello, mientras Stephanie buscaba en el clóset de la italiana hasta sacar un vestido de verano con tirantes y unas sandalias. Las chicas la ayudaron a vestirse; Domenica se puso las sandalias mientras Stephanie se hincaba para amarrar las correas a los tobillos. Cabrelli se inclinó frente al espejo y se puso lápiz labial.

—Aquí está tu bolso —Josephine lo puso en sus manos—. Hay efectivo en el bolsillo del interior. Quizá lo necesites. Vete.

—¡Espera! —exclamó Stephanie al tiempo que tomaba el frasco de perfume Joy y rociaba un poco en el cuello de su amiga—. ¡Ya vete!

La italiana regresó al vestíbulo dejando un rastro de aroma a vainilla y rosas en la escalera. El capitán se puso de pie para admirarla.

—¿Estoy bien? —preguntó Domenica, tocándose el cabello.

—Es una aparición.

—Gracias.

—Pero olvidó el sombrero.

La ruta de la Gineste se abría como una cinta plateada entretejida entre las verdes colinas a un lado y la caída libre de rocas blancas al otro. Cada vez que el camino giraba en una curva muy cerrada, una mancha del azul Mediterráneo se asomaba por el valle, más allá de las rocas.

McVicars condujo frente a un castillo ornamentado y siguió el camino de la montaña.

—Napoleón se alojó ahí —dijo.

—Napoleón también fue a mi pueblo, o eso dice la leyenda. Su hermana Pauline vivía en una mansión en la playa con un príncipe italiano. Napoleón nombró a su otra hermana, Elisa, la gran duquesa de Toscana.

—Un hermano generoso que cuidaba de los suyos.

—Es bien sabido que los déspotas cuidan a su familia. Al resto de nosotros no nos va tan bien.

—No vino a Marsella por su propia voluntad, ¿verdad?

—Estoy cumpliendo un castigo.

—¿Qué hizo? —preguntó McVicars sonriendo.

—No es chistoso, capitán.

—No es espía ¿o sí?

—No. Hay muy poca intriga en mi caso. Fui en contra de las enseñanzas de mi iglesia mientras hacía mi trabajo. Mi jefe, el doctor Pretucci, me envió aquí para que no dejara la enfermería. Está convencido de que el sacerdote acabará por perdonar mi ofensa. Pero no creo que el doctor entienda al sacerdote.

—¿Cuál fue el gran pecado?

—Le aconsejé a una joven madre cómo planificar su familia.

McVicars soltó un silbido.

—¿En un país católico?

—Son los únicos países que conozco.

El capitán cambió la velocidad del viejo cacharro y aprovechó la oportunidad para extender la mano hacia la suya. Ella no la tomó; en su lugar, volteó a verlo.

—Capitán McVicars, ¿está casado?

McVicars regresó la mano al volante.

—¡Señorita Cabrelli! ¡Qué indecencia! ¿Le habría pedido salir a pasear si fuera un hombre casado?

—Espero que no.

—No tiene nada qué temer. No estoy casado y no tengo planes de casarme en el futuro. La promesa viene acompañada de una garantía personal. Además, le di a las buenas hermanas de San José mi anillo como pago por los servicios que le brindaron a mi tripulación.

—Usted es la comidilla del convento y de Casa Fátima.

—¿Ah, sí?

—Hay muchas jóvenes de dónde escoger. Lo consideran fascinante. Apuesto y generoso, dicen.

—Gracias. Sí soy todo eso.

—Sin embargo, se las ha arreglado para permanecer soltero. Supongo que si pensara en casarse ya lo habría hecho a estas alturas.

—¿Qué quiere decir? —preguntó McVicars apartando la mirada del camino para mirarla a ella.

—A los cuarenta años un hombre ya sentó cabeza.

—¿Quién le contó esa mentira sobre los hombres?

—Mi madre.

—Supongo que escucha lo que su madre dice.

—Espero que no lo tome como una pregunta agresiva. ¿Por qué no se ha casado?

—Las mujeres que se casan con marineros se aseguran de que sus maridos abandonen el mar. Para mí, esa es razón suficiente para evitar la institución. Amo mi libertad.

—Yo también. —Domenica tomó la mano del capitán—. ¿Sabe que tomar a alguien de la mano es bueno para el corazón? La presión arterial baja.

—No sabía que tenía un problema.

—Ahora no lo tendrá.

El café Normande, ubicado en una colina sobre la comuna de Cassis, era una vieja granja con cocina en el jardín, rodeada por campos de lavanda. Mientras caminaba por el campo, Domenica escuchó el zumbido grave de las abejas que trabajaban sobre los capullos morados. Llegó al punto más alto del acantilado y observó la campiña francesa. Desde esta posición elevada podía ver los techos de Cassis y más lejos, donde las montañas se encontraban con el mar. El sol caliente era agradable sobre su piel. Al fin encontraba en Francia lo que había dejado atrás en Italia: calor. McVicars la llamó. Ella se reunió con él en la mesa del jardín donde habían dispuesto el almuerzo.

—Tome, espero que le guste. —el capitán le sirvió.

—Se ve delicioso.

McVicars tomó asiento frente a ella.

—Ande, pruebe.

Ella le dio una mordida al *brioche* con mantequilla relleno de delgadas rebanadas de jamón.

—¿Le gusta?

Cabrelli asintió. Él sirvió una copa de vino para ella y otra para él y levantó la copa.

—Hacen el vino aquí en la granja. Brindo por usted —dijo, dando un sorbo.

—Nosotros también preparamos nuestro propio vino, ¿sabe? —Domenica dio otro sorbo.

—¿Es igual de bueno?

—Lo es.

—Es arriesgado ofrecer vino de mesa a un italiano.

—Yo tenía cuatro años cuando probé vino por primera vez. Por supuesto, estaba diluido con mucha agua. El vino, la cosecha, la pisa de la uva y las barricas donde se fermenta son parte de nuestra vida.

—En Escocia no nos dan licor hasta que tenemos la edad suficiente como para probarlo a escondidas. Y luego, algunos de nosotros lo seguimos haciendo el resto de nuestra vida. Los italianos y los franceses lo hacen bien: beben desde el principio para acabar con el antojo.

—Y ahora, los italianos son los enemigos acérrimos de los franceses. ¿Cómo sucedió eso?

—El enemigo cercano siempre es el más peligroso —dijo—. Me gustaría frenarlos.

—Tendrá la oportunidad.

—¿Estoy vestido demasiado elegante? —preguntó dándole una mordida al sándwich.

—No creo. Yo tuve que cambiarme cuando lo vi vestido de traje.

—¿No subió a ponerse más elegante para halagarme? Si fue así, demasiado tarde. Ya me agradaba.

John McVicars se inclinó sobre la mesa y la besó. El beso fue una sorpresa; ella probó el vino que él tenía en los labios. La besó de nuevo con ternura. Cuando abrió los ojos, Domenica sintió el sol cálido sobre su piel y la brisa fresca. La temperatura del mundo era perfecta para ellos.

—Debí pedir permiso para ese beso —dijo—. Discúlpame.

La italiana se acercó y lo besó.

—Estás perdonado.

—Ven conmigo —propuso, poniéndose de pie y tomando su mano.

Domenica siguió al capitán por un estrecho sendero hasta el bosque detrás de la granja. La zona arbolada estaba oscura, los árboles eran gigantes a ambos lados del sendero y el sol apenas atravesaba el follaje. Escuchó una caída de agua y volteó hacia la fuente, sobre el barranco; buscó un río, pero no había nada.

El capitán la guio hacia el sonido. Una cascada helada fluía de lo alto de una montaña sobre el acantilado, cayendo en franjas claras de agua hasta las profundidades.

—¿Sabes qué pienso? —dijo sobre el ruido—. Deberían traer aquí a todos los generales de todos los países antes de empezar a tirar bombas.

La cascada era una maravilla. Domenica se paró detrás del capitán, lo abrazó y descansó la cabeza sobre su espalda. Él apretó sus brazos con fuerza y entrelazó sus dedos con los de ella. Permanecieron ahí hasta que el sol se tornó del color de un durazno maduro.

Domenica Cabrelli había pasado muchas horas de su vida rezando. Los rituales de su fe la habían consolado, pero nada de eso se comparaba con la serenidad de este momento. Incluso la paz que le brindaba su casa, donde se sentía tranquila, no podía equipararse con la que encontraba entre sus brazos. Quizá John McVicars le enseñaría el mundo de maneras que le ayudarían a olvidar todo lo que había perdido. Tal vez él era la brújula que le mostraría el camino a seguir.

El capitán quería hacerla feliz, un deseo que jamás sintió en sus enredos románticos anteriores, en los que huía de manera elegante sin que la joven se diera cuenta de que se había ido para siempre. Pero la señorita Cabrelli era diferente. Él también quería olvidar el pasado y se preguntaba si la enfermera italiana haría realidad su mayor sueño: una vida feliz, la que a otros hombres parecía llegar fácilmente.

Capítulo 20

Domenica miró sus zapatos blancos para el trabajo. La noche anterior había estado muy cansada para limpiarlos, pero tenía que hacerlo. Agitó la botella de abrillantador blanco, vertió un poco en una tela y lo frotó sobre las marcas del calzado.

—¡Cabrelli! Correo —Mary Gay Mahoney le dio un paquete—. Parece que tienes un enamorado en Escocia.

—*Grazie*.

—*Prego*. Un mes en un claustro en Bolonia y este chico escocés ya puede hablar italiano.

—Me gustaría aprender más sobre tu gente.

—Pregúntame lo que quieras. Yo nací y crecí en Drimsynie, éramos la única familia católica en el pueblo. Así me encontraron las monjas, buscaban a los abandonados.

—En Escocia, ¿cómo sabes si le gustas a un hombre?

—La única prueba del amor de un hombre es cuánto le importa la vaca de la familia.

—¿Y si no tienes una vaca?

—Mala suerte.

Domenica abrió el paquete y leyó la carta.

9 de abril de 1939

Querida señorita Cabrelli:

Te deseo un maravilloso Domingo de Pascua. Agradezco mucho tus vendajes y tus cuidados. Mi propia madre se asombró al ver mis manos, puesto que fue ella la primera en tocar mis minúsculos puños cuando nací. Tu ungüento de miel evitó que me salieran cicatrices por las quemaduras, mis extremidades ya no parecen nudillos hervidos de cerdo, sino que son unos dedos dignos de un duque, justo como eran antes del incidente. Compartí el tarro de suero de miel que me obsequiaste con los hombres del Boidoin. Se deshacen en halagos hacia las hermanas y su contingente de excelentes enfermeras, «todas, rosas perfectas»; sus palabras, no las mías.

El brioche de jamón que compartimos en Cassis es ahora mi comida y recuerdo favorito. Tus besos junto a la cascada harán que, por el resto de mi vida, cualquier otro beso palidezca en comparación. Tu compañía es encantadora. Encuentra adjunto un pequeño regalo de los telares de Dundee.

Capitán John L. McVicars
El Boidoin Star

Levantó el papel de china que estaba atado con un listón dentro de la caja. Al deshacer el moño, salió una pañoleta de cachemir en tonos lila y morado. Los colores le recordaron la lavanda de las montañas en Cassis. Se preguntó si el capitán había elegido esta bufanda porque él también lo recordaba.

La fiesta de Santa Bernadette de Lourdes

—La hermana Marie Bernard tocó la campana —dijo Josephine, poniéndose su mejor vestido.

—La escuchamos. —Stephanie se ajustó el velo en la cabeza—. ¿Estás lista? —preguntó volteando hacia Domenica—. *Andiamo*. ¿Ves?, aprendí el italiano que me enseñaste.

Domenica se cubrió los hombros con la pañoleta de McVicars. Las enfermeras caminaron juntas al jardín del convento.

—La pañoleta es muy elegante —la halagó Josephine.

—Por fin tengo la oportunidad de usarla.

—Señorita Cabrelli, ¡por fin le gusta un hombre! —bromeó Stephanie—. Lo estábamos esperando, temíamos que tomara el hábito.

—No lo hagas —intervino Darlene Heck, una enfermera quirúrgica que se reunió con ellas cuando entraron al jardín—. Nunca tomes decisiones importantes cuando estás exhausta. Estas monjas son expertas en agotar a una chica. —Le dio un costalito de terciopelo a cada enfermera, con un rosario al interior. —Un regalo de las hermanas.

—¿Crees que Santa Bernadette aprobaría un escándalo el día de su fiesta? —murmuró Stephanie—. Parecía modesta.

Josephine pasó el rosario alrededor de su muñeca y entre sus dedos.

—Es una buena excusa para que la hermana Marie Honoré utilice la champaña añeja que está almacenada en el sótano del convento.

—Gracias a Dios, no le gusta beber sola —agregó Stephanie persignándose.

Los capullos color verde pálido de primavera se arremolinaban en las ramas de los limoneros. Las monjas se arrodillaron sobre el pasto suave, seguidas por las enfermeras. Las mujeres inclinaron la cabeza para rezar; el zumbido de las abejas en las colmenas pegadas a lo largo de la pared enfatizaba las palabras de la hermana Marie Bernard mientras guiaba al grupo para rezar el rosario. Muy pronto, su sonsonete era más fuerte que el sonido de las abejas.

Sin importar su país de origen, las enfermeras eran francesas el día de la fiesta de Santa Bernadette de Lourdes, la santa patrona de los enfermos. Cuando el sacerdote pidió a las monjas y a las enfermeras que rezaran en silencio por sus propósitos, Domenica miró alrededor del jardín y pidió por el pequeño ejército de enfermeras y monjas que la protegían en San José; tampoco olvidó al marinero que, esperaba, pensaba en ella.

John Lawrie McVicars caminaba por el parque Kelvingrove, en Glasgow, con un libro en la mano. El título no le importaba, porque no tenía intenciones de leerlo; su objetivo era estrictamente utilitario. Guardaba papel albanene entre sus páginas y sobres azules entre las tapas. Se sentaba en medio de Glasgow, ponía el libro en equilibrio sobre su regazo y, con la pluma fuente que llevaba en el bolsillo de su saco, escribía cartas siempre que le daban ganas.

Un marinero aprende a ocupar muy poco espacio en un barco, y eso se convierte en hábito cuando está en tierra. La mayoría de los objetos que McVicars tenía en su posesión servían para varios propósitos. Estaba acostumbrado a su vida en el ejército. Se unió a la marina mercante cuando tenía dieciocho años, había pasado más años de su vida en servicio que como civil. Sacó una navaja y con cuidado abrió la carta franqueada en Marsella, Francia. Sonrió a la expectativa mientras abría la primera carta que recibía de Domenica Cabrelli.

17 de abril de 1939
Querido capitán:
   Espero que tus manos sigan sanando bien. Compré un pequeño frasco de agua bendita de Lourdes el día de Santa Bernadette. Mary Gay piensa que el agua bendita podría provenir de la llave

de agua de la iglesia de San José; pero, aunque no sea oficialmen-
te de Lourdes, está bendita.

Eres popular aquí en San José. Cuando te sientas triste, re-
cuerda que las monjas de San José rezan por ti. También rezan
por mi familia.

Mi hermano, Aldo, está en el ejército italiano y lo asignaron
a una operación de campo en Túnez. Solo escribió «Estoy aquí»
en la postal que me envió. No sé si eso significa algo más que la
incapacidad de mi hermano para escribir una carta. He recibi-
do noticias de mi madre. En el pueblo se rumora que harán un
anuncio. Un viejo proverbio dice que, si quieres saber qué hará
el rey, le preguntes al granjero; en mi caso significa preguntarle
a mi madre.

Mamá me escribió que la Villa Borghese, en Viareggio, fue
ocupada por los fascistas. Los camisas negras eligieron ocupar
la residencia más opulenta en nuestro pueblo para su propio
uso. A mamá también le dijeron que los fascistas estaban rea-
lizando operaciones de campo a lo largo de la costa de Italia.
Lucca, la ciudad más cercana a mi pueblo, está cambiando rá-
pidamente. Las fábricas de seda fueron confiscadas para que
fabricaran uniformes militares. Rezo porque todo esto solo sea
ostentación.

Gracias por la pañoleta que me mandaste, me recuera a ti y
cómo solían ser las cosas.

Te mando un gran beso.

Domenica

McVicars estaba preocupado. Una emigrante italiana que trabajaba en Francia, en un hospital católico, muy pronto se quedaría
sin trabajo y sin país. Sabía cómo podían deteriorarse estas situaciones. Las monjas no podrían proteger a las enfermeras y tendrían que despedirlas. Domenica no estaría a salvo ni en Francia
ni en Italia.

Pensaba que su siguiente asignación con toda probabilidad lo llevaría al hemisferio sur. El *Boidoin* había sido confiscado por el gobierno británico y lo reasignarían a un nuevo barco. Al igual que la italiana, se vería forzado a cambiar su situación actual por algo desconocido. Era posible que, por su nivel y rango, lo enviaran tan lejos de casa y de Domenica Cabrelli como pudiera llevarlo un barco.

Capítulo 21
Glasgow, Escocia
Mayo de 1939

Los primeros inmigrantes italianos que llegaron a Escocia a finales del siglo XIX empezaron a hacer negocios tan pronto desempacaron. Hicieron helado, abrieron pizzerías y dominaron la técnica de fritura de pescado con papas, un platillo local. Sus ojos y cabello oscuros, y su piel color oliva contrastaban con los de los escoceses robustos, pálidos y de ojos azules. Las mujeres italianas estaban a la altura de los hombres trabajadores en cuanto a ambición, y trabajaban hombro con hombro en los restaurantes y bares. Los italianos se casaban y tenían hijos. En tres generaciones, los italo-británicos formaron parte del tejido social de Escocia, ofreciendo a la sedosa lana nativa un nuevo peso, fortaleza y color.

Arcangelo Antica era parte de esa primera ola que llegó de Italia a Escocia para vender helado en Glasgow. Su hermano, Francesco, el más inteligente de los Antica según Arcangelo, se cansó de vender helados artesanales y pidió dinero prestado para abrir una fábrica de helados. El negocio tuvo el éxito suficiente como para mantener a su familia en Escocia y mandar dinero a casa, en Bardi, Italia. Arcangelo era feliz vendiendo el producto de su hermano.

Antica mantuvo una ruta en las calles de Glasgow, que empezaba en el oeste y terminaba en el muelle. A los setenta años, se preguntaba cuánto tiempo más podría seguir trabajando. Tenía clientes leales, pero ya había más competencia para el negocio. La nueva corriente de inmigrantes italianos había traído consigo toda una gama de nuevas ofertas de venta callejera: palanquetas de cacahuate, algodones de azúcar y wafles calientes con crema. Cuando se trataba de vender, Antica permanecía fiel al pasado. En su recorrido, se ponía a cantar, en general canciones folclóricas italianas; el espectáculo atraía a los clientes. Sabía que los niños elegían su carrito no porque su helado fuera el mejor, sino porque era una excusa para ver al hombre de tres dedos. Cuando era joven perdió dos dedos de la mano derecha en un accidente en una cantera. Había convertido su pérdida en una herramienta de venta.

—¡General Antica! —saludó McVicars desde el otro lado de la calle, antes de cruzar para reunirse con el vendedor ambulante.

—¿Dónde ha estado, capitán?

—Oh, ya sabe, en altamar, en el puerto; estuvimos en Marsella para descansar.

—Bien por usted, McVicars. Francia. Hermosas mujeres.

—Me dolieron los ojos al verlas. —Metió la mano al bolsillo—. ¿Qué tal un helado?

—¿Por qué no? —Antica sirvió una bola de helado de vainilla en un vasito y se lo dio—. Guarde su dinero, quiero que nuestros marinos estén fuertes.

—¿Cree que vamos a participar?

—Muy pronto. Y no solo lo creo yo, eso es lo que dicen en el *pub*, que es más certero que los informes.

—No sé si su amigo *Il Duce* tenga el valor.

—No es mi amigo. Es una vergüenza para mi pueblo. Mi madre tenía un dicho: «Solo porque son italianos no significa que sean buenos». Hay hombres buenos y malos en todas partes. ¿Cómo está su madre? Hace mucho que no la veo.

—La señora McVicars está refugiada en la vieja casa, con las contraventanas cerradas. Vivió la Gran Guerra, así que decidió esconderse hasta que Inglaterra tome una postura clara. Si entramos en guerra contra Alemania, bajará al sótano y se quedará ahí todo el tiempo que dure.

—Lamento escucharlo.

—Todo esto es demasiado para ella.

—Debería salir de Glasgow para ir al campo. ¿Su hermano podría cuidarla mientras usted esté fuera?

—Sería difícil. El reverendo McVicars está en Nueva Zelanda en otra misión para convertir paganos.

—Debería quedarse ahí hasta que pase el problema.

—Si conociera a mi hermano, sabría que siempre tiene una forma de mantenerse lo más alejado posible de los problemas.

—Lo contrario a usted.

El capitán rio.

—Cierto. Conocí a una compatriota suya en Francia. Una enfermera italiana.

—¿Cómo se llama?

—Domenica.

—Eso significa «domingo».

—Cabrelli.

—Cabrelli, mmm... Es toscana.

—Viareggio, en la costa. ¿Lo conoce?

—*Bella!* La playa se extiende por kilómetros.

—Yo he navegado en el mar de Liguria.

—Por eso puede ver lejos. Alguien lo espera en la costa.

—De eso no estoy seguro. No he recibido una carta en semanas. Claro, nunca se sabe, es posible que las monjas la tengan cavando trincheras en el sur de Francia y no haya tenido tiempo para escribir.

—Lo dice en broma, pero no le parece divertido —dijo Antica—. Le gusta esta joven.

McVicars pensó un momento.

—Mucho, amigo mío.

—En general, aquella que se desea es aquella que no se puede tener.

—¿Es cierto eso, Antica? No lo acepto. ¿Sabe cuántos puertos hay en la costa? Demasiados como para contarlos. ¿Sabe cuántas mujeres viven en esas ciudades portuarias? Demasiadas como para contarlas. Estoy aquí frente a usted, un solo hombre, un hombre en un mar de mujeres que desean ahogarlo.

—*Va bene!* Cientos. Miles. Pero la chica que desea es solo una. Y solo una puede salvarlo. —Sonó la campana del carrito y lo empujó hacia el muelle—. La chica Cabrelli; su nombre suena a una campana. —Jaló la cuerda que estaba atada a la campana de su carrito—. *Bellisima!*

Capítulo 22
Marsella
Julio de 1939

El jardín de los ángeles del hospital San José era un refugio para las hermanas y una fuente adicional de ingresos para la orden. Dentro de los muros, las monjas cultivaban vegetales y lavanda, rezaban en rosario en el altar de la virgen María y criaban abejas para aprovechar la miel. Las colonias de abejas se alojaban en cajas negras de madera que estaban dispuestas en una hilera a lo largo del muro trasero, donde enredaderas de llamaradas naranja trepaban por los ladrillos.

—Enfermera Cabrelli, ¡por aquí! —la llamó la hermana Marie Bernard antes de encender el ahumador.

Domenica se cubrió los ojos del sol y caminó por las hileras de lechuga, pepino y pimiento amarillo. Vio una nevisca negra flotando, pero al verla mejor, se trataba de un enjambre de abejas que sobrevolaba su colmena. La hermana alejó el enjambre con el ahumador, que era una lata oxidada con una boquilla. Cuando se encendía, el ahumador quemaba trocitos de cedro que producían un humo blanco que obligaba a las abejas a regresar a la colmena, como soldados a su guarida.

—¿No le encanta el aroma? —preguntó la hermana, cerrando la cubierta de la lata—. Me recuerda a mi querido padre cuando fumaba puro. El cedro se quema como el tabaco, ¿sabía? Rápido y limpio. ¿Su padre es fumador?

—No. De vez en cuando consume rapé.

—Entonces disfruta del tabaco de vez en cuando. Esa era la intención de Dios. Una que otra vez no hace daño, pero no es bueno el hábito cotidiano.

—Yo no fumo, hermana.

Ella sonrió.

—Qué bueno por usted. Ojalá pudiera convencer a sus compañeras enfermeras para que dejaran ese hábito. Pero parece que un día libre va asociado con ir al *pub* y fumar. Las enfermeras también necesitan divertirse.

—Fumar las mantiene delgadas. O eso dicen —explicó Domenica con una risita—. La madre superiora me pidió que viniera a verla.

—Lamento decirle que las hermanas de San José ya no estarán a cargo de este hospital. La abadesa solicitó que mudáramos el hospital a la casa madre, en las afueras de Tours. Me gustaría poder llevarla conmigo, pero no es posible. Hay un puesto en el convento de Dumbarton, en Escocia, donde puede terminar el resto de su penitencia.

—Por favor, hermana. No quiero trabajar en Escocia. Mándeme a cualquier otro lugar.

—Es el único puesto que podemos ofrecerle. Las hermanas dirigen una escuela que se llama Nuestra Señora de Namur. Necesitan una enfermera escolar. La madre superiora ya se encargó de todo.

Domenica Cabrelli no tendría el control de su vida sino hasta que pagara su deuda con la santa Iglesia romana. El destino jugaba con ella. Le había escrito con frecuencia a McVicars, pero no había recibido nada a cambio, ni una sola carta. Era obvio que había cambiado de opinión en cuanto a ella. Se sentía tonta por haberse enamorado de él. Cualquier pensamiento sobre el capitán detonaba una espiral de arrepentimiento que la hacía sentir peor acerca de las emotivas cartas que ella le había enviado.

—Le daremos un hábito adecuado para el viaje, con la insignia de la Cruz Roja. Compraremos los boletos que necesite, incluido el ferri para atravesar el Canal de La Mancha. Pensamos enviarla el día de la Toma de la Bastilla.

—Gracias, hermana.

Pero Domenica no estaba agradecida, se sentía manipulada. Para ella, el puesto en Escocia era otro castigo. Quizá la orden la expulsaba de nuevo porque le había dicho a la madre superiora que no sería una postulante, el paso anterior a tomar los votos finales. Pero ahora, el capitán también la había abandonado y ella se preguntaba si había tomado la decisión correcta.

Domenica caminó de regreso al hospital entre la neblina. No escuchó los pájaros del jardín ni las bocinas de los automóviles, ni la música estridente de un convertible que pasó a toda velocidad frente al hospital. Muy pronto la desarraigarían de nuevo, sin su consentimiento.

Tomaría unas semanas más que las monjas cerraran el hospital y volvieran a la casa madre. Había que transferir pacientes, empacar y hacer papeleo.

Las enfermeras de Casa Fátima también partirían y volverían a casa o, como a ella, las asignarían a otra ciudad. Una por una, como perlas que caen de un collar roto, las jóvenes se dispersarían. Domenica se despidió de Josephine y de Stephanie, quienes tendrían un puesto en Londres. Se prometieron mantenerse en contacto. Las hermanas obtuvieron cartas oficiales y pasaportes, buscaron permisos y ubicaron a cada una de sus enfermeras. La italiana hubiera deseado poder convencer a una sola de las chicas para que la acompañara a Escocia. El dolor de perder a sus amigas era tan devastador como la indiferencia del capitán. Creía poder superar un romance fallido, pero no estaba tan segura de que alguna vez se curaría de la pérdida de sus amigas.

Cuando Domenica Cabrelli abordó el tren en Marsella para el primer trayecto hacia Escocia, llevaba puesta la cofia y una cruz roja en el uniforme. Un tren la llevó a París y otro a Calais, donde abordaría el ferri para cruzar el Canal de La Mancha hasta Dover. Después tomaría otro tren de Dover a Londres y, por último, iría al norte, hasta Glasgow. Le llevaría quince horas viajar de Marsella a Glasgow. Con cada vuelta de rueda se alejaba de su hogar. Ahora, Italia solo era un sueño.

Las fuertes tormentas en el trayecto provocaron retrasos cuando las vías se inundaron y los vagones se balanceaban debido a la fuerza de los vientos galeses. Hacía tanto calor que no podía dormir. Perdió el apetito. Al amainar la tormenta, se paró entre dos vagones para aprovechar la brisa fresca. Cuando el tren entró a la estación de Londres, Domenica Cabrelli nunca se había sentido tan sola en su vida.

LONDRES

Domenica transbordó para dirigirse al norte de Escocia. Cuando se sentó y el revisor del tren perforó su billete para Glasgow, lloró. Sintió alivio por haber superado las complicaciones del viaje debido al pésimo clima. Se permitió una taza de café caliente y un panecillo que compró del carrito. Había tenido el estómago demasiado revuelto como para comer algo, pero ahora que estaba cerca de su destino final, moría de hambre.

El tren estaba abarrotado con hombres en uniforme, lo que le hacía preguntarse cómo estaría el mundo. Pero Liverpool era una ciudad industrial en donde se construían barcos y se entrenaban soldados. En tiempos de paz, el tren lleno de tropas era una señal de que los ingleses eran trabajadores. El ambiente era animado; en ocasiones, Domenica escuchaba risas y conversaciones alrededor de juegos de cartas. La mayoría de los soldados bajaron en Liverpool. Sintió alivio cuando salieron de la estación de Liverpool. El puerto era un muro gris de acero que formaba barcos de guerra tan grandes que era imposible ver el cielo o el mar. La claustrofobia que sintió en el puerto se evaporó conforme el tren avanzó hacia el norte, a Escocia, donde las colinas eran verdes y el cielo, extenso.

Domenica estaba preocupada por cuestiones importantes. Se sentía muy angustiada por sus padres y esperaba que estuvieran bien sin ella. Había visto con sus propios ojos las prácticas de los submarinos desde la costa en Viareggio. Si hacían ejercicios de entrenamiento en el mar Tirreno y avanzaban furtivamente por la costa de Liguria como víboras, sin duda los italianos se estaban preparando para la guerra. Su padre no era un soldado y su madre hablaba mucho. Los fascistas eran crueles con los ancianos; ella había sido testigo de su desprecio, eran como Guido Mironi: implacables.

Abrió la bolsa de papel que le había dado la hermana Marie Bernard. Al interior encontró un frasco de mermelada de zarzamora, un paquete de galletas, una barra de chocolate, una pequeña botella de whisky y un frasco del ungüento milagroso de abeja. Cortó un cuadrito del chocolate y lo saboreó mientras se derretía en su lengua. Rezó en agradecimiento por los regalos y luego dijo otra oración para que su suerte durara. Si necesitaba una señal de que todo estaría bien, la encontró al fondo de la bolsa: la hermana había metido un rosario.

MARSELLA
Agosto de 1939

El repicar de la campana de la entrada del hospital San José le recordó a Mary Gay que había prometido a las hermanas que desatornillaría el engranaje y el carrillón, y que los empacaría para enviarlos con las últimas cajas a la casa madre. Como postulante de la orden, le asignaban tareas que requerían juventud y energía.

Rápidamente, Mary Gay bajó las escaleras hasta la entrada para abrir. Se abrió paso entre las cajas apiladas en el vestíbulo y abrió la puerta. Un joven y apuesto seminarista, vestido con una larga sotana negra y un sombrero de teja de ala ancha sacó el correo de su portafolio de piel y se lo dio a la joven.

—¿Está castigado, hermano? —bromeó.

—Pensaron que sería mejor enviar a un religioso en lugar de un laico. Hay gente que teme al sombrero —explicó, dando unos golpecitos en el ala—. Cada vez es más difícil que el correo llegue a su destino en Francia.

Mary Gay le agradeció y entró. Cerró con llave la puerta principal, se sentó sobre una de las cajas y pasó los sobres uno por uno. Lanzó un silbido cuando vio el sobre azul albanene dirigido a la señorita Domenica Cabrelli. Recordaba cuando la enfermera italiana había llegado a Casa Fátima. Había deseado que entrara a la orden con ella, pero muy pronto quedó claro que Cabrelli no sería una monja. Ahora, esta carta lo confirmaba. La dirección del remitente era Glasgow, Escocia, y llevaba el sello del capitán John L. McVicars. El matasellos era del 10 de agosto de 1939. Mary Gay tachó la dirección del hospital para reenviar la carta a Dumbarton, Escocia. Antes de volver a colocarlo en el montón, hizo una pequeña señal de la cruz sobre él para desearle buena suerte.

Capítulo 23
Viareggio
Hoy

Anina esperaba a su abuelo junto a la entrada del hospital. Olimpio empujó la puerta de doble hoja.

—¿Dónde está?

—El doctor está con ella. Sígueme.

La joven detuvo las puertas del elevador para que su abuelo entrara y luego lo siguió al interior. Cuando las puertas se cerraron, Anina presionó el botón del tercer piso.

—¿Qué pasó?

—Me estaba enseñando a hornear el *strudel* y de pronto tuvo que sentarse. Luego se desmayó.

—¿Le diste su pastilla?

—¿Qué pastilla? Ella nunca mencionó una pastilla. La traje aquí lo más rápido que pude.

—Bendito sea Dios.

Salieron juntos del elevador.

—Por aquí, *Nonno*.

Olimpio aceleró el paso; cuando vio el nombre de su esposa sobre la puerta de su habitación, entró como una tromba. Anina lo seguía.

—¡Matelda! —jadeó Olimpio.

—¿Por qué jadeas? —preguntó tranquila, incorporándose en la cama del hospital.

—Me diste un susto de muerte —dijo, dándole un beso.

—Fue un pequeño mareo. No fue nada. Anina insistió en que viniera al hospital, pero no había razón para...

—Te desmayaste, *Nonna*.

—No había comido.

—Acabábamos de almorzar.

—Bueno, no comí mucho.

—Comiste una pechuga de pollo, un plato de sopa y una ensalada de mozzarella con jitomate. Ah, y dos rebanadas de pan.

—Bueno, entonces quizá comí de más.

—¿Te tomaste la pastilla esta mañana? —le preguntó Olimpio.

—No la necesitaba.

—Es obvio que sí la necesitabas. —su esposo le dio un beso en la frente—. Me vas a matar.

—Antes de que te mate, sácame de aquí. Ya sabes que los hospitales no son un buen lugar para la gente sana.

Anina y Olimpio se miraron.

—Sé que creen que es broma —agregó Matelda—, pero lo digo en serio. Hay más gérmenes aquí que en una estación de tren.

La enfermera entró con un carrito lleno de máquinas para revisar los signos vitales de la paciente.

—Disculpen, si pudieran esperar afuera, tengo que examinar a la señora.

—Yo me quedo —ofreció Anina.

—Salte —ordenó Matelda—. Deja que la enfermera recopile sus datos. Entre más rápido te vayas, ella podrá auscultarme y más pronto me podré ir a casa, donde debería estar.

Olimpio y Anina salieron al pasillo.

—Va a estar bien —dijo la joven, nerviosa.

El abuelo asintió, pero no estaba seguro de que su nieta tuviera razón. Esta no era la primera vez que el problema cardiaco de

Matelda la mandaba al hospital, pero sí era la primera vez que alguien de la familia, aparte de él, se enteraba.

Nicolina subió al asiento del copiloto del coche al tiempo que Giorgio prendía el motor. Se pasó el cinturón de seguridad sobre el pecho y se preparó para el viaje de Lucca a Viareggio.

—Tranquila, Nic.

—Los voy a matar a los dos.

Giorgio tomó la mano de su esposa.

—Ya déjalo.

—¿Cómo pueden hacerme esto? Me llaman para cualquier tontería, salvo cuando es un caso de vida o muerte. —Apartó con brusquedad la mano de la de su esposo, como si fuera una niña caprichosa—. Gracias a Dios Anina estaba con ella, de lo contrario no me enteraría de nada. Mi padre es muy reservado y mi madre piensa que es inmortal. Esos dos viven en su pequeño mundo, como dos tortolitos fieles el uno al otro, y nos dejan fuera a los demás hasta que hay una crisis.

—Tal vez no querían que te preocuparas —dijo Giorgio.

—Si me contaran las cosas conforme pasan no estaría molesta, podría prepararme; pero me entero cuando ya sucedió todo, es una grosería. Mi madre tuvo un pequeño infarto el año pasado y mi padre nunca me lo dijo. Lo escuché en la calle; Ida Casciacarro me lo dijo en la Casa de Ennico.

—No tuvo daño permanente.

—Esa no es una excusa para ocultar información. Además, ¿cómo saben que no hubo daño permanente? ¿Quién hizo los exámenes? ¿Dónde están los resultados?

—No soy médico. Te digo lo que tu padre me dijo.

—Así que nadie sabe nada.

—Tiene el corazón enfermo. Ese es el diagnóstico.

—Tomaron decisiones y a mí me hicieron a un lado por completo. Debí saber de esto. ¡Debería saber qué está pasando! —gritó—. Soy su única hija.

—Nic, tu familia tiene un problema. Cuando la gente se enferma, no tienen compasión; se enojan, como si el hecho de que alguien se enferme fuera a propósito, para molestarles.

—Te refieres a mí. Dilo. No puedo soportar que mi madre esté enferma.

—Estás enojada, es todo lo que estoy diciendo.

—Por supuesto que estoy enojada. Siempre estoy ahí cuando me necesitan. Mi hermano va a cenar y lo tratan como príncipe. A mí me toca todo lo malo y nada de lo bueno.

—Matteo y Rosa llamaron y preguntaron cómo podían ayudar.

—No lo dicen en serio. Se ofrecen, pero cruzan los dedos, esperando que no les pidamos nada. Mi hermano, el chico de oro. Toda nuestra vida ha sido así. Haga lo que haga, a Matteo siempre lo alaban. Haga lo que haga yo, me juzgan. ¿Te puedes imaginar lo que hubiera hecho mi madre si me hubiera divorciado y casado de nuevo? Bueno, eso no habría sucedido, yo no pondría a mis padres en esa situación. ¿Soy la única que se da cuenta de lo que está pasando aquí?

—Quieren más a tu hermano.

Nicolina Tizzi gritó su nombre a la asistente al pasar frente a ella y se dirigió al elevador, dejando a Giorgio a que firmara la entrada. Se abrió paso en el elevador abarrotado; luego salió y se abalanzó por el pasillo hasta que encontró la habitación de su madre.

Matelda estaba sola, dormida en la cama. Todo en la habitación tenía un tono verdoso, incluso su madre. Nadie se veía bien bajo la luz de un hospital, y quizá de eso se trataba. Nicolina estudió los rasgos del rostro de su madre.

La ceja izquierda, aunque formaba un arco perfecto, tenía unos huecos donde faltaba vello. En general, su madre la maquillaba con un lápiz café claro, pero hoy no. Matelda tuvo los labios pintados, pero ahora solo quedaba una ligera mancha rosada. Su nariz, que cualquier italiano envidiaría, era recta y definía su noble perfil. El rasguño que la gaviota le había hecho en la mejilla izquierda había desaparecido.

El sueño de Matelda era casi angelical. Nicolina empezó a extrañarla, aunque aún no se hubiera ido; el sentimiento de culpa por todo lo que perdería cuando muriera reemplazó el enojo y dio pie a la vergüenza. «¿En qué estaba pensando?».

Nicolina empezó a llorar como una niña perdida en un cuento de hadas, que de pronto se encuentra sola en el bosque cuando anochece. El sol se ponía rápido, el bosque pronto estaría demasiado oscuro como para encontrar la salida, y sin la luz, no había esperanza de que la niña encontrara el camino a casa. Cayó de rodillas y hundió el rostro en la cobija que colgaba a un lado de la cama.

Anina abrió la puerta y encontró a Nicolina bañada en lágrimas.

—¡Mamá! —exclamó corriendo hacia ella.

Olimpio entró al cuarto detrás de su nieta.

—Nicolina, ¿qué estás haciendo?

—¿Qué pasa? —Matelda despertó sobresaltada.

Giorgio entró, seguido por su cuñado, Matteo, y su esposa, Rosa.

—¡Nic! —Giorgio, en su uniforme de policía, se apresuró al lado de su esposa y se quitó la gorra.

—Nicolina, ¿por qué lloras? —Matteo se sentía frustrado; se quitó los lentes de sol, los dobló y los metió al bolsillo de su chamarra.

—¡Matteo! —exclamó alegre Matelda.

Rosa, una napolitana alta, consolaba a Nicolina.

—Mamá —dijo Matteo, dándole un beso a su madre y tomando su mano.

Matelda le sonrió como si mirara el rostro de Dios.

—Estás aquí. —Exhaló de alivio, ya tranquila.

—Sí, mamá, aquí estoy. Ahora dime, ¿qué dijiste para que Nicolina esté así?

—No dije nada. —Juntó las manos sobre su vientre sobre la cobija—. Por fin pude quedarme dormida. Estaba tratando de descansar y cuando desperté la vi de rodillas e histérica junto a mi cama.

—Estaba preocupada por ti —dijo Anina en voz baja.

—Todo está bien, Nicolina. No llores. —Matelda sacudió la mano en dirección de su hija—. Voy a estar bien.

—¿Ves, Nic? Mamá estará bien —dijo Matteo sin apartar la vista de su madre.

Anina le llevó a su abuela una taza de caldo.

—Voy por café. ¿Alguien quiere?

Todos levantaron la mano.

—Ahora regreso —prometió la joven.

Cuando salió al pasillo, su padre y la tía Rosa estaban sentados en la sala de espera. Anina le escribió a Paolo:

Traje a Nonna al hospital.

¿Está bien?

No sé.

Te amo.

Te amo.

Olimpio, Nicolina y Matteo se sentaron alrededor de la cama de hospital de Matelda mientras ella bebía su caldo.

—Me están viendo fijamente —dijo la paciente—. Todos me están viendo.

—Estamos solo los cuatro, como antes —dijo Matteo—. Eso me gusta.

—Lo siento, Nicolina —murmuró Olimpio a su hija—. No me gusta verte preocupada.

—No hiciste nada malo, papá. Solo seguías órdenes.

—¿Qué órdenes? —preguntó Matelda.

—No entremos en eso —intervino Matteo en voz baja.

—No entiendo. Quiero entender. —la anciana se limpió la boca delicadamente con la servilleta de papel—. Es claro que la persona difícil soy yo.

Olimpio se sentó en la cama y tomó la mano de su esposa.

—Sé que amas a Nicolina...

—Olimpio, por favor no seas condescendiente. —Apartó la mano—. Amo a mi hija y a mi hijo. Mis hijos son mi vida. ¿A qué quieres llegar?

—Lo que papá está tratando de decir es que necesitamos ser amables unos con otros —dijo Matteo—. Sobre todo ahora, mamá. Queremos paz, no pleitos. Es mejor para tu salud.

—¡Yo *no* la hice llorar! —exclamó Matelda con firmeza.

—Está bien, mamá —dijo Nicolina, recargándose en la silla. Su rostro estaba hinchado por las lágrimas. Se había sujetado el largo cabello negro en un chongo—. Papá, está bien. Matteo, está bien. —Luego se dirigió a su madre—: Vamos a hacer que te pongas mejor —dijo, y las manchas rojas en su rostro se hicieron más oscuras.

Los repiqueteos de las máquinas a las que Matelda estaba conectada llenaron el silencio de la pequeña habitación, como el aleteo de un enjambre de mariposas.

—No estás bien, Nicolina. Tienes un problema conmigo.

—Porque a Matteo lo tratas mejor que a mí.

—Esa no es mi culpa —intervino Matteo.

—¿Y cómo, exactamente, lo trato mejor? —preguntó Matelda.

—En esta familia tenemos reglas distintas para las mujeres. Como hijo, él puede darse el lujo de fracasar. En cambio, una hija no puede fallar. Las hijas debemos ser virtuosas y trabajadoras, hermosas y esbeltas, *la bella figura! Perfetto!* El hijo puede hacer lo que le dé la gana. Matteo tiene la alegre apariencia y actitud relajada de un príncipe que solo ha vivido buenas épocas. Soy tres años más joven y parezco veinte más vieja porque vivo con el estrés de que me juzguen. Ya me cansé. Me rindo. —Con las manos llenas de pañuelos desechables, alzó los brazos al aire.

—Nicolina.

—Déjala hablar, Olimpio. Es claro que necesita quitarse eso de encima. Anda, Nicolina. —Matelda extendió las manos como para animarla a continuar—. ¿Qué más te gustaría decir?

—Si no soy lo suficientemente capaz, ¿cómo esperan que yo haga todo el trabajo pesado? Sé que me amas, pero tu amor venía con condiciones; todavía es así.

—¿De qué otra manera se puede amar a una persona? —preguntó su madre—. Uno ama porque está obligado a amar. No es que hubiera tenido opción.

—Pero, mamá, la tienes —argumentó Nicolina.

—Nicolina, ya basta. —Olimpio estaba cansado de este doloroso sube y baja—. Demonios. Es tu madre. Así es ella. No puedes esperar que cambie a estas alturas. De todas las madres del mundo, esta es la que te tocó. Y hasta donde sé, a pesar de sus errores, deberías estar agradecida. Ya no hay tiempo para cambiar nada. Se acabó. Esa parte de tu vida terminó. Tú misma eres madre, ya pasó una generación. Tienes a Anina y a Giacomo. Matteo, tú tienes a Arturo y a Serena. Muy pronto se darán cuenta de a dónde los lleva la vida. Su madre y yo sabemos qué les espera porque ya lo vivimos. No nos necesitan como padres, y muy pronto ustedes tampoco lo serán. Ya hicimos nuestro trabajo. Si su madre hizo algo mal o si yo hice algo mal, entonces hagan las cosas mejor ustedes; por favor, ¡sean mejores que yo! Pero ya acaba con esta tontería. No es bueno ni para ti ni para ella. Eso no cambiará nada, y también nos lastimas a tu hermano y a mí. Queremos paz.

Nicolina se puso de pie y avanzó hasta la puerta.

—Discúlpenme.

Matteo detuvo a su hermana y murmuró algo a su oído. Nicolina dio media vuelta y volvió a la cama. Se inclinó y besó a su madre en la mejilla.

—Lo siento, mamá. —Salió del cuarto y cerró la puerta tras ella.

Capítulo 24
Lucca

Anina se puso su mejor camisón de seda. Los tirantes delgados se cayeron de sus hombros cuando empezó a cepillarse los dientes. Se echó un poco de perfume y untó brillo labial en su labio inferior. Fue a la sala y tomó un libro para leer, cuando escuchó la llave en la cerradura.

Al entrar al departamento, Paolo se quitó la chamarra que apestaba a humo rancio. Anina agitó la mano frente a su rostro.

—Cuélgala afuera de la ventana.

—No fumé, pero todos los demás sí —explicó, aventando la chamarra a una silla.

—¿Dónde estabas?

—En Pazzo.

—Viste a tus amigos.

—No. Estaba solo.

—Hoy, pero ¿anoche?

—Estaba con amigos. ¿Por qué las preguntas?

—No me importa que salgas, pero lo haces todas las noches.

—Me aburro aquí solo.

Paolo se sentó en el sofá.

—Mi abuela está en el hospital. Se alegra cuando estoy con ella.

—Ojalá te importara lo que a mí me alegra.

—¿En serio? Mi abuela está enferma. Sabes que me haces feliz. No entiendo por qué haces las cosas tan difíciles.

—No me dieron el trabajo.

—Lo siento. —Se levantó y se sentó junto a él—. Está bien, Paolo. Hubiera sido difícil vivir en Roma, es una ciudad cara y estaríamos lejos de la familia.

—No crees que puedo conseguir un empleo que nos permita a los dos vivir bien, ¿verdad?

—Por supuesto que puedes. Ya encontrarás el puesto correcto.

Tan pronto como las palabras se escaparon de su boca, se dio cuenta de que las había usado muchas veces antes. Paolo no las creía más que ella. Anina levantó la chamarra de su prometido.

—Yo lo haré —se quejó él, moviéndose a medias para colgar la chamarra fuera de la ventana.

—Yo lo hago. —Anina sacó un gancho del clóset, abrió la ventana y colgó la chamarra del cortinero para que se oreara—. El humo arruina la tela.

—Esta noche besé a una chica en el bar.

Anina sintió que la boca se le secaba y su corazón empezó a latir con fuerza.

—¿Por qué lo hiciste?

—Solo lo hice. —Paolo se llevó las manos a la cabeza—. No sé.

—¿Por qué me lo dices?

—Porque te cuento todo. —Entró al baño.

Anina sintió que las piernas le flaqueaban y se sentó. Momentos después, Paolo volvió y se sentó en la silla frente a ella.

—Lo siento.

—¿Estabas borracho?

—Un poco.

—Pero lo suficientemente sobrio como para saber lo que estabas haciendo —dijo cruzando los brazos sobre el pecho.

—Estaba haciendo el tonto. Cuando lo hice, sentí náuseas. Te amo y eres todo para mí.

—Todo. ¿Eso qué significa?

—Lo que siempre ha significado. Quiero pasar mi vida contigo.

Anina se enojó.

—¿Qué tipo de beso fue?

—¿Qué quieres decir?

—¿Qué tipo de beso?

—No fue uno bueno. Estábamos hablando.

—¿De qué?

—Había terminado con su novio y decidió retarse a sí misma y besar a un hombre al día hasta encontrar a uno con quien quisiera estar.

—¿Cómo se llama?

—No sé.

—¿Platicaste con una mujer y la besaste sin saber su nombre?

—No le pregunté.

Ella lo fulminó con la mirada.

—¿Qué quieres que haga? —continuó—. Cometí un error. No te iba a decir, no debí hacerlo.

—¿Así que la alternativa es guardar secretos? Lo que no debiste hacer fue besar a otra mujer y faltarme al respeto, me cuentes o no. Esto se trata más de ti que de mí.

Anina fue a la recámara y regresó con una cobija y una almohada.

—Esta noche dormirás aquí.

Él la tomó de la mano.

—Lo siento.

—¿En serio?

Paolo tenía lágrimas en los ojos. Ella nunca lo había visto llorar. Se veía feo.

—No puedes besar a una desconocida en un bar porque estás enojado conmigo —dijo en voz baja.

Anina se fue a su pequeña recámara y cerró la puerta. Rasgó el póster de la playa romántica en Montenegro que estaba pegado en la pared. No habría luna de miel donde flotaran los catamaranes en aguas tranquilas iluminadas por la luna. Se sentó al borde de la cama; sus futuros planes se escurrían entre sus dedos como arena. Las lágrimas de Paolo eran algo, pero ¿dónde estaban las suyas? Llorar siempre la hacía sentir mejor, de alguna manera la purificaba. Pero no podía llorar, eso significaba que el verdadero dolor llegaría más tarde.

Matelda se sentó en la silla junto a la cama del hospital. Le dio una pequeña mordida a un bizcocho y después lo sopeó en el té aguado.

—¿Tú los hiciste? —le preguntó a su hija.

—Rosa los hizo. ¿No están buenos? —Volvió a tender la cama de su madre con sábanas que había traído de casa.

—Tiene demasiada levadura. —Le dio otra mordida al pan.

—Es mejor cocinera que repostera. —Metió la almohada en una funda de satén—. A Matteo no le importa, piensa que ella es Venus.

—Así es —asintió Matelda—. Dicen que el amor es mejor la segunda vez que se intenta. Nunca lo sabré.

—Ni yo, mamá.

—Tu hermano y tú se parecen mucho a Nino y a mí.

—¿En verdad?

—¿No lo crees?

—Nosotros no peleamos tanto, mamá.

—Yo ya no me peleo con Nino.

—¿Es verdad?

Matelda volvió a asentir con un movimiento de cabeza.

—Me ayudó a recordar la historia que mi abuelo nos contaba sobre la India.

—¿La historia de la elefanta?

—No me digas que te la sabes. —Dejó el té a un lado.

—Claro. *Nonno* Silvio la actuaba para Matteo y para mí. Se la contó *Bisnonno*.

—¿Cuándo?

—Cuando nos quedábamos a dormir con ellos, cuando tú y papá se iban de viaje. Amábamos esa historia porque era aterradora, pero también tenía una moraleja, como todas las buenas historias.

—Yo recordaba el inicio y Nino recordó hasta el momento en que la mina colapsó. Pero ninguno de los dos pudo recordar el final. ¿Te lo sabes?

—Déjame pensar. —Nicolina se sentó en el borde de la cama—. Hubo un incendio. La elefanta arrastraba una plataforma llena de rubíes. Cuando salió de la mina, la carga era tanta que provocó que el techo se desplomara y eso desencadenó el desprendimiento de unas rocas que sellaron la entrada.

—¿Fue ahí donde murió el cuidador de elefantes? —preguntó Matelda.

—Sobrevivió, pero luego el humo lo alcanzó, cayó de la elefanta y murió.

—¿Lo aplastó? Creo que la plataforma lo arrolló.

—No recuerdo, mamá. La elefanta estaba libre del cuidador, de las cadenas y de los golpes. Empezó a correr y entró al pueblo...

—¡Karur!

—Exacto. Toda la gente del pueblo salió de sus casas para vitorear a la elefanta. Los rubíes eran muy valiosos y la elefanta salvó al pueblo. La llevaron al río; ahí hundió la trompa y la llenó de agua fresca. Se bañó con el agua fría, bebió más agua y la dejó resbalar por su lomo. Yo amaba esa parte de la historia. El abuelo Silvio era tan divertido cuando imitaba sus movimientos.

—Mi abuelo también era divertido. —Sonrió.

—Estoy segura de que fue él quien se la contó a *nonno* Silvio. El *bisnonno* Pietro a veces actuaba sus relatos.

—Esa es la belleza de que todas las generaciones de una familia vivan en una sola casa —comentó melancólica—. Todos comparten las mismas historias. Continúa.

—Había una parte triste. La elefanta recordaba a sus bebés y cómo los bañaba en el río. Recordaba los rostros de sus hijos, aunque hacía mucho que habían partido. Eso era muy deprimente, pero luego la historia tomaba un giro. La elefanta se echó en la ribera, descansado su cabeza en el suelo, cuando escuchó que la montaña se colapsaba al interior por el incendio. La elefanta comprendió lo que había pasado y lloró.

—¿La elefanta no moría al final?

—No en la versión que escuché. ¿Por qué, mamá? ¿Te decepciona?

—No. Recuerdo que de lo que se trataba era de que solo tenemos una vida y es importante vivirla al servicio de otros, sin importar el costo. La noble elefanta dio su vida por el pueblo.

—¿Eso fue lo que dedujiste? Yo lo escuché diferente. Era la historia de cómo las mujeres, representadas por la elefanta, sufren abusos y pierden a sus hijos solo porque son más valiosas cuando arrastran piedras que cuando son libres.

—Nicolina, los cuentos para dormir no son declaraciones políticas. No lo eran para tu abuelo, quien los contaba, te lo prometo. Quería que ustedes entendieran de dónde provenían las gemas que tallamos. Había mucho sacrificio en eso.

—Hizo que me dieran ganas de visitar la India.

Anina entró a la habitación del hospital, cerró la puerta tras ella y empezó a llorar.

—¿Cuál es el problema con este cuarto? —Matelda miró a Nicolina—. Necesito cambiar de habitación.

—¡No es el cuarto! El dolor nos sigue a donde vayamos. —Nicolina se acercó a su hija—. ¿Qué pasó?

—He estado ocupada y no he visto mucho a Paolo; y él fue a besar a una chica en un bar.

—Eso no está bien. Lo siento, querida. —Nicolina abrazó a Anina.

—¿Ha estado buscando a otras mujeres, aparte de ti, en general? —preguntó Matelda.

—Sí. No. Dice que solo una. La acababa de conocer. Dice que no recuerda cómo se llama.

Nicolina miró a Matelda y esta le guiñó un ojo. La anciana dio unas palmaditas sobre la cama.

—Ven, siéntate. Si la historia de la elefanta de la India es vieja, el cuento de un italiano que besa a mujeres en bares cada que le da la gana es ancestral. —Matelda tomó la mano de su nieta.

—Parece que no tiene importancia —dijo Nicolina a Anina.

—Para mí la tiene. Confiaba en él.

—Tiene que hacer algo para corregirlo —opinó la abuela

—Algunas cosas son imperdonables. No puedo casarme con alguien que me olvida tan fácil.

—¿Te lo confesó? —preguntó Nicolina.

—De inmediato.

—Cometió un error. ¿En verdad quieres terminar todo por un error? —dijo su madre, diplomática.

—Entonces, ¿termino cuando lo haga por octava vez? ¿Termino cuando tengamos un bebé y salga en la noche sin decirme a dónde va? ¿Dónde está el límite exacto? —Miró a su madre y luego a su abuela.

—Tú lo pones —respondió Matelda—. Pero se trata de una línea, no de un alambre de púas. No puedes controlar a tu prometido. No deberías tomar decisiones apresuradas. Nunca tomes una decisión final hasta que hayas consultado con un sacerdote.

—La solución de mamá a la mayoría de los problemas. —Nicolina abrazó a su hija.

—Porque ellos han oído de todo en el confesionario —explicó Matelda—. Cualquiera que sea el pecado, alguien se ha arrodillado en la oscuridad para confesarlo. El sacerdote ayuda a poner los pecados en perspectiva. Ya verás.

Don Vincenzo era el párroco de Lucca. Había llegado del norte, de algún lugar en la región de Lombardía, en los Alpes italianos, donde todo el año la nieve cubría las cimas de las montañas como una capa de azúcar. En ocasiones, en sus homilías hacía bromas privadas sobre la polenta que solo apreciaban los parroquianos viejos que tenían familia en el norte. Aunque el sacerdote no tenía aún cincuenta años, a Anina le pareció viejo. Siempre que su abuela se refería a alguien como «robusto», en general significaba que no era joven pero que estaba en forma para su edad. Don Vincenzo era definitivamente «robusto». Parecía un oso alpino, alto y corpulento, con una gran cabeza.

Paolo estaba más interesado en el sacerdote y en el propedéutico matrimonial que Anina. De hecho, era más religioso que ella. Besaba la medalla que colgaba de su cuello antes de irse a acostar y era lo primero que hacía al despertar en la mañana. Era devoto de Nuestra Señora de Fátima, participaba en la santa procesión y rezaba el rosario el día de su fiesta.

—Empecemos con una oración —dijo don Vincenzo detrás de su escritorio. Anina y Paolo inclinaron la cabeza—. Pueden tomarse de la mano.

Paolo extendió la mano en busca de la de su prometida y la puso sobre la de ella en el reposabrazos de la silla.

—Tierno corazón de Jesús, enséñanos a orar, ayúdanos a pensar y guíanos al amor.

—Amén —murmuraron Paolo y Anina.

—Estoy confundido. —El párroco subió los pies al escritorio y se recargó en el respaldo de la silla—. Ya terminaron el propedéutico. Publicamos las amonestaciones en el boletín de la iglesia. Tengo su fecha de boda en el calendario. Como saben, hay una fila de jóvenes amantes esperando casarse y terminar el propedéutico. Anina me llamó y dijo que había un problema. ¿Cómo puedo ayudar?

—Ha sido una época estresante —empezó a decir la joven.

—En lo que se refiere a los sacramentos, las bodas son lo peor cuando se trata de estrés. He oficiado... no sé, como unas cien, y en general son situaciones tensas. Dos familias: de un lado van vestidos de smoking y llevan bidones de combustible, y del otro visten con holanes y sujetan un cerillo.

—Pensaba que las bodas eran mágicas —dijo Anina en un murmullo.

—Pueden serlo, o sirven como periodo de depresión en la relación de una pareja, y lo único que resta es cuesta arriba. Estoy hablando del estrés, *va bene*? Siempre termina por desaparecer. Entonces, ¿conocen exactamente el motivo de su ansiedad?

Ni Paolo ni Anina respondieron al sacerdote.

—¿Qué pasa con ustedes dos?

—Anina está enojada conmigo. Hice algo malo.

—Imperdonable —lo corrigió ella.

—Nada de eso. —Don Vincenzo bajó las piernas del escritorio y se inclinó hacia la pareja—. Es lo que enseñan, ya saben: reconocer el pecado, descargarlo con la gracia de Dios y buscar el verdadero perdón de la persona a la que lastimamos. En versión corta: perdonar, olvidar, repetir.

—No hemos pasado la primera etapa. Se niega a perdonarme.

—¿Esto es cierto, Anina?

—Estoy lastimada y furiosa.

—Me di cuenta por la manera en que apretaste el reposabrazos de tu silla cuando trató de tomar tu mano.

—Paolo me fue infiel.

—¡Un beso! ¡Un beso en un bar! —Paolo lanzó las manos al aire—. Ni siquiera sé su nombre.

—Eres una persona débil —replicó Anina.

—Estoy tratando de mejorar. La única persona que puedo cambiar es a mí mismo.

—Me gustaría que te dieras prisa —espetó la joven.

Don Vincenzo alzó la voz con firmeza, interrumpiendo la discusión.

—¿Es una situación recurrente, esta de la joven que no tiene nombre?

—No, don Vincenzo, no es así. Pero eso no le importa a Anina. Me quiere crucificar por un solo error.

—¿En verdad estás arrepentido, Paolo? —preguntó el sacerdote.

—Usted sabe que lo estoy. Fui a confesarme. Usted me absolvió del pecado el domingo pasado. Le he rogado a Anina que me perdone en muchas ocasiones. ¿Cuántas veces y de cuántas maneras puedo decirlo? Sí, lo siento. Y me avergüenza. Toda la familia lo sabe, la suya y la mía, y me lo recriminan por todas partes.

—Paolo, te absuelvo de todo pecado, es obvio que por segunda vez. Anina, te exhorto a que lo perdones.

—¿No quiere conocer los detalles? —Anina estaba asombrada.

—No los necesito.

—Pero necesita entenderlo... Su padre, los hombres de su familia... Los Uliana tienen problemas para ser fieles.

—¡Un tío! Un tío tiene a una amante en Foggia —exclamó Paolo, lanzando las manos al aire de nuevo.

—Le agradecería que se sintiera molesto en mi nombre, don Vincenzo, y me defendiera —insistió ella.

—¿Eso en qué ayudaría?

Anina se quedó sin aliento.

—Me sentiría apoyada.

—Te apoyo, pero mi trabajo consiste en apoyar el amor. El amor entre ustedes.

—Le he pedido perdón. No he vuelto al bar. No he buscado a esa mujer. No me importa. Amo a Anina.

—Pregúntele por qué pasó. —La joven no quitaba la mirada del sacerdote.

—Creo que él lo sabe. Está tratando de cambiar.

—¡He cambiado! —Paolo volteó a ver a Anina—. Solo quieres que sufra. Quieres controlarme. Tienes que tener razón.

—Tengo derecho a sentirme lastimada.

—El derecho es para los reyes. Hace setenta y cinco años nos deshicimos del rey de Italia. Además, todos somos reales a los ojos de Dios. ¿Qué creen que Dios quiere en esta situación? ¿Paolo?, habla primero —dijo el sacerdote.

—Quiere que sea mejor.

—Muy buena respuesta. ¿Anina?

—Quiere que haga lo correcto.

—¿Y si te dijera que también quiere que tú seas mejor?

—Me sentiría confundida —admitió—. Yo no hice nada malo.

—Eso no nos ayuda. Es probable que la honradez te haga mejor, pero estarás sola. Creo que Paolo en verdad se arrepiente de haberte lastimado.

—No me acosté con ella —se quejó Paolo.

El sacerdote respiró profundo.

—Paolo, ve a tomar un vaso de agua. Por favor, quédate en la recepción hasta que vaya a buscarte.

El joven obedeció.

Don Vincenzo se levantó del escritorio y se sentó al lado de Anina en la silla de Paolo.

—Los hombres nunca entenderán que decir estupideces como «No me acosté con ella» no ayuda a la situación. De hecho, ese no es el problema, ¿cierto?

—No. Es la traición.

—Anina, a mí no me importa si te casas con Paolo Uliana.

—¿No?

—¿Quién es él para mí? Otro parroquiano a quien tengo que amar. Tengo que ver más allá de sus defectos y perdonarlo cuando acude a mí en confesión. Mi inversión en todo esto es la salvación de su alma eterna. Y de la tuya. Así que cuéntame de Paolo. ¿Por qué aceptaste casarte con él?

—Puede ser amoroso y compasivo.

—Pero puedo ver que es difícil.

—¡Me alegra! A veces pienso que estoy loca. Mis amigas solo ven lo bueno.

—¿Por qué sigues con él?

—Lo amo.

—Ah, ¿sí? ¿Y si te dijera que la mayoría de las parejas que vienen aquí no son capaces de ser honestas entre ellas? Juguetean con la verdad como al gato y al ratón, a veces durante años. La verdad es lo que marca la diferencia entre ellos y ustedes, tú y Paolo. Él regresó directo a casa y te dijo lo que había hecho.

—¿Qué diferencia hay en que me dijera en lugar de que yo lo sorprendiera?

—Mucha. Él sabía que había hecho mal. Paolo examinó su conciencia. Pidió perdón y prometió cambiar. Eso es lo mejor que se puede esperar de otro ser humano en cualquier situación. Sin duda.

—¿Y si, para empezar, mejor no se comportara de manera estúpida?

—Eso no me serviría a mí. Me dejaría sin trabajo.

Anina rio.

—Don Vincenzo, usted es de lo peor.

—Lo sé. Por eso no me dan los puestos atractivos. Soy el sacerdote de las soluciones temporales, el chicle que meten en los agujeros de un bote que está a punto de hundirse, esperando que no suceda.

—Lo siento, don Vincenzo. Está muy presionado.

—Y tú también. Así como todas las personas que tratan de amar. A eso me refiero. Pero en eso también consiste el trabajo.

¿Quieres ser esposa? Prepárate para trabajar mucho. Cuando hayas resuelto un problema, vendrá toda una nueva serie de ellos. Cuando te tomas en serio el amor, también debes tomarte en serio tu compromiso de luchar por él. No puedes huir, no puedes mudarte, no puedes desaparecer. De cualquier forma, no ayudaría. No puedes escapar de tu dolor, porque puede ser tan testarudo como el amor.

—¿Debería casarme con Paolo?

—Solo si esperas lo peor. Una mujer sabia dijo alguna vez que la novia debería vestirse de negro y la viuda de blanco. La novia hace luto por la pérdida de la esperanza y la viuda al fin queda libre del dolor.

—No puedo quitarme de la cabeza la imagen de lo que hizo.

—Con frecuencia el recuerdo es el monstruo, no el pecado en sí mismo. Ser infiel no es parte del amor ni un rechazo de este, sino la falta de voluntad. Estoy seguro que has sentido la falta de voluntad en tu propia vida.

—Así es.

—Entonces sabes que lo que le pasó fue que le faltó voluntad, pero no amor. —Don Vincenzo se levantó y fue hasta el cajón de su escritorio, de donde sacó un chicle de Nicorette de una placa de aluminio, se lo metió a la boca y empezó a masticar—. ¿Qué quieres de la vida, Anina?

—Quería casarme y tener una familia con el hombre que amo.

—Eso es un trabajo.

—Supongo, padre.

—Es un trabajo difícil si no sabes quién eres. Una madre no es solo una presencia amorosa en una familia cuando cocina, limpia y consuela a los niños. Ella pone el ejemplo y enseña a la familia, incluido el marido, a amar. Debe conocerse a sí misma; de lo contrario, recurrirá a las personas a las que ama para que la completen. Esa es una terrible carga para imponerle a tu marido y a tus hijos. Sin embargo, un trabajo puede absorber mucha de la ambición y el ego que tenemos y así ser libres para amar cuando volvemos a casa. Míralo como la costra del pan que se empapa en la salsa al final de la comida. Tomas el último bocado y el plato queda limpio. ¿Paolo ya consiguió trabajo?

—Todavía no.

—¿Y tú?

—Voy a tomar el puesto de la gerente en Cabrelli Joyeros cuando se vaya de licencia por maternidad.

—Mmm. —El sacerdote cruzó los brazos sobre su pecho.

—¿Paolo me engañó porque no tiene trabajo?

—No sé. —Don Vincenzo la miró—. ¿Crees que besó a otra mujer porque tú tienes trabajo?

—No sé. —Se sentía confundida—. ¿Qué tiene que ver mi trabajo con todo esto?

—Cuando encuentras un objetivo en la vida, este te cambia; ves las cosas diferentes, más claras. Amas más y mejor, resuelves problemas y eres capaz de ayudar a otros a resolverlos porque estás fortalecida. Vives en todo el mundo, no en un pequeño rincón. Eres útil.

Don Vincenzo se acercó a la puerta para llamar a Paolo. Anina, que esperaba salir de la oficina de don Vincenzo con una respuesta, la había encontrado. Nadie estaría más sorprendido que ella misma cuando decidiera seguir a su corazón.

Capítulo 25

Cuando Anina abrió la puerta de entrada de Cabrelli Joyeros, a las 8:00 a. m. en punto, su abuelo estaba inclinado sobre la pulidora en la trastienda. El zumbido agudo del aparato era el sonido de su infancia. Ella y su hermano venían a la tienda todos los días después de la escuela y esperaban a que Nicolina los recogiera. Anina llamó a Olimpio, cerró la puerta a su espalda y colgó el bolso en el gancho detrás del escritorio; prendió las luces de las vitrinas vacías.

Abrió la caja fuerte, sacó el inventario de joyas y alineó las charolas sobre la barra de vidrio. Contó los anillos de diamantes y los cotejó contra la lista de inventario del gerente. Colocó las arracadas de oro en sus atriles y los acomodó dentro de la vitrina. Dirigió el puntal de luz directamente sobre las arracadas de platino adornadas con zafiros.

Movió los prendedores como si fueran piezas de ajedrez hasta que cada uno quedó expuesto de la mejor manera. La mayoría de los compradores no tenía idea de lo que buscaba; dependía del vendedor presentar las posibilidades. Olimpio se lo había enseñado. El cliente compraba una joya y una historia. Anina notó que las mujeres compraban piezas que les recordaban momentos felices, mientras que los hombres compraban joyería para algún ser querido y querían que fuera lo mejor.

—Todo listo, *Nonno*. Las vitrinas están listas.

Olimpio se quitó los lentes de trabajo, entró a la tienda y revisó el trabajo de su nieta.

—Tienes buen ojo.

Anina empezó a llorar.

—Hace mucho tiempo que no me hacían un halago. Lo siento.

—¿Paolo no te elogia?

—Últimamente peleamos mucho. Las cosas mejoraron después de que fuimos a ver a don Vincenzo y ahora están mal de nuevo. Dice que no pongo mucha atención. Creo que es porque estoy preocupada por *Nonna*. Me gustaría irme a vivir con ustedes un tiempo. Podría ayudarte a ti y a ella a que se recupere.

—Podría llegar el día en que te necesitemos, pero no ahora. Yo cuidaré a mi Matelda, y tú tienes que cuidar a tu Paolo.

La joven abrió las cortinas y corrió el cerrojo de la puerta de enfrente. Una cliente esperaba en la banqueta, así que abrió y sonrió.

—Bienvenida a Cabrelli Joyeros.

Las campanas tintinearon cuando Anina regresó detrás del mostrador para atenderla.

Anina sacó una hoja de papel aluminio de un rollo. Echó un vistazo al interior del horno. Las piernas, alas y pechuga del pollo estaban doradas y se cocinaban sobre una cama de arroz, sazonado con ajo fresco y champiñones. Abrió el horno, acomodó el papel aluminio sobre el pollo y el arroz, y bajó la temperatura. Colocó los ejotes frescos a un lado y puso la pequeña mesa afuera de la cocineta para una persona. Regresó a la cocina y aderezó la ensalada; escuchó la llave en la cerradura y su estómago dio un vuelco de nervios.

—¿Cocinaste? —preguntó Paolo desde el umbral.

Miró largo tiempo a Anina, estaba encantadora. Ella asintió.

—Te preparé de cenar.

Paolo miró la mesa puesta para una persona.

—¿Vas a salir?

—No.

—Estás vestida para salir.

—Te dejo. —Anina fue a la recámara y abrió la puerta. Él pudo ver sus maletas sobre la cama—. Dejé mi anillo de compromiso en su caja sobre la cómoda. Te iba a escribir una nota, pero pensé que sería cobarde, así que te esperé.

—Lo dices en serio. —Se sentó como si lo hubieran empujado a la silla.

—Creo que es importante decir las cosas en persona —dijo con suavidad.

—Bueno.

—No controlamos nada, salvo la manera en la que queremos vivir. Y yo elijo ya no vivir más así.

—Estamos pasando por un mal momento, Nina. Todo esto se siente demasiado real. —Se miró las manos.

«¿Es en serio?», pensó decir Anina. «Para mí siempre ha sido real». Pero resistió la urgencia de empezar otra pelea. Estaba cansada de discutir con él. En su lugar, fue a la recámara, tomó sus maletas y las llevó a la puerta de la entrada. Luego se puso las botas.

—Está lloviendo —dijo Paolo.

—Lo sé.

Anina se puso el impermeable y Paolo la alcanzó.

—No lo hagas. Por favor. Quédate conmigo.

—Esto se trata de mí. —Sonrió—. Sé que es lo que otras personas dicen cuando terminan una relación, pero en este caso es absolutamente cierto.

—No puedes perdonarme.

—Ya te perdoné y, cuando lo hice, me di cuenta de que no había terminado.

Paolo estaba confundido. Anina estaba tranquila.

—Tenía que perdonarme a mí misma. Cuando lo hice, encontré el valor para tratar de hacer algo de mí, aparte de la persona que soy cuando estoy contigo. Me equivoqué al tratar de hacerte el propósito de mi vida. Eso no fue justo.

—Sé que peleamos mucho, pero nos amamos. —Paolo tomó sus manos entre las suyas.

Anina amaba a Paolo, pero no podía quedarse porque había alguien que la necesitaba más.

—Perdóname —dijo abriendo la puerta. Levantó sus maletas y salió en medio de la tormenta.

El elevador del hospital estaba lleno de jóvenes residentes en uniforme quirúrgico cuando las puertas se abrieron frente a Anina, quien cargaba dos vasos desechables de té y un cartón de sopa para su abuela.

—Esperaré el siguiente —dijo la joven, alegre.

Un apuesto residente la miró con admiración y dijo:

—Te haremos lugar.

Anina se abrió paso en el elevador. El residente mantuvo abierta la puerta cuando ella bajó, momentos después. Ella sonrió al caminar por el pasillo hacia la habitación de su abuela.

Puso su bolso sobre la silla y le dio un beso a Matelda.

—No tienes que venir al hospital todos los días.

—Quiero hacerlo.

—*Nonno* dijo que estás regando mis plantas. ¿Cómo está el hibisco?

—Sus grandes flores rojas se abren cuando sale el sol.

—Se supone que así es.

—Tu casa es muy tranquila.

—Quédate todo el tiempo que quieras. A veces es necesario tomar un poco de distancia —dijo Matelda—. Luego te das cuenta, tomas perspectiva y puedes encontrar la manera de arreglar las cosas.

—Quizá —respondió Anina—. Solo estoy feliz de tener la oportunidad de pasar más tiempo contigo. —Jaló una silla para acercarla a la cama de su abuela—. Quiero escuchar qué pasó cuando tu madre se fue a Escocia.

—¿Necesitas escuchar la historia de una mujer que sobrevive después de haber perdido al hombre al que ama?

—Supongo que sí, *Nonna*. —Le pasó a su abuela un vaso de té. Le quitó la tapa al otro y se sentó en la silla.

Matelda levantó el respaldo de su cama hasta quedar sentada. Alisó la cobija sobre la sábana. Cerró los ojos y evocó el primer hogar que conoció, en un lugar que vivía en sus sueños.

Capítulo 26
Dumbarton, Escocia
Otoño de 1939

Las hermanas de Nuestra Señora de Namur dirigían una escuela en un viejo castillo que daba al río Clyde. Su convento y escuela se ubicaban al norte de Glasgow, en el punto donde el río Clyde se ensanchaba en la ciudad de Havoc. El aumento y la amplitud del río en ese lugar significaba que las monjas eran las primeras en observar la flotilla diaria de los nuevos transportes, barcos y barcazas que se usarían en la guerra inminente. Las monjas confiaban en que la guerra se ganaría con base en la demostración de poder que ellas observaban desde su torrecilla, pero rezaban un rosario cada día por la victoria para minimizar los riesgos.

Los jardines de flores de Nuestra Señora eran como joyas en los campos ondulantes alrededor del convento. También cultivaban maíz, ejotes, lechuga, pepino y papas en el campo detrás del convento. Había un huerto de árboles frutales a lo largo del sendero hacia el río. Su establecimiento lechero albergaba vacas en un establo en funcionamiento, que proporcionaba leche y crema todos los días y carne curada por temporada.

El año escolar había empezado según el programa: el 5 de septiembre de 1939, cada salón en la residencia estaba lleno. Como parte del personal, Domenica tenía una recámara junto al vestíbulo principal. Una cortina separaba su pequeña oficina de su alojamiento; una celda con una ventana, una cama y un lavabo. Si ella hubiera querido contemplar su vida como monja, su puesto actual le habría servido muy bien como práctica. La única diferencia entre las buenas monjas y ella era la libertad de la que gozaba en sus días libres. En lugar de pasar el día enclaustrada, rezando, iba a Glasgow.

Domenica recogió su correspondencia en la casa de acogida el sábado en la mañana. Sonrió en su camino de regreso a la casa principal, pasando los sobres con remitentes desde Indiana, EE. UU., hasta París, Francia. Reconoció la caligrafía de Mary Gay en un sobre azul, que había remitido desde el hospital de San José. Su corazón latió con fuerza al ver la dirección del remitente escrita a máquina en la esquina. Toda la carta estaba escrita a máquina en papel azul claro con el membrete de la marina mercante en la parte superior. Su mano tembló al abrir el sobre. El matasellos era del 10 de agosto de 1939. Tuvo suerte de que la carta siquiera hubiera llegado.

Querida Domenica:
Espero que esta carta te encuentre en buena salud.
Te escribo para informarte que debemos dejar de escribirnos. Estoy de servicio y me será imposible responderte. Te deseo lo mejor del mundo y te agradezco tu amistad.
Capitán John Lawrie McVicars

Dobló la carta y volvió a meterla en el sobre. Se puso el abrigo, metió la carta a su bolsillo y tomó el sendero hacia el río. Cada paso que daba la enfurecía más. Estaba enojada consigo misma por enamorarse de un marinero, puesto que su reputación los precedía. Había creído que John McVicars era la excepción, pero se había equivocado.

Sentía vergüenza al pensar que el capitán había dictado la carta a un escribano, lo que significaba que había un desconocido en el mundo que sabía que McVicars no la amaba antes de que ella recibiera la noticia. El hombre que pensaba capaz de una gran ternura también carecía de compasión. Después de todo, el capitán no era valiente, se escondía detrás del membrete de su papelería. Domenica se preguntó cómo pudo equivocarse tanto.

Llegó a la ribera del Clyde, donde las monjas habían construido una plataforma al borde del agua. Sacó la carta de su bolsillo y jugueteó con ella; la dobló hasta formar un avión de papel. Entrecerró los ojos, apuntó hacia el lugar en el que el río ondulaba en olas hacia el mar y la lanzó. La carta navegó por el aire antes de aterrizar en la superficie, una pequeña mancha azul que la marea se tragó rápidamente. Un sentimiento frío merecía un final glacial. Domenica se sintió más ligera en su camino de vuelta al convento. McVicars le había dado una excusa para olvidarlo. Ahora podía sacarlo de su corazón para siempre.

Cuando era niña, su madre y su tía hablaban de una mujer que había ido al extranjero y se había casado con un buen hombre, polaco, que conoció en el tren. Por lo que decían, era trabajador y próspero, pero no era italiano. Al final, sus diferencias les trajeron desdicha, le explicó su tía. Fue entonces que su madre le dijo: «Cuando te casas con un hombre de tu propio pueblo, le conoces los modos».

Domenica pasó el otoño de 1939 adaptándose a su nuevo trabajo en la escuela. Las monjas celebraban cada día de fiesta con decoraciones, misas especiales y novenas, desde el Día de Todos los Santos, en noviembre, pasando por el Adviento y el día de Navidad, en diciembre. La italiana no tenía tiempo para sentir nostalgia o pensar en nada fuera de su trabajo porque las monjas le solicitaban que participara por completo como parte del personal en todas las funciones escolares; pero extrañaba San José y el círculo de amigas que había hecho en Marsella. Para Navidad, nunca se había sentido más sola desde que partió de Italia.

El clima en Escocia no ayudaba a su estado de ánimo. El inicio del invierno había sido brutal y había forzado a alumnos y maestros a permanecer al interior. Los alumnos que estaban pensionados en Nuestra Señora de Namur no pudieron volver a su casa para Navidad, debido a la terrible tormenta que impidió cualquier viaje. Las hermanas y el personal hicieron su mejor esfuerzo para entretener a los niños. Una epidemia de gripe recorrió el dormitorio, lo que mantuvo ocupada a Domenica. Pudo comprobar cómo sería ser una madre de muchos hijos. Decidió que había mujeres que habían nacido para eso, pero que ella no era una de ellas.

Removió el fuego en la cocina del convento. Echó unos trozos de carbón negro brillante en los leños. El fuego escupió llamas azules conforme unos rizos de humo blanco se elevaban por la chimenea.

De memoria, preparó el pastel de Navidad de su madre. El jardinero le proporcionó la mantequilla y los huevos. Usó dos tazas de harina, dos tazas de azúcar. Mezcló todo en un tazón con una cucharada de agua. Las hermanas habían puesto cerezas en licor el verano pasado, el último frasco le daría sabor a la masa. Las sacó del frasco y las metió poco a poco a la mezcla, luego vertió media taza de jugo antes de revolver todo. Hizo la masa a un lado, se sentó frente al fuego y peló las nueces, sacándoles la carne y metiéndola en el tazón. Rompió suficientes nueces para llenar una taza. La tarea le llevó más tiempo porque se comía algunas en el proceso. Las incorporó en la masa y luego la vertió en un molde que metió al horno.

Alguien tocó la puerta de la cocina. Imaginó que era el jardinero que iba a dejar el tocino para el pavo de Navidad. Pero en lugar del jardinero, un hombre de baja estatura, un desconocido, la saludó; llevaba una gran cubeta en una mano y un costal con botellas en la otra. Entró a la cocina y se sacudió la nieve de las botas.

Domenica tomó una escobilla y sacudió el resto de la nieve de su abrigo.

—Deme su abrigo. Lo pondré a secar junto al fuego.

—*Perdona mi*. Te hago trabajar —dijo el anciano, dándole su abrigo.

—Es italiano.

—Soy ciudadano escocés, nacido en Italia. Nos llaman «britalianos», o «talianos» cuando quieren su helado. Arcangelo Antica es mi nombre.

—¿De qué parte de Italia es?

—Bardi.

—Lo conozco. Yo soy de Viareggio.

—¡No!

—Y lo extraño más en época navideña. ¿Qué trajo?

—Helado y *prosecco* para la cena de Navidad de las monjas. El helado va en el piso con el bloque de hielo —le informó Antica—. ¿Qué está cocinando?

—Pastel navideño, estilo toscano.

—Emilia-Romaña. Mi gente. Nosotros hacemos pastel de queso.

—¿Con el limón dulce?

—En efecto. ¿Usted es una postulante?

—No, no. Soy la enfermera de la escuela. —Extendió la mano—. Domenica Cabrelli.

—*Bellissima*. —En lugar de estrechar su mano, la besó—. ¡Cabrelli! Sé todo de usted. Usted conoce a mi amigo el capitán McVicars.

Ella asintió con amabilidad.

—Buen hombre —agregó y forzó una sonrisa. Esperaba que McVicars fuera un buen hombre, pero tenía pocas pruebas de ello.

—Avíseme si las hermanas necesitan algo más de Glasgow.

—Lo haré. —La italiana ayudó al anciano a ponerse el abrigo—. *Buon Natale* —dijo.

Antica salió a la nieve. Domenica observó desde la ventana cómo el hombre avanzaba por el estrecho sendero cubierto de nieve fresca hasta el camino. Los campos argentados estaban iluminados por una luna llena que colgaba como un cabujón azul pálido en el cielo oscuro. Por un momento pensó en tomar su abrigo y seguirlo. Necesitaba estar con una familia italiana, aunque no fuera la suya. En su lugar, se puso dos guantes para horno en las manos y sacó el pastel de Navidad, receta de su madre, del horno. Esperaba que su familia estuviera haciendo lo mismo, donde quiera que estuvieran.

Capítulo 27
Dumbarton
Primavera de 1940

La primavera en Escocia explotaba de colores. Las vacas blanco y negro se apoltronaban en los pastizales verde brillante. Las ovejas que se reunían en las colinas eran rosas, sus ojos castaño profundo y sus cuernos brillaban como charol negro. Sin sus pesados abrigos y lanas, las mujeres en Glasgow florecían en vestidos de tonos pastel y revoloteaban por las calles como mariposas.

Domenica tomó el tranvía a Glasgow vestida con su mejor atuendo de verano.

Caminó por el extremo oeste de la ciudad y se detuvo en algunas tiendas en el camino para hacerlo un día especial. Las tiendas de italianos exhibían cerámicas de Deruta, telas de los telares de Prato y aceite de oliva de Calabria. Ella había prometido llevar una auténtica tarta italiana de tomate para la cena de las monjas en el convento. Al final de la tarde, era hora de cumplir su promesa.

Los hermanos Franzetti, en la calle Byres, hacían tartas de tomate estilo Toscana, con una fina corteza de jitomates tostados lentamente y caramelizados, con una ligera capa de *parmigiano-reggiano* en la parte superior. En temporada, le ponían una capa especial de trufas y los cocinaban en horno de leña; el aroma a tierra de los champiñones llenaba toda la zona. Como ingrediente adicional agregaban rebanadas de dientes de ajo dulces. A Domenica se le hizo agua la boca al pensar en la pizza, lo que a su vez le hizo sentir nostalgia por la comida de su madre en Italia. No pasaría mucho tiempo hasta que pudiera regresar a casa.

Domenica hizo su pedido. Cuando el chico Franzetti reía, un mechón de su cabello negro caía hacia adelante, lo que le recordaba a un viejo amigo. Encontró un asiento en la mesa de un café en la banqueta mientras esperaba que se cociera en el horno de leña la tarta que había pedido. El restaurante estaba lleno de clientes; afuera, los niños corrían de arriba abajo por la calle, persiguiendo una pelota con un palo. El juego le recordaba su época en Viareggio, donde los niños también jugaban en las calles. En su mente, no había pasado tanto tiempo desde que ella misma era niña. Recogió la pelota de caucho cuando aterrizó junto a su silla y se sintió tentada a unirse al juego. En su lugar, se la lanzó a los niños, quienes gritaron «*Grazie*» cuando la atraparon en pleno vuelo.

El enclave italiano era para ella un bálsamo, como la tarde que pasó en la zona oeste. No se había dado cuenta cuánto extrañaba su idioma y a su gente. Su vida antes de que la desterraran a Marsella le había parecido idílica, lo hubiera sido o no, y extrañaba su casa con desesperación. En ocasiones, todo lo que bastaba era el aroma a tomates y ajo tostado en un horno para recordarle el tiempo perdido, lejos de su familia.

Franzetti le llevó un vaso del vino que su padre hacía en casa y una rebanada de pizza para que comiera mientras esperaba. Cerró los ojos y sorbió el vino; la uva robusta le quemó la nariz, igual que el vino de mesa que hacía su padre.

Los chicos en la calle gritaron y rieron cuando un hombre alto les quitó la pelota con la que jugaban y la alzó por encima de ellos. Los niños saltaban en el aire a su alrededor, tratando de alcanzar la pelota. El hombre empezó a jugar y giró como si fuera un empleado de carnaval que pone trampas a los niños para competir por un premio de un chelín en efectivo.

Las mujeres Franzetti llamaron a los pequeños para que dejaran de molestar al cliente que se abría paso a la pizzería. Cuando el hombre volteó en su dirección, Domenica se quedó sin aliento.

El capitán John Lawrie McVicars le pasó la pelota a uno de los chicos.

—¿Lo conoce? —le preguntó la señora Franzetti.

Antes de que pudiera contestar, McVicars la vio. Era muy tarde para correr, sus miradas se encontraron.

El capitán pareció sorprendido. ¿Qué hacía Domenica en Escocia? ¿Debería importarle? Ella había dejado de escribirle y él no moría por las mujeres. Era claro que sus sentimientos habían cambiado y él lo había aceptado. Era mejor evitar disgustos. Él se marchó y desapareció el tiempo suficiente como para que la mujer lo olvidara. Había esperado verla de nuevo, aunque solo fuera para asegurarse de que estaba bien.

Por su parte, Domenica pensaba en el capitán, se imaginaba que estaba lejos, en altamar; eso la ayudaba, desterrarlo a lugares desconocidos en su mente. Su silencio la había lastimado demasiado como para siquiera imaginar que se lo encontraría en Glasgow, pero se prometió que, si eso sucedía, le diría lo que pensaba de él.

Los chicos de la calle hicieron un círculo alrededor del capitán, rogándole que jugara. Uno de los niños se colgó de su antebrazo. Este lo levantó como si fueran pesas, de arriba abajo.

—Basta, Nunzio —le dijo McVicars al niño—. Ya estás muy pesado para el juego de las pesas.

Las mujeres Franzetti se disculparon y les dijeron a los chicos que regresaran a jugar a la calle con la pelota y el palo, mientras él entraba a la pizzería.

El chico Franzetti le llevó a Domenica la tarta de tomate que había pedido. Ella pagó y prometió volver. Giró para empezar la huida, cuando el capitán se le acercó.

McVicars se paró con torpeza frente a Domenica, no sabía qué decir. Sin duda, ella tampoco tenía idea de qué decirle. Él se frotó los antebrazos, donde las manos de los niños le escocían. Ella recordó cómo se sentían esos brazos envolviéndola y se sonrojó. Se avergonzaba de los errores que cometió con él, al suponer que se interesaba por ella. El rubor en sus mejillas se convirtió en ira.

McVicars quería confrontarla por haber ignorado sus cartas. Había imaginado que conoció a alguien más y que no sabía cómo decírselo. Después de todo, era una belleza y en edad casadera. Sintió que su temperatura aumentaba, se preguntaba si habría conocido a otro escocés que le gustara más que él.

Domenica lo saludó con una inclinación de cabeza y salió a la calle.

—¿Señorita Cabrelli? —la llamó.

Por no hacer una escena, ella se detuvo. Decidió enfrentarlo.

—Es usted. ¿Qué hace en Escocia?

—Trabajando —respondió.

—Se ve bien. ¿Se unió a la orden?

—¿Estoy usando velo?

—Diría que no. A menos que cambiaran el hábito, y eso no haría que la orden dejara de ser célibe.

Domenica no se rio de la broma.

—Ese vestido es encantador —dijo él.

—Lo hice yo.

—Tiene talento como costurera.

—Mi madre creía que todas las chicas y los chicos necesitaban saber coser. Mi hermano puede confeccionar sus propias camisas. ¿Usted sabe coser, capitán?

—¿A esto hemos llegado? ¿Una charla somera sobre tu horrible hermano, Aldo?

—Discúlpame, tengo que irme. —Lamentó haberle contado sobre su familia.

Se marchó, dejándolo en la calle. A McVicars le tomó un momento, pero decidió seguirla.

—*Che bella, no?* —dijo el chico Franzetti mientras bajaba la cortina de hierro de la entrada de la pizzería.

McVicars no le respondió. En su lugar, buscó a Domenica, pero ya se había ido. Otro chico señaló hacia la esquina. El capitán se lo agradeció y giró en el bulevar; vio que ella lo cruzaba. La falda de su vestido azul claro se infló como una campana. Se preguntó si alguna vez había visto algo tan encantador.

—¡Señorita Cabrelli! —la llamó. Esta vez aceleró el paso para alcanzarla.

Domenica subió las escaleras a la estación del tranvía. No lo había oído. Él se echó a correr. El tranvía llegó a la estación. Las puertas se abrieron y los pasajeros bajaron. Ella se subió al vagón abarrotado y se sentó. Las puertas se cerraban cuando McVicars intentó abordar. Hizo palanca para evitar que se cerraran y se retorció para entrar, cuando el tranvía salió de la estación. Buscó en el vagón de un lado a otro. Advirtió sus zapatos en el otro extremo y se abrió paso entre los pasajeros para llegar hasta ella.

—¿Conoces a alguien en Dumbarton? —le preguntó Domenica sin mirarlo.

—Solo a ti.

El tranvía se sacudió sobre las vías conforme se acercaba a la estación Dumbarton. El ruido metálico de las llantas y el estrépito del vagón abarrotado hicieron imposible que McVicars hablara con Domenica. Aunque hubiera podido, no habría importado, porque ella miraba al frente, con la tarta de tomate en su regazo.

McVicars la siguió cuando bajó del tranvía.

—Quiero hablar contigo —le dijo.

—Deberías regresar a Glasgow —respondió ella sin voltear a verlo y aceleró el paso—. No hay nada que decir.

—¿Por qué estás enojada conmigo?

—No estoy enojada contigo. Pensé que éramos amigos y no me gustó tu comportamiento.

—¿Mi comportamiento? —McVicars estaba confundido.

—El tranvía llegará en unos minutos. Ahí hay una banca cómoda donde puedes esperarlo. Adiós, capitán.

—¿Hay alguien más? ¿Conociste a alguien? Solo dime.

—¿Qué te importa a ti? Me enviaste una carta diciendo que no querías volver a tener contacto conmigo.

—¡No es cierto! Enséñamela.

—La aventé al río Clyde. —Cruzó el campo hasta la puerta de la cocina del convento, con McVicars a sus talones.

—Espera. No. Escúchame. Yo no escribí la carta que tiraste al río. Tú fuiste la que dejó de escribirme.

—Te mandé cartas cada semana.

—No las recibí —insistió McVicars.

—Las envié a tu casa.

—Por favor, escríbeme de nuevo.

—No lo haré.

—Una carta más a la calle Tulloch. Por favor. Si no tengo noticias tuyas entenderé que ya no estás interesada en mí.

Domenica entró a la cocina del convento y cerró la puerta a su espalda. Dejó la tarta sobre la mesa de la cocina y llamó al cocinero; luego se fue a su recámara. Corrió las cortinas y abrió el cerrojo de la ventana. Vio a McVicars caminar hacia la estación mientras empezaba a llover.

Capítulo 28

Todos los días, McVicars iba al encuentro del cartero en la esquina para revisar la correspondencia antes de que llegara a la calle Tulloch número 28. El capitán usaba la excusa de que buscaba sus órdenes de embarcar y quería interceptar la carta antes de que llegara a su casa y alterara a su madre. Al final de la semana llegó el sobre azul con remitente de Dumbarton, dirigido a él, de parte de Domenica. Estaba encantado. En lugar de abrirla, le dijo al cartero que entregara el correo como siempre lo hacía, incluido el sobre azul, y esperó hasta estar seguro de que su madre había revisado el correo para regresar a casa. Entró en silencio por la puerta principal y caminó hasta la cocina. El correo estaba en la mesa. Lo revisó rápidamente. La carta de Domenica no estaba ahí.

Escuchó un sonido extraño que venía del jardín, detrás de la casa. Se asomó por la ventana de la cocina y vio que su madre golpeaba con una piedra un ladrillo en el muro del jardín para ponerlo en su lugar y alinearlo con los otros. McVicars salió de la casa sin avisar y caminó por las calles de Glasgow hasta la hora del té.

Las horas entre el té y la cena fueron las más largas de su vida. Sentía que lo habían engañado para privarlo de su felicidad, cosa difícil de aceptar porque era su madre quien se la había robado. Volvió a casa abatido al caer la noche. Esperó en su habitación en el segundo piso hasta que escuchó que ella subía a su cuarto. Era fácil evitar a su madre porque ella no buscaba su compañía, no le hacía de comer ni lavaba su ropa. Su hogar de infancia era un lugar donde vivir hasta que llegaran sus órdenes. Encendió un cigarro y esperó a que ella se durmiera.

McVicars abrió la puerta de su cuarto y echó un vistazo. Había salido a hurtadillas muchas veces cuando era joven; sabía cómo pasar frente a la recámara de sus padres sin hacer un solo ruido ni dejar una sombra. Bajó de puntitas las escaleras, cruzó la cocina y salió al jardín. Encendió otro cigarro y, usando el cerillo para alumbrarse, encontró la piedra que su madre había dejado en el suelo. Golpeó los ladrillos con ella hasta que encontró uno que estaba flojo. El proceso tomó tanto tiempo que la ceniza del cigarro que colgaba de su boca casi le llegaba a los labios. Tiró el cigarro y lo pisó antes de sacar el ladrillo. Encontró un paquete de cartas envueltas en papel, como en una pequeña tumba.

Cuando regresó a su habitación, colocó las cartas de Domenica en el escritorio. Se acostó en la cama y empezó a leer. Empezó con la última carta que le había enviado desde Marsella. Estaba fechada el 9 de julio de 1939.

Querido capitán McVicars:
En realidad, queda poco que escribir. Mis pensamientos están en las cartas no respondidas. Entiendo, o creo entender, por qué no has contestado. Escribí algo que te ofendió. Por ello, te pido perdón. Es posible que otra mujer se haya cruzado por tu camino, una que es más apropiada que yo. Espero que sea ese el caso y que seas un buen amigo para ella.
Con mis mejores deseos.

Domenica Cabrelli

Su madre había abierto los sobres con cuidado con un pasador para el cabello. Apiló las hojas con esmero, como las páginas de un libro, antes de sentarse frente al escritorio junto a la ventana. Acercó la lámpara al papel y leyó lentamente las cartas. El capitán no las leyó una sola vez ni dos, sino tres veces, para asegurarse de que entendía su intención. Conforme dejaba las hojas a un lado por última vez, una por una, se formó un estanque azul sobre la mesa.

Se recargó en el respaldo, balanceándose sobre las patas traseras de la silla. Puso las manos en su nuca, miró la luna y pensó en la chica italiana. Ahora que había leído sus cartas la comprendía. Le avergonzaba que su madre las hubiera leído, no por el contenido, sino porque tendría que explicarle su falta a Domenica. ¿Qué joven mujer con un futuro prometedor querría ser parte de una familia así? Si algo sabía de ella era que la familia era el centro de su vida. Y ahí estaba él, un hombre de casi cuarenta años cuya madre se las había arreglado para enviar a un hijo a Nueva Zelanda y otro al mar. John McVicars era un marinero itinerante que pasaba más meses del año fuera que los que pasaba en casa. Su padre, quien murió en el mar, había sido una decepción para su esposa, Grizelle, quien se quejaba de que había muerto solo para fastidiarla. Se sentía engañada y estaba amargada. Y se encargó de hacer que su familia fuera tan miserable como ella. La falta de respeto de Grizelle por la privacidad de su hijo no se debía a la preocupación, sino a que era su último intento para mantenerlo amarrado a ella después de que los otros hombres de su vida la habían abandonado.

El capitán terminó el último cigarro que había liado esa tarde. Eran las dos de la mañana. Apiló las cartas de Domenica en el orden en que las había escrito a un lado del escritorio y despejó el otro lado. Del cajón sacó papel, un sobre y una pluma.

Se frotó los ojos. No levantó la pluma durante un tiempo; pero, cuando lo hizo, no dejó de escribir sino hasta que terminó la carta para Domenica Cabrelli. Dudaba que sus palabras importaran, pero eso no evitó que las escribiera.

3 de abril de 1940

Querida Domenica:

Leí las cartas que enviaste. Trece en total. Mi madre las escondió por razones que no comprendo. Sin embargo, no puedo culparla por completo de la distancia entre nosotros. Con o sin cartas, debí regresar a Marsella para verte y hablar. El tiempo perdido es culpa mía.

Me he dado cuenta de que la única época en mi vida en la que encontré alguna felicidad fue en compañía tuya. Si eso te parece extraño, imagina a un hombre que prefería la vida en el mar, que regresaba a casa de su madre solo cuando estaba de permiso. Dejaba mi mochila y pasaba las horas en el bar del barrio hasta que podía regresar al barco. Mi hogar no me llena de recuerdos agradables como Viareggio lo hace para ti. Pero creo que esta es la única diferencia entre nosotros. Somos simpaticos, como dice tu gente.

¿Sabes?, antes de irme a dormir recuerdo la noche en que nos conocimos. Me siento en la capilla de San José contigo. Recuerdo cada palabra que me dijiste. Había un olor a incienso en el aire que me transportaba a un puerto exótico donde solo existíamos tú y yo. Esa noche, mis manos ardían, pero no sentía el dolor porque estaba interesado en tus pensamientos sobre cada tema del mundo. Hablamos, pero aun así no hubo tiempo suficiente para hablar de nada con la intensidad que yo anhelaba. Nuestra conversación me ayudó a aclarar las cosas, y agradecí que te hubieras dado el tiempo de estar conmigo. Los meses que siguieron, encontraba la paz cuando recordaba esa conversación. Pensaba en ella antes de irme a dormir y el recuerdo aclaraba mi consciencia. No había experimentado esa serenidad desde que era un niño.

Tú tienes elecciones en tu vida. Muchos pretendientes, estoy seguro. Te mereces lo mejor de ellos, por supuesto. Yo sería el último candidato de tu afecto en esa fila estelar de hombres, lo sé. Pero dudo con todo mi corazón que alguno de ellos pueda alguna

vez amarte tanto como yo te amo. En mi modo imperfecto, te
comprendo. Y ruego que, en tu modo imperfecto, también pue-
das amarme.

John

—Llegó otro de esos sobres azules de tu capitán. —La hermana
Matelda se reunió con Domenica en el jardín y se lo dio—. Uno al
día. Dos semanas de cartas. Ese hombre debe tener la mano completamente acalambrada. —Se frotó las manos—. Si esto sigue así,
o te casas con él o lo matas.

—Hermana, ¿qué haría usted?

—¿Con un hombre?

La hermana Matelda tenía aproximadamente la misma edad
que ella. Cuando una joven se acercaba a los treinta años se encontraba en los meses menguantes de la edad casadera, aunque
parecía que este no era un problema para Domenica.

—Elegí un camino diferente —continuó la hermana Matelda—. O más bien él me eligió a mí. Así que yo no soy quién para
dar consejos románticos.

—Si amara a un hombre y solo le trajera malestar, ¿volvería
con él?

—Si estás hablando de George Garrity de County Cork, tuve
que abandonarlo cuando empecé el noviciado. Lo dejé como hombre abandonado en Macroom. Me dijeron que era tan inútil como
una silla sin patas cuando le rompí el corazón. Pero de alguna manera, al final encontró su camino. Se casó poco después de que
tomé los votos, cinco años más tarde. Una chica encantadora.
Mary Rose McMasters, de Killarney. Era pelirroja como el atardecer, eso me dijeron. Ahora tienen seis hijos. El amor encuentra
su camino, aclara todos los obstáculos.

—No se arrepiente de ser monja.

—Hay días. Salí de casa de mi padre en busca de una aventura. En Macroom no había nada de eso. Pero según la voluntad de Dios, la aventura la tuve aquí. Amo enseñar y disfruto la caligrafía. Tengo intereses. El amor de Dios me hace cuestionar mi vida, y ese mismo amor también me da las respuestas cuando las necesito.

—Yo quiero paz. —Domenica se levantó y fue hacia la ventana.

—¿Has pensado mejor entrar al noviciado?

—Cuando todo esto termine, que terminará, quiero regresar a casa. Soy italiana y ahí pertenezco. Extraño Viareggio y a mi familia, mi trabajo y la clínica. Si me hiciera monja tendría que renunciar a eso. Me temo que no soy lo suficientemente altruista como para hacerlo.

La hermana Matelda asintió. Entendía.

—Algunas de nosotras podemos abrirnos camino en el mundo, donde quiera que estemos. Tú tienes un lugar que añoras, eso no es egoísta en ningún sentido. Solo significa que sabes dónde te aman más y dónde eres más útil. —Volvió al interior del convento.

Domenica metió la carta de John en el bolsillo de su delantal y caminó hacia el río.

John McVicars cerró las cortinas de la ventana de su recámara. Un delgado rayo de luz iluminaba el alféizar. Giró en la cama para darle la espalda a la luz y apretó los ojos para terminar su sueño. Pudo regresar a la escena que se había interrumpido cuando la luz lo espabiló.

«¿A dónde vas?», le preguntó a Domenica, que flotaba en el aire. El viento hacía volar su vestido y levantaba su cuerpo más arriba de las nubes. No podía alcanzarla. «¿A dónde vas?», le gritó John de nuevo.

Cuando despertó estaba febril y tenía la boca seca. Recordó el sueño. Domenica estaba lejos de su alcance. Fue uno de esos sueños en los que tienes una tarea que realizar, pero no puedes completarla porque tus pies están enraizados en la tierra.

«Otra oportunidad», pensó. Se levantó rápidamente, se vistió y empacó su mochila. Dobló las cartas que estaban sobre su escritorio y las metió en sus sobres, luego las apiló y las ató con un listón. Metió las cartas en el saco de su uniforme y bajó las escaleras. Aventó la mochila junto a la puerta y fue a la cocina donde estaba su madre.

—¿Quieres alubias en el pan? ¿Tocino? —preguntó la mujer.

—Nada.

—¿Cómo dormiste?

—Mal. Madre, me voy de la casa.

—¿A dónde vas?

John no dijo nada. Sacó las cartas de Domenica de su bolsillo.

—Madre, ¿qué hiciste?

Ella palideció. Se volteó y quitó la tetera de la estufa.

—Me escondiste estas cartas. ¿Por qué?

—Ningún hijo mío va a terminar con una «taliana».

—Es enfermera. Y una buena persona.

—Sé todo de ella —dijo con una risita burlona.

—Porque abriste mi correspondencia, leíste mis cartas y luego las escondiste.

—Llegaron a mi casa.

McVicars estaba furioso, pero sabía, por años de experiencia, que su rabia no serviría de nada para que su madre entendiera su punto de vista.

—Voy a ir con ella, si me acepta después de lo que has hecho.

—No lo hará —le aseguró su madre.

—¿Por un segundo pensaste que al enviar una carta firmada en mi nombre, escrita en tu vieja máquina Underwood, impedirías que me casara con la mujer que amo? —Tomó su mochila y se fue.

Grizelle abrió el periódico *Daily Mail* que estaba sobre la mesa de la cocina. Leyó la portada y, lentamente, pasó la página para leer la segunda. Se ajustó los lentes sobre la nariz y leyó un artículo que llamó su atención.

THE DAILY MIRROR
Por John Boswell

Hay más de veinte mil italianos en Gran Bretaña. Solo en Londres se refugian más de once mil. El italiano londinense es una unidad de población difícil de digerir. Se establece de manera más o menos temporal, trabaja hasta que tiene dinero suficiente para comprarse un poco de tierra en Campania o en la Toscana. Con frecuencia evita emplear mano de obra británica. Es mucho más barato traer a sus parientes a Inglaterra desde su viejo pueblo. Así, de los barcos bajan todo tipo de Francescas y Marias de ojos oscuros, Ginos, Titos y Marios de cejas espesas. Ahora, cada colonia italiana en Gran Bretaña y Estados Unidos es un hervidero de política italiana incandescente: el fascismo negro, caliente como el infierno. Incluso el propietario de una cafetería, pacífico y respetuoso de las leyes, da de brincos con frenesí patriótico al escuchar el nombre de Mussolini; en el corazón de nuestra sociedad existen pequeñas celdas de posible traición. Se prepara una tormenta en el Mediterráneo y nosotros, en nuestra tolerancia monótona y absurda, los ayudamos a que se fortalezcan.

Grizelle McVicars tomó un lápiz y marcó con un círculo la palabra «traición». «Volverá», se dijo confiada.

Amadeo Mattiuzzi, el joyero, había recibido un telegrama de su primo en Londres con fecha del 28 de abril de 1940: «Nos vemos en Brighton. L. M.».

El telegrama estaba codificado y llevaba una advertencia urgente. Mattiuzzi tenía que sacar su importante inventario de la tienda inmediatamente. Su esposa estudiaba los periódicos y hacía notas en italiano que guardaba en una lata vacía de harina. Hacía recortes de artículos sobre los «britalianos» y «talianos» que habían arrestado en las calles de Londres por pequeños delitos o por sospecha de ellos. Los artículos mencionaban juego, producción ilegal de vino, venta de alcohol en el mercado negro y tráfico de joyas. Pero la verdad era que solo se necesitaba tener un apellido italiano para estar implicado.

Muy pronto, Mattiuzzi tuvo prueba de que se planeaba algo nefasto. El caballerizo de Holyroodhouse llegó sin anunciarse y le pidió un broche de rubíes y un imperdible que la familia real había mandado confeccionar. El plan anterior era que él debía conservar la joya hasta la ceremonia, la primavera siguiente. «Deben saber algo», pensó. Les dio las joyas, pero ellos no dieron ninguna razón del cambio de planes.

Confiando en la advertencia urgente de su primo, poco a poco, en el curso de dos días, él y su hijo sacaron las piezas de las vitrinas y dejaron copias idénticas en su lugar, para no levantar sospechas. Cuando el enemigo era invisible, uno también tenía que serlo.

Mattiuzzi envolvió las joyas finas en muselina, las escondió en su abrigo y fue a la misa de la mañana donde, en lugar de salir por la puerta delantera, bajó a toda prisa las escaleras de la sacristía, donde escondió el inventario en la pared debajo de la Catedral de San Andrés. Volvió a pie a su tienda, confiado de que nadie lo había visto esconder su valioso inventario.

Las campanas de la puerta de su tienda de sonaron. Padre e hijo estaban en la trastienda, acomodando sus herramientas. Se miraron. Mattiuzzi le hizo una seña a su hijo para que permaneciera en el taller. Se quitó el delantal y fue a la puerta de entrada.

—¿En qué puedo ayudarlo, señor?

—Antica me envió a verlo. —El capitán se había rasurado y portaba su uniforme—. Soy el capitán John McVicars. Quiero comprar un reloj para dama.

Mattiuzzi sacó una charola aterciopelada de la vitrina. Colocó dos relojes de oro, uno con correa de piel y otro con una combinación de piel y metal, sobre el vidrio. Eran las dos últimas piezas de valor en la tienda. Pensó que se los pondría en la muñeca en caso de emergencia.

—Se trata de una chica diferente. Estos relojes de muñeca los usan todas las mujeres en Glasgow. No me malinterprete, son hermosos, pero quiero algo memorable.

—¿Qué tipo de regalo quiere hacer?

—Uno especial.

—Cuénteme de ella.

—Es hermosa.

—Qué bueno por usted.

—Sí. Y es enfermera.

—Buen instinto de regalarle un reloj. Necesita una leontina, todas las enfermeras las usan. Tengo una que renové y está a la venta, pero es cara. Es una antigüedad, única en su tipo. ¿Le gustaría verla?

McVicars asintió. Mattiuzzi fue a la trastienda y regresó con la leontina. Su plan era que un intermediario vendiera la pieza a comisión, en caso de que él necesitara el efectivo más tarde.

—¿Por qué tiene la carátula al revés? —preguntó John, examinándola.

—Una enfermera necesita un reloj que pueda leer de un vistazo sin tener que mover la muñeca. Tiene una segunda manecilla. Es un pivote revestido de joyas, lo que significa que da la hora exacta, no se atrasa un solo segundo. Es importante cuando se toma el pulso.

—Me gusta la piedra.

—Nunca verá algo así en todo Escocia; de hecho, ni siquiera en las islas británicas.

—¿Podría grabarlo?

Mattiuzzi volteó para mirar a su hijo. Ya había guardado el estilógrafo y la placa para grabar. Piccolo negó con la cabeza.

—Lo siento, señor, no podemos grabarla.

—Necesito que la grabe. Me gustaría que dijera: «Domenica y John». Vine con usted porque ella es italiana. Imaginé que haría lo mejor para ella.

—¿Está en Italia ahora?

—No, señor. Afortunadamente trabaja aquí en Escocia, en el convento de Dumbarton.

Mattiuzzi pensó advertirle al hombre que su prometida podría estar en peligro. Un nacional italiano en Escocia no estaba libre de acusaciones de la Quinta Columna. Pero no podía estar seguro de que el capitán no estuviera en expedición para saber cuánto sabían los italiano-escoceses sobre la posible redada. En cuanto a la recomendación de Antica, el vendedor ambulante de helado que todos conocían, difícilmente era una recomendación de importancia. Guardó silencio.

—No tiene que grabar ambos nombres, con nuestras iniciales será suficiente. *J & D*. Por favor. Le voy a pedir que se case conmigo.

—En ese caso...

Mattiuzzi le llevó la leontina a su hijo.

—Papá, ya empaqué las herramientas —murmuró Piccolo.

—Desempácalas. Haz lo que pide el señor.

Las colinas ondulantes y los jardines en el terreno de Nuestra Señora de Namur se extendían en suaves pliegues verdes. Las rosas rojas que rodeaban la colección de estatuas de la virgen María estaban en flor. Los botones fucsia de las peonías colgaban de las delicadas ramas a lo largo de los senderos, listos para abrirse en cualquier momento.

El jardín de la festividad de los Mayos estaba en flor, con azaleas rosas y jacintos azules. El estanque estaba punteado de lirios blancos como encaje que flotaba en el agua azul profundo. Las hermanas que rezaban ahí llamaban a la poza el «espejo del paraíso».

John McVicars caminaba de un lado a otro frente al convento. La hermana Matelda echó un vistazo entre las cortinas del piso principal.

—Está abriendo un surco en el pasto.

Domenica miró por la ventana.

—Algo le pasa.

—Está enamorado, eso es todo.

—¿Lo puede ver a tanta distancia, hermana?

—Deberías ir a hablar con él antes de que abra un agujero con sus pasos y no se vean más que sus hombreras. ¿No lo has torturado bastante?

—Tal vez. —guiñó un ojo a la hermana Matelda. Se envolvió con el pañuelo que McVicars le había enviado y salió para encontrarse con él.

John se veía espléndido en su uniforme azul marino. Recordó a un oficial de alto rango de la marina mercante que alguna vez le dijo: «Nuestros uniformes son tan macizos que se mantienen de pie incluso cuando pierdes el valor». Esa mañana, McVicars estaba muy asustado. Cuando Domenica caminó hacia él, con cada paso que daba, su corazón latía más rápido. Creía que su futuro estaba en manos de ella.

—Las monjas están preocupadas por su pasto —dijo la italiana.

—¿Caminar aquí está contra las reglas? —preguntó el capitán.

Domenica se compadeció de él. No tenía su habitual carácter gracioso, siempre listo para hacer una broma o un comentario sarcástico; parecía vulnerable.

—¿Por qué estás aquí, John?

Él respiró profundamente.

—Domenica, sé que no te merezco.

—¿Viniste hasta aquí desde Glasgow para decirme eso?

—No. Vine hasta aquí desde Glasgow para pedirte que te cases conmigo.

La enfermera hundió las manos en los bolsillos de su delantal. No había esperado una propuesta de matrimonio. Pensó que había ido al convento para pedirle que se vieran de nuevo. Si hubiera sabido que McVicars le iba a proponer matrimonio, se habría puesto su vestido azul. En cambio, llevaba el uniforme y el delantal. Parecía que nunca estaba correctamente vestida cuando él tenía algo importante que decirle. Quizá ese era el punto: no había tiempo para artificios; su conexión era el destino, no la danza que lo precedía. Sopesó la idea de vivir sin él con la idea de pasar con él el resto de su vida. No era una mujer impulsiva, pero en este momento supo que podía serlo. Lo quería; había tomado esa decisión la noche que lo conoció.

—¿Qué pasa? —preguntó él.

—No es como me lo había imaginado.

Él miró alrededor.

—No llueve. Hace calor. Me corté el pelo y llevo puesto mi uniforme. Me puse un poco de colonia.

—¿Todo eso por mí?

—Si no es suficiente, dime qué quieres y lo haré.

—Es suficiente, John. Me gustaría mucho casarme contigo.

El capitán la alzó en sus brazos, la abrazó con fuerza y cubrió su rostro con besos tiernos. Ella lo beso febril y hundió su rostro en el cuello de él. El olor a limón la hizo pensar en Italia y se estremeció. En su tradición, una propuesta de matrimonio era celebrada por toda la familia. John la balanceó por los aires; eso la hizo reír y olvidar que las circunstancias de su compromiso no eran ideales. McVicars la bajó con cuidado y metió la mano en el bolsillo.

—Esto es para ti. —Le dio una caja de terciopelo de Mattiuzzi.

Ella sacó la leontina de la caja. No podía ofrecerle un mejor regalo de compromiso. Domenica era práctica y el reloj era funcional, pero también elegante.

—El joyero me habló de esta piedra. Se llama aventurina. Vino de Mozambique; el oro es de Argentina, eso cree, y tiene engarzados rubíes de la India. Pequeños, pero ahí están.

—Brillan como pequeñas lágrimas rojas.

—O gotas de lluvia. Esta leontina tiene una piedra de cada hemisferio. En cierta forma, es más grande que el mundo. Mi intención es mostrarte el mundo; hay lugares a los que me muero por llevarte.

—Quiero ir.

—Y funciona. —John le puso la leontina junto a la oreja—. Esto estará más cerca de tu corazón que un anillo. Me gusta más. Es como una medalla. —La sujetó a su delantal—. Para que nunca se nos acabe el tiempo.

Domenica puso una mano sobre la aventurina verde.

—¿Qué hice para merecer algo tan hermoso?

—Dijiste que sí.

—Hubiera dicho que sí antes.

—¿Es cierto? ¿Cuándo te enamoraste de mí? —preguntó, curioso.

—Cuando te encontré escondiéndote en la capilla. ¿Tú cuándo te enamoraste de mí?

—Después del desayuno —admitió—. Tomo las mejores decisiones cuando tengo el estómago lleno.

Domenica abrazó a su prometido y lo besó. Cuando cerró los ojos y probó sus labios, ella ya no estaba en Escocia. Francia ya se había borrado de su memoria. En su lugar, se encontraba en casa, en Viareggio, donde conocía las casas y las calles, el número exacto de pasos que le llevaban de un extremo al otro del muelle, la calidez de la cocina de su madre en invierno y la primera brisa fresca de primavera bajo la pérgola del jardín Boncourso en donde, si tenías suerte, te besaban bajo las uvas que maduraban al sol. John McVicars era parte de todo lo que para ella era importante; su antigua vida y la nueva se reunían en la dulzura de un beso.

Domenica Cabrelli estaba felizmente comprometida con el capitán McVicars, una buena noticia para las hermanas de Nuestra Señora, porque significaba que él, un nativo de Glasgow, estaría cerca para hacer las reparaciones cuando fuera necesario. En el lapso de unos días, John reparó una fuga en la cocina del convento, puso un nuevo cable en la lámpara del comedor e incluso se tomó la molestia de llenar un bache que había en el camino de entrada al convento. El capitán recordaba el nombre de cada monja, aunque le era difícil distinguirlas en sus hábitos. Las hermanas reían con sus bromas y disfrutaban la energía que llevaba al convento. No estaba de más que fuera apuesto, con ojos azules como el atuendo de la estatua de la virgen María en la capilla del convento. Las hermanas apreciaban la belleza en todas sus formas, incluido el agradable McVicars, porque era un regalo de Dios.

Domenica y McVicars tuvieron un noviazgo en toda regla, y no siempre por elección. Caminaban por los senderos del jardín de Nuestra Señora de Namur, donde las monjas paseaban al tiempo que rezaban, vigilando de tanto en tanto a los jóvenes amantes.

—Cuando nos casemos, ¿las hermanas vendrán contigo? Domenica rio.

—Parece que hay muchas más cuando vienes de visita. Se han encariñado contigo.

John se inclinó para besarla, pero vio un velo negro ondear atrás de unos árboles y se alejó a una distancia apropiada.

—Son como una plaga. Quizá tengamos que escaparnos.

—Mi padre y mi madre serían peores.

—Lo dudo. —Le ofreció el brazo.

—¿Cuándo recibirás tu asignación de servicio?

—Los marinos de la mercante son los últimos en recibir sus asignaciones.

—Entonces, ¿tenemos tiempo?

—Depende de Italia.

Domenica hizo un gesto de dolor. Odiaba a los fascistas y las malignas intenciones de su líder. Mussolini había sido nombrado por el rey, no había sido electo; sin embargo, su voluntad decidiría el destino de su gente. Lo despreciaba porque le impedía regresar a Viareggio.

—¿Me llevarás de regreso a Viareggio algún día?

—Por supuesto.

—No de visita, para vivir ahí.

—Me encantaría vivir en cualquier parte del mundo en la que tú quieras estar.

—A veces quisiera que pudiéramos ir a algún lado donde pudiéramos comenzar todo de nuevo. Me gusta la idea de Estados Unidos.

—¿Ah, sí? —preguntó sonriendo.

—Podríamos descubrir juntos un nuevo país. He escuchado cosas maravillosas de ese lugar. Dicen que los aros de latón de los carruseles son de oro.

John miró alrededor en busca de miradas espías y luego se acercó a ella.

—¿Sabes lo que amo de ti? Te crees esos disparates. Pero si quieres verlo por ti misma, te llevaré. Tengo un primo en Nueva York. Trabaja en un astillero.

—¿Tú podrías hacer ese tipo de trabajo?

—Haría cualquier cosa por darte una buena vida. Cuando nos casemos, tus días de enfermera habrán quedado atrás. No limpiarás más la suciedad de los viejos ni vendarás sus carnes ensangrentadas ni coserás sus heridas. Eso se acabó. Quiero que tengas a mis hijos.

—¿El capitán ordena y es un hecho?

—Usualmente —respondió tímido.

Domenica sonrió.

—¿Dejarías el mar por mí?

—Tú decides sobre tu enfermería —se quejó McVicars—. No te pediré que abandones nada que ames.

—Yo tampoco —prometió ella.

John McVicars observaba la procesión en honor de la fiesta de *Corpus Christi*. El sacerdote alzaba en el aire la custodia de oro envuelta en un astrágalo de satén blanco. La madre superiora iba atrás de él, cargando el píxide, una caja de oro en la que se guardaban las hostias para la comunión. Las niñas de la escuela iban detrás de ella, con vestidos blancos y pequeños ramilletes de rosas rojas en las manos. Domenica, junto con las maestras, las seguía.

El encargado bajó la cuerda de terciopelo que separaba a la procesión de los espectadores. Los invitados, incluido el capitán, entraron a la iglesia. El buen protestante nunca había puesto un pie en una iglesia católica. Esto era una prueba de que podía hacer cualquier cosa por amor, por Domenica Cabrelli.

John esperó a su prometida cuando terminó la misa. En el bolsillo llevaba los dos anillos de bodas de oro que había comprado esa mañana en la tienda de Mattiuzzi. La hermana Matelda organizaría con el sacerdote una boda militar, aprobada por el Vaticano, para la mañana siguiente. Domenica fue a la sala de invitados del convento. McVicars se reuniría con ella ahí cuando estuvieran casados.

A John no le gustó la expresión en el rostro de su prometida cuando se acercó a él abriéndose paso entre la gente, después de la misa.

—No lo hará. El sacerdote se niega a casarnos.

—¿Qué quieres decir? Es su trabajo. Toma cuatro chelines para él. Bueno, que sean cinco.

—Lo dice en serio.

—¿Las hermanas no pueden ayudarnos a que cambie de opinión?

—La hermana Matelda dijo que deberíamos ir a Manchester.

—Son tres horas en tren.

—Llamó al sacerdote de ahí. Si nos vamos ahora, llegaremos en la noche. El padre Fracassi nos está esperando.

Don Gaetano Fracassi cerró el registro sobre su escritorio. El sacerdote miró alrededor de la sacristía de San Albano, en el barrio de Ancoats, con el corazón triste. Por más que se esforzara, todas las facturas que debía la pobre iglesia estaban en mora. El calentador estaba apagado, el techo goteaba y la pared de piedra que rodeaba el cementerio se caía a pedazos por el tiempo y la exposición a los elementos de la naturaleza.

La iglesia necesitaba fondos. El obispo había dejado a los sacerdotes locales la tarea de recaudar fondos mediante diezmos y eventos. Desesperado, el otoño anterior Fracassi pensó en rentar el salón de la iglesia para reuniones cívicas. Su mejor cliente había sido la hermandad local de los fascistas, cuyos miembros eran, en su mayoría, lugareños ingleses seguidores de Oswald Mosley, pero también eran parroquianos, ciudadanos ingleses de ascendencia italiana que asistían y llenaban el salón de la iglesia. Fracassi se mantenía alejado de la política, pero no sacaba a los políticos del salón de su iglesia si estaban dispuestos a pagar.

El sacerdote se levantó de su escritorio y, sin querer, pateó la lata vacía que había colocado esa mañana para atrapar el agua que se filtraba desde el techo. Tomó una escoba detrás de la puerta, amarró un pedazo de tela sobre las cerdas y secó el piso de piedra.

Caminó alrededor del piso mojado, se sentó junto a la chimenea para esperar a que se secara y sacó del bolsillo de su sotana una naranja que había guardado del almuerzo. Fracassi saboreó primero la cáscara, aunque estaba un poco amarga. Se comió poco a poco los gajos dulces, dejando que el néctar escurriera entre sus dientes. La fruta sabía a su Italia natal, donde las naranjas y los limones crecían a manos llenas bajo el sol. Lo primero que aprendió en Inglaterra fue que los cítricos eran algo difícil de encontrar, y muy caros. Cuando terminó, lanzó las semillas a la chimenea y se frotó las manos. El aceite de la cáscara de la naranja que quedó en sus manos se liberaba en el aire como el perfume de una mujer hermosa. Se recargó en el respaldo de la silla y colocó sus pies hinchados sobre la rejilla del hogar.

La pobreza que Fracassi padeció de niño en Italia influyó en su decisión de hacerse sacerdote. Se volvió humilde en cuanto a sus propias ambiciones y decidió ser útil. Cuando le asignaron un puesto en la iglesia de Manchester, trabajó con una gran comunidad de inmigrantes italianos. A menudo hablaba en su idioma natal cuando decía el sermón en un día festivo, eso consolaba a los britalianos. A los sesenta y cuatro años, mantenía Italia viva en Inglaterra para sus feligreses, ya que él mismo sentía nostalgia de su hogar.

El golpe en la puerta lo sorprendió, aunque estaba esperando visitas. Se limpió las manos en la sotana y fue a la puerta. Los solicitantes que había estado esperando llegaron. Abrió y sonrió cuando la joven empezó a hablar en italiano y le explicó con vehemencia las circunstancias de su problema. La seguía su prometido, un escocés atractivo y robusto vestido de uniforme.

Fracassi celebró la ceremonia de matrimonio. Bendijo las alianzas de oro junto a la luz de la chimenea. La novia se arrodilló frente a la estatua de la virgen María para la bendición, mientras su esposo permanecía de pie con la cabeza inclinada y la mano sobre el hombro de ella.

El novio le dio al sacerdote una moneda de una corona, un diezmo generoso para un sacramento secreto. El sacerdote aceptó la ofrenda con agrado. Les deseó una vida feliz. Abrió la puerta y vio a los recién casados correr bajo la lluvia.

Domenica y John estaban empapados por la tormenta cuando entraron a su cuarto en el hotel a las afueras de Manchester. John prendió la chimenea mientras ella colgaba los abrigos para que se secaran al fuego y luego abrió una canasta llena de comida. Hizo *tarelles* para comerlos con el queso y las aceitunas. Había una hogaza recién hecha, un frasco de pimientos encurtidos y dos latas de sardinas, así como una botella de vino y cerezas en almíbar de la reserva de las monjas. Colocó las servilletas de algodón que había planchado junto a dos pequeñas copas sobre la mesa.

Ella se estremeció mientras John removía el fuego. Muy pronto, la madera empezó a consumirse y arrojaba llamas anaranjadas por el tiro. La enfermera se paró y observó a su marido cuidar el fuego; finalmente sentía calor después de un día de haber estado mojada y fría.

—¿Qué es esto? —preguntó él.

—Tu banquete de bodas.

—No tengo hambre. Todavía no. —John cargó a su nueva esposa en brazos.

Besó a Domenica como quiso besarla cuando el padre Fracassi los bendijo, pero de algún modo no le pareció apropiado en presencia del viejo sacerdote. Quiso besarla de camino al tren, pero tuvieron que correr bajo la lluvia para poder llegar a tiempo. Y se abstuvo de besar a su esposa en el tren. Creía que era una chica recatada y lo que hacían juntos no era algo que deberían ver los demás, sino algo que ambos debían hacer en privado. Pero ahora estaban solos; de pronto era simple. Cualquier recelo se había lavado con la lluvia. Ahora solo eran Domenica y John, el fuego avivado y la cama de plumas.

John la cargó hasta la cama y la acostó con gentileza sobre la cobija, como si estuviera hecha de un cristal tan delicado que se rompería si lo sostenía con mucha fuerza. Ella puso las manos en el rostro de él y lo guio hasta sus labios. El momento le llenó el corazón de una alegría que inundó la habitación y llenaría su vida. Solo existían John Lawrie McVicars y la calidez del fuego que él había encendido para ella.

Cuando los labios de él encontraron su cuello, sus besos suaves compensaron la soledad que había sentido desde que partió de Italia. Nada, sin importar lo maravilloso que fuera, había podido llenarla hasta ahora. Ya no estaba sola en el mundo. Tenía un compañero, un hombre en quien confiaba, en quien creía y a quien admiraba. Su amor compensaba todo lo que había perdido. Algún día vería de nuevo a su familia y él formaría parte de ella.

John amaba a Domenica más que lo que su corazón podía soportar. Hasta ahora había vivido una vida sin raíces. La casa de su madre en la calle Tulloch nunca había sido suya. Ahora quería tener un hogar digno de su esposa. Estaba listo para construir una nueva vida y ofrecerse en alma y cuerpo a ella. Su pasado se evaporó como la carta que Domenica había aventado al río Clyde. Todo el dolor había desaparecido como la tinta del papel en la resaca. Resultaba que el amor podía dar abrigo a los desterrados y alzar el ánimo destrozado, pero no tenía idea de que el amor de una sola mujer podría hacer ambas cosas.

La hermana Matelda dejó una carta dirigida a Domenica en el salón de invitados. Sus manos temblaban cuando abrió el sobre. Se sentó bajo la ventana y leyó la carta.

6 de junio de 1940

Mi querida Domenica:

Las hermanas del Sagrado Corazón en Lucca me prometieron que esta carta te llegaría. No quiero que te preocupes. Papá y yo tenemos buena salud. Nos vamos a vivir a la montaña, donde estaremos seguros. Los Gregorio y los Mamaci vienen con nosotros. Le enviamos una nota a los Speranza para que nos acompañaran también. Su situación es difícil, pero papá cree que la buena amistad que los Speranza tienen con la iglesia los ayudará. Confiamos en ello. Tu hermano Aldo sigue en África, en el regimiento de Puglia. Su última carta fue breve, pero también está bien. Confiamos en que las buenas hermanas te cuidarán hasta que volvamos a estar juntos. Reza. Yo rezaré por ti. Tu madre, tu padre y tu hermano te aman. Esta es la última carta que escribiré hasta que haya terminado el conflicto. Las hermanas no pueden enviar más correspondencia.

Mamá

El capitán entró a la sala, se sentó en el banco alto junto a la puerta y se quitó las botas de trabajo.

—¿Cómo estuvo su día, señora McVicars? —preguntó.

Como ella no respondió, fue a su lado. Vio la carta de la madre de Domenica sobre la mesa y la leyó.

Su esposa estaba en la puerta.

—Nunca más los volveré a ver —dijo.

Capítulo 29
Venecia, Italia
Verano de 1940

La pulidora lanzaba un chirrido agudo mientras Romeo Speranza tallaba con cuidado el rubí. Filamentos de polvo rojo volaban por el aire y caían en la charola de trabajo conforme el orfebre apretaba el pedal bajo la mesa. Un quilate. Corte Peruzzi. Después de unos cuantos giros más de la rueda, alzó la piedra hacia la luz de la tarde que entraba por la ventana a nivel de la calle. El rubí tenía el color saturado del vino de borgoña, tan rojo que prácticamente era morado. Lustró la joya con un paño de algodón entre el pulgar y el índice.

Agnese recogió el rubí pulido y se arrodilló para ponerlo en la caja fuerte que estaba en el piso.

—Romeo, tus zapatos.

Speranza miró sus zapatos con ojo crítico. La piel rojo oscuro estaba cubierta de polvo de la pulidora. Se limpió las manos en un paño que tenía en el bolsillo trasero de su pantalón de trabajo.

—Hay un limpiabotas en la calle Sant'Antonio.

—¿Debo ir ahora?

—No se limpiarán solos. —Los labios de Agnese casi esbozaron una sonrisa—. Vuelve tan pronto como puedas. No te detengas en el bar Maj. Yo iría contigo, pero tengo que hacer el jalá para el *sabbat*.

—*Va bene*.

Speranza tomó su sombrero. Se abotonó el chaleco mientras caminaba a lo largo del canal hasta la plaza. Arriba, el cielo correspondía con el azul opaco del canal. Pasó enfrente de las canastas llenas de carpas frescas sujetas a los tablones de madera que estaban en el agua helada del canal. Muy pronto, el aire se llenaría del aroma a humo silvestre de los eperlanos y las sardinas que asaban para la cena del viernes.

La *Madonna* negra de párpados pesados esculpida en mármol miraba desde las alturas en el techo de Santa Felipa. Debajo de su nicho, un soldado en uniforme de Los camisas negras montaba guardia; su mano descansaba en la culata del rifle que colgaba de su hombro. Speranza recordó cuando no había ni guardias ni armas en Venecia. Ahora estaba atestada de soldados en uniformes improvisados. Había más militares que palomas.

La plaza estaba llena de comerciantes de los cuatro confines del mundo. Sus voces rebotaban en las paredes cuando regateaban. Los compradores iban y venían entre los puestos en busca de tesoros particulares. Los vendedores, por su parte, exhibían sus productos —plata, telas finas, artículos de piel y cerámica— con habilidad, esperando cerrar un trato antes del anochecer. Speranza caminó frente a los puestos de textiles. Unas monjas envueltas en sus hábitos azul marino y con tocas blancas almidonadas comparaban la calidad de la lana al tiempo que negociaban con el comerciante escocés. El regateo era animado. Speranza apenas podía escuchar sus pensamientos.

«¿Dónde está este tipo?», se preguntó Romeo mientras caminaba por la calle Sant'Antonio. Como siempre, su esposa tenía razón. El lustrador de zapatos lo esperaba. El chico era delgado y su piel era color caoba. Le hizo una seña e inclinó medio cuerpo cuando su cliente se acercó a la silla.

—¿Boleada y encerada? —preguntó el chico—. Seis liras.

—*Grazie*.

Romeo se sentó; el chico desató las agujetas y se puso a trabajar.

—A mi esposa no le gusta que tenga sucios los zapatos del trabajo, aunque ese sea su propósito.

—Su esposa es una mujer hermosa.

—¿Eso dices de todas las esposas venecianas? ¿De dónde eres?

—Etiopía.

—La tierra de arena blanca y océano color zafiro.

—¡Lo conoce!

—Hay una mina de aventurina ahí. Fui al norte de África a comprar gemas verdes y espinelas. Después de eso, fui al sur a una mina de diamantes.

—A Cabo de Buena Esperanza. Ahí nada es bueno y no hay esperanza. Piratas. Roban más piedras de las que excavan.

—¿Cómo es posible?

—Mi padre y mi hermano trabajan en la mina de ahí. Las condiciones son terribles. Hay días en los que los propietarios no distribuyen la paga. Le roban a los trabajadores. Por eso vine aquí, puedo lustrar zapatos y ganar más que un día de salario de mi padre. Algún día podré llevar el dinero a casa para ayudar a mi familia. Me gustaría ser agricultor, sé cultivar la tierra.

—Tendrás que ir al sur.

—Su esposa dijo que hay granjas fuera de Treviso, al norte. Campos de maíz y trigo —dijo el chico mirándolo.

—Sí. Campos verdes. Cielo azul. A lo lejos, los picos blancos de los Dolomitas. En los veranos vivo en una granja fuera de Treviso con mi esposa.

—¿Sus hijos trabajan en la granja?

—No tenemos hijos. —Speranza sonrió, pero, en realidad, la mención de los hijos era un punto amargo para él. No podía darle hijos a Agnese, que era su mayor sueño.

—La señora es fuerte.

—Sí, lo es. Es una madre para todos.

El chico sonrió.

—Yo tengo una madre fuerte. —Se irguió y alejó su paño—. Listo.

Romeo miró sus zapatos.

—Puedo ver el rojo oscuro. Lo más importante es que la señora Speranza podrá ver el rojo oscuro.

—Es una piel fina.

—Florentina, la mejor piel. —Speranza hurgó en su bolsillo—. Los zapatos deben ser cómodos. Se saca más provecho de sí mismo así.

Los pies del lustrador estaban descalzos.

—Tengo una tienda en la calle Soranzo, Una joyería. Pasa mañana en la mañana y veremos qué podemos hacer sobre tus sueños de la granja. —Le dio al chico siete liras.

—*Mille grazie, signore. Mille grazie.*

—Podrías cambiar de opinión cuando conozcas a mi vaca.

—Trabajaré duro.

—Tendrás que hacerlo. La vaca tiene muy mal genio, el cerdo es estúpido y el burro tiene un pie malo.

—Entiendo.

—¿Dónde duermes?

—Debajo del puente —respondió el chico, señalando.

—¿Cómo te llamas?

—Emos.

—Ve a verme mañana, Emos.

—Lo haré, *signore.*

Speranza volvió a la tienda. Se paró en la calle cuando se dio cuenta de lo que había pasado con el lustrador. No lo habían enviado a la calle Sant'Antonio para que bolearan sus zapatos; Agnese lo envió con el chico para medirlo, para que el ofrecimiento de empleo pareciera que había sido idea suya. Probablemente ella ya había hecho un trato con él para que trabajara la granja. Sonrió. Típico de su esposa.

El tañido de las campanas de la iglesia acompañó la puesta de sol. Los tonos azules de la noche bajaron lentamente sobre la ciudad. Venecia se volvía plateada bajo la luz. Uno a uno, los palacios que adornaban los canales caían en las sombras como santos en sus nichos en una iglesia oscura cuando las velas se apagaban.

La isla de Murano parpadeaba a la distancia, iluminada desde dentro como flamas que bailaban en los hornos de vidrio. Las fraguas brillaban y arrojaban un resplandor al cielo, formando un halo blanco en el cielo violáceo. «Todos los lugares son santos cuando el sol se pone», pensó Speranza mientras avanzaba rápido en la oscuridad que se avecinaba, de vuelta a casa con Agnese para el *sabbat*.

LIVERPOOL
9 de junio de 1940

El trasatlántico que atracó en el muelle era tan alto que tapaba la luna. El crujido de los amarres sonaba como lamento de fantasmas. El glamur se tomaba un día de descanso en el puerto de Liverpool, aunque los barcos fueran grandiosos. Un grupo de hombres trabajaba las veinticuatro horas readaptando el *Arandora Star* para que se uniera a la flota de guerra.

Al principio, el *Arandora* transportó a las tropas aliadas al evacuar Noruega y Francia. La Marina Real concibió un plan para darle otro uso al *Arandora* y los hombres de Devenport llevaban a cabo las obras. El barco confiscado se integraría a la flota de la marina mercante en Liverpool para transportar a ciudadanos del Eje y prisioneros de guerra.

Muy pronto, el puerto de Liverpool fue invadido por irlandeses que llegaron a la ciudad en busca de trabajo. Los decomisos eran solo parte de una orden judicial para preparar la guerra; los galeses también estaban construyendo barcos. Las líneas de producción funcionaban las veinticuatro horas del día, al tiempo que constructores navales, técnicos y obreros terminaban una nueva flota de submarinos y cruceros militares para la batalla. Los atracaderos a lo largo del puerto estaban ocupados, abarrotados con barcos de todos tamaños, incautados o construidos por la Corona.

Bretaña había declarado la guerra en septiembre de 1939. Alemania había atacado a los Países Bajos y a Francia en mayo de 1940. Los hombres que trabajaban en los astilleros percibían un escalamiento en su carga de trabajo y la urgencia de terminar los trabajos rápidamente. Todos los barcos en buen estado para navegar, desde los esquifes hasta los trasatlánticos, fueron decomisados para defender la isla. Los británicos ya habían sufrido pérdidas en Francia y habían sido humillados en Dunquerque, y estaban preparados para hacer cualquier cosa para ganar; estaban decididos a mostrarle al mundo que los mejores barcos se fabricaban en Liverpool.

Los *pubs* estaban abarrotados de hombres que cambiaban de turno; los trabajadores del puerto llegaban a pedir una pinta de cerveza cubiertos de pintura gris y blanca, prueba de que la última capa que le habían aplicado al *Arandora* significaba que la guerra era inminente. La Segunda Guerra Mundial muy pronto estallaría en su isla como un volcán para quemarlos con las bombas y el calor de la Luftwaffe.

Liverpool era un centro militar importante en la costa noroeste de Inglaterra. Si alguien estaba alimentando a los marinos, cosiendo sus uniformes o dándoles alojamiento, no se le consideraba un sujeto fiel. Liverpool ya no era una ciudad de gente trabajadora que se dedicaba a lo suyo; en cambio, se había convertido en un centro para el negocio de la guerra.

Se hacían esfuerzos para preservar la grandeza del *Arandora Star* y los de su clase, al tiempo que usaban su poder para servir a la causa de los aliados. Habían cubierto con guata gruesa los ribetes de caoba tallados a mano y el tapiz William Morris. Las extravagantes lámparas de cristal que alguna vez adornaron los camarotes de lujo como si fueran joyas colgaban de los techos cubiertos con cuidado en mallas de muselina. Quitarlos hubiera significado volver a organizar todo el cableado de la red eléctrica del barco y no había tiempo para eso. El resto del esplendor arquitectónico y decorativo se quitó, salvo el comedor privado del capitán, que permaneció intacto.

Tres chicos de Liverpool, como de doce años, avanzaron por el muelle en la oscuridad, cargando sus armas BB. Se movían con rapidez, agachándose detrás de los pilones, indicándose unos a otros que permanecieran agachados hasta que todos daban un salto al frente al siguiente lugar donde podían resguardarse con el fin de llegar hasta el *Arandora Star*.

Los chicos espiaron mientras varios hombres martillaban el borde en forma de pico de la última capa de alambre de púas en la cubierta baja. Alzaron la mirada y vieron las cubiertas superiores envueltas en una reja similar con alambre de púas. Las amplias cubiertas que alguna vez estuvieron abiertas y llenas de tumbonas donde los pasajeros jugaban cartas y tomaban el sol, ahora eran jaulas vacías. Muy pronto, el elegante trasatlántico estaría completamente envuelto en malla de hierro como si también fuera un prisionero.

Los chicos escucharon los murmullos de los trabajadores conforme se bajaban del barco en dirección al *pub*. Los rufianes esperaron hasta que el único sonido que escucharon era el del mismo *Arandora Star* que se balanceaba y crujía, sujeto firmemente al atracadero como una ballena gris.

—El más grande de todos —murmuró uno de los ellos a su compañero.

—Lo van a llenar con «talis» mugrosos para enviarlos a todos a Italia, donde pertenecen.

—¿Cómo sabes?

—Mi viejo nos dijo que los van a atrapar a todos y a enviarlos por barco. Roban nuestros empleos. Ladrones.

—¿Tu papá tiene trabajo?

El chico negó con la cabeza.

—Ese es el problema.

Se escondieron detrás de la reja en el muelle y examinaron los cambios en el exterior del *Arandora*.

—Lo cubrieron de cables para que los «talis» no puedan saltar.

Uno de los jóvenes apuntó su arma BB a la primera hilera de botes salvavidas que se presionaba contra el barco.

—Esto es por mi tío, que lleva un año sin trabajo. Los «talis» ocuparon su puesto en la cadena de producción en Evermeade. —Apuntó y jaló el gatillo. Se pudo escuchar un sonido metálico cuando la bala golpeó la malla de la cubierta.

—Hermano, eres pésimo disparando —se burló el joven pelirrojo.

—Dispara la tuya, entonces —respondió a la defensiva.

El pelirrojo se tomó su tiempo. Entrecerró los ojos sobre el cañón del arma y siguió la línea roja por el lastre del salvavidas que estaba suspendido sobre la popa. Estabilizó su arma, apuntó y disparó. La bala dio justo en el centro del lastre de la goma inflada. El bote salvavidas empezó a desinflarse.

—Esa es por tu tío.

Cada uno apuntó a un bote salvavidas y reventaron varios al mismo tiempo. Las postas de las BB golpearon la goma simultáneamente, pues los chicos habían coordinado sus disparos.

Cuando escucharon el ruido que hicieron al desinflarse, rieron. Bajaron las armas. Se olvidaron desinflar los botes salvavidas y hacer que quedaran inútiles. El pelirrojo se entusiasmó, perdió el equilibrio, tropezó y cayó por el dique entre el muelle y el embarcadero. Los otros dos chicos bajaron la colina tras él, riendo todo el camino.

Capítulo 30
Glasgow
10 de junio de 1940

De recién casados, John y Domenica se quedaron en la casa de huéspedes en el terreno del convento de Nuestra Señora de Namur, por invitación de las hermanas, desde que regresaron de su boda. La italiana siguió trabajando como enfermera escolar mientras su esposo ayudaba en lo que podía.

La hermana Matelda esperaba mientras la nueva esposa atendía a una alumna que se había cortado la mano en el patio de juegos. Domenica alzó la mirada y al instante supo lo que la monja había venido a decirle.

—¿Lo hizo?

La hermana Matelda asintió.

—Mussolini le declaró la guerra a Inglaterra y Francia, aliada con Alemania.

A Domenica se le encogió el corazón. La noticia significaba que su esposo pronto se iría. Sus padres permanecerían escondidos. Las familias se dividían y los amigos se dispersaban, y nadie estaba a salvo. La luna de miel había terminado y no había manera de saber cómo sería la vida en el otro lado.

11 de junio de 1940

Mattiuzzi revisó con cuidado su departamento sobre la joyería en el oeste de Glasgow. Su esposa, Carolina, había dejado una taza de té y un platito sobre la mesa, y una tetera caliente en la estufa. Tocó la tetera para asegurarse de que su mujer había seguido sus instrucciones. Lo había hecho: estaba caliente. Encendió la luz junto a la ventana, corrió la cortina y bajó corriendo las escaleras hasta la tienda.

Piccolo cerró con llave las vitrinas llenas de réplicas de las verdaderas joyas que su padre había escondido semanas antes. Levantó la cabeza y vio a su padre.

—Los escucho, papá. Apúrate.

—Vamos —murmuró Amadeo.

Apagó todas las luces en la tienda y cerró las cortinas. Fue a la trastienda y en ese momento recordó los relojes de oro; volvió a la tienda que estaba a oscuras y buscó la llave. Recordó que estaba en su bolsillo. Temblaba cuando abrió el cajón. Podía escuchar a la multitud en la siguiente cuadra. Escuchó su cántico y cómo rompían vidrios. «Atraparon a los franchutes».

—¡Papá, ya! —dijo Piccolo con urgencia desde la puerta.

Amadeo siguió a su hijo a la trastienda y le dio los relojes de oro. Mientras el joven bajaba la escalera, Mattiuzzi diseminó unos papeles sin importancia sobre el escritorio y las herramientas en la mesa de trabajo que había pensado vender. Se arrodilló, gateó debajo de la mesa de trabajo y siguió a su hijo hasta el sótano. Puso los pies en la escalera, miró por última vez alrededor para asegurarse de que había sacado todo lo de valor.

—¡Papá! *Andiamo!* —murmuró Piccolo desde abajo.

Amadeo jaló la trampilla, la cerró sobre su cabeza y bajó la escalera con ayuda de su hijo.

Mattiuzzi había cubierto la puerta de la escotilla con un tapete tejido que hacía juego con la alfombra que estaba bajo la mesa.

Adaptó el pedal de la pulidora para que se ajustara sobre el tapete y, con suerte, la escotilla pasara inadvertida. Rezó por que la treta funcionara.

Carolina se persignó cuando su esposo se sentó en la banca a su lado, en el agujero frío y húmedo. Piccolo apagó la pequeña llama de la lámpara de aceite. La hija de Mattiuzzi de doce años, Gloriana, estaba aterrada en el vacío, pero sintió menos miedo cuando su madre la abrazó con fuerza a su lado.

La niña se sentó sobre el cesto de comida cubierto con una cobija. Había una botella grande de agua, de cuyo cuello colgaba una taza de latón. Debajo de la banca había más cobijas y almohadas. Habían llevado una radio y una lata de aceite de repuesto. La esposa de Amadeo había empacado platos y cristalería de Italia en cajas que abarrotaban el sótano. Él tenía demasiado miedo como para enojarse con ella. El dinero y los papeles personales los guardaba Mattiuzzi en su persona. Su gata, Nero, maullaba.

—¿La gata? —espetó Amadeo entre dientes.

Su hija cogió a la gata negra y la abrazó. El animal dejó de maullar como si entendiera.

—¿Y si le prenden fuego a todo? —preguntó su esposa en un murmullo.

—No quemarán su propiedad —respondió señalando a izquierda y derecha para indicar la tienda y el bar a cada lado, propiedad de escoceses.

Piccolo se llevó los dedos a los labios y señaló hacia arriba.

Los Mattiuzzi escucharon cómo se quebraba la ventana del escaparate que daba a la calle. Escucharon los golpes repetidos de un hacha conforme destrozaba la puerta de entrada. Escucharon voces. El cántico «cochinos talis» desde la calle era seguido del estruendo de las vitrinas cuando las destrozaban una por una. Piccolo empezó a enfurecerse; su padre tuvo que detenerlo para que no subiera la escalera y confrontara a los saqueadores.

—¡Ma-tu-zi! —gritó uno de los hombres como sonsonete—. ¡Ma-tu-zi!

La mala pronunciación de su apellido hacía evidente que ese populacho no los conocía. El piso sobre ellos tembló de manera violenta mientras los saqueadores pisoteaban el taller. Sus pisadas eran tan fuertes que los Mattiuzzi creyeron que atravesarían el suelo combado. Se quedaron helados, apenas podían respirar. Escucharon risas que los hicieron estremecerse.

—Destroza la pulidora —dijo un hombre.

—No puedo hacer que se mueva —dijo otro.

—Toma los papeles.

Los sonidos ordinarios del taller, el zumbido de la pulidora y los tintineos de las herramientas fueron reemplazados por el terrible comienzo de la violencia. La oscilación de los bates de madera que destruía la mesa de trabajo. Los saqueadores levantaron las herramientas que el joyero había acomodado y destruyeron también con ellas la propiedad. Mattiuzzi sintió los golpes contra su tienda como si los recibiera en el cuerpo, conforme destrozaban la ventana y hacían trizas el cristal de los retratos y los espejos. Incluso golpearon los focos hasta no dejar nada más que los cables.

—¡Vayan allá arriba! —vociferó un hombre—. ¡Hagan un buen trabajo!

El departamento era el ámbito de su esposa. Ella tomó la mano de su marido y la apretó mientras imaginaba cómo rasgaban sus camas de plumas por las costuras y destruían la mecedora de madera que su marido le había hecho antes de que Piccolo naciera. Imaginó cómo arrancaban los barrotes de la silla de sus cavidades y partían a la mitad los ejes curvados del balancín de machimbre. Arruinada. Pensó en la recámara de Gloriana y su casa de muñecas. Le había hecho a su hija una muñeca de trapo cuando era pequeña.

—Tengo a Fissay —la niña le dijo a su madre.

Demasiado grande para jugar con muñecas, Gloriana atesoraba su juguete de infancia porque su madre lo había confeccionado especialmente para ella. La pequeña no iba a permitir que un grupo de rufianes destruyeran el trabajo de su madre.

Más hombres entraron al edificio, subieron las escaleras en tromba y regresaron a la tienda momentos después haciendo que, de nuevo, el piso temblara sobre la cabeza de los Mattiuzzi. La familia escuchó pisadas que iban de la trastienda hasta la tienda. Escucharon el tintineo de las campanas de la puerta principal cuando los asaltantes salieron. Amadeo se llevó las manos a la cabeza. La puerta principal de la tienda era una obra de arte, incrustada con los más finos vitrales de Escocia fabricados en Edimburgo. «Están destruyendo sus propias creaciones», pensó.

Unos minutos de silencio después, cuando estuvieron seguros de que se habían ido, Piccolo murmuró:

—Subamos, papá. —Encendió la lámpara de aceite.

Amadeo negó con un movimiento de cabeza, apagó la lámpara y alzó la mirada cuando el suelo del taller crujió sobre su cabeza. Alguien había descubierto dónde se escondían.

Se escucharon más pisadas fuertes cuando varios hombres se unieron a los otros en el taller.

En el sótano, los Mattiuzzi no se atrevían a moverse. Muy pronto, las pisadas persistentes cruzaron el taller y siguieron al resto por la puerta de entrada. Escucharon las campanillas de nuevo cuando la puerta se agitó y los saqueadores la cruzaron.

—Ya se fueron —murmuró la esposa.

—Iré a ver —dijo Piccolo.

—No subiremos hasta que salga el sol.

—Tengo miedo, papá —susurró Gloriana.

—No te preocupes. Son unos cobardes. No mostrarán su rostro en la luz.

—Pero, papá... —balbuceó Piccolo.

—McTavish vendrá a recogernos al alba. Si él dice que es seguro, subiremos. No lo haremos hasta entonces.

La familia se instaló en su escondite.

El padre de Amadeo había sido un inmigrante que se casó con una italiana al llegar a Glasgow. Mattiuzzi se sentía en deuda con Gran Bretaña por la buena vida que él había disfrutado con su esposa y sus hijos. La familia floreció ahí. Como escocés orgulloso, Mattiuzzi se enlistó en el ejército británico para servir en la Gran Guerra, en Francia, para pelear en la batalla del Somme. Tenían un papel activo en la vida comunitaria. Carolina dirigía el Círculo de Tejido del Cardo, uno de los clubes femeninos más antiguos de Escocia en el pueblo. Su hija había ganado una competencia de ensayo en la escuela, titulada «Escocia para uno y para todos». Su hijo, Piccolo, estaba enamorado de Margaret Mary McTavish, de familia escocesa y cuyo padre era propietario de la tienda de junto. Fue Lester McTavish quien advirtió a Mattiuzzi sobre la noche de los palos y las piedras que habían planeado en contra de los italianos-escoceses. Lo escuchó después de misa, en una reunión con la gente de Glasgow. Esa mañana, el comerciante se había apresurado a casa para advertir a su amigo. No había tiempo suficiente para huir; en cambio, rápidamente tramaron un plan. Ahora lo estaban viviendo.

Mattiuzzi encendió la lámpara de aceite. Pensó en su hogar, pero no imaginó las colinas verdes de Bardi, Italia, cubiertas de girasoles, sino las Tierras Altas de Escocia a donde llevaba a Piccolo a caminar en los veranos desde que era niño. Amadeo le había enseñado a su hijo a pescar en el mismo río en el que él había aprendido de niño. Acampaban al aire libre y comían moras silvestres bajo el sol. Los brezos adornaban las colinas, inundándolas de azul. El aire en las Tierras Altas era el más dulce que Mattiuzzi había respirado. Pero esas montañas y el fruto del río ya no le pertenecían. Lo que había en él de escocés quería tomar represalias, en tanto que su parte italiana esperaba sobrevivir. Era un hombre sin patria, aunque hubiera estado dispuesto a morir por ella. Fue solo cuestión de suerte que no hubiera muerto en combate, porque la lealtad era unilateral.

15 de junio de 1940

Si bien Mattiuzzi consideraba Escocia como su país, Domenica permanecía leal a Italia. Su intención siempre fue regresar a Viareggio, pero el destino la había alejado de su hogar. Ahora estaba casada con un capitán y eso la hacía escocesa. Pero en su corazón, si hacía a un lado la política y la arrogancia de los hombres poderosos, ella seguía siendo italiana y moriría siéndolo. Su hermano lucharía contra su esposo. Sus padres se escondían en las colinas y, si la familia era su vida, eso significaba que parte de ella también se escondía.

Domenica empezó a enamorarse de Escocia, a pesar de sus ocasionales accesos de nostalgia. Al principio no pudo ver su belleza; en contra de su voluntad, cambió las olas cálidas de la costa italiana por el agua fría y verde del río Clyde. Al final empezó a hacer las paces con eso. El amor había transformado su punto de vista y le hizo recordar su crianza y sus obligaciones. Según sus tradiciones, había aprendido que su marido era primero, así que eso hizo. Cuidaba de John. Cocinaba para él, mantenía la casa limpia y trabajaba en la escuela para tener un sueldo y así poder comprar una casa propia algún día. Ella haría su parte. Esa mañana empacó la maleta de John. Su uniforme estaba sobre la cama y tenía otra tarea más que realizar antes de que partiera.

—Hagámoslo, Domenica —dijo su esposo.

La siguió al jardín, vestido con sus pantalones y una camiseta. Ella le amarró una sábana al cuello como si fuera el delantal de un peluquero. Domenica lo peinó, tomó un mechón de cabello y lo cortó.

—Ten cuidado con la oreja, querida —le dijo—. La necesito para escuchar al enemigo.

—Son las curvas las que son difíciles. No te muevas.

—Estoy seguro de que estás haciendo un buen trabajo —bromeó.

—El mejor.

—Es todo lo que puedo pedir. Juguemos a que no me tengo que embarcar y nos quedamos en esta cabaña el resto de nuestros días.

—Vendrían a buscarte.

—Dije que era un juego. Por una vez, no seas práctica.

—Tengo que serlo. Soy un problema: una italiana en Escocia.

—Te casaste con un escocés, eso te hace escocesa. Además, no creo que los alemanes puedan superar a las monjas. No lo han hecho durante siglos, incluso en Alemania.

Domenica le quitó la sábana de los hombros a John y la sacudió en los arbustos.

—Me gusta —dijo él, mirando en el espejo el corte que le hizo su mujer—. Esto bastará. Pero debes abandonar las tijeras, no tienes habilidad para eso. Nuestros hijos se verán como estúpidos cuando les cortes el cabello.

Ella rodeó a su esposo con los brazos, lo sujetó con fuerza y lo besó en el cuello.

—Señora McVicars. —El capitán quería hacer el amor con su esposa. La besó—. Nada de eso.

—No durante mucho tiempo. —Le despeinó el cabello recién cortado.

Él consultó su reloj.

—Tenemos la mañana.

—¿La tenemos? —dijo Domenica riendo.

Echó a correr a la casa y John la siguió hasta el interior, cerró la puerta y le echó llave.

Grizelle McVicars se paró junto a la ventana y vio cómo su hijo John abría la reja para dejar pasar a su esposa a la casa en la calle Tulloch. Masculló al ver a la pareja. No podía creer que su hijo se hubiera atrevido a llevar a su novia «tali» a su casa.

—¿Qué te dijo cuando la llamaste? —preguntó Domenica cuando él le cedió el paso.

—No mucho. Esta fue idea tuya, ya es muy tarde para dar marcha atrás.

El jardín delantero de la casa de su madre estaba descuidado; los largos tallos de las azucenas sobresalían entre los arbustos enredados. En la fachada de la casa había pintura despostillada y el porche se hundía donde la madera se había botado por las tormentas de ese invierno.

—Debiste pintar la casa de tu madre.

John fulminó a su nueva esposa con la mirada y tocó la puerta.

Grizelle McVicars abrió la puerta y saludó a su hijo mostrándole la mejilla. Llevaba un modesto vestido negro y zapatos café. Su cabello blanco estaba sujeto en una trenza.

—Madre, quiero presentarte a mi esposa, Domenica —dijo John.

La italiana extendió la mano, pero Grizelle no devolvió el gesto.

—Bueno, pasen —dijo antes de mirar a ambos lados para saber si los vecinos los habían visto.

John miró a Domenica y puso los ojos en blanco.

La pareja la siguió hasta la cocina, donde ella había sacado unas galletas. La tetera silbaba sobre la estufa. Domenica y John se sentaron frente a la mesa.

—Madre, recibí mis órdenes.

—Veo que traes puesto el uniforme. ¿A dónde vas?

—Me pidieron que no compartiera esa información.

—Pero yo soy tu madre.

—Nos piden que no demos detalles. Así no se sabe nada.

—Ya veo. ¿Ella lo sabe? —preguntó sin mirar a Domenica.

—Sí, mamá.

—Pero no le puedes decir a tu madre.

—No, mamá.

—¿Ella qué va a hacer?

—Seguiré trabajando como enfermera —intervino Domenica.

—Madre, ¿nos vas a ofrecer té?

—Ahí está la tetera —respondió Grizelle y salió de la cocina.

—¿Dije algo? —Domenica parecía preocupada.

John se puso de pie frente a su esposa.

—Quédate aquí.

John fue a la sala. Su madre no estaba ahí. Miró por el vidrio de la puerta del porche, tampoco estaba ahí. Subió las escaleras hasta su recámara y tocó la puerta con suavidad.

—¿Madre?

Ella no contestó. John abrió la puerta; su madre estaba de pie junto a la ventana.

—¿Madre? —repitió.

—Sal de mi casa y no vuelvas nunca.

—Pero, madre...

John podía ver que ella jalaba nerviosa su pañuelo, con tanta determinación que estaba seguro de que lo rompería.

—Te dije que no volvieras a esta casa. Te casaste a mis espaldas con una católica, una «tali». No la trajiste para que la conociera antes y ahora la traes aquí, cuando no puedo hacer nada para evitarlo. ¿Esperas que lo acepte?

—Hiciste todo lo que pudiste para evitar este matrimonio. Vine a darte la oportunidad de que te disculparas.

—¿Ya te diste cuenta de que están haciendo redadas por ellos? Están enviando lejos a los «talis» porque están involucrados en todo tipo de fraudes. No se puede confiar en ellos. Son sucios, apuestan, venden alcohol, les quitan los empleos a nuestros jóvenes porque en Escocia los morenos son exóticos. Bueno, tú puedes ver lo exóticos que son, puesto que los mandan por mar como delincuentes comunes. En mi opinión, Churchill no fue lo suficientemente rápido.

—Madre.

—Sus mujeres son prostitutas. Sin duda lo sabes.

—No permitiré que hables en contra de mi esposa. Glasgow ya no es un lugar seguro para la buena gente. Tú y gente de tu tipo son los responsables de la violencia.

—Hay más gente como yo de lo que crees.

—No lo dudo. Pero estoy seguro de que mi padre se avergonzaría de ti.

—¿Crees que me preocupa? Siempre desaparecía. ¿Quién lo veía? Siempre estaba en altamar y cuando estaba en casa, bebía.

—Tenía una buena razón para hacerlo, su esposa era una confabuladora. Él no hubiera abierto la correspondencia de nadie más que la suya. ¿Cómo hubiera podido hacerlo? ¿Sabes cuánto tiempo perdimos por tu culpa?

—Ojalá las hubiera quemado. Pero no podía destruirlas sabiendo que, algún día, esas cartas serían todo lo que tendría de ti. Pero ahora no me importa. ¡Me alegra que las hayas encontrado! Lo que te haga la guerra, te lo hará solo a ti. Yo te perdí para siempre cuando te casaste con ella.

Cuando bajó la escalera, Domenica esperaba a su marido junto a la puerta de entrada. La siguió hasta el porche.

—Vámonos —le dijo, mirando hacia la casa por última vez—. Nunca volveré a esta casa.

—Cambiará de opinión —le aseguró su esposa.

Domenica Cabrelli McVicars se encargaría de ello.

John tomó la mano de su esposa cuando se subieron al tranvía de regreso al convento. La actitud de Domenica era estoica porque no quería alterar a su marido después de que su madre los había rechazado; además, ¿de qué serviría una demostración emocional ahora? Las decisiones las tomaban los hombres que no consideraban a mujeres como ella. La campana del tranvía sonó cuando bajaron. La expresión en los rostros de los pasajeros que esperaban en el andén para abordar era tan sombría como el cielo nublado.

—Va a llover —dijo Domenica.

—Sí —respondió—. Qué día horrible.

—Tus botas y tu ropa de lluvia están en la maleta. Planché tus camisas y apreté los botones de tu uniforme, estaban flojos.

—Me di cuenta. —Dio unos golpecitos sobre los botones de su saco—. Gracias.

Llegaron a la entrada del convento. Ella no quería cruzar la reja y él no quería dejarla ahí. Así que se quedaron parados mirándose, atesorando cada momento como si fuera una joya.

Cuando era niña, Domenica había tenido en sus manos una rara estrella de zafiro de seis quilates. Un intermediario la llevó a la tienda de su padre y le permitió que lo sostuviera. Recordaba que tuvo la peculiar gema en sus manos durante tanto tiempo que el señor tuvo que pedirle que se la devolviera al joyero. Ella no había visto el color de ese zafiro otra vez, sino hasta que conoció al capitán, cuyos ojos eran del mismo azul intenso.

Abrazó a su esposo y él se dejó llevar. Había un lugar entre la oreja y el hombro de Domenica, en la curva del cuello, que McVicars adoraba; contenía su esencia: rosas y vainilla. Se acurrucaba ahí cada noche desde que estaban casados. Cuando despertaba en las mañanas, le sorprendía haber dormido toda la noche entre sus brazos. Antes de Domenica, su sueño siempre había sido inquieto; se preguntaba si dormiría algo hasta que volvieran a estar juntos.

—No quiero embarcarme —dijo—. Y es la primera vez en mi vida que me muero de miedo.

—Temías que te obligara a que lo dejaras.

—Ahora desearía que lo hubieras hecho.

—Pero tú amas el mar.

—No tanto como a ti.

—¿Sabes qué, capitán McVicars? Casi te creo. —Se alejó un poco de él y revisó su uniforme—. Descansa cuando puedas.

—Lo haré.

—Y come naranjas siempre que te las ofrezcan.

—Lo haré.

—Haz la paz. Por favor, ten cuidado. —Hizo que le prometiera—. Y reza. —Domenica metió algo a su bolsillo—. Esto te lo recordará. —Le enseñó a John una medalla de oro en una cadena—. Es Nuestra Señora de Fátima. Ella te protegerá. No te la quites. —Alzó los brazos y le colgó la medalla al cuello.

John abrazó a su esposa y se despidió con un beso.

—La próxima vez que me veas, este horrible corte de cabello habrá crecido.

Ella rio y se despidió.

Regresó caminando por el sendero para tomar el tranvía que lo llevaría a Glasgow y, ahí, tomar el tren a Liverpool que lo dejaría en el muelle donde se reuniría con la tropa y la tripulación en la cubierta del *Arandora Star*. Sintió dolor en su corazón. Lo último que escuchó fue la risa de Domenica, que sonaba como campanadas.

Capítulo 31
Liverpool, Inglaterra
15 de junio de 1940

McVicars se paró en la pasarela del *Arandora Star* y miró hacia arriba. Como marino, había presenciado lo brutal que era el mundo y la crueldad de los hombres. Se estremecía cuando arponeaban ballenas en las islas Aleutianas y tenía pesadillas sobre una lucha brutal entre dos marinos, en el que uno volaba por la borda y moría. Había experimentado todo tipo de desesperación en mar abierto, pero nunca había visto que un barco fuera profanado de esta manera. El *Arandora Star* estaba envuelto en alambre de púas. La vergüenza lo invadió cuando se presentó a servicio. La ira impulsó sus pasos cuando subía a su camarote, ubicado en la parte superior del barco, donde lo habían asignado como primer oficial para ayudar al capitán en la navegación del *Arandora Star*.

Desempacó su uniforme de gala y lo colgó en el clóset de su cabina. Puso sus zapatos en el cajón inferior y lo cerró. Miró por la claraboya y solo vio azul. La vía marítima de Liverpool estaba despejada. Las flotas de barcos estaban amarradas al puerto, en espera de sus órdenes. Uno por uno, finalmente zarparían a mar abierto para llevar a cabo su deber. McVicars dio unos golpecitos al vidrio grueso de la claraboya y la abrió. El marco era de madera de cerezo. Los detalles de los ribetes y la guillotina eran elegantes, de latón pulido, nada sino lo más fino para los trasatlánticos de la línea Blue Star. Para él era obvio que se trataba de un transbordador de lujo que el gobierno había decomisado debido a su tamaño y capacidad, pero no había manera de esconder los detalles lujosos de la embarcación. Estaba ansioso por saber hacia dónde zarparían porque sabría exactamente cuántos días pasarían antes de que volviera a casa con su esposa. La información con la que contaba era vaga. Había escuchado rumores de que irían a Canadá, pero no conocía el propósito del viaje. Como primer oficial tenía dos semanas para preparar el barco y organizar a la tripulación. Cerró la puerta y fue a buscar a su superior en la cubierta.

Mientras caminaba por los corredores del barco, observó las lonas que habían colocado sobre los murales pintados a mano y el suelo estaba cubierto de tapetes de goma que ocultaban el parqué de nogal. La pintura estaba tan fresca que el olor invadía el buque. El oscuro pigmento militar gris y blanco brillante reemplazaba los ribetes opulentos plateados y dorados de los días en los que el *Arandora Star* había navegado para proporcionar placer.

—Reportándome a servicio, capitán Moulton —dijo McVicars saludando al capitán.

Moulton era un caballero mayor que él, de cabello blanco, patillas como chuletas de cordero y tenía un poco de huevo en la solapa de su uniforme. «Comió un desayuno inglés tradicional», pensó John, «lo lleva como una medalla de la Legión de Honor».

Moulton le devolvió el saludo.

—Estoy muy viejo para este trabajo. —Sonrió—. Hace diez años ya estaba muy viejo para esto.

—Señor, parece estar en excelente forma —mintió McVicars.

—Estoy en forma suficiente para dirigir este barco. Le dan las tareas más emocionantes a los más jóvenes, como debería ser. Eso explica por qué a ti y a mí nos asignaron al *Arandora*. —Moulton lanzó una carcajada.

—Quizá necesitan nuestra sabiduría, señor.

—¿Para qué? ¿Para arrear prisioneros? ¿Desde cuándo el gobierno británico se convirtió en policía de prisioneros? No hubiera aceptado este trabajo si me hubieran dado a elegir.

—¿Quiénes son estos prisioneros? —preguntó McVicars.

—Hay algunos verdaderos nazis, y por supuesto intelectuales y profesores alemanes. Aproximadamente quinientos en total. Ninguno apoya a Inglaterra. El grupo más grande estará compuesto de italo-escoceses y algunos italianos de otras provincias.

—¿Italo-escoceses? —Palideció.

—Sí, desde niños hasta hombres de ochenta años. Alrededor de setecientos treinta «talis» en total. Las autoridades hacen redadas y los arrestan.

—¿Qué hicieron?

—Hay inquietudes en cuanto a la Quinta Columna. No podemos tener espías entre nosotros. Los dejaremos en St. John, en Terranova. Ahí tienen campos de prisioneros.

—¿Por qué Canadá? ¿Qué hay de la isla Orkney?

—También hay un barco para Orkney —dijo Moulton.

McVicars había conocido a muchos italo-británicos en su vida antes de conocer a su esposa. ¿Acaso no acababa de comprarle los anillos de bodas a Mattiuzzi?

—Estos extranjeros enemigos son ciudadanos. Solo porque tienen un apellido italiano no significa que sean leales a Italia.

—Las autoridades no pueden distinguir a un «tali» bueno de uno malo, así que todos tienen que irse —explicó Moulton. Miró sobre sus lentes de lectura y observó a su primer oficial—. ¿Eso por qué te importa, McVicars?

—Mi esposa es expatriada italiana. ¿La obligarán a salir de Escocia?

—Debería estarse quieta mientras dure esto. Quieres que esté a salvo, ¿o no?

McVicars decidió que enviaría un telegrama desde el barco a su esposa tan pronto como los planes del viaje fueran claros. Esta no era la marina mercante que él amaba, y tampoco era la Escocia que conocía; pero no se atormentaría por los cambios. Su meta era volver a casa con su mujer. Domenica lo amaba, eso era lo que importaba ahora.

LONDRES
17 de junio de 1940

Ettore Savattini, el elegante jefe, se sentó en la cocina del hotel Savoy para tomar un ligero desayuno antes de comenzar el día laboral. Levantó una olla de leche hervida que espumeaba sobre la hornilla con ayuda de un trapo alrededor del mango. Vertía la espuma cremosa en la media taza de exprés, cuando una gota golpeó su mocasín de charol. Maldijo, colocó la olla en la estufa y limpió su zapato con un trapo de cocina. Terminó de servir la leche hirviendo en la taza, luego regresó la olla a la estufa, subió la llama de la hornilla, arrojó una cucharada de mantequilla en la sartén y rompió dos huevos en ella. Las claras de los huevos sisearon. Echó pimienta sobre ellos mientras se cocinaban.

Arrojó un trapo limpio sobre su hombro, se recargó sobre la barra, cruzó los brazos sobre el pecho y reflexionó sobre su vida. Tenía a su esposa en Italia con un recién nacido. Su madre estaba bien. Savattini le había enviado dinero suficiente a Italia para construir una casa en las colinas, fuera de Florencia. El hotel Savoy acababa de darle un aumento. Tenía una buena vida. Sacó los huevos de la sartén y los colocó en un plato. Había puesto una servilleta de lino y cubiertos de plata en la mesa del chef. El periódico estaba junto a los cubiertos. Se escuchó un fuerte toque en la puerta de la cocina del hotel. El lechero casi nunca tocaba con tanta violencia. Savattini abrió la puerta de par en par.

Dos policías amigos suyos lo siguieron a la cocina. Chapman y Walker eran clientes regulares para la cena en la cocina después de su doble turno las tardes de los sábados. El hotel tenía una buena relación con las fuerzas de la ley locales.

—Señores. Es un poco temprano para la cena después de su turno.

—Lo sentimos, Sav —empezó a decir Chapman mirando a su compañero.

Savattini sonrió.

—¿Por qué?

Sabía bien, gracias a sus contactos, que venían por él, pero quería escuchar los cargos de primera mano, un derecho que seguramente estaba vigente para todos los súbditos del rey de Inglaterra.

—Todos los extranjeros enemigos deben ser deportados de inmediato —explicó Chapman.

Ettore encendió un cigarro. Llevaba diecisiete años trabajando en Inglaterra. Vivía en una pequeña habitación del hotel, trabajaba siete días a la semana y atendía con distinción a la élite de Londres. No era ni enemigo ni extranjero, sino sirviente.

—Bueno, mmm…, eso es lo que dicen que eres —explicó Walker—. Nosotros no lo creemos.

—Claro que no, porque no es cierto. —Savattini sonrió. Había estado en suficientes aprietos en su vida como para saber que no tenía caso entrar en pánico ahora. Mantenía sus emociones bien guardadas, como su pañuelo de bolsillo—. ¿Tengo que llamar a mi abogado para que se reúna conmigo en la comisaría?

—Me temo que no. Te vamos a llevar a un tren que va a Liverpool.

—Señores, no soy un constructor de barcos.

—De ahí te enviarán a un campo de prisioneros de guerra. El primer ministro quiere que todos los italianos salgan de la isla de inmediato.

Savattini asintió. No habría manera de salir de esta. Su tierra natal le había sido fiel al lado equivocado y ahora tendría que pagarlo con su persona.

—Discúlpanos —dijo Walker en voz baja—. Vimos tu nombre en la lista y nos aseguramos de que fueran amigos quienes vinieran por ti, para que fuera lo más digno posible.

Savattini exhaló.

—Antes de irnos, ¿puedo terminar mi desayuno?

Walker y Chapman se sentaron a la mesa. Ettore le dio a cada uno una servilleta de lino antes de servir el café. Sirvió dos tazas, colocó el azúcar y la crema sobre la mesa y recordó a un huésped estadounidense a quien había servido en el hotel años antes. El estadounidense habló de su propia desventura cuando dijo «Los ricos son ricos hasta que no lo son». Ahora, comprendía el acertijo. Se sentó, desdobló su servilleta de lino, la puso sobre su regazo y se comió los huevos fríos.

MANCHESTER

Desde la barandilla del altar, Don Gaetano Fracassi alzó la mirada cuando dos policías entraron por la parte trasera de la iglesia de San Albano en Ancoats. Se quitaron los sombreros y se pararon junto a la pila de agua bendita, uno a cada lado, resueltos como las estatuas de San Pedro y San Pablo en el altar.

El sacerdote siguió distribuyendo la sagrada comunión a los comulgantes que estaban arrodillados frente al altar. Un párroco de avanzada edad fungía como monaguillo. Llevaba la patena en las manos cuando alzó la vista y vio a la policía. La patena dorada empezó a temblar debajo de la barbilla del comulgante.

Tras recibir la hostia, los comulgantes se persignaron y volvieron a sus bancas. Fracassi llevó las hostias sobrantes de vuelta al altar. Colocó la tapa sobre la píxide de oro y lo hizo a un lado. Bebió el vino restante del cáliz y lo limpió con el purificador. Dobló los paños con cuidado y colocó la píxide llena de las hostias consagradas en el tabernáculo.

Se sentó a reflexionar con la espalda hacia las bancas. Después de un momento, se levantó para dar una bendición final. Bendijo a los parroquianos haciendo la señal de la cruz sobre ellos.

A menudo, Fracassi dirigía el himno de fin de oficio hacia la parte trasera de la iglesia y se despedía de sus feligreses conforme partían. En su lugar, dijo:

—Amigos, esta mañana me gustaría que salieran de la iglesia antes que yo.

Los parroquianos se miraron unos a otros, confundidos. Voltearon y vieron a los policías al fondo de la iglesia.

—No se alarmen —continuó el sacerdote con amabilidad—. Estos caballeros solo siguen órdenes.

En lugar de salir de la iglesia, el pequeño grupo de feligreses hizo fila al pie del altar para expresar su gratitud. El sacerdote bendijo a cada uno y les aconsejó que fueran instrumentos de paz y salieran del templo sin hacer problemas. Cuando la iglesia se vació, salvo por el párroco y los policías, Fracassi se acercó a ellos.

—Don Fracassi, queda arrestado.

El sacerdote asintió. Volteó e hizo una genuflexión ante el altar. En su premura, había dejado abierta la puerta del tabernáculo. Las buenas hermanas lo cerrarían cuando vinieran a recoger los linos del altar.

GLASGOW

Amadeo y Piccolo Mattiuzzi esperaban en la banqueta fuera de su tienda a que la policía viniera por ellos. Habían empacado una maleta cada uno, conforme la ley lo establecía. Llevaban el traje y los zapatos de domingo. Amadeo llevaba un sombrero borsalino que su esposa le había regalado en su último cumpleaños. Su hijo llevaba el viejo sombrero fedora de su padre, que estaba aún en buenas condiciones.

Lester McTavish, su robusto vecino escocés propietario de la tienda de junto, se reunió con ellos en la banqueta.

—Lo mejor es ser afable con estos tipos. Regresarán en poco tiempo. Hablaré con las autoridades, no te preocupes.

—¿Sabes a dónde nos llevan? —preguntó Amadeo.

—A la isla de Man o a alguna de las islas Orkney.

—¿Y por cuánto tiempo? —interrogó Piccolo.

—Puede ser una semana o dos, hasta que separen a los buenos «talis» de los malos.

—Dos semanas —murmuró—. No tengo tiempo para estas tonterías. Mi negocio pagará las consecuencias.

—Ayudaré a tu esposa en todo lo que pueda. Ella mantendrá el negocio abierto, recibirá los pedidos hasta que ustedes regresen. Considera el arresto como un problema menor. Toma el sol, descansa, la guerra terminará en poco tiempo —le aseguró McTavish—. Al menos es verano.

La esposa y la hija de Mattiuzzi los observaban desde la ventana del segundo piso de su casa. Amadeo temía que, si las mujeres esperaban con ellos en la banqueta, la policía podría reconsiderar y llevárselas también.

Margaret Mary McTavish se envolvió con un chal y cerró la puerta de la tienda de su padre para reunirse con los hombres en la banqueta.

—Apúrate, Margaret Mary —dijo su padre mientras vigilaba un lado y otro de la calle—. No tardarán en llegar.

—Sí, papá.

Piccolo siguió a Margaret Mary a la tienda de Mattiuzzi.

—Quería despedirme —dijo ella con una sonrisa.

Piccolo la acercó a él y hundió su rostro en el cabello pelirrojo ondulado. Inhaló el aroma familiar de jazmín y la besó con ternura.

—Cuando vuelva a casa hablaré con tu padre.

—Más te vale —respondió ella dándole un golpecito juguetón en el brazo, para luego cubrir de besos el rostro de su amado.

Cuando vio por el rabillo del ojo que su padre volteaba hacia el escaparate de la tienda, apartó a Piccolo.

—Anda —le dijo.

—No puedes llevarte tu telescopio, Arcangelo. No hay lugar —dijo su esposa Angela mientras arreglaba la maleta por última vez.

—Sí va a caber.

—No. ¿Queso o telescopio? ¿Comer o soñar? Esas son las opciones. Puedes renunciar a ver las estrellas, pero no puedes morir de hambre. Te llevarás el queso. Quiero saber que comes. Metí una *baguette*.

—Volveré en uno o dos días. Es demasiado pan y queso.

—Habrá otros que empacarán cualquier cosa y olvidarán el queso. Ya verás. Necesitarás más. Me lo agradecerás.

Antica se paró frente a la cama que había compartido con su esposa durante cuarenta y siete años.

—Sí, Angela. Compartiré el queso. Y la salchicha.

—Y la grapa.

—Incluso la grapa.

—Llevas tres pares de calcetines, tres calzones...

—Por favor. Después de todos estos años sé cómo vestirme en las mañanas.

—Quiero que sepas lo que empaqué —dijo, cerrando de golpe la maleta.

Su esposa salió de la recámara. Antica tomó el telescopio que había fabricado. Diseñó el tubo óptico con madera de abedul, que era lo bastante suave como para doblarla y formar un cilindro. El ocular y la lente los había fabricado el joyero. Mattiuzzi cortó el cristal y biseló los bordes con una lima. Le había llevado varios intentos hasta que quedó a la perfección. Antica sujetó la lente, la manija de enfoque y la montura; luego montó el telescopio en el trípode que había construido. Cualquier noche sin lluvia se le podía encontrar en el techo de su casa en Glasgow, mirando las estrellas en lo alto.

Inclinó la cabeza para cerciorarse de que su esposa ya se había ido. Sacó la camisa adicional y un par de calzones para hacer espacio para el telescopio. Lo colocó junto al queso y los calcetines, y cerró la maleta.

—Arcangelo —lo llamó ella—. Ya llegaron. —La voz de Angela se quebró. Esperó a su marido al pie de las escaleras.

Cuando él llegó a su lado, ella lo rodeó con sus brazos y lo besó varias veces.

—Ya es suficiente. —dijo él, tomando el rostro de su esposa entre sus manos—. Voy a regresar.

BURY

Savattini se sentó junto a la ventana del tren abarrotado que avanzaba por la campiña inglesa. La mañana había empezado como una diversión, pero la situación cambió. Había esperado en una larga fila, con sus compañeros italo-británicos, hasta que llegaron los vagones suficientes para transportarlos. Escuchó la conversación de los soldados británicos para averiguar algo de información, pero le sorprendió darse cuenta de que ellos sabían menos que él sobre esta redada.

El tren pasó frente al hipódromo que Savattini conocía; lo habían convertido en base de operaciones para prisioneros. El tren pasó a toda prisa frente al circo; los elefantes y los tigres habían desaparecido hacía mucho y ahora, debajo de la carpa de rayas naranja, los prisioneros alemanes de guerra aguardaban hasta que pudieran enviarlos a campos de reclusión. El tren avanzó chirriando mientras los italo-británicos se sentían indignados de que se les comparara con los nazis.

«¿Qué no entienden?», pensó Savattini. «En una guerra solo hay dos bandos; para mi mala suerte, Italia está en el lado equivocado». En general, él evitaba los temas de política, pero como cualquier trabajador razonable en Gran Bretaña, advertía el estricto sistema de clases y tenía una opinión al respecto. O servías o te servían, no había mucho más en medio.

Habían transformado las fábricas de ropa para que confeccionaran uniformes militares en lugar de faldas y blusas. Las casas particulares ahora eran centros de reclutamiento y los edificios públicos se adaptaron para instalar hospitales militares. Donde un día hubo una fábrica de lana, cristal o porcelana, ahora había estructuras vacías que habían sido despojadas de todo el equipo, en espera de que las llenaran con extranjeros enemigos. El gobierno no era el único que quería sacar a hombres y niños italianos del país; la opinión pública también apoyaba esta medida. Donde hubo niños sentados frente a sus escritorios escolares, ahora había prisioneros encerrados en salones de clase hasta que se tomaran las disposiciones necesarias. Alemanes, austriacos, italianos, nazis, fascistas, intelectuales, todos eran sospechosos y se consideraban extranjeros enemigos.

Rápidamente se corrió la voz entre los italo-escoceses, en sus tiendas y restaurantes, sobre los arrestos pendientes y la subsecuente deportación debido a las denuncias de sus vecinos y amigos escoceses. La mayoría de ellos estaban ansiosos de mostrarle al gobierno inglés lo cooperativos que podían ser; empacaban con anticipación y esperaban en la banqueta a que los recogieran. Pocos se escondieron de la policía, pero pronto los encontrarían y se unirían al resto.

La red ferroviaria que iba de norte a sur convergía en las afueras de Manchester. Desde que abrió la fábrica, las vías que corrían a lo largo del río Irwell no habían visto un flujo tan constante de locomotoras que jalaban vagones hasta los andenes fuera de Manchester. Cuando hombres y niños llegaron en tren a Bury, desembarcaron y encontraron a cientos de otros hombres en el andén, esperando a ser procesados.

Los prisioneros italianos de guerra habían sido detenidos de un extremo a otro de Inglaterra. Los movieron en manada y los italo-británicos no se resistieron. Escuchaban con atención y seguían las órdenes de los guardias, cuyas armas estaban listas en caso de que hubiera problemas.

Según los hombres que diseñaban ese tipo de cosas, los campos abandonados alrededor de Warth Mills eran el lugar ideal para un campo de prisioneros. Enjuiciarían a los detenidos afuera, en casetas acordonadas donde formaban una fila como si fueran ganado dirigiéndose al matadero. Una vez que registraban sus nombres e información personal, se les admitía al interior del inmueble. Dos mil hombres cabían en las barracas improvisadas; aunque ese día la cantidad aumentó a tres mil, se las arreglaron para meterlos a todos en la fábrica de algodón abandonada. El predio y el edificio estaban rodeados de malla metálica con alambre de púas; unos guardias armados estaban apostados en la entrada.

Cuando los prisioneros entraron, vieron que no había sillas, bancas o camastros; era solo una fábrica enorme y sucia de dos acres de profundidad. A lo lejos, al otro extremo, había un grupo de prisioneros que había llegado antes y estaban terminando de limpiar el piso para los recién llegados. Muy pronto corrió la voz de que se trataba de profesores y maestros de Oxford, hombres de confesión judía con raíces en Alemania y Austria que podían ser espías. Los italo-británicos no creían que estos profesores fueran más amenaza para el gobierno inglés de lo que lo eran ellos mismos; pero no importaba, no eran ellos quienes empuñaban las armas.

El lugar era deprimente; estaba lleno de filamentos de los telares de algodón. En el piso había grasa que sin duda quedó de las máquinas. Arriba, los paneles de vidrio de los tragaluces estaban tan sucios que no se podía ver a través de ellos; algunos cristales estaban rotos y cuarteados, y por ahí pasaban los elementos climáticos. Las paredes estaban embarradas de moho negro.

A los prisioneros les dieron costales de lona para que los llenaran de paja y los usaran como camastros. Cuando llenaron los costales, los detenidos se quedaron de pie, preguntándose qué seguiría. Los niños se sentaron sobre sus mochilas, algunos hombres pusieron su maleta en sentido vertical para apoyarse sobre ella. Los prisioneros que entraban circulaban en busca de algún rostro familiar.

La confusión era la madre del miedo y la falta de información alimentaba su ansiedad. Nadie les había explicado con exactitud por qué los habían llevado a Warth Mills ni a dónde iban.

Antica se formó en la fila para recibir el costal de lona y la paja para hacer su cama.

Mattiuzzi y su hijo, Piccolo, recogieron sus utensilios: un plato de estaño, un tazón, una taza, cuchillo y tenedor. No les ofrecieron comida en el plato vacío.

Savattini entró a la fábrica después de desembarcar con el último grupo de hombres en la estación de tren. Trató de evaluar la situación al ver la enorme fábrica llena de hombres a lo máximo de su capacidad. Se preguntó dónde estaría la cocina.

Después de que varios hombres pasaron tras Savattini, Fracassi entró a la fábrica. Lo habían llevado a Warth Mills con otras treinta personas, en un camión militar equipado con bancas en las que solo cabían diez personas cómodas.

Fracassi se unió a los otros prisioneros, caminando entre la multitud, vestido con su sotana negra y cuello clerical. Los internos le abrieron paso por respeto, creando un pasillo para que el sacerdote avanzara. Él asintió en agradecimiento hasta que cruzó al otro extremo de la fábrica.

Savattini caminó por la fábrica en busca de rostros familiares, sabía que el aspecto más importante de los deberes de un jefe de sala era hacer contactos. Su mirada se centró en un grupo que estaba bajo una ventana; tres hombres habían formado un círculo. Este parecía ser el grupo indicado para él. Necesitaba un trago y ellos tomaban grapa. Metió la mano al bolsillo para contar sus cigarros. Le quedaban exactamente trece, lo suficiente para pasar la mañana.

—Señores —dijo Savattini al llegar al grupo de Antica, Mattiuzzi y Piccolo—, ¿de dónde son?

—Glasgow —respondió Piccolo, extendiendo la mano. Se presentó y presentó a los demás.

—No, me refería a Italia. ¿De dónde provienen?

—Bardi. ¿Lo conoces? —Antica se entusiasmó.

—Yo soy de Emilia-Romaña también. De las colinas.

—Siéntate, siéntate. —Antica hizo un espacio en su maleta. Savattini se sentó.

—¿Qué piensan de todo esto? —preguntó, formando un círculo con su cigarro para señalar el lugar.

—Yo serví en la Gran Guerra —dijo Mattiuzzi—, y nada de esto tiene sentido.

—A mí me arrestaron en la cocina del hotel. Empezaba mi día, como siempre lo hago.

—Nunca conocí a un cocinero que usara zapatos de charol. —Mattiuzzi les ofreció *taralles* a los hombres, unas galletas saladas que su esposa había preparado.

Savattini rio y tomó una.

—Soy el metre del Savoy. Vivo en el hotel. He visto mucho en el tiempo que he estado ahí e imaginé que me arrestaban porque sabía una o dos cosas sobre las apuestas que hacen en el salón de ahí. La mitad del gabinete de Churchill se sienta en esas mesas de juego.

—Escríbele —dijo Antica—. Si conoces al señor, escríbele y cuéntale que este es un terrible error.

—Dejemos que jueguen sus juegos. Este es un mensaje para Mussolini y nada más. Churchill no puede tolerar espías y sacrificó a los italianos para mostrar que tiene razón.

—Pero nosotros no somos el enemigo. ¡Somos partidarios de la Corona! —insistió Mattiuzzi.

—Es casi imposible probar la lealtad. Es como el amor, solo puede probarse con reciprocidad —explicó Savattini.

Antica le sirvió al metre grapa en una taza. La taza de estaño se conformaba al reglamento emitido por la marina británica. Savattini le agradeció y agitó el líquido dentro de la taza. Le dio un sorbo que le quemó la garganta y después le calentó todo el cuerpo.

—A un hombre acostumbrado a beber en copas de cristal no le gustará el sabor de una taza de metal —dijo Antica.

—Ya no importa lo que me gusta, señores, o a lo que estoy acostumbrado; ahora se trata de lo que puedo aguantar. —Miró alrededor de la fábrica—. Lo que podemos aguantar. Me alegra hacer nuevos amigos.

Fracassi había pasado la tarde tranquilizando a los prisioneros. A la mañana siguiente, encontró un rincón y confeccionó un altar improvisado sobre su maleta. Colocó encima la tela del altar, el cáliz, la patena y la píxide como hubieran estado en el altar de mármol de San Albano, en Ancoats. La policía había sido muy amable al dejarlo empacar lo esencial de su oficio en la casa parroquial antes de subirlo al tren hacia Warth Mills. Fracassi abrió su misal y se persignó. Algunos hombres se quitaron el sombrero y se acercaron a él.

En la fábrica se corrió el rumor de que el sacerdote estaba dando misa.

—Oremos —dijo Mattiuzzi volteando hacia el altar.

Savattini estaba escéptico.

—Mi fe está en el granjero que bate la mantequilla para mis langostinos —murmuró al oído de Antica.

Esto creía hasta que las pláticas en la fábrica callaron y en el silencio respetuoso solo se escuchó una voz: la de Fracassi.

—Señores, en la situación en la que nos encontramos puede parecer que estamos desamparados, pero les aseguro que Dios está escuchando.

Antica se inclinó para escuchar el mensaje. Piccolo Mattiuzzi puso las manos sobre los hombros de su padre. Savattini sacó un cigarro del paquete. Miró hacia el altar y, avergonzado, bajó la vista al paquete. Él también escuchaba al párroco.

Fracassi continuó:

—No los abandonará. No renunciará a ustedes. Pero deben rezar. Dios sabe que lo tienen en el corazón. San Bernard de Clairvaux era el sabio doctor de la fe. Él nos exhortó a reflexionar sobre el pasado, a hacer las paces con él. No podemos controlar el mal que nos han hecho, no podemos volver y corregir las cosas que no hicimos. No podemos recuperar el tiempo perdido, pero podemos ganar nuestra salvación. Abran su corazón a su amor. Todo está perdonado. Encontramos fortaleza en nuestra confesión y la necesitamos, señores, la necesitamos.

Antica se estremeció al escuchar las palabras de Fracassi. ¿El sacerdote sabía algo?

—Perdónenme, hermanos, no tengo suficientes hostias para darle a cada uno la sagrada comunión. Cuando fueron por mí a la iglesia, ayer, traje solo lo esencial.

Eso no importó a los hombres. Se arrodillaron para la consagración.

Antica abrió su maleta. Sonrió al pensar en su mujer, quien insistió en que llevara pan en este viaje. Incluso en esta situación, tenía razón. Le dio un golpecito en el hombro al hombre que estaba arrodillado frente a él y le pasó el pan. El hombre asintió y dio un golpecito al hombre frente a él, le pasó el pan y así siguió, hasta que pasó por toda la multitud y llegó hasta el altar de Fracassi. El sacerdote agradeció a los hombres por el pan y continuó la misa. Rezó sobre la donación de Antica y la consagró. Partió el pan e invitó a los hombres a tomar la comunión. Un prisionero en la fila de enfrente se puso de pie para servir como monaguillo. Otros comenzaron a organizar las filas para que comulgaran de manera ordenada, para que Fracassi pudiera atender a cada uno de los hombres que estaban en Warth.

El sacerdote empezó a distribuir la comunión a los hombres que estaban cerca del altar. Partió unas migajas, colocó una en la lengua del primer prisionero, luego otro y otro. Cada comulgante se persignaba antes de volver a arrodillarse. Cuando llegó hasta Antica, al fondo, quedaba solo un pequeño pedazo de pan consagrado.

—¿Usted dio el pan?

Arcangelo asintió.

—Gracias.

Antica se quedó con la cabeza inclinada. No había ido a misa desde el incidente en el que se arruinó la mano.

—No soy digno, padre.

—Eres digno, hermano.

Fracassi esperó. Colocó la hostia consagrada, una migaja de pan tan pequeña que el sacerdote tuvo que sostenerla entre el pulgar y el índice para ponerla sobre la lengua del hombre. Antica probó el pan de vida y se sintió redimido.

Por la noche, la fábrica resonaba con un sonido que evocaba la respiración de una ballena por los hombres que dormían sobre sus costales rellenos de paja. La luz de la luna entraba por los tragaluces rotos. Antica se recargó contra la pared, sentado sobre su camastro de paja. No podía dormir. Miró alrededor del vasto piso de la fábrica, los contornos redondeados del cuerpo de los hombres en la oscuridad le hacían pensar en la época de cosecha en la granja de su padre, en las afueras de Bardi, Italia, cuando era niño. Solía

observar a su padre desde la ventana de la granja cuando caminaba hacia el campo a la luz de la luna. Su padre acariciaba el trigo
y silbaba. Para que algo creciera en este mundo primero hay que
amarlo. Antica se preguntó si volvería a ver algo crecer de nuevo.
Tendría que sobrevivir a esto; pero en el fondo de su ser no estaba
seguro de que fuera posible.

Capítulo 32

1 de julio de 1940

Después de dos semanas de espera, a los reclusos de Warth Mills les ordenaron empacar. Savattini decidió rasurarse antes de la transferencia. Usó la palangana que los cuatro hombres habían compartido, hizo espuma con la brocha y se rasuró la barba con cuidado. Limpió los implementos y los empacó en un estuche de viaje de piel. Se puso su camisa más limpia y una corbata; sujetó los puños con unas mancuernillas y las joyas brillaron bajo la luz.

—¿Son rubíes o granates? —preguntó Mattiuzzi.

—Tú eres el joyero, dime.

—Necesito una lupa, mi vista ya no es tan buena.

—Entonces tendrás que confiar en mí, son rubíes.

—¿Sabes de dónde vienen?

Savattini se encogió de hombros.

—¿Eso importa?

—Solo si algún día quieres venderlos; los mejores rubíes son de la India.

—¿No te lo dije? Estos rubíes son de la India.

Ambos rieron.

Los prisioneros hicieron una fila para subir al tren que los llevaría hasta el destino final, pero pronto se dieron cuenta de que irían a pie.

Los zapatos boleados, las camisas planchadas y los trajes de buen corte que llevaban al llegar ahora estaban desgastados. Sus maletas eran más ligeras ahora que ya habían consumido el vino, la carne curada y el queso que las esposas y las madres empacaron para ellos. Llevaban dos semanas de reclusión y hacía tres días que pasaban hambre. Mattiuzzi volteó a ver a su hijo, a Antica y a Savattini, y murmuró:

—Permanezcamos juntos.

La fila de hombres vestidos con ropa arrugada serpenteaba desde el interior de la fábrica hasta la calle y se extendía hasta la estación de trenes en Bury.

—Nos van a subir a un tren —murmuró Piccolo.

Subieron a los italo-británicos a los vagones que los llevarían a Liverpool. Los prisioneros no hablaron mucho en el trayecto, que duró menos de una hora. Cuando llegaron a Liverpool, bajaron del tren en silencio. Formaron a los hombres y a los niños en filas que los llevaban a la rampa de embarque del *Arandora Star*.

Estaban de pie a la sombra del enorme casco del barco. La doble chimenea de la nave, ahora pintada de gris, parecía ser del tamaño de dos mancuernillas.

Savattini evaluó su majestuosidad y eso le subió el ánimo.

—Señores, este es un trasatlántico de lujo.

—Al menos estaremos a salvo —exhaló Mattiuzzi.

—La línea Blue Star —confirmó Savattini, que conocía su reputación y esplendor—. La comida será mejor en este barco —les dijo medio en broma—. Yo me encargaré de eso.

—Ya estaba cansado de Warth. No importa a dónde nos lleven —dijo Piccolo.

—Debería importarte. No somos los únicos prisioneros en este barco —explicó el metre mientras subía a la pasarela—. *Non guardare in alto. Tedeschi.*

En el segundo nivel sobre la línea de flotación, detrás del alambre de púas, se encontraban los prisioneros alemanes de guerra. Miraban fijamente a los italianos mientras embarcaban. Pronto se corrió la voz por la fila de que los italo-escoceses, súbditos leales de la Corona británica, eran considerados tan peligrosos como los nazis.

—Ni siquiera tenemos el maldito barco para nosotros —suspiró Mattiuzzi—. Estamos obligados a navegar con estos rufianes alemanes.

—Esta es una embarcación demasiado grande como para transportarnos a las islas británicas —observó Piccolo.

—La vieja nave fue una belleza en su tiempo. —Se maravilló Savattini al llegar a la cubierta del barco.

Los vestigios de la vida anterior del barco como trasatlántico de lujo no podían borrarse por completo. Sus amplias cubiertas y pasillos eran magníficos; el diseño arquitectónico del casco y el mástil era elegante.

—No es tan hermosa envuelta en alambre de púas —comentó Mattiuzzi.

A ambos lados del vestíbulo de entrada había soldados británicos formados que empuñaban sus rifles. Los prisioneros formaban una sola fila entre los soldados y avanzaban hacia la popa, por las escaleras que llevaban a los camarotes inferiores.

—Los «talis» hasta abajo —vociferó el sobrecargo—. Padre, hágase a un lado y espere.

Fracassi obedeció.

—Los italianos en tercera clase. Por supuesto —bromeó Antica mientras bajaban las estrechas escaleras hasta el fondo del barco, donde estaban las calderas, la sala de carbón y los camarotes de la tripulación. La temperatura aumentó conforme los hombres se adentraban al barco. El olor de aceite y carbón quemado en los hornos flotaba en el pasillo.

Savattini guio a los hombres al primer camarote, al pie de la escalera, lo más alejado de la caldera. Estaban alojados debajo de la cota del agua, por lo que no tendrían ni luz ni aire fresco. Las claraboyas estaban selladas. Colocaron su equipaje sobre los catres y empezaron a quitarse los sacos y las corbatas debido al calor.

—Cuatro hombres en un camarote para dos personas.

—Parece ser así. —Piccolo se acostó sobre un camastro.

Los hombres se habían hecho buenos amigos en Warth. Compartían información, comida y el jabón para afeitarse. El improbable cuarteto había pasado tiempo hablando de sus opciones, aunque no tuvieran ninguna al estar prisioneros. La emoción que sintieron cuando los transfirieron los había agotado. El cuarto estrecho y el calor los mareaba. Se acostaron en los catres, con apenas un centímetro entre ellos. Aún no había caído la tarde, pero el sueño era el único refugio a su sufrimiento. Sin embargo, Savattini les recordó que dormir demasiado debilitaba a un hombre. Despertaron al escuchar los gritos del guardia:

—El capitán dio permiso a los prisioneros de que suban a cubierta.

Savattini se paró en el umbral y echó un vistazo al pasillo. Cada camarote estaba abarrotado de prisioneros. Si los hombres salían al pasillo todos al mismo tiempo habría un embotellamiento. El metre habló en voz alta:

—Caballeros, empecemos por el camarote que está más cerca de la caldera. La letrina está al final de la escalerilla que lleva a cubierta. Hagámoslo de manera ordenada.

—Sí, sí, capitán —gritó uno de los italo-británicos.

Los hombres rieron y siguieron las instrucciones de Savattini. Conforme se vaciaban los camarotes, el metre vio cómo unos chicos de apenas dieciséis años y hombres de más de setenta pasaban en fila frente a él.

—Ahora seremos los últimos en subir a cubierta —se quejó Piccolo.

—Estamos fomentando la buena voluntad. Confía en mí. La necesitaremos más adelante —dijo Savattini.

—Lo que daría por una taza de té Mazawattee —dijo Antica—. Caliente. Té como debe ser, en una taza y con platito de porcelana Lady Carlyle.

—Yo preferiría una cerveza. —Piccolo se enjugó el sudor del rostro.

—Mi madre me enseñó que, cuando hace calor, no hay que pensar en más frío, sino en más caliente y entonces te refrescarás —opinó Antica.

—Sigue soñando —dijo Savattini.

—Tengo mi té. Llega un carrito con una torre de galletas, sándwiches y chocolates. Cojo unas pincitas de plata y me sirvo un pancito cubierto de azúcar. Un tarro de mantequilla fresca batida esa mañana para acompañar. Cierro los ojos y aspiro el vapor de la taza de té. Madagascar. Sri Lanka. Las islas —continuó Antica, soñador.

McVicars entró a su camarote.

—Bien, bien, bien. ¡Los glaswegians del oeste!

—¡McVicars! ¡Viejo zorro! —Antica se puso de pie para saludar a su viejo amigo—. ¿Cómo nos encontraste?

—Los vi en la lista —respondió John alegre, pero al ver el camarote atestado se le hizo un nudo en el estómago.

No podía pararse completamente erguido en ese espacio; se agachó un poco al hablar con ellos. Esta no era manera de tratar a seres humanos, no era una manera de tratar a sus amigos.

—Ettore Savattini.

Un hombre que McVicars no reconoció extendió la mano hacia él.

—Es nuestro nuevo amigo —explicó Antica—. Es el metre del hotel Savoy.

—Habría querido poder ofrecerles un mejor alojamiento —dijo McVicars al estrechar su mano.

—Es aceptable. Y le agradecemos que venga a ver cómo estamos.

—¡Mira qué apuesto estás en tu uniforme de la marina mercante, capitán! —exclamó Antica.

—Soy primer oficial en este trayecto. Me temo que eso de capitán es ya solo un recuerdo. —Se asomó al pasillo y miró a izquierda y derecha. La fila que se dirigía a la letrina y a cubierta avanzaba a ritmo constante. Cerró la puerta.

Abrió su saco y, de los bolsillos interiores, sacó un paquete de galletas, un pedazo de queso cheddar y dos empanadas en forma de media luna rellenas de carne, papas y cebolla, envueltas en un pedazo de tela. Los hombres repartieron la comida. John sacó del bolsillo trasero una petaca de whisky. Luego se llevó un dedo a los labios.

—¡Eres un santo! —murmuró Antica—. Ya no tengo la condición física para viajar por mar. Un trago de whisky ayudará a calmar mi estómago.

—Cuando te tomes ese trago, brinda por tu viejo amigo. Ahora soy un hombre casado —le dijo McVicars—. Me casé con la chica Cabrelli.

—*Auguri!* La conocí en el convento, en Navidad. *Bellissima.*

—Me lo contó. —John sabía que alimentar a los italianos agradaría a Domenica. Buscó en sus bolsillos y sacó una barra de mantequilla—. Para su pan de la mañana. No dejen que nadie sepa que la tienen, he visto motines por menos. Sirven café y bollos para el desayuno. El café es fuerte, pero hay mucha crema para rebajarlo. La mantequilla ayuda con los bollos. Haré que les den un camarote que esté por encima de la línea de flotación; denme tiempo.

Savattini juntó las palmas y las frotó.

—¿Les dirá que sé cocinar? —preguntó.

—¿Cuál es su mejor platillo?

—Todos. Huevos, papas, rostizados. ¡Espagueti! Solo necesito un poco de agua y harina.

—Le avisaré al equipo de cocina, señor. —McVicars se asomó al corredor—. Debo irme.

—John, ¿puedes decirnos a dónde nos llevan? —preguntó Antica, tomándolo del brazo.

McVicars dio unas palmaditas sobre la mano de Antica para tranquilizarlo.

—Canadá. Son de siete a diez días de viaje. A veces estas naves llevan más tiempo, pero no me creas mucho.

Los rostros de los italianos se llenaron de desesperación.

—No, no se preocupen, yo estoy a bordo. —McVicars sonrió—. ¡Habrá más galletas! Y los sacaré de aquí.

John dejó a los hombres de mejor ánimo que cuando los encontró.

—Esta noche dormiré bien —admitió Mattiuzzi mientras saboreaba su último bocado—. Estas empanadas son el orgullo de Escocia.

—Son bastante buenas —admitió Savattini—. Me hubiera gustado visitar las Tierras Altas. Trabajaba siete días a la semana, nunca salí de Londres.

Los hombres turnaron la petaca de whisky. Antica tomó un trago y dijo:

—¿Cómo algo tan perfecto no es italiano?

—Porque los escoceses inventaron el licor fuerte. Dales lo que se merecen. Eso podría ayudarnos. Por ahora, no hay nada peor que ser italiano o descendiente de uno —concluyó Mattiuzzi—. Tratan mejor a los nazis que están sobre nosotros. Ellos tienen luz y aire.

—No han hecho acusaciones en nuestra contra. Nos arrestaron sin ninguna razón. —Piccolo estaba decidido a buscar justicia—. Este es un error y tendrán que darse cuenta.

—Quizá no lo hagan. A veces Churchill come en el Savoy; es un caballero agradable. Uno de los miembros de su gabinete, un jugador mediocre, nunca se perdía el *blackjack* de los miércoles ni los tragos gratis que servían. Me dijo que la amenaza de la Quinta Columna era real. Desde el principio había un plan para encerrar a los italianos en Inglaterra por el tiempo que durara la guerra. Bueno, no pudieron hacer eso, así que nos subieron a un barco para sacarnos de la isla de una vez por todas. No les importa si somos inocentes; si eres de Italia, no eres confiable.

Amablemente sugerí que si Churchill nos deportaba no habría ni helados ni pizza durante la guerra. Bromeaba, por supuesto, pero él no. Churchill dio la orden, dijo: «Captúrenlos a todos». Nosotros somos esos hombres, somos esos todos. Bien o mal, nos capturaron.

—Si mantenemos una buena actitud estaremos bien —les aseguró Mattiuzzi—. Acataremos sus órdenes y muy pronto volveremos a casa.

—Si nos quedamos cerca de tu amigo McVicars estaremos aún mejor —prometió Savattini.

Un hombre puede dormir cuando tiene esperanza.

Mattiuzzi, Piccolo y Savattini durmieron a pierna suelta en sus camastros, en calzones y camiseta, seguros de que lo peor quedaba atrás. Conforme el *Arandora* seguía la ruta de Moulton, navegó hacia el norte, pasando por la isla de Man, a través del Canal de La Mancha entre la península de Kintyre e Irlanda del Norte y más allá del Cabo Malin, hacia el oeste. Por la mañana, el barco estaría en el océano Atlántico con rumbo a Canadá, donde los recluirían hasta que se resolviera el conflicto.

Antica daba vueltas en su cama. El camarote debajo de la cota de agua sofocaba al vendedor de helados. Bajó del camastro y, sin hacer ruido, se vistió. Tomó su telescopio y salió de puntitas por la puerta abierta del camarote. Aspiró el aire fresco del mar cuando subió por la escalera hasta cubierta. Tan pronto como sintió la fría brisa del océano, toda aprehensión se evaporó. Los compañeros prisioneros que estaban recargados contra la pared roncaban felizmente en su sueño. Arcangelo se recargó contra la barandilla, detrás del alambre de púas y respiró profundamente.

Había un espacio entre la reja y la cubierta superior, eran unos treinta centímetros, pero suficiente para que él dirigiera la lente del telescopio por la malla metálica y observara el cielo oscuro sin obstáculos. Contó las puntas de Orión y movió la lente en busca de Venus y Júpiter, un par de ágatas parpadeantes en un cielo azul pavo real. Su desesperación desapareció en presencia de tanta majestuosidad.

Antica interpretó la configuración de las estrellas como una señal de que todo saldría bien. Sintió un gran alivio, en particular después de que McVicars les prometiera que cuidaría de ellos. Sabía que podía confiar en el escocés. Bostezó y se recostó en la cubierta, cubriendo el telescopio entre sus brazos. La malla de alambre de púas estaba a unos centímetros de su nariz, pero no le molestaba; había hecho las paces con su encarcelamiento. Con el tiempo se comprobaría que los cientos de hombres con antecedentes italianos eran decentes y trabajadores, que tenían buenas familias a las cuales mantener. La verdad era tan brillante como la luna y muy pronto todos lo sabrían. Volvió a bostezar. El aire de la costa de Irlanda era limpio y dulce. Se quedó dormido.

El *Arandora Star* estaba cargado de hombres desde el casco hasta el puente; navegaba pacíficamente. La superficie del mar apenas ondulaba a su paso por la costa noroeste de Irlanda al alba. Los acantilados rocosos de la isla Esmeralda se tiñeron de dorado al despuntar la mañana. De pie en el puente de la parte superior del barco, John McVicars encendió un cigarro.

DONEGAL
2 de julio de 1940

En el fondo del mar, un submarino alemán U-47 levantaba aletas de arena conforme se elevaba sobre el lecho marino a lo largo de la costa norte de Inglaterra. El submarino era el orgullo de la flota alemana, con su equipo moderno y su tripulación naval altamente entrenada. Tenía la capacidad de avanzar en la superficie y hundirse en las profundidades en cuestión de segundos, y su movimiento era indetectable en el fondo del mar.

El *kapitänleutnant* Günter Prien apretó sus labios delgados mientras estudiaba la ruta de regreso al mar Negro. Revisaba las cifras en el panel de navegación cuando advirtió que un trasatlántico cruzaba por su camino. Tomó un sorbo de café negro amargo y lo escupió en la taza que después hizo a un lado. Revisó la rueda de navegación y se dio cuenta de que el *Arandora Star* no iba acompañado y que navegaba en mar abierto como el *Queen Mary* en Navidad. No podía creer su suerte, pero los ingleses eran unos idiotas, así que no le sorprendía que el barco navegara solo. Más de mil setecientos hombres, la mayoría prisioneros de guerra, indefensos ante cualquier enemigo. Sabía que a bordo había compatriotas alemanes, nazis leales, pero no le importaba. Los intelectuales judíos a bordo no significaban nada para él. Había setecientos diecinueve escoceses de ascendencia italiana, ciudadanos británicos, y Prien estaba ansioso por derribarlos, porque podía.

Prien tenía un torpedo restante en su arsenal para su viaje de regreso al mar Negro después de una práctica de ataques mortales en el Atlántico Norte. Sería una gratificación personal hacer explotar ese hermoso trasatlántico. También quería enviar un mensaje a los enemigos de Alemania: «No sabrán el día, no sabrán la hora, pero yo sí», pensó con una mueca de desdén.

Prien se tomó tiempo para apuntar al *Arandora*. El nazi hizo sus cálculos varias veces. Cuando ordenó el desplazamiento para disparar no estaba del todo seguro de dar en el blanco.

Un torpedo. Un barco de quince mil quinientas toneladas, sin escolta, en mar abierto. Un solo tiro.

Prien dio la orden de disparar. El torpedo solitario estaba cargado de aluminio en polvo y hexanita en cera de abeja que sujetaba los explosivos en la cámara. Una vez que lo dispararon, el enorme cilindro de acero se propulsó por el agua hasta llegar a su blanco. El torpedo perforó el casco del *Arandora Star* y lo partió por la mitad hasta explotar en la caldera y volar en pedazos los sistemas eléctrico y mecánico.

Prien sonrió, su sonrisa socarrona y oscura se extendió como una mancha de tinta que cruzó su rostro. La tripulación alemana estalló en aplausos cuando del *Arandora Star* salieron nubes de petróleo negro en el océano, hasta que el barco quedó oculto tras la humareda.

Prien ordenó que cambiaran el curso del submarino antes de que descubrieran su hazaña. Su embarcación se deslizó por el lecho marino como una serpiente en dirección al sur. Gritó a sus hombres que navegaran profundo, rodeando Portugal y a través de los canales italianos que eran aliados.

McVicars había arrojado su cigarro por la borda y se dirigía a las cocinas para tomar el café matinal cuando escuchó un ruido sordo seguido de un gran estallido. El barco se balanceó de un lado a otro. Perdió el equilibrio y se sostuvo de la barandilla. John no entendía por qué un barco con los tanques de lastre llenos podía oscilar tanto. Se deslizó hasta la escalerilla en dirección a la sala de electrónica para evaluar el problema.

El ataque disparó las sirenas de emergencia, que acabaron con la serenidad de las primeras horas del día. Los prisioneros italianos salieron de sus pequeños camarotes y se abalanzaron en el estrecho pasillo en el vientre del barco. La nave estaba tan saturada de pasajeros que no había espacio para que se movieran. Muy pronto, los hombres se movilizaron y, de forma razonable, uno por uno, subieron las escaleras por turnos hasta la tercera cubierta. Por instinto, quienes habían pasado la noche en cubierta tomaron los chalecos salvavidas que colgaban en la pared y empezaron a repartirlos entre los hombres espantados que llegaban de abajo.

Sobre ellos, en el segundo nivel, cómodos sobre la línea de flotación, algunos de los prisioneros nazis reaccionaron rápido y subieron por las escotillas al nivel superior, al puente donde las cubiertas no estaban rodeadas de alambre de púas. Subieron a los botes salvavidas de manera rápida y eficiente. Los nazis que quedaron atrapados en el segundo nivel pisaban los dedos de los italianos que trataban de subir hasta ahí para abordar los botes. En el nivel superior, los nazis trabajaron con presteza; lanzaron los botes al agua y empezaron a remar con las embarcaciones a medio llenar.

McVicars bajó por las escaleras de emergencia hasta el casco para coordinar los botes salvavidas para los italianos. Los prisioneros se habían reunido en cubierta, pero había más hombres atrapados en la escalerilla y el pasillo inferior. Algunos estaban completamente vestidos; otros iban en camiseta y calzones. La mayoría estaban descalzos. John los dirigió hacia los botes. Los guardias llegaron y empezaron a repartir chalecos salvavidas. McVicars buscó con la mirada a sus amigos, pero no había rastro de ellos.

A través de la malla metálica, los italianos podían ver a los prisioneros nazis lanzar los botes salvavidas por la borda hasta el primer nivel. Los botes pasaban frente a ellos hasta la superficie del agua, guiados por los manipuladores alemanes que estaban encima de ellos. Quienes controlaran esas cuerdas decidirían quién se salvaría. Los italianos empezaron a agarrar los botes cuando pasaban frente a ellos, como si las asas de goma fueran aros de latón que pudieran cambiar su suerte. Se cortaban al tratar de alcanzarlos a través de los alambres de púas, arañándose las manos, brazos y cara en su lucha por escapar. Otros subían las escaleras y seguían a los alemanes al nivel superior.

—Hijos de puta —masculló Savattini mientras se ponía el chaleco salvavidas sobre la camisa de vestir y los pantalones, y apretaba con fuerza la cuerda a la cintura.

Mattiuzzi y Piccolo se pusieron el chaleco. Los guardias canalizaron a los italianos por los agujeros que hicieron en la malla de acero para despejar el camino a los prisioneros y que saltaran para salvar su vida, pero era evidente que eso no era una garantía. A Savattini no le pasó por alto la ironía de que los soldados que tenían órdenes de transportar a los prisioneros al campo de reclusión en Canadá ahora estaban autorizados para liberarlos.

—¿Dónde está Antica? —gritó Mattiuzzi sobre el caos.

—No estaba abajo —vociferó Piccolo.

—Voy a buscarlo.

Piccolo volteó y tomó a su padre por las correas del pecho de su chaleco salvavidas.

—No puedes, papá. ¡No puedes volver! Solo puedes subir.

—Yo iré por él —gritó Savattini—. ¡Encuentren un bote salvavidas!

El barco se sacudió cuando la caldera y el horno explotaron, derribando a los hombres que estaban en las cubiertas sobre ellos. El casco de almacenamiento se incendió. El humo que salía de las carcasas quemadas de las reses que estaban almacenadas en los congeladores hacían que respirar fuera casi imposible. Mattiuzzi miró sobre su hombro cuando el humo empezó a subir por la escalerilla y envolvió la cubierta inferior. Filamentos color naranja, brasas encendidas por el incendio en la parte inferior, crepitaban en el aire denso. Si Antica estaba abajo, no sobreviviría al incendio.

Savattini se lanzó a la espesura del humo y llamó a Antica. Recorrió la cubierta sujetándose del alambre de púas porque no podía ver. Se laceró las manos y maldijo. Un guardia gritaba dirigiendo a los hombres a la parte superior. Savattini se persignó pensando en su amigo y buscó una salida para salvarse. Subió las escaleras hasta la segunda cubierta.

—¡Muévanse! —gritaban los guardias mientras empujaban entre la malla de acero a los italianos que llevaban chalecos salvavidas. Se podía escuchar el rezo del rosario conforme los italianos saltaban. Recordaban el milagro de Fátima y apelaban a la virgen María para que los salvara. Cuando no hubo milagro, los hombres llamaron a sus propias madres mientras saltaban. Muchos se romperían el cuello y la espalda al golpear el agua, para luego hundirse en su tumba fría.

El incendio de la caldera se propagaba y muy pronto fue seguido por una inundación. El petróleo negro lamía la caldera alimentando las llamas, que liberaron los últimos tanques de lastre. El fuego se encendió en la superficie del agua que inundaba los pasillos. El humo se extendió a las cubiertas y sobre el océano en nubes de carbón tan densas que ocultaban el sol.

En la oscuridad que cubría el *Arandora*, los prisioneros y la tripulación que quedaban en el barco se paralizaron de terror. Al ruido sordo de las explosiones en el casco siguió el estruendo de las vigas de acero que se quebraban. Conforme el humo invadía las cubiertas exteriores, los prisioneros corrían al borde del barco porque el *Arandora* se inclinaba con pesadez hacia un costado. Para todos aquellos que no habían podido llegar a los botes salvavidas o escapar al mar, los torrentes de agua de mar que invadían el *Arandora* conforme se hundía lentamente eran el sonido que les hacía saber que ya no les quedaba tiempo.

Cuando el último hombre subió las escaleras y cruzó la escotilla, Antica se sujetaba de la barandilla al extremo de la cubierta inferior. Ya había tomado una decisión. Reaccionó con calma ante el caos; era un hombre que había llegado a los setenta años, había vivido una vida plena y cumplido la promesa bíblica. Que otros se salvaran.

—¡Este tiene agujeros! —gritó un prisionero italiano que no podía inflar un bote salvavidas.

—*È inutile! Accidenti ai Tedeschi!*

Un bote lleno de nazis se alejaba remando del barco. Un italiano les lanzó una silla a través de un agujero en la malla metálica.

—¡Muéranse! —gritó mientras subía la escalerilla para tratar de encontrar otra manera de salvarse.

Antica, unos cuantos prisioneros y los guardias que les indicaban que saltaran eran los únicos hombres que quedaban en la cubierta inferior. Arcangelo se separó de ellos y encontró un lugar donde pudiera estar solo.

Esa noche, había soñado con el accidente en la cantera de mármol que lo había lisiado de por vida. Cuando la explosión del torpedo nazi lo aventó, de forma siniestra el sonido semejaba al estallido de la cantera que le destrozó la mano. A los veinte años, trabajaba poniendo dinamita porque era el puesto mejor pagado en la cantera de mármol. De joven era intrépido. «El hambre te hace madurar», creía. El día del accidente, en la mañana, él mismo había preparado los explosivos. Midió y cargó el cilindro con la pólvora, colocó la cápsula al interior e insertó una mecha larga, con cuidado de colocar el cartucho de cartón cerrado alrededor del borde, como si pinchara el filo de la corteza de una tarta. Era solo rutina. Antica estaba en una plataforma y se agachó sobre la pared de la roca de mármol negro para colocar el cilindro y encenderlo.

De manera metódica, metió los explosivos en un agujero que un colega de la cantera había hecho en la pared en vertical.

El equipo que estaba encima de él miró con horror cómo estallaban los explosivos antes de que él los encendiera. La explosión se llevó dos dedos de su mano derecha. Perdió temporalmente la audición en ambos oídos. Nunca supo por qué el explosivo estalló antes de que él lo encendiera. Supuso que había sido una ceniza de cigarro de los trabajadores que estaban arriba, en la saliente, donde los hombres apisonaban el mármol. O quizá fueron los peligrosos niveles de metano en la cantera los que dispararon la combustión espontánea. Nunca lo sabría.

Su madre lo esperaba cuando volvió a casa. En un intento por subirle el ánimo, dijo:

—Agradécele a Dios que todavía tienes tres dedos. Eso te hará recordar a la Santísima Trinidad.

Cuando se convirtió en padre, Antica entendió la reacción de su madre; en ese momento le dolió, pero lo había hecho por su propio bien: no quería que su hijo se obsesionara en la autocompasión por todo lo que había perdido. Cuando su madre murió, supo que había llorado cada noche por el accidente, el resto de su vida.

Él había creído que ninguna mujer lo amaría, lisiado como estaba. Más tarde conoció el gran amor en los brazos de Angela Palermo, a quien no le importaba en lo más mínimo la lesión y accedió a casarse con él. Tuvieron seis hijos, cinco niñas y un niño, que por fortuna se fueron a Estados Unidos a trabajar con su primo y evitaron la redada. Pensar en sus hijos lo hacía sonreír. Estaba metiendo la mano derecha en su bolsillo cuando tuvo una sensación extraña. Volvió a sentir los dedos fantasma. Sintió su mano entera como cuando era joven, antes del accidente.

Él sabía de explosivos. Un torpedo era la versión en acero del cartucho de dinamita que él inventó para hacer explotar la roca en la cantera. Solo podía imaginar la potencia de una bomba militar, pero estaba seguro de que el torpedo que había golpeado al barco lo hundiría.

Calculó que al *Arandora* le quedaban pocos minutos antes de que se hundiera en el océano. No era el único hombre a bordo que tenía esta idea, puesto que los hombres saltaban por la borda ahora que los botes salvavidas estaban llenos. Algunos prisioneros que no habían llegado a las cubiertas superiores se agitaban a su alrededor, desesperados, en busca de alguna manera de salir del barco. A su edad, él no podía ayudarlos. El peso de la decisión de saltar no podía tomarla un anciano, sino hombres que tenían algo por qué vivir.

Era extraño rendirse cuando no había hecho nada más que luchar toda su vida. Antica nunca más volvería a ver a su familia. Nunca vería Escocia de nuevo. Jamás haría el último viaje a Bardi. Le parecía curioso saber que esos sueños tan largamente deseados sin duda nunca se harían realidad. Las luchas de la vida ya no eran su problema. Observó el gran final del terrible ataque mientras los jóvenes se aventaban por la borda, uno tras otro, como acróbatas al agua. Un adolescente se aventó de clavado, que en sí mismo era una obra de arte cuando rompió la superficie del agua sin salpicar nada de agua. Un aro blanco de espuma apareció, seguido por su cabeza, lo hizo como si fuera un doble de escenas peligrosas, el acto final de un circo en el océano. El chico abrió mucho la boca y aspiró una bocanada de aire.

—Respira —murmuró Antica.

Alzó la vista al cielo matinal. Libre de la malla metálica y del alambre de púas, podía admirar su amplitud. No vio una sola nube. El cielo era de un color extraño, la pátina de una pizarra. El cielo no era brillante como una pintura de Bellini o de Tiepolo, sino como un mosaico fracturado hecho de tésera, esquirlas, pedazos de cerámica y fragmentos de piedra, elementos hechos añicos que encuentran de nuevo la belleza, aunque estén rotos. Se preguntó si este cielo en particular era el portal azul del purgatorio. Cerró los ojos y rezó un avemaría. Se persignó lentamente. Su madre decía que, en momentos difíciles, rezara a la virgen María; como cualquier otra madre, ella escucharía la plegaria. Los hombres que se salvaron al saltar al océano y los que encontraban un lugar en los botes salvavidas llamaban a su madre al saltar. Así, lo que su madre le había dicho cuando era niño era verdad. Murmuró a su madre que lo encontrara en el paraíso cuando llegara el momento.

—Vamos, viejo —dijo un guardia con el rostro cubierto de aceite por la caldera; en la mano llevaba un chaleco salvavidas adicional cubierto de fango y trató de ponérselo a Antica—. Esta nave se va a hundir —agregó de manera casual, como si los barcos de esta majestuosidad se hundieran todos los días.

—Estoy bien —respondió él, soltando su brazo—. Te necesitan. —Señaló hacia la segunda cubierta.

El guardia le dejó el chaleco y subió las escaleras.

Un chico italiano paso corriendo frente a él para subir las escaleras, pero se detuvo.

—*Andiamo!*

Antica sonrió y le dio el chaleco salvavidas que le había dejado el guardia.

—Póntelo —le sugirió.

El chico se puso el chaleco.

—Venga conmigo —le dijo—. ¡Yo lo ayudaré!

—¡Vete tú! —Antica señaló el agujero en la malla metálica—. No te preocupes por mí. Nos vemos en el agua.

El joven saltó al mar.

Antica miró por la barandilla; el muchacho flotaba en el océano. ¡Lo había logrado! Él tenía toda su vida frente a él.

Arcangelo buscó a sus amigos en la superficie del océano. Había tantos hombres en el agua que no podía distinguir los rostros. Un hombre era afortunado por los amigos que había hecho. Su destino era su destino. En este sentido, incluso a la hora de su muerte se sentía bendecido. No lo habían encadenado ni golpeado como prisionero. No había muerto de hambre. El vendedor ambulante de helado se había ido a dormir la noche anterior después de haber disfrutado una empanada de carne seguida por una copa de whisky con sus amigos. Incluso pudo realizar la rara hazaña para los hombres ancianos de hacer un nuevo amigo en Savattini. Hasta la carga de su salvación desapareció. Don Gaetano Fracassi le había dado la absolución. Su alma estaba tan prístina como el mantel de lino blanco de un altar.

¿Quién era él para quejarse? Estaba un poco confundido por el giro que había dado su vida de forma tan repentina, pero todo estaba bien. No había nada que temer porque sabía cómo terminaría; solo quedaba rendirse, y en eso no había dolor. Antica, el inmigrante italiano, había prosperado en Escocia; las calles de Glasgow habían crepitado de vida: su vida. Conocía el nombre de los niños en su recorrido y se deleitaba cuando tocaba la campana y ellos llegaban corriendo para comprar un cono de helado. Se ganaba la vida, lo suficiente como para mantener a su familia. Sus hijos trabajaban duro y su esposa había sido una compañera fiel y amorosa. Había sido una buena vida. Su corazón se llenó de gratitud como miel tibia.

—¿Está sordo, anciano? ¡Salte! —gritó el guardia desde su posición elevada en la plataforma.

El anciano fingió, en efecto, estar sordo. Puso el telescopio hecho en casa debajo del brazo como si fuera un paraguas en un día nublado.

Se sujetó de la barandilla y esperó a que el *Arandora Star* se volcara. «No sabéis ni el día ni la hora», enseñaban las Escrituras. Antica sonrió porque, de hecho, él sí sabía el día y la hora, porque lo estaba viviendo. Ese también era un regalo al final.

Miró a sus pies. La cubierta pintada de blanco ahora estaba negra y turbia por el lodo que había subido del agua de los caños. Lo mareaba la peste, similar al olor acre del taller de un herrero cuando herraba a los caballos. El fuego se habría tragado el barco, de no ser porque se hundía a toda velocidad en el agua. Era o el destino del *Titanic* o la destrucción del templo en Viernes Santo; él creía que la tragedia del *Arandora Star* era ambos.

El sonido se disipó.

Los gritos de los hombres que llamaban a su madre se amortiguaron conforme los sobrevivientes se alejaban remando del barco que naufragaba.

Antica estaba solo en la cubierta inferior. Las calderas emitían un ruido sordo y hacían temblar el piso a sus pies. Las anchas flechas rojas pintadas en las paredes para indicar la dirección ascendente de las escaleras desaparecieron conforme el fango trepaba por las paredes.

El último de los botes salvavidas escoró a la distancia, sobre las olas; estaba tan atiborrado de hombres que solo pocos podían sacar los brazos para remar y alejarse del barco que se volcaba. Las pequeñas balsas dibujaban zigzags en el agua conforme las olas se las llevaban. Los hombres que no habían encontrado lugar en los botes salvavidas se aferraban a cualquier objeto de madera que se hubiera desprendido del barco o caído de las cubiertas hasta el océano cuando empezó a inclinarse. Antica podía ver una larga barandilla de madera, la superficie de una mesa y el respaldo de una silla: todo esto tenía vida humana, de alguna manera. Los sobrevivientes, con el rostro desesperado alzado hacia la luz, parecían un campo de girasoles que seguían el sol.

El agua le llegaba a las rodillas. Se sentó en la cubierta, colocó las manos a los costados para mantener el equilibrio. La cacofonía que producían al chocar los objetos que contenía el barco cuando este se inclinó hizo que su corazón le latiera con más fuerza.

El agua subió hasta su pecho y su cuello. Conforme el *Arandora Star* se hundía en el Atlántico, Arcangelo Antica no contuvo el aliento ni pidió ayuda o sintió pánico; en su lugar, dejó que el océano le quitara la vida. El agua estaba fría, pero no lo notó. Se dejó ir.

McVicars y la tripulación estaban de pie detrás del capitán Moulton. Fracassi salió de la escotilla para unirse a ellos. Su sotana negra se arrastraba por las tarimas del piso, empapada con el aceite de las cubiertas inferiores. Bendijo a los hombres antes de que saltaran para salvarse. Las últimas palabras que muchos de los italianos oyeron antes de morir fueron oraciones en su lengua madre. El sacerdote sonrió a John, quien apretó el puño en señal de solidaridad con el párroco.

—*Coraggio* —dijo Fracassi a McVicars cuando este tomó su lugar con la tripulación en el puente.

Moulton se movió para mirar por la borda.

—¡Salta! —gritó Moulton a un chico que se aferraba horrorizado a las redes a un costado del barco; su rostro estaba cubierto de lágrimas—. ¡No tengas miedo, hijo! —lo tranquilizó el capitán—: ¡Puedes hacerlo! ¡Salta!

El joven saltó al mar. Moulton volvió a su posición con sus hombres.

John McVicars se mantuvo de pie, erguido mientras el *Arandora Star* se hundía en el océano. La cofa de vigía en el mástil era engullida en las profundidades. John aprovechó los últimos momentos de su vida no para mirar hacia el mar, sino arriba, hacia el cielo. Sus últimos pensamientos fueron para Domenica Cabrelli, la chica italiana a quien tuvo la suerte de amar y desposar. Sus labios dibujaron una sonrisa al imaginarla; esa mujer delicada con la voluntad de un general y el corazón de una sanadora. Ella era la mejor persona que jamás había conocido. Su corazón estaba lleno de tanto amor que imaginó que el amor de ella podría salvarlo. Mantuvo el rostro hacia el cielo. El mar ya no era su mundo y había visto bastante de él. Recibió el cielo matinal y las nubes que empezaban a deslizarse sobre él; estaban tan bajas que podría tocarlas. Rezó una oración propia. McVicars encontraría su camino de regreso a Dios y, al hacerlo, estaba seguro de que volvería a ver a su esposa. Metió la mano al saco de su uniforme, sacó la medalla bendita que Domenica le había dado; se la llevó a los labios y la besó.

Domenica despertó en la cama que había compartido con su esposo cuando un trueno hizo vibrar las ventanas de la cabaña de piedra en el jardín del convento. El viento abrió la puerta principal de par en par, que se azotó contra la pared contigua. Una lluvia espesa comenzó a golpear el piso y los rayos abrasaban los nubarrones. Salió de la cama de un salto; corrió hacia la entrada. Un viento huracanado y feroz la aventó al interior de la casa. Se levantó, cerró la puerta y echó los cerrojos.

La noche anterior había cerrado la puerta con llave y atrancado todas las ventanas. Algo estaba mal. Temía que la cabaña se desplomara. En general, Domenica no era una mujer miedosa, pero el terror se apoderó de ella y se quedó paralizada. Parecía el fin del mundo. Esperaría hasta que la tormenta amainara y correría hasta el convento en la colina, donde sabía que estaría segura.

Piccolo se aferró a un balaustre de madera de la gran escalinata del *Arandora Star* que un guardia desesperado que se había quedado sin chalecos salvavidas había arrojado al mar. Piccolo era buen nadador y llevaba chaleco, pero vio a varios buenos nadadores que no tenían chaleco ahogarse a su alrededor.

Cuando el *Ettrick* llegó a rescatar a los supervivientes, sacaron a Piccolo de entre los escombros en la superficie del agua. Cuando llegó a bordo del barco de rescate, se puso a buscar a su padre, mientras navegaban hacia el puerto de Liverpool. Lo llamó por su nombre tantas veces que perdió la voz. Encontró a una persona que había visto a Mattiuzzi la última vez en el primer nivel. Fue de hombre en hombre, preguntando si alguno de ellos había visto a su padre. Su peor miedo se convertiría en una pena que cargaría el resto de su vida. Amadeo Mattiuzzi había muerto.

Piccolo no supo cuál había sido el destino de Antica, aunque sabía que un hombre de su edad no habría sobrevivido si hubiera saltado al océano. Savattini tampoco estaba entre los sobrevivientes del barco de rescate, pero imaginó que, si alguien podía sobrevivir al bombardeo del majestuoso trasatlántico, ese sería el distinguido metre de Londres. Savattini era como una cadena de oro: se escurría entre los problemas con facilidad; cualquier nudo en la cadena que pudiera atarlo se deshacía fácilmente.

Piccolo escribió una carta, mientras lloraba, en la que le explicaba a su madre y a su hermana las circunstancias de la muerte de su padre. Escribió una segunda carta para Margaret Mary McTavish y la metió en el mismo sobre. Explicó que había sobrevivido al bombardeo del *Arandora Star*, pero que el destino todavía no acababa con él. Desde Liverpool, el *Ettrick* debía zarpar hacia Australia de inmediato y llevarse en él a los supervivientes del *Arandora Star*. No habría indulto para los italo-escoceses.

DUNMORE STRAND, IRLANDA
8 de julio de 1940

Cada mañana, después de misa en la iglesia de San Patricio, Eleanor Kink daba un largo paseo por la playa de Dunmore Strand. Caminaba sobre los fragmentos de conchas que cubrían la playa y crujían bajo sus pies. Caminaba erguida para una mujer de setenta y siete años. Avanzaba por la costa a paso rápido al tiempo que rezaba el rosario. Rezaba con una mano en el bolsillo, pasando las cuentas del rosario cuando miró hacia la playa.

—No otro —murmuró acercándose a un cadáver que el mar había arrastrado hasta la costa, el decimoprimer cuerpo en esa semana.

Eleanor se arrodilló a su lado. Le asombraba que sus ojos estuvieran abiertos; eran azules como el cardo. También era apuesto; a Eleanor King le gustaban los hombres altos. Su piel estaba hinchada y cerosa, con manchas negras por el ahogamiento, pero su color no le molestó. Parecía una pintura. La mano del desconocido estaba vítrea y la alianza de oro en su anular estaba intacta. Su uniforme colgaba en harapos sobre su cuerpo, las barras de oro de su rango naval habían sobrevivido.

—Un católico. Dios lo bendiga —dijo en voz alta.

Observó la medalla que colgaba de su cuello. Nuestra Señora de Fátima. Eleanor cerró los ojos y elevó una plegaria a la virgen María. Se puso de pie y miró alrededor. Advirtió a una pareja que miraba sobre las dunas y les hizo una seña. Ellos la vieron.

—¡Policía! —les gritó.

Ellos fueron a buscar ayuda.

Eleanor King se quedaría con el cuerpo en la playa de Dunmore Strand hasta que llegara el forense. Planeó un funeral católico apropiado para el desconocido. Solo asistieron ella, su esposo, Michael; el sacerdote y el organista cuando se dijo la misa de entierro para la víctima no identificada del *Arandora Star*.

En algún lugar, arriba, en el cielo, John Lawrie McVicars reía por la ironía de que toda una vida de protestante terminara en una tumba anónima en un cementerio católico en Irlanda. Esa fue su suerte.

Capítulo 33
Viareggio
Hoy

Anina se sonó con un pañuelo desechable. Sacó más de la caja y se enjugó las lágrimas.

—Mis bisabuelos tuvieron una trágica historia de amor.

—¿Lloras por ellos o por ti?

—*Nonna*, he estado pensando mucho en mi vida. No tomo buenas decisiones.

—Porque no habías tenido que hacerlo. Disfruta tu juventud. Si tienes suerte y eres como yo, serás vieja por mucho más tiempo del que serás joven y disfrutarás de la sabiduría que viene con la experiencia. Pero para eso debes planear. Por eso es importante encontrar algo que ames hacer. Yo amaba los números y me hice contadora. La verdad es que no era una artista y era incapaz de crear joyería, pero pude encontrar una forma de participar que me hiciera sentir parte del negocio. ¿Te gusta reemplazar a Orsola?

—Sí. Y nadie está más sorprendido que yo. No me molestan los clientes cuando son exigentes. Me pongo en su lugar y comprendo que, cuando están haciendo una inversión, cada detalle debe ser perfecto. Me pongo de su lado.

—¿Te gusta trabajar con *Nonno*?

—Nunca se olvida de darme mi hora para el almuerzo.

—Un artista nunca se detiene, ni siquiera para comer. Puedes aprender mucho de tu abuelo.

—Lamento que me llevara tanto tiempo darme cuenta de eso.

—Tienes tiempo. Aprovecha la oportunidad y edifica sobre ella.

Anina quitó los cojines del sillón para formar una cama.

—¿Qué haces? —preguntó Matelda.

—Puedo dormir en el sillón; se abre, mira.

—Pliégalo. Ve a casa y duerme en una cama decente.

La enfermera le llevó las medicinas a Matelda.

—Enfermera, dígale a mi nieta que se vaya a casa. Una de las dos debería dormir bien. Este hospital es un circo después de medianoche. Dígaselo.

—Váyase a casa —dijo la enfermera al marcharse.

—¿Necesitas algo más? —le preguntó Anina a su abuela.

—A Giancarlo Giannini.

—Te veo mañana. —Le dio un beso a Matelda y bajó la luz antes de salir—. Tenemos todo el tiempo del mundo —le aseguró.

«Claro», pensó Matelda. Todo el tiempo del mundo podría ser solo cuestión de minutos. Se relajó bajo las cobijas. Los sonidos de las máquinas que monitoreaban su respiración marcaban el tiempo con bips y silbidos que la arrullaron hasta que concilió un sueño profundo.

Matelda soñó con su madre, quien se le apareció tan claramente como cuando estaba viva.

Nubes diáfanas flotaban sobre la playa como velos de novia libres al viento.

—¿Qué encontraste? —preguntó Domenica a su hija que corría por la orilla del agua.

Extendió la mano hacia la pequeña y Matelda corrió hacia ella. La niña tenía cinco años. Abrió las manos para mostrar una colección de conchas delicadas del color del agua.

—¿Dejaste algunas conchas para otros niños?

—Hay muchas más. No me las llevé todas —respondió su hija mientras metía las conchas en el bolsillo del delantal de su madre.

El cabello de Matelda era un nido de rizos castaños que se volvían dorados bajo el sol estival. Su madre apartó uno del rostro de su hija.

—El océano trae más de las que las olas pueden llevarse —le recordó la niña a su madre.

—Siempre tienes una respuesta para todo.

—La hermana María Magdalena dijo que debemos buscar respuestas —dijo Matelda.

Domenica observó a su hija cuando corrió hacia el agua.

—¡No te vayas muy lejos! —le gritó—. ¡Quédate cerca de la orilla!

Sonaba como su madre, Netta Cabrelli, cuando llevaba a sus hijos a la playa. Todo había cambiado; sin embargo, se parecía al pasado que ella recordaba. Sus padres habían regresado a Villa Cabrelli. Ella sabía cuánta alegría les daría que ella y Matelda vivieran en su casa; era casi como si nada hubiera cambiado. Aldo había muerto en Túnez en la guerra y su madre decidió fingir que se quedaría para siempre con los militares, en lugar de tener que enfrentar la pena de su pérdida. Su madre no fue la única que tuvo que fingir tras la guerra. Nadie en el pueblo hablaba de ella como la señora McVicars; en su mente, había vuelto redimida a Viareggio. El sacerdote que la había desterrado también había muerto. La única evidencia de que Domenica se había ido de Viareggio era su hija, Matelda.

Cuando miraba la playa, Domenica se resignaba: ya no era el inmaculado campo de juegos de su juventud. La arena blanca que recordaba ahora tenía un color cenizo con manchas negras chamuscadas donde los tanques habían pasado por encima derramando aceite.

De un lado al otro de la costa había monumentos a la destrucción: las esquirlas oxidadas de una rampa de desembarco que exploto estaban abandonadas en la playa; había agujeros profundos en donde el enemigo hizo fogatas para indicar la zona a sus bombarderos; los sacos de arena de las trincheras abandonadas donde los soldados alemanes se habían refugiado, en su vano y último enfrentamiento contra los aliados, seguían apilados junto al muelle, listos para nada. Habían hecho explotar el rompeolas, pedazos de antiguas piedras que anclaban el muelle habían sido destrozados por proyectiles. Las suaves tablas de madera de la pasarela estaban despostilladas y horadadas en los lugares donde los soldados las habían cortado para crear entradas para los soldados que se atrincheraban debajo de ellas. La pasarela tenía pedazos sueltos o faltantes, como los dientes de un boxeador profesional después de un encuentro fatal. Al final, todo era una puesta en escena tan endeble como el pañuelo de un mago. ¡Como si el mejor general pudiera prohibirle el paso a alguien o algo en una playa abierta! Al terminar la guerra los italianos no tenían balas, ni siquiera un cuchillo de cocina para defenderse. Mussolini les había quitado todo lo que poseían y tenían que salvarse solos para salvarlo a él. También él había fallado en eso. Qué desperdicio. Pobre Viareggio, el conflicto bélico le había robado la belleza por un enemigo que no la había valorado. El tiempo desperdiciado era incalculable.

Viareggio era su hogar, pero cada rincón estaba lleno de decepción, cuando no de hambre y desesperación.

Matelda corrió hasta su madre.

—Mira. —La niña se subió a los pies de su madre y le puso una concha cerca del rostro—. *Scungilli!* —exclamó orgullosa. La concha blanca estaba rayada con líneas azul claro como un ópalo. —*Bella!*

—*Bella, bella* —asintió su madre—. Subamos a la pasarela. —Tomó la mano de su hija de nuevo—. Algún día verás esta playa como yo la recuerdo. Cuando yo era niña, jugaba en la arena blanca. Era suave, como una colcha de seda. Había parasoles con rayas rojas y blancas, hasta donde llegaba la vista. La playa parecía un campo de bastones de dulce. Cuando me paraba a la orilla del mar en las olas someras de marea baja, unos pececitos rosas nadaban alrededor de mis pies en el agua azul y me hacían cosquillas.

—No he visto ningún pez rosa —admitió Matelda antes de adelantarse en la escalera para subir a la pasarela.

Por suerte, la niñita todavía era muy pequeña para ver la magia en el mundo. El equipo oxidado que habían abandonado en la playa se convirtió en el reino de su imaginación, mientras que para su madre representaban figuras de dolor. Conforme Matelda subía los escalones desvencijados, se arrodilló y recogió un pequeño pedazo de vidrio que estaba atorado entre las planchas.

—¡Mamá! ¡Un reloj! —gritó Matelda.

Domenica corrió hacia ella.

—¿Qué encontraste? —preguntó extendiendo la mano. La niña le puso un grueso pedazo de vidrio en la mano—. Matelda, no puedes recoger cualquier cosa de la playa, solo conchas. Debes tener cuidado cuando camines.

—Sobresalía —dijo la niña desafiante.

—De ahora en adelante, rodéalos.

—Sí, mamá. —La pequeña subió el resto de las escaleras.

Domenica examinó el vidrio en su mano. Parecía ser el reloj del panel de un aeroplano, ¿o era un pequeño reloj de algún tipo? No sabría decirlo. Tenía números y una pequeña manecilla que sobresalía del vidrio grueso. Sacó un pañuelo del tirante de su camisola y envolvió el cristal. Le preguntaría a su padre el origen del reloj que ya no daba la hora.

El relato de Matelda estaba cargado de muerte y agonía, pero no había manera de evitarlo. Anina no podía dejar de pensar en Matelda y soñaba con ella por la noche. A diferencia de los de su abuela, sus sueños no eran sobre el pasado, sino sobre el futuro. Nuevos rostros entraban y salían, anunciándose. Eran imágenes que volaban conforme ella navegaba sobre los tejados y los océanos. Buscaba algo en los sueños y despertaba antes de encontrarlo. Sobre todo, quería alcanzar los años por venir y traer a sus hijos al presente para que su abuela los conociera. Quería que ellos escucharan los relatos familiares desde la fuente. Después de todo, su abuela no solo contaba las historias de la familia; ella era la historia. Matelda había vivido una vida rica que no debería perderse u olvidarse. Su vida misma era el tesoro, todo lo que había aprendido y experimentado, no los bellos objetos que había coleccionado. Por fin, Anina ponía atención a esos acontecimientos y aprendía de ellos. Nunca más desestimaría la sabiduría de una persona mayor. En adelante, pondría atención. Esta lección de vida era más importante que cuánta sal le ponía su abuela a la salsa de tomate. Anina sintió que la historia de la familia empezaba a escurrírsele entre los dedos como una cuerda de satén. Había encontró una manera de aferrarse a ella. Esa mañana, la joven se vistió rápidamente para ir al hospital.

No se maquilló ni se arregló el cabello. No había tiempo que perder.

Matelda despertó con los puños apretados. Aflojó los dedos y se sobó los nudillos. El sueño de su madre flotaba en su conciencia mientras ella trataba de recuperar sus palabras y su conversación. Afuera todavía estaba oscuro. Nunca sabía qué hora era en el hospital.

Desde que la habían internado, no había dormido bien ni una sola noche. Le hubiera gustado dormir, pero cuando el sol se ponía, en el tercer piso el alboroto era constante. Los pacientes llamaban a las enfermeras a gritos. Algunos tenían dolor, que Dios los amparara; pero otros no sabían cómo usar el teléfono o el control remoto de la televisión. No valía la pena intentar descansar esta noche particularmente ruidosa en el tercer piso, así que Matelda alzó el respaldo de la cama hasta quedar sentada.

Su teléfono se cargaba en el buró. Extendió el brazo para buscarlo. Navegó por las aplicaciones y presionó «Películas clásicas». Aparecieron los títulos de las películas de su juventud, la década de los cincuenta en Italia. Junto a los títulos había estrellas de clasificación; a ella no le importaban las reseñas. En su lugar, desplazó la pantalla en busca de la primera película que había visto en el cine. Recordaba que su padre la había llevado a Lucca como regalo.

Se emocionó cuando encontró *Sciuscià* en la lista. Presionó en el nombre, se puso los audífonos y se recargó sobre la almohada. *El limpiabotas.* Durante muchos años pensó en la película, pero nunca había podido encontrarla. Matelda no podía creer cuántas escenas recordaba. Los niños que boleaban zapatos para comprar un caballo, los que montaban a caballo, la correccional de menores. El chico malo que metía a los buenos en problemas. Conforme pasaban las escenas, sus pensamientos la llevaron a su infancia en Viareggio. Su madre y su padre habían intentado hacerla sentir segura en el mundo. Por naturaleza, ella era más temerosa que valiente, como si el miedo fuera su emoción primaria.

Matelda apagó la película. Sentía presión en el pecho. Pensó en la conversación que tuvo con su médico. ¿Quién diría que el corazón era la causa de la pérdida de memoria? A ella le parecía que el corazón debería alojar todas las experiencias y así fortalecer al músculo; en cambio, resultaba que el corazón, como cualquier buena máquina, padecía el estrés de la edad, el desgaste y las desilusiones hasta que no podía hacerlo más. A final de cuentas, las partes se agotarían. Se quedó quieta y escuchó los latidos de su corazón hasta quedarse dormida. Cuando despertó, la charola del desayuno estaba intacta y su médico la miraba.

—¡Ah!, *dottore*, es usted. ¿Qué hora es?

—Las nueve de la mañana. ¿Cómo se siente, Matelda?

—Mejor. Me gustaría irme a casa.

—No se lo aconsejo.

—Sé que no lo hace. Pero no trato de ponerme mejor porque no puedo ponerme mejor. Usted y yo lo sabemos, estoy al final.

—Eso no lo sabemos, Matelda.

—Cada vez me cuesta más trabajo respirar. No puedo caminar. A veces escucho los latidos de mi corazón en el oído y sé que eso no es bueno. Así que hagamos un trato: yo usaré el tanque de oxígeno, haré mis ejercicios y cualquier otra cosa que usted me pida, en casa. Por favor, déjeme ir. Tengo mucha ayuda, comida, todo eso. *Dottore*, tengo una terraza que da al mar. En esta época del año es muy azul; no hay joya en el mundo tan espectacular. No quiero que lo último que pruebe sea su caldo, que lo último que vea sea este plafón y lo último que escuche sean los bips de estas máquinas. Quiero ver las olas y el cielo. Quiero escuchar a los pájaros y sentir la brisa del océano, y quiero tomarme un trago de whisky cada que me dé la gana.

—¿Cómo te sientes hoy? —preguntó Olimpio desde el umbral. Anina lo siguió al interior de la habitación.

—Perfecta. Dele la buena noticia, *dottore*. —Alzó la mirada hacia el médico.

—Matelda puede irse a casa —dijo sonriendo hacia su paciente. Le tomó la mano y la apretó con afecto.

—¿No te da gusto que el elevador abra en el departamento? —Olimpio empujó la silla de ruedas hasta el interior.

—Me alegra mucho. —El sol entraba al departamento formando haces de luz blanca que iluminaban el lugar y las cosas que ella más amaba—. Pero me encanta que me hayas convencido de ocupar el *penthouse*. Amo la luz.

Anina salió de la cocina.

—Te preparé un jugo de col rizada, *Nonna*.

—¡Oh, *bella*, disfrútalo tú! Para la *Nonna*, un Campari con soda.

—En camino. —Anina llevó la maleta de Matelda a su recámara.

—Voy a llamar a Nicolina para decirle que ya estamos en casa —dijo Olimpio.

—Antes de que lo hagas, déjame afuera, en el sol.

Anina llevó el cóctel de Matelda y un pretzel a la terraza. Jaló una silla para sentarse junto a ella.

—Es temprano para beber alcohol.

—No cuando tienes más de ochenta. Nunca es demasiado tarde —respondió Matelda.

Anina partió el pretzel en dos. El centro blando estaba mantecoso y fresco, mientras que por fuera era brillante y duro. Le pasó la mitad a su abuela.

—Voy a extrañar los pretzeles. —La anciana sopeó una parte en su bebida para ablandarla y la probó—. Las monjas en Dumbarton hacían la versión escocesa. Los llamaban *popovers*; esos también los extraño.

—Podríamos tratar de hornearlos, para ti —ofreció su nieta.

—A veces, el recuerdo es más dulce —dijo Matelda—. Al menos para mí.

—Los italianos nunca olvidan lo que comen, si es bueno.

Matelda asintió. Su nieta acababa de resumir toda su vida en un pretzel.

PARTE TRES

Quienquiera que anhele alcanzar la vida eterna
en el paraíso, preste atención a estas advertencias.
Al considerar el futuro, contemple lo siguiente:
La muerte, nada es más inevitable.
El juicio, nada es más estricto.
El infierno, nada es más terrible.
El paraíso, nada es más encantador.

Capítulo 34
Glasgow
3 de julio de 1940

Domenica se movió rápido por las calles abarrotadas hasta detenerse en un puesto de periódicos. Compró la edición matutina y la abrió, en busca de una mención de su marido. Las noticias del destino de los prisioneros y la tripulación del *Arandora Star* se difundieron por Irlanda y Escocia, aunque había pocos hechos disponibles. La hermana Matelda le había dado la noticia de que McVicars murió con el capitán y la mayor parte de la tripulación, pero Domenica se negaba a creerlo. Su esposo hubiera encontrado una manera de volver a ella.

Su búsqueda se había vuelto más desesperada conforme pasaban las horas. Al final, el periódico imprimía una lista, aunque incompleta, de los pasajeros y la tripulación. Las fotografías no eran claras: no encontró el rostro de su esposo entre los sobrevivientes. Hizo una mueca de dolor al leer los detalles incompletos del ataque. Según reportaban, la historia parecía fantástica: los hechos eran vagos. Domenica dio vuelta a la página. «Víctimas del ataque». Con el dedo siguió la lista. Encontró el nombre de su marido y sintió que su corazón se hacía añicos; toda esperanza estaba perdida. Unas gotas cayeron sobre el periódico. Alzó la vista, pero no estaba lloviendo; se llevó la mano al rostro. Estaba empapada en un sudor febril.

Domenica estaba de pie frente a la puerta de mosquitero de la casa McVicars y respiró profundamente antes de tocar.

Grizelle apareció en la entrada y dijo:

—Sé por qué estás aquí.

Domenica la siguió al interior hasta la cocina. La casa olía a humedad, aunque las ventanas estaban abiertas y el espino blanco frente a una de ellas estaba en flor.

—Lo siento, señora McVicars.

Grizelle le daba la espalda a Domenica y se aferró a la barra.

—Fui al pueblo esta mañana. Vi el periódico y no lo compré, no tuve que hacerlo. Lo sabía. Vi la lista de los muertos en la oficina de correos. Sabía que su nombre estaba ahí y no quise verlo impreso, sobre una pared, con toda esa gente alrededor. Pero miré. Estaba en la lista.

—Era un hijo devoto. El funeral... —empezó a decir Domenica.

—No habrá funeral —dijo sin emoción alguna—. Murió en el mar.

—A la marina mercante le gustaría...

—No me importa la marina mercante. Yo le dije que se enlistara en la marina británica; tienen mejores trabajos. ¿Acaso me escuchó? Ni una sola vez.

—Pero, señora McVicars...

—Se llevaron a mi hijo y ahora está muerto. No hay medalla ni certificado grabado en oro que me lo devuelva. Pueden quedarse con sus baratijas.

—Murió como héroe.

Grizelle giró y quedó frente a Domenica.

—¿Para quién? ¿Para los «talis»? ¿Para tu gente? Banda de delincuentes. ¿Los alemanes? Espera y verás. En poco tiempo ellos nos darán las órdenes. Tienen bombas, nos arrasarán desde el aire con la *Luftwaffe*. ¿Los austriacos? ¿A quién le importan? ¿Te importo yo a ti?

—Esto se trata de su hijo. Debe ser recordado.

—Yo tengo mis recuerdos.

Domenica pensó que era extraño que su suegra victoriana se comportara de la misma manera en la tragedia que la que mostraba en circunstancias ordinarias. Grizelle no parecía estar afligida, sino enojada; como si fuera una molestia que su hijo se hubiera ido a trabajar por su país y hubiera muerto.

Grizelle sirvió agua caliente de la tetera. No le ofreció una taza a Domenica. La cubrió con una cubretetera en forma de cabaña, cosida con retazos de terciopelo y fieltro. La cabaña tenía ventanas y una puerta. Había pequeñas lilas de fieltro regadas sobre maceteros de pana. La extravagante cubretetera era un toque de calidez en una casa que no tenía nada de eso, y una señal de que hubo una época en la que esa mujer concibió un hogar feliz.

Domenica intentó imaginar a Grizelle McVicars en su juventud, como madre amorosa, pero le fue imposible. Su suegra se aferraba a la decepción al igual que las campanillas del techo, con sus tallos en arabescos retorcidos se pegaban a las canaletas de cobre como si fueran dedos. Toda una vida de decepciones había mermado su buena disposición. Grizelle estaba en una depresión emocional que la había hundido en el pozo de su propia infelicidad. No había manera de consolarla. Las enfermeras llamaban a estos pacientes «insatisfechos».

Tampoco tenía la cortesía habitual. No le ofrecería a su nuera una taza de té, una galleta o un recuerdo para compartir.

—Señora McVicars, sé que está desconsolada, yo también lo estoy.

Grizelle no respondió.

—Debo pedirle algo, porque usted es la única persona en el mundo que puede ayudarme a seguir adelante —Domenica continuó.

Grizelle dio media vuelta.

—No hay dinero. No tienes derecho a nada. Si tuviera un centavo de más, no te lo daría a ti. Apenas fuiste parte de su vida.

—No me entiende. Déjeme terminar. No quiero dinero. Usted es su madre y debería guardar todos los recuerdos de él, incluidas las monedas que tenía en los bolsillos. Pero si pudiera darme una fotografía de él, estaría muy agradecida.

Los ojos de Grizelle se desorbitaron de furia.

—Si tuviera una fotografía la rompería en pedazos antes de dártela. Tú eres la razón por la que perdí a mi hijo.

Escoltó a Domenica hasta la salida de la casa. Azotó la puerta y cerró con llave. Las nubes grises que se habían reunido sobre Glasgow estaban bajas en el cielo, como un montón de macetas. El golpeteo rítmico de la lluvia en el techo le recordó a Domenica el hostal en Manchester la noche de su boda. No tenían una radio con música, así que bailaron frente al fuego, al sonido de la lluvia que caía.

John la había regañado porque nunca recordaba llevar paraguas en la hermosa Escocia. Su esposa no pensaba en la lluvia cuando el sol brillaba. Domenica esperaba a que pasara la tormenta, pero muy pronto fue evidente que el aguacero era el principio de algo peor. Corrió para escapar de la lluvia y no miró atrás.

VIAREGGIO
Ahora

Anina colocó las delgadas franjas de *linguine* sobre la reja de secado en la cocina de Matelda.

—¿Cómo me quedaron? —preguntó dando un paso atrás y limpiándose las manos llenas de harina sobre el delantal.

—Más harina evitará que la pasta se haga una masa —dijo Matelda, señalando los *linguine* que estaban sobre la tabla—. Inténtalo. Echa harina sobre la tabla y jálalos, uno por uno.

Anina separó las hebras y las colgó una por una sobre los taquetes de madera.

—El huevo adicional hace la diferencia. La consistencia es la correcta —dijo la joven.

—Bien.

Esa mañana, Matelda sentía los brazos pesados. Los puso sobre el reposabrazos de la silla de ruedas. No podía ayudar a su nieta a cortar la masa de la pasta, pero aún tenía la fuerza suficiente para dar algunas órdenes.

Anina le dio a su abuela un vaso de jugo fresco.

—En verdad no lo quiero —dijo Matelda.

—Necesitas las vitaminas. Tómatelo.

—Ustedes y sus bebidas saludables. —Le dio un trago—. Para nadie esto es un milagro médico.

—Solo estoy tratando de que te mejores, *Nonna*. —Se sentó en el banco—. Mamá me dio buenos consejos.

—¿Echarle Campari al jugo? —preguntó Matelda con un guiño.

—No. Me dijo que debería hacer una lista de todas las preguntas que nunca te hice, pero quise hacerte.

—Ya debo estar de salida. —Dio otro sorbo—. Si eso es cierto, ¿en verdad crees que este horrible jugo verde pueda salvarme?

—Podría, si alguna vez te terminaras el vaso. *Nonna*, solo quiero aclarar unas cosas. ¿Dónde naciste?

—En el convento de Dumbarton, en Escocia.

—Y tu madre te puso ese nombre por la monja que vivía ahí, ¿cierto?

Matelda asintió.

—Viví ahí con mi madre los primeros cinco años de mi vida. Mi madre pasó cada día de ellos tratando de volver a su hogar, a Viareggio. Pero en tanto durara la guerra, era imposible. A pesar de todos los obstáculos, mamá siguió intentándolo. Siempre estaba urdiendo algún plan. Quizá mamá y yo podíamos ir a Sicilia y esperar, o algún sacerdote le prometía escribir una carta en nuestro nombre para que nos extraditaran por Suiza. Pero nada funcionó. La verdad era que estábamos más seguras en Escocia con las monjas de lo que hubiéramos estado en Viareggio, así que nos quedamos. —Se enjugó una lágrima—. Y esta es la parte triste: cuando llegó el momento de regresar a Italia yo quería quedarme en Escocia. Era el único hogar que yo conocía. Las historias que mi madre me contaba sobre mis abuelos italianos y todos mis primos me parecían cuentos de hadas. Esas personas no eran parte de mi vida, sino personajes de un relato que no estaba escrito en ningún libro. Entonces, la noche anterior a nuestra partida me levanté de la cama y fui al convento; les dije a las hermanas que iba a huir de mi casa. No quería ir a Italia, quería quedarme con ellas.

—¿Qué hizo tu madre?

—Fue la única vez en mi vida que me dio una nalgada. Me dijo: «Soy tu madre. Tú tienes que estar conmigo». Nunca más volví a huir, te lo puedo asegurar.

—Tú eras todo lo que ella tenía, *Nonna*.

—Cuando mi madre murió, muchos años después, llamé a la hermana Matelda. Debía tener como noventa años cuando hablamos, pero su mente era ágil. Recordaba a mi padre. Dijo que nunca había existido un hombre más galante. Era alto, de ojos azules y cabello castaño, espeso y lustroso. ¿Sabes que esa es la única imagen que tengo de mi padre, el recuerdo de una vieja monja? Eso es todo.

—¿Por qué no le preguntaste a tu madre qué aspecto tenía tu padre?

—Una vez le pedí una fotografía, pero ella se enojó y nunca más le volví a preguntar. Más tarde, mi madre se sintió mal por la manera en la que había reaccionado y me contó sobre mi abuela Grizelle McVicars. Mamá me dijo: «Matelda, nunca te amargues como tu abuela escocesa». Pero tengo un poco de su maldad en mí, ¿verdad?

—Tienes tus razones.

—Supongo que mi abuela también las tenía. A mucha gente le ha ido peor que a mí, pero de alguna manera me las arreglé para amargarme por todos ellos.

Anina rio.

—Sigo enojada sobre lo que pasó con los Speranza. Nadie debería sufrir lo que ellos sufrieron. Ese fue el momento en el que los italianos se volvieron contra los italianos.

VENECIA
Octubre de 1943

—*La bella famiglia* —dijo Speranza al ver la fotografía de Estados Unidos—. Aggie, ¿cómo hiciste para que te entregaran esta carta?

—Le pagué a Goffredo.

—¿No te ofreció darte la correspondencia que tienes derecho a recibir?

—Ya estamos más allá de la cortesía —dijo agitando la mano—. Mi hermano se ve feliz, ¿cierto?

—Sí. Su esposa no tanto.

—Nos ruega que vayamos a Estados Unidos. —Agnese se paró detrás de su esposo mientras leía.

—Hace que Nueva York parezca una ciudad maravillosa.

—Quizá deberíamos pensarlo. Podría ayudar a Freda con las niñas y el nuevo bebé. Venecia ya no es como antes. No quiero vivir en un lugar en donde no somos bienvenidos. Podrías trabajar con Ezechiele. Dice que no se da abasto con tantas joyas que tiene que tallar. Hay una tienda tras otra de talladores en el distrito de diamantes. ¿Lo imaginas? Calles de talladores.

—Lo pensaré.

—Más te vale pensarlo rápido. —Agnese puso la cena en la mesa.

—No necesito pensarlo porque tú ya tomaste la decisión. —Speranza probó su alcachofa.

—Hablas como si yo fuera el *padrone*, cuando solo soy tu obediente esposa. A donde vayas iré yo. Igual que Ruth y Naomi.

¿No vas? Yo también me quedo. —Le dio unas palmaditas en el hombro.

Agnese había preparado la comida favorita de su esposo. Tenía una sola alcachofa, que partió y rostizó. Cocinó *cannoli* rellenos de pollo rostizado con ajo y cebolla, bañados en mantequilla y salsa de limón. Hizo la pasta con lo último que quedaba de harina. Goffredo le llevó un pollo que había encontrado en la plaza. Le torció el cuello, lo desplumó, lo lavó y lo rostizó, como hacía en los buenos tiempos.

Al caer la noche, comieron a la luz de las velas tradicionales del *sabbat*. Antes de que Speranza cerrara las contraventanas para evitar el viento abrupto de la noche, se asomó y miró hacia el canal. Las antorchas parpadeaban, reflejando la luz en la superficie del agua azul-verde pálido que formaba un camino hacia el mar.

—¿Ves algo? —preguntó Agnese.

—Una salida —respondió y volvió a la casa.

—Sabes que no tenemos que irnos hasta Estados Unidos de inmediato. Cabrelli nos invitó a quedarnos con ellos. Están en las montañas de Viareggio.

—¿Qué diferencia hay entre Venecia y las otras costas de Italia? Ambas están atestadas de fascistas. No, el único lugar al que podemos ir es a Estados Unidos.

—*Va bene*. Pensaré en un plan —dijo Agnese.

—He estado soldando medallas para los fascistas. Saben dónde vivimos. El gobierno necesita joyeros que hagan sus estupideces. Las medallas y los prendedores. Todos objetos de gala.

—Bien. Déjalos que piensen que los apruebas.

Alguien tocó a la puerta. De inmediato, Agnese apagó las velas del *sabbat* y llevó unos pequeños candelabros al alféizar. Lo último que necesitaban era que un desconocido los observara mientras practicaban su fe. Agnese asintió y Speranza fue a abrir la puerta.

—¡Goffredo! —Speranza se sintió aliviado al ver a su amigo en el umbral—. Entra.

Los ojos de Goffredo siguieron las volutas de humo que quedaban en el aire de las velas del *sabbat*. Agnese agitó la mano la mano en el aire para despejarlas.

—Gracias por el pollo. ¿Nos acompañas?

—*Grazie*, pero no puedo. Vine a decirles que su trámite en la oficina de pasaportes ya pasó al nivel superior.

—¡Buenas noticias! —exclamó Agnese juntando las palmas en señal de gratitud.

—No, significa que no los dejarán viajar. Traté de sacar sus expedientes diciendo que era un error, pero lo advirtieron y los marcaron.

—¡Pero están tramitando los pasaportes! —insistió Speranza.

—Ya no.

—¿Qué nos recomiendas que hagamos?

—Podrían irse a su granja.

—Creo que la ciudad es más segura —dijo Speranza.

—No lo es.

—¿Cuánto tiempo tenemos?

—La mañana. Quería que supieran lo que había escuchado. Lo que vi. Ellos no siguen la ley. Ustedes son buenas personas, pero el mundo se ha vuelto loco.

—Pero las buenas personas no se han vuelto locas, ¿o sí?

—Perdónenme, hice mi mejor esfuerzo, pero yo no estoy a cargo.

Speranza abrió la puerta para que Goffredo se marchara, este miró a izquierda y derecha antes de adentrarse en la calle oscura. Speranza cerró la puerta detras de él.

—¿De qué se trata todo esto?

—Llevaba unos papeles en el bolsillo del abrigo. Él solo es un mensajero.

—¿Qué quieres hacer, Agnese?

Ella no le respondió. Necesitaba pensar.

Agnese pasó la noche empacando sus posesiones más valiosas. Escondió la plata bajo las duelas y colocó la porcelana en una canasta que escondió al fondo del armario. Empacó una maleta para su esposo y otra para ella. Se bañó, se lavó el cabello y se puso su mejor vestido cuando ya salía el sol. Preparó el desayuno. Levantó la cacerola de leche hirviendo de la estufa y la vertió en un tazón con el exprés. Sacó los bordes del pan jalá para sopear. Speranza se sentó a la mesa.

—Nos llevaremos el coche e iremos a las montañas —anunció Agnese.

—Aggie, no nos dejarán comprar gasolina. Si nos detienen nos meterán a la cárcel.

—Los trenes son mucho riesgo. Tengo mucho dinero. Sobornaremos para cruzar Italia hasta que lleguemos con los Cabrelli —dijo ella.

Speranza no discutió; se tomaron la leche caliente con el exprés y comieron el pan de la víspera en silencio. Cuando terminaron, Agnese preguntó:

—¿Estás listo?

Recorrieron su casa una última vez. La mujer arregló rápidamente el baño y la recámara. Speranza llevó las maletas hasta la puerta y su esposa se reunió con él en la cocina.

—¿Por qué cierras con llave la alacena, mi amor? —le preguntó a su esposa.

—Porque siempre lo hago.

Speranza cerró la persiana de la ventana que daba al canal y puso el cerrojo.

—¿Por qué cierras las persianas de las ventanas?

—Porque siempre lo hago. —Tomó a su esposa entre sus brazos y la apretó contra él—. Quizá tengamos suerte. Quizá cuando regresemos todo estará en su lugar, incluidos los ratones. ¿Dónde está tu anillo? —preguntó besándole la mano.

—Se lo di a la señora Potenza.

—Ella te lo guardará hasta nuestro regreso.

—Dijo que lo haría.

Escucharon unos golpes fuertes en la puerta. «*Ebrei!*», gritaron sin dejar de golpear. «*Ebrei!*», gritaban los hombres.

Agnese miró hacia la ventana cerrada con la intención de escapar. Speranza pensó en subir al techo, desde donde él y Aggie podrían saltar de un tejado a otro hasta llegar al acueducto. En cambio, hizo lo que siempre había hecho desde que era un niño: Speranza enfrentó al acosador que tenía frente a él y abrió la puerta.

Dos jóvenes camisas negras estaban de pie en la entrada, encañonando a los Speranza con sus rifles. Eran adolescentes, a lo sumo tenían dieciséis o diecisiete años. No reconoció a los chicos como venecianos. Cuando hablaron, detectó un dialecto Bari del sur. «Están reclutando desde lejos», pensó. «Ya están escasos de tropas. Es buena señal».

Los camisas negras lo arrojaron a a la calle, aunque él no ofreció resistencia. Agnese no dijo nada y siguió a su esposo con las maletas, una para cada uno. Alzó la mirada y vio los rostros familiares de sus vecinos en las ventanas, en la calle en la que habían vivido durante treinta años. Habían compartido azúcar y harina, pero ahora no la reconocían. Ella no esperaba que lo hicieran; tampoco los reconoció.

Jalonearon a Agnese y a Speranza hasta un camión de transporte, un vehículo militar con techo de lona. No había lugar donde sentarse. La banca alrededor del perímetro del vehículo estaba abarrotada de gente. No había espacio suficiente para dos pasajeros más, pero el grupo se movió para que cupieran.

Los camisas negras levantaron y azotaron la puerta posterior, luego la cerraron con llave, encerrando a los Speranza junto con los demás. Los soldados saltaron a los lados del camión cuando avanzó por la plaza para recoger a más ciudadanos.

La Casa de David ardía en Venecia, pero no había ni fuego ni humo.

En el primer tramo de su trayecto en tren encontraron asientos, pero cuando los trasladaron a Alemania, subieron a los prisioneros en vagones para ganado. Agnese vio a uno de los pasajeros del tren que se movía con lentitud en dirección opuesta, hacia Venecia. Tan solo tres años antes, ella y su esposo habían estado en ese tren, después de pasar unas vacaciones en Alemania. Agnese podía ver los manteles de lino planchados a través de las ventanas del vagón comedor. Había floreros delgados de plata con una sola rosa rosa en cada ventana; pero no había música ni comida elegante, solo miedo, sollozos amortiguados, murmullos y plegarias que se decían en susurros. Speranza tomó la mano de su esposa y eso lo tranquilizó. Cerró los ojos porque las expresiones de terror en los rostros de los prisioneros eran demasiado para ella.

Cuando el tren llegó a Berlín, unos soldados nazis separaron a las mujeres de los hombres. Agnese tuvo una actitud estoica y soltó la mano de su marido cuando trataron de llevárselo. Sabía que, si los nazis veían que estaban juntos, la separación sería cruel. Quizá tuvieran una oportunidad de salir de esto si ella mostraba que no tenían ninguna relación.

Un oficial de rango no muy alto llamó a Speranza para que saliera de la fila; tenía, sin embargo, la jerarquía suficiente como para usar botas nuevas. Speranza no habría advertido las botas, pero Agnese sí lo hizo; su madre le había enseñado a poner atención en los zapatos de los hombres. «Los zapatos de un hombre dicen todo sobre la persona que los lleva».

Los nazis sacaron a Speranza y a otros cuatro hombres y los metieron a un vehículo demasiado pequeño para todos; arrojaron sus maletas en la parte trasera de otro camión, como si fueran basura. Hacinaban a la gente en espacios muy reducidos, no por falta de planificación de parte de los fascistas y los nazis, sino porque creían que los Speranza y sus compañeros judíos eran animales.

Los nazis sacaron a más hombres de la fila. Speranza sujetó con fuerza su sombrero mientras arrastraban a un prisionero más al coche donde estaban él y los demás. Agnese lo reconoció como el ingeniero de Florencia. Él quería entender la maquinaria de los relojes y Speranza le había enseñado todo lo que sabía mientras ella les preparaba la cena.

Agnese Speranza se sintió aliviada al ver que su marido partía con los otros hombres. Tenía capacidades, lo necesitarían. Romeo viviría y tendrían que alimentarlo para que pudiera trabajar. Este pensamiento la alegró. Estaba contenta por él. La naturaleza de su amor por su marido consistía en buscar su felicidad por encima de la suya. Ella no sintió el empujón del garrote en las costillas cuando la enviaron al otro tren que la llevaría a Buchenwald.

Capítulo 35
Hogar
Septiembre de 1945

Domenica le jalaba el cabello a su hija cuando lo cepillaba en el tren de Lucca a Viareggio.

—¡Mamá! —exclamó Matelda sobándose la cabeza—. Lo haces muy fuerte.

—Tenías un nudo. —Domenica sobó con cuidado el lugar donde le dolía—. Lo siento.

Matelda McVicars tenía casi cinco años de edad; pensó «Deberías sentirlo, me sacaste de la casa con jardín que amaba para subirme a un tren en el que ya vomité dos veces y no puedo dormir».

—Te va a encantar Viareggio. Espera a que veas el carnaval, hay carros alegóricos gigantes, desfiles y *bomboloni*.

La niña no quería escuchar hablar de los *bomboloni* cuando su estómago estaba tan frágil. Quería llamarlos donas, como lo hacían en Glasgow; no quería nada italiano, ni siquiera algo dulce. Deseaba que al tren le salieran alas como a un pájaro y que la llevara volando a Escocia.

Domenica tomó las manos de su hija entre las suyas.

—¿Qué pasa, *bella*?

—No hablo bien italiano, mamá. No voy a entender a nadie. Quiero hablar en inglés. En Nuestra Señora tenía buenos amigos.

Extraño a Marnie y a Hazel. ¿Por qué no podíamos quedarnos ahí?

—Mi familia está aquí. Tu familia. Las familias tienen que permanecer unidas para estar fuertes.

El tren se detuvo en la estación de Viareggio. Matelda vio que su madre se arrodilló en el asiento y miró por la ventana. Domenica empezó a agitar la mano y a sonreír; muy pronto estaba llorando, pero no eran lágrimas de tristeza. La pequeña decidió que cualquier cosa que hiciera feliz a su madre era más importante que cualquier cosa que la entristeciera a ella. Se arrodilló en el asiento frente al de ella y también miró por la ventana, esperando descubrir el maravilloso pueblo que su madre veía, pero no había carros alegóricos ni desfiles ni heladeros. Llovía más fuerte de lo que jamás había visto llover en Escocia. Viareggio no era para nada bonito. Era oscuro y gris como un calcetín mojado de invierno. ¿Cómo podía su madre dejar un lugar tan verde como el convento por uno tan sombrío?

—¿Qué piensas, Matelda?

—Es hermoso, mamá. *Che bella* —mintió.

Domenica acercó a su hija contra su cuerpo.

—Hablarás en italiano y te sorprenderá cuánto sabes.

Matelda hundió el rostro en el cuello de Domenica, donde encontraba el olor familiar de vetiver y durazno. La mejilla de su madre era suave y sus besos la tranquilizaban.

El maletero ayudó a su madre con el equipaje. Miró a Domenica como hacían los hombres, siempre era igual. El hombre se sentía intimidado por su belleza y deseaba estar junto a ella, así que hablaba muy fuerte y hacía grandes aspavientos para impresionarla. Le ofrecerían hacer cualquier cosa que ella necesitara. Su madre soportaba la atención con amabilidad, pero no la fomentaba; sin embargo, su comportamiento correcto la incrementaba. Domenica puso su mano enguantada sobre la del maletero y bajó del tren con mucha finura. La reacción de la multitud reunida para darles la bienvenida confirmaba que su madre era alguien especial en este pueblo costero.

Un grupo de mujeres corrió hacia Domenica para saludarla. «Deben ser sus primas», pensó la niña, porque su madre le había contado muchas historias sobre los niños de Via Firenze. La familia de Domenica formó un torbellino a su alrededor para darle la bienvenida a su hogar.

Un viejo se arrodilló frente a Matelda y extendió la mano.

—Soy tu abuelo. —Metió la mano al bolsillo y le dio un dulce de menta.

—¿En serio, Pietro? ¿Dulces? —Netta lo regañó—. Tú debes ser Matelda.

Netta era delgada y fuerte; llevaba una boina de terciopelo verde y se paró frente a la niña de cuatro años y la miró desde arriba.

—*Sei carina e bellissima* —continuó—. Estamos muy contentos de que estés en casa. Soy tu abuela. —Netta la abrazó y la besó.

Matelda les dio las gracias a sus abuelos por su hospitalidad. Parecían amables. Había algo familiar en ellos. Domenica le había contado a su hija historias sobre su familia, el carnaval y sus vecinos en Viareggio. Esos eran los últimos recuerdos coloridos de la niña antes de irse a dormir, así que eran como joyas engarzadas en oro en su inconsciente. Matelda agregaba detalles a los relatos y creaba su propio mundo a partir de los retazos que le daba su madre.

Había historias de tesoros escondidos, mapas robados y niños acosadores en la playa. Matelda escuchó hablar de Cabrelli Joyeros. La niña entendía sobre soldar, triturar, cortar, bruñir, lijar y pulir las gemas. Sabía sobre la rueda de la pulidora y cómo cortar piedras en bruto antes de medirlas. Aprendió las tallas de las gemas acabadas: *briolette*, *baguette*, *marquise* y redonda brillante. Sabía que su abuela podía hacer cualquier cosa deliciosa con castañas. Sus abuelos, a quienes nunca había visto antes, habían sido tan reales para ella como su propia madre gracias a los cuentos para dormir de Domenica.

—Quiero ver el océano, mamá —dijo Matelda, jalando la manga de su mamá—. Lo prometiste.

Domenica se inclinó.

—Espera a que lo veas. Cuando se despejen las nubes, verás que es tan azul como la cinta de tu cabello.

—La llevaremos al paseo de la costa —dijo su abuelo extendiendo la mano—. Es verdad, cuando la lluvia para, el mar vuelve a ser azul —confirmó *Nonno*.

Netta tomó la otra mano de Matelda.

—¡Hicimos un festín para darles la bienvenida, *Piccianina!*

Y así como sucedía en todos los pequeños pueblos italianos, a Matelda le dieron un apodo. Más tarde, la gente de Viareggio de cabello cano la llamaría *Picci*.

Lo único que se disiparía con el tiempo serían su padre, John McVicars, y su gente, los escoceses. Al final, Escocia se convertiría en un fragmento de su pasado, como un hilo de oro que colgaba de una vieja tapicería que no se arrancaría ni se tejería, por miedo a destruirla por completo. La historia de sus años en Escocia y la muerte de su padre permanecería sin contar los siguientes setenta y siete años de su vida porque no habría vuelta atrás. Su historia había cambiado. Matelda era italiana.

Víspera de Navidad, 1945

El doctor Pretucci abrió la caja de cartón que estaba amarrada con un listón. Los dulces de castaña de Netta Cabrelli relucían al interior como diamantes de whisky.

—¡Mis favoritos! —Pretucci se sirvió una castaña cubierta de azúcar y le ofreció la caja a Domenica—. Tu madre es tan amable con nosotros; incluso durante los años que estuviste fuera, pasaba a dejarnos un pastel o una hogaza de pan recién hecho.

—Era su manera de hacer que mi puesto permaneciera libre.

—Funcionó. —Pretucci le dio un sobre—. Para las vacaciones.

El sobre hizo un tintineo cuando Domenica lo metió a su bolsillo.

—Gracias, pero me gustaría que no lo hiciera. Usted arregló todo para traernos a mi hija y a mí a casa, y nunca podremos pagarle tanta molestia.

—No es una deuda que se deba pagar. Cumpliste tu penitencia. Me alegra tenerte de regreso en la clínica.

Domenica se puso el abrigo. Siguió a Pretucci hasta la puerta.

—No sé cómo lo hizo.

—Era el momento oportuno, como la mayoría de las cosas en la vida —explicó el médico—. Cuando acabó la guerra, el nuevo sacerdote ayudó con gusto. Por supuesto, los clérigos están en el negocio de la redención, según hacen propaganda. La redención de su propia reputación, claro. Creo que estaban avergonzados por la forma en que te trataron.

Pretucci se puso la caja bajo el brazo y caminó a casa. Domenica cerró con llave la puerta de la clínica. No le era útil escuchar que su destierro había sido un error. A ella le gustaba creer que en el universo había orden. Su castigo fue estricto e injusto. Inhaló el aire frío y se estremeció. Parecía que iba a nevar, aunque era muy raro que eso sucediera en la Toscana. Esperaba que nevara, por Matelda. Su hija extrañaba las tormentas de nieve en Dumbarton y los soleados días de invierno que seguían cuando las Tierras Bajas se cubrían de un polvo blanco diamantino.

Viareggio también parecía estar encantado en invierno. Las velas parpadeaban en las ventanas de las casas en las colinas, sobre la playa. Las campanillas de las puertas de las tiendas en los bulevares tintineaban cada que los clientes entraban y salían. Los escaparates se empañaban, enmarcando el vidrio con cristales de hielo.

Domenica detuvo la puerta de la tienda de su padre. Una mujer salió con un paquete. Llevaba un abrigo de lana elegante con mangas bombachas, puños de angora y botones de latón.

—¿Señorita Cabrelli?

—Señora McVicars —corrigió con amabilidad—. Lo siento, creo que no la conozco.

—Monica Mironi.

Monica se veía muy elegante. Sus botas de piel estaban lustradas. Esta no era la madre de tres de quien abusaban que Domenica recordaba.

—Tenemos algo en común —continuó Monica—. Yo ya no soy Monica Mironi. Mi primer marido murió en Francia durante la guerra. Me volví a casar con un hombre maravilloso. ¿Quizá lo conoce? Antonio Montaquila.

—Sí, lo conozco. Es propietario de una tienda en Pietrasanta.

—Así es. Me mandó a recoger un regalo para su madre. Dijo que su padre tendría algo apropiado, y así fue. Un prendedor hermoso.

—Me alegro. —Domenica tomó las manos de la mujer entre las suyas—. Me da gusto verla bien.

—No supe a quién acudir cuando Guido murió. Los niños se habían quedado sin nada. Pero Dios tenía un plan para mí. Casi siento vergüenza de haber encontrado la felicidad de nuevo cuando hay tanto sufrimiento en el mundo.

—Usted ya tuvo su parte, Monica. Merece ser feliz.

Vio a la señora Montaquila bajar por el bulevar. El destino le había dado una larga vida con un marido horrible y también le había dado una segunda oportunidad. Si esa mujer podía perdonar a Guido Mironi, ella también.

Domenica entró a la tienda Cabrelli y saludó a Isabella, la empleada temporal que atendía a un cliente. Las vitrinas estaban prácticamente vacías. Antes de la guerra, esta hubiera sido una buena señal para el bolso de la familia. Pero después de la guerra, la mayoría de los artículos de la tienda Cabrelli se compraban a crédito. Pasarían años antes de que su padre recuperara todo. El crédito había reemplazado las ganancias en la Italia de la posguerra.

—Tenemos compañía, *bella* —dijo Cabrelli cuando Domenica pasó frente a él, hacia la trastienda, para colgar su abrigo en un gancho.

Silvio Birtolini se levantó de la banca, bajo la ventana. Llevaba puesto su mejor traje y corbata. Se quitó de la frente un rizo obstinado y luego le dio a Domenica un beso en cada mejilla.

—¿Cómo estás, vieja amiga?

—Vieja —respondió riendo.

—¡No quiero ni escucharlo! Sigues siendo una bebé —intervino su padre—. Mira esa cara. —Cabrelli pellizcó la mejilla de su hija y regresó a la tienda.

Silvio, como todos los hombres italianos, estaba delgado después de la guerra. Su cabello negro seguía siendo rebelde. Su rostro había madurado, marcando los ángulos de los pómulos.

—Me alegra ver que sobreviviste a la guerra —dijo él.

—Me alegra que tú también lo hayas hecho. —Domenica sintió algo que nunca antes había sentido en presencia de su amigo: incomodidad. Trató de platicar de cosas banales—. ¿Necesitas un regalo? No sé qué queda todavía. —Se puso un delantal sobre su uniforme de enfermera—. Elige algo y yo te lo envuelvo.

Silvio metió las manos en los bolsillos y bajó la mirada a sus zapatos lustrados.

—No vine a comprar un regalo.

Cabrelli volvió a la trastienda con un regalo que había que envolver. Se lo dio a Domenica y dijo:

—Acabo de contratar a Silvio para que haga las tallas. ¿Puedes envolverme esto, Nica? —Volvió a la tienda.

Domenica abrió la caja. Sujetó con un alfiler la delicada cadena de oro a la guata de algodón.

—¿Terminaste tu formación? —dijo ella.

—Sí. Trabajé en Florencia hasta que me reclutó el ejército. Al principio fui guardia en un campo de prisioneros en Friuli. Un lugar horrible.

—¿A dónde te enviaron después del campo?

—No lo hicieron. Abandoné el ejército porque mi país me abandonó a mí. Estuve en las montañas, al norte de Bérgamo, en la resistencia.

Domenica pensó en John McVicars, quien nunca hubiera abandonado el servicio activo sin importar sus propias creencias. Envolvió la caja con papel dorado y un cordel.

—Había muchos italianos que creían que había muchas cualidades en juego con los fascistas, pero yo no era uno de ellos.

—Yo tampoco —admitió Domenica.

Silvio sonrió.

—Así que no me juzgas.

—No, no lo hago. —Le dio unas palmaditas en la mano—. No puedo juzgar a nadie que pelea por el bien. Fueron tiempos terribles, pero en medio de todo eso, había algo de alegría. Yo estuve casada con un escocés, muy orgulloso. Lo mataron en el *Arandora Star* hace cinco años. Tenemos una hija.

—Es maravilloso. Debe ser un consuelo para ti.

—Lo es. Es mi motor. Ya casi cumple seis años. ¿Tienes algún hijo de la edad?

—No tengo hijos.

—Lo siento. Quizá ahora que la guerra terminó, tú y tu esposa los tendrán.

—No estoy casado.

Isabella asomó la cabeza a la trastienda.

—*Signore?* Maria Pipino llamó para decir que la cena está servida.

—Gracias —dijo Silvio, luego tomó su sombrero y su abrigo—. Me hospedo en casa de la señora Pipino.

—¿En la calle Fiume? Anda, anda. La señora Pipino es buena cocinera. Hablaremos en otro momento.

—Eso espero. —La besó en ambas mejillas—. Te veo pronto. —Se puso el sombrero—. Tu padre es un hombre sabio, pero se equivoca en algo: ya no eres una bebé, *sei una donna magnifica.*

Antes de que pudiera darle las gracias por el piropo, Silvio ya estaba en la tienda estrechando la mano de Cabrelli. Cuando le contara a Amelia LeDonne sobre el chico Birtolini, sin duda ella lo recordaría.

Domenica metió las manos a los bolsillos de su abrigo de camino a casa. En lugar de tomar el atajo, subió al muelle. La luz de la luna marcaba un camino sobre la superficie del océano, ondeando las olas como pliegues de satén negro. Caminó por el embarcadero guiada por las luces azules instaladas por la marina italiana. Desde el techo de la Villa Cabrelli, el muelle abajo brillaba como un brazalete de zafiro. Además de Matelda, las luces azules eran lo único bueno que había resultado de la guerra.

La víspera de Navidad le parecía un nuevo inicio, aunque hacía unos meses que ella y Matelda habían regresado. Las vacaciones y los días festivos de los santos la ayudaron a volver a la vida familiar como si nunca se hubiera ido. Su hija empezaba a hacer amigos poco a poco; ayudaba que estuviera rodeada de primos que la acogieron y no se burlaban de ella por su acento gracioso.

Cuando Domenica vivía en el convento en Dumbarton había llevado con ella la costumbre de la *passeggiata* desde Italia. Después de cenar, daba largas caminatas nocturnas por el río Clyde e imaginaba el océano Atlántico ondeando a la distancia, a kilómetros, con sus olas verde oscuro encapotadas de espuma, un recuerdo de lo que le habían arrebatado de la costa de Irlanda. Hablaba con John McVicars en aquellas caminatas, esperando que la escuchara desde el otro lado. Compartía con él historias sobre Matelda y su trabajo. Pero, sobre todo, de cuánto lo extrañaba. Con el tiempo, esas caminatas le dieron perspectiva; aprendió a caminar con su pena.

Las conversaciones unilaterales que tenía con su esposo acabaron cuando volvió a Viareggio. En ocasiones, aún pronunciaba su nombre o pensaba en él cuando Matelda decía algo divertido, pero ya no sentía que él la escuchara. Cuando McVicars murió, su amor la cubrió como el calor del sol; años después, ese cálido vínculo había desaparecido. Estaba más sola de lo que nunca había estado. «El amor cambia con el tiempo, y también la pena», le prometían las viejas viudas del pueblo.

Mientras subía las escaleras de la entrada de Villa Cabrelli, tuvo un sentimiento extraño. Se paró en el descanso y miró por la ventana, donde ponían su camastro cuando ella era niña. Recordó la noche en que Silvio Birtolini fue a verla, antes de abandonar el pueblo para siempre. Se estremeció al pensar en el beso, pero culpó al aire frío de la noche. Entró y llamó a su hija.

—Agrega un cubierto más para la cena de Navidad —le dijo Cabrelli a su esposa al tiempo que arrojaba un leño a la chimenea y lo acomodaba.

—Hay mucha comida. —Netta echó salvia picada sobre el lomo de puerco que sofreía en la sartén—. ¿A qué rezagado invitaste esta vez?

—Creo que lo recordarás. Fue a la escuela con Domenica.

—¡Ni una palabra más! No invitaste a *il bastardo*, ¿verdad? Oí que andaba por aquí. Vi a la señora Pipino en el mercado de mariscos.

—La señora tiene razón. Silvio Birtolini regresó a Viareggio y se hospeda en su hotel. En pocos años tendrá cuarenta. Creo que podemos dejar de llamarlo *il bastardo*.

—Está bien, pero eso no significa que no lo sea.

—Creció, tiene una formación y es excelente. Lo contraté.

—¿En nuestra tienda? No hablas en serio.

—Es presentable. Silvio es más educado que el elegante primo ese que tienes de La Spezia, que vino como aprendiz y duró solo unos meses hasta que hizo pura porquería. Sabes de quién hablo, el que se da esos aires. Holgazaneó más que lo que talló en el taller.

—Ignazio Senci tiene derecho a darse esos aires. Multiplicó una buena herencia, no la despilfarró. Déjalo que se dé aires porque tiene el dinero. Algunas familias salieron de la guerra con menos, otros con más.

—Nadie fue mejor por haberla soportado —replicó Cabrelli.

—Tenemos que recuperar el tiempo perdido. Perdimos nuestros ahorros y no ganamos nada en esos años. ¿Y qué haces? Emplear a un joven horrible, con espantosa reputación en un pueblo que no perdona a nadie.

—Necesito a Silvio. Puedo aceptar más pedidos. Es un buen tallador.

—*Va bene.* No le pagues de más. Aquí tenemos una casa que mantener.

—Netta, ¿te has enamorado del dinero?

—Trata de vivir sin él. Nunca más estaré endeudada con otros para pagar mi cena. Tengo pesadillas de la guerra. Escondiéndonos, buscando comida y mendigando las sobras en el bosque, como animales.

—Nunca mendigamos. Sobrevivimos. ¿Dónde está tu gratitud? Nuestra casa seguía en pie cuando volvimos. Otros no fueron tan afortunados.

—No quiero a Silvio Birtolini en mi mesa de Navidad.

—Bueno, yo sí.

—¿Le preguntaste a tu hija cómo se siente sobre esto?

—Le voy a dar una sorpresa.

—Le darás una sorpresa que la ahuyentará de esta casa. No va a estar contenta.

—Son viejos amigos.

—Pietro, eres demasiado inocente. Me avergüenzas.

—No quiero que mi nuevo empleado pase la Navidad solo.

—¿Invitaste a Isabela? Ella también es tu empleada.

—Ella tiene familia.

—Que vive de manera honrada.

—Netta, ya basta. —Cabrelli no alzó la voz, pero su tono fue firme—. Silvio ya pagó su penitencia por completo por un error que no cometió. Es un hombre bueno y honesto. En esta casa no hay lugar para el prejuicio. Es Navidad. Sé más humilde, como el pastor pobre.

Matelda entró corriendo a la cocina de su abuela, seguida de Domenica. La pequeña se quitó los guantes y el sombrero.

—*Nonna, signore* Birtolini condujo el carruaje sobre la arena.

—¿En la playa? —Netta forzó una sonrisa.

—Todo el camino hasta Spiaggia della Lecciona y de regreso —confirmó Domenica mientras levantaba el abrigo y los guantes de su hija.

—Sí, fue muy divertido —exclamó la niña, saltando de arriba abajo—. Llevaba campanas en la brida y me dejó hacerlas sonar cuando le devolvió el caballo al *signore* Giacometti. Le dije al *signore* Birtolini que en Escocia teníamos nieve, así que dijo que fingiéramos que la arena era nieve y eso hicimos.

—Vamos, Matelda. Tenemos que quitarnos esta ropa mojada.

Domenica siguió a su hija al segundo piso.

—¡Cuelguen los abrigos en la barra del baño, por favor! —gritó Netta.

Silvio estaba parado en el umbral, con abrigo y sombrero.

—La próxima vez espero que venga con nosotros a dar el paseo, *signora* Cabrelli.

Netta resolló.

—Si tengo tiempo, quizá. Gracias por llevar a Matelda. A los niños les encanta pasear en carruaje en Navidad.

—¿Puedo ayudarla con la cena?

—El fuego de la chimenea se está apagando. Los leños están apilados bajo la casa.

—Yo me encargo. —Cerró la puerta a su espalda.

—Qué bueno que no se había quitado el abrigo —dijo Cabrelli al entrar a la cocina—. Lo pusiste a trabajar.

—Se está portando muy bien. Todos los hombres son modelos de urbanidad al principio. Veremos cuánto dura.

—Es un buen amigo de tu hija. Y ahora de tu nieta.

—Siempre y cuando así se queden las cosas y que no sea más que eso, no tengo problema.

—Netta, eres una romántica. —Abrazó a su esposa, la acercó a él y la asfixió a besos.

Ella lo apartó dándole unos golpecitos con la espátula.

—Suéltame, viejo.

Cabrelli la soltó.

—Mi hija no perdió a su primer marido, un capitán naval condecorado, para terminar con un aprendiz. —Se enderezó el delantal.

—No será aprendiz por mucho tiempo.

Silvio secó los últimos platos de la cena y los puso en el estante con los otros. La cocina de Netta Cabrelli estaba prístina y ordenada de nuevo. Silvio se aseguró de poner cada platón y cada plato en su lugar.

Domenica se reunió con él en la cocina.

—Eso fue rápido —dijo él.

—Matelda no paraba de hablar del paseo en el carruaje. Todo ese aire puro le hizo bien. Se fue directo a dormir.

—¿No fue el pastel de Navidad de tu madre?

—Quizá un poco de los dos —respondió con una risa.

—¿Qué te pareció?

—El pastel estaba un poco seco —dijo ella en un murmullo.

—Hablo del paseo en el carruaje.

—Cuando mi hija es feliz, yo también lo soy.

—Has hecho un buen trabajo con Matelda. Es muy dulce y muy amable.

—Gracias. —Colgó el trapo para que se secara—. ¿Por qué lavaste los platos?

—Para impresionar a tu madre.

—Avísame si tuviste éxito.

—La señora es de memoria larga. Me recuerda como el niñito gordo que andaba por el pueblo robando mapas. Ahora pensará en mí como el invitado que lavó los trastes, espero. ¿Quieres dar un paseo?

Domenica y Silvio avanzaron de puntitas frente a Netta, quien se había quedado dormida en la silla junto a la chimenea. Cabrelli leía un libro; alzó la mirada y sonrió. Se pusieron los abrigos y salieron.

—Hace bien el aire frío —dijo Silvio.

—Después de tener agua caliente hasta los codos. Déjame ver tus manos.

Silvio puso sus manos en las de ella; Domenica las volteó.

—Ponte los guantes.

—Eres mandona. —Él no le soltó las manos.

—Es parte de ser madre. —Metió la mano en el bolsillo del abrigo de él, sacó los guantes y le ayudó a ponérselos.

—No culpes a Matelda, así naciste. Cuando éramos niños, sabía quién serías cuando crecieras.

—¿Y qué tal lo hice?

—No eres general. Todavía.

—Pensé mucho en ti. —deslizo su brazo para apoyarse en el de él—. La última vez que te vi estabas comprometido. ¿Por qué no te casaste?

—Barbara era una buena chica, pero su familia no era muy complaciente. Conozco la decepción, y al final eso fui para ella.

Después de que te vi en el carnaval, volví a Parma y decidí que necesitaba ser honesto con ella. Ustedes nunca me trataron mal por la situación de mi familia, y eso me dio el valor para decirle la verdad. Todos en Viareggio me conocían como *il bastardo*, pero nadie en Parma. Iba a ser mi esposa y no tenía que haber sorpresas sobre su familia o la mía. Pero para decirle la verdad, tenía que encontrarla.

—¿Conociste a tu padre?

—Sí. Es un buen hombre que hizo una estupidez. Tiene remordimientos. Bueno, los tuvo. Murió el año pasado.

—Lo siento.

—Mi madre conoció a mi padre y se enamoró de él cuando tenía diecinueve años y él treinta y tres. Cuando supo que estaba embarazada le dijo que estaba casado. Era una situación imposible para mi madre.

—Debió sentir miedo.

—Decidió no acudir a su familia por ayuda. Así llegó a Viareggio. Escuchó por la iglesia que había un trabajo y se mudó aquí.

—Las mujeres en San Paolino se siguen quejando de que la iglesia ya no es tan agradable ahora como cuando la señora Vietro se encargaba de ella.

—Mi madre hizo muy buenos amigos hasta que supieron de mí. No llevó mucho tiempo; desaparecieron. Pero incluso Barbara quería a mi madre y a mi padrastro. Barbara decidió no decirles a sus padres cuál era mi situación, y no creí que me correspondiera decírselos. Cuando su padre recurrió a los canales apropiados para tener información sobre mí, como hacen los padres cuando su hija está enamorada de un joven sin recursos, se puso furioso. Le había pedido al sacerdote para que investigara sobre los Birtolini de Parma y no pudo encontrarme en ninguno de los registros de la iglesia. Esto llevó a una caza exhaustiva de la familia imaginaria a la que pertenecía. Así se exhumó la verdad, que terminó con el compromiso. El señor Bevilacqua me dijo que no podía darle la dote de su hija a un bastardo y prohibió nuestro matrimonio.

Barbara le rogó que reconsiderara, pero él se negó. El hombre rico siempre ve primero por su dinero, antes de ver por su corazón, sus hijos o sus intereses.

—Mi marido también tenía una filosofía sobre los ricos. John decía: «No importa cuán imponente sea, todos los barcos se hunden en agua de mar de orines».

Silvio lazó una carcajada.

—Tu marido me hubiera caído bien.

—Sí, mucho. Pero, ¿sabes?, ya pasaron casi seis años y se siente casi como si nuestra boda hubiera sido la de alguien más. Cuando murió, recé por nunca olvidarlo, pero fue él quien me abandonó. Ya no siento su espíritu.

—Lo siento.

—No quiero que suene triste. En mi vida hay más alegría que dolor. Amé ser la esposa de John. Cuando miro atrás, no hay nada más bello que sentirse responsable del corazón de otra persona. Fue uno de los regalos más hermosos de mi vida.

Caminaron por la noche oscura de invierno tomados de la mano. Ninguno de los dos podía recordar cuántas veces caminaron de un lado al otro del muelle iluminado por el remanso de luz azul. Llegaron al final del embarcadero, que abrazaba el océano como si fuera un guante negro en el atardecer. Silvio la abrazó y ella rodeó su cuello con los brazos.

—No me importa que lo amaras primero —dijo Silvio.

—Amé a John McVicars —afirmó Domenica en voz baja—, pero no fue a quien amé primero.

—¿Hubo alguien más? —dijo con la voz entrecortada.

—Conocí a un chico en la escuela. Acostumbraba darle órdenes.

—¿Eso es todo lo que recuerdas de él?

—Era divertido. Era fuerte. Me necesitaba.

Silvio la sostuvo con fuerza hasta que los pies de ella se alzaron del suelo cuando la levantó para besarle el oído, el cuello y la mejilla. La calidez de su tacto en la brisa fría de la noche la hicieron sentir que pertenecía, algo que no había sentido desde que John murió. Domenica apoyó la cabeza en el hombro de Silvio; su cuello olía a pino fresco, como el bosque sobre el pueblo al final del verano. Cuando eran niños escalaron esos senderos, bebieron en el arroyo y se sentaron bajo la sombra de los árboles, comiendo pan y mantequilla. Silvio Birtolini era una parte importante de su infancia. Su amistad era el inicio de un amor eterno que la sanaría.

Él había pasado años deseando que Domenica Cabrelli lo esperara. Su fantasía tomaba distintos aspectos conforme envejecía, pero al final siempre era la misma. Ella lo amaría como él a ella. Cuando los labios de Silvio se encontraron con los de ella, la dulzura le recordó esa noche, hacía tantos años, que lo llenó de deseo. No lo había olvidado; de hecho, había pasado toda su vida aferrándose a los sentimientos de ese primer beso de adiós. Cuando ella le besaba el rostro, él saboreaba sus lágrimas, que le recordaban a las olas saladas del mar. Domenica había vuelto a él desde el mismo mar que los había mantenido separados.

—Tengo un secreto —le murmuró él al oído, tomando sus manos entre las suyas—. Volví por ti.

—¿Cómo supiste que estaría aquí?

—No lo sabía. —Sus ojos exploraron la playa detrás de ellos—. Este es el lugar de mi más profundo dolor y mi mayor sueño. Ambos viven en mí, pero he aprendido que el amor es más grande que cualquier dolor.

Domenica se sentó en la oscuridad de su recámara. Matelda y sus padres dormían. Ella no podía descansar, su mente era un torbellino después del paseo con Silvio. Su beso aún la hacía estremecerse. No estaba segura de si sentía miedo o felicidad. Su corazón latía en tropel con la revelación de que había encontrado de nuevo el amor. ¿Cómo era posible? Dos grandes amores en una vida, cuando ni siquiera uno está garantizado.

Sacó el joyero del cajón de la cómoda y bajó las escaleras hasta la sala. El fuego de la chimenea se estaba apagando, las brasas anaranjadas centelleaban en el hogar, sobre el polvo fino de la ceniza. Encendió la lámpara de mesa para leer. Se sentó un momento con la caja de terciopelo sobre el regazo y la abrió. Sacó el reloj de compromiso que John le había regalado; no se lo había puesto ni le había dado cuerda desde que él murió. Sostuvo la fría piedra verde en la mano, la volteó y pasó el dedo sobre las iniciales grabadas. Ahora tenía cinco años más y después de la guerra empezó a usar un reloj de pulsera. La pieza de relojería se había vuelto muy pesada para llevarla en su uniforme de enfermera. Pertenecía a otra época.

Hurgó entre las medallas religiosas que representaban los sacramentos que tomó cuando era joven. Su alianza de matrimonio, de Mattiuzzi Joyeros descansaba al fondo del joyero. Hizo girar el anillo de oro entre el pulgar y el índice. El oro era suave y brillaba igual que cuando lo pusieron en su mano por primera vez. No tenía grietas, rayaduras ni abolladuras porque el metal nunca se había sometido a prueba.

Regresó el anillo al joyero; lo guardaría para Matelda; quería que su hija supiera quién era el padre que nunca había conocido, pero no sabía cómo mantener vivo el recuerdo sin el dolor. Como enfermera, confiaba en el poder de la sanación; pero como mujer, no estaba tan segura.

Capítulo 36
Viareggio
Ahora

—Abre las ventanas, Anina.

Matelda estaba sentada, recargada en la cama.

—No creo que el aire de la noche sea bueno para ti, *Nonna*.

—¿Quieres que duerma? No puedo dormir sin aire fresco.

Anina hizo lo que le pidió. Se quitó los zapatos y se sentó al pie de la cama de su abuela.

—¿Qué pasa, Anina?

—Estoy pensando en la familia Mattiuzzi.

—No todo fue trágico. Piccolo se casó con Margaret Mary. Mi madre permaneció en contacto con ellos. Fueron el último vínculo con esa época de su vida. Y también estaba Savattini, el metre.

—¿Murió en el barco?

—Sobrevivió. Se aferró a la mesa de un camarote. Se rompió la pierna al saltar, pero no lo supo sino hasta que lo rescataron. Lo llevaron a un hospital en Liverpool, donde urdió un plan para escapar y volver a Londres, en lugar de volver a abordar otro barco como prisionero. El plan funcionó. Lo escondieron en la cocina del Savoy hasta que terminó la guerra. Cuando los Mattiuzzi fueron a Londres en su luna de miel, fueron al Savoy a tomar el té. Piccolo pensó haber visto al fantasma de Savattini cruzar el comedor vestido de esmoquin. Fue un verdadero reencuentro.

—¿Qué pasó con los chicos Franzetti, la familia que tenía la pizzería?

—Los encerraron en Australia. Acabaron por quedarse ahí cuando la guerra terminó. Creo que los nietos siguen teniendo una cadena de pizzerías. —Arrojó la cobija sobre Anina—. Estás muy interesada en el lado escocés de la familia, ¿verdad?

—Explica algunas cosas. —Se cubrió con la cobija—. Cuando hablas de Escocia siento como si yo hubiera estado ahí.

—Espero que vayas algún día.

—Tú irás conmigo.

—Ya veremos. —Sonrió—. Nunca he vuelto a Escocia. Cuando era niña, me prometí que cuando creciera viviría ahí de nuevo; pero eso solo quedó en un sueño de infancia, y fue lo mejor. No podía lastimar a mi madre, ¿sabes? Escocia le había causado mucho dolor; ya había sufrido suficiente los aspectos horribles de la vida y yo prometí no empeorar las cosas ni recordárselas. Con el paso del tiempo, vivir en cualquier lugar que no fuera aquí me parecía una traición. Siempre que viajaba con tu abuelo, a los tres días ya me ponía nerviosa y empezaba a fastidiarlo para que volviéramos a casa. Extrañaba a mi familia, esta casa y el océano. Viajé mucho con tu abuelo, y algunas veces estuvimos cerca de las Tierras Bajas. Él me decía «Vamos». Me sentía tentada, pero nunca llegué a hacerlo. Demasiados fantasmas.

—Me gustaría tener cien años contigo, *Nonna*, con todo y fantasmas. Me gusta cómo vivían en esas épocas, todas las familias juntas en una sola casa.

—Y no nos matamos entre nosotros, es un milagro —dijo Matelda con una risita—. Después de que mi tío Aldo murió en la guerra y volvimos a Viareggio, vivimos con mis abuelos. Mi madre decidió quedarse con sus padres después de que se casó con Silvio; él fue feliz con esa decisión y yo también: tenía un padre.

—¿Aunque Silvio no le cayera bien a Netta?

—Encontraron la forma de llevarse bien. Creo que, al final, ella hasta llegó a quererlo; quizá *Nonna* pesó esto en su lecho de muerte. Mi *nonna* no trabajaba todos los días con mi padre; mi abuelo sí. Nunca los escuché discutir sobre el negocio. Siempre iban y venían juntos del trabajo.

—Tú y *Nonno* tenían sus peleas.

—La mayoría de las parejas de casados pelean por dinero, pero yo era la contadora y conocía las cifras. Los hechos estaban de mi parte, ¿ves? Tu abuelo aprendió a ser un comerciante, pero le llevó años. Él es un artista, y son soñadores. Nunca le confíes el monedero a un artista porque te lo devolverá vacío. Olimpio y yo fuimos buenos uno con el otro. Trabajamos juntos, ambos nos hicimos responsables. Eso es necesario para un buen matrimonio.

—Paolo y yo no tuvimos problemas con el dinero; era lo intangible lo que nos daba problemas. Don Vincenzo me dijo que la receta para un matrimonio feliz era perdonar, olvidar y repetir. A mí me cuesta trabajo olvidar.

—A mí también. Espero que me perdonen mis errores —dijo Matelda en voz baja—. Espero que tú puedas perdonarme, Anina. Sé que he sido difícil.

—Estamos bien, *Nonna*.

—Me alegra. Cuando era joven, mi *nonna* Netta era imposible. Y no podía entender por qué las viejas eran tan malas.

—Yo también me lo pregunto —dijo Anina poniendo los ojos en blanco.

—Cuando veas a una anciana que está de mal humor, ahora ya sabes por qué: tiene un pasado que no puedes entender porque no lo viviste. Conforme envejece, le duelen los pies, la espalda la atormenta, las rodillas le crujen; cocina, limpia, se preocupa, espera y luego enferma y muere. Sé amable, Anina, algún día tú serás la anciana.

CARNAVAL
Febrero de 1946

Domenica siguió el rechinido de la pulidora cuando entró a la tienda. Encontró a Silvio en la trastienda, trabajando.

—Hoy hubo mucho trabajo en la clínica —gritó antes de que Silvio apagara la máquina—. Un brazo roto y dos migrañas; las migrañas eran por el *limoncello* del carnaval. Pretucci odia el carnaval. Dice que es una excusa para que los borrachos y los temerarios actúen como idiotas y beban como peces.

—Ya casi termino. —Silvio echó en una caja el polvo de diamante que había en la bandeja.

Cuando acabó su trabajo, Domenica lo abrazó. Silvio la acercó a él y la besó.

—¿Qué dirías si te dijera que no quiero renovar mi contrato con la señora Pipino?

—¿Dónde vivirías?

—Me gustaría mudarme más cerca de la tienda.

—Hay muchos lugares en renta.

—No quiero rentar otra habitación. No quiero estar en otra habitación en la que tú no estés. ¿Quieres...? —tartamudeó.

—Sí.

—¿Cómo sabes lo que voy a preguntar?

—Soy una bruja —bromeó, descansando la cabeza sobre el pecho de Silvio.

El corazón de él latía con fuerza, lo que significaba que ella le importaba. Cuando Domenica regresó a Viareggio el otoño pasado con su hija, le pareció que todo estaba roto, desde el muelle hasta los caminos y su corazón. Se vio andando con cuidado entre los restos cuando volvió a descubrir lo único que podía completarla.

—Necesito saber si también amas a Matelda. Es una buena hija, pero llegará el día en que comprenda lo que perdió, y quizá te culpe por ello.

—No puedo ser él. Pero la amaré como a mi propia hija. Escucharé cuando quiera hablar de su padre.

—No seremos la joven pareja que construye una familia —dijo Domenica, melancólica—. Lamento no poder darte eso.

—Tú me diste una familia. No quiero nada más. Y ahora que la tengo, la protegeré el resto de mi vida.

Silvio metió la mano al bolsillo y le dio una cajita.

Domenica la abrió y sacó un anillo. Él se lo colocó en el anular.

—Este anillo es el símbolo de nuestra nueva vida —explicó Silvio—. El zafiro azul del Tirreno, la amatista morada de los cardos de Escocia, el cuarzo amarillo representa el girasol italiano y el diamante es una nueva vida. Tenemos una, ¿sabes?, porque empezamos otra vez. Podemos elegir ser felices juntos. ¿Quieres casarte conmigo?

—Sí. —Lo besó.

—Tallé las gemas solo para ti.

—Nunca me lo quitaré —prometió Domenica—. ¿Qué puedo darte yo?

—No es costumbre que la novia le haga un regalo al novio. Pero hay algo que me puedes dar. Nuestra familia necesita un verdadero nombre, no uno que mi madre eligió de una lista. Un abogado en Florencia inventó el apellido Birtolini para que lo usara un niño sin padre. Nosotros seremos una familia cuando nos casemos, y nuestra familia merece un nombre digno de ella. Quiero ser un Cabrelli, si me aceptas.

Domenica estaba exultante. Volvió a besarlo.

—Seremos Cabrelli.

La pareja recién comprometida caminó a casa tomada del brazo para compartir la noticia con Netta, Pietro y Matelda. Ellos los esperaban con champaña fría y pastel, porque Silvio ya había pedido su permiso antes de proponerle matrimonio a Domenica. Lo único que le quedaba por hacer a Domenica Cabrelli era ser feliz.

Matelda dormía en su cama en el rincón. Domenica sacudió con cuidado el azúcar que su hija tenía en la mejilla y luego le dio un beso. Esperaba que Matelda estuviera feliz con su compromiso y no solo por haber comido pastel antes de irse a la cama.

Domenica buscó en el clóset y sacó una caja de sombrero en la que guardaba papeles importantes. La abrió y sacó un montón de cartas amarradas con un listón de satén blanco. Pasó de puntitas frente a la habitación de sus padres y bajó las escaleras. Se puso el abrigo, metió las cartas en el bolsillo interior y caminó a la playa.

Las hogueras del carnaval ya se habían apagado; todo lo que quedaba eran los círculos de llamas azules diseminados a lo largo de la playa. Domenica se paró frente al océano negro con las cartas de John en la mano. Tenía la única prueba de su amor. Antes de que Silvio volviera a aparecer en su vida, había imaginado que se aferraría a esas cartas y las leería cuando necesitara la seguridad de que la había amado, que se había casado con ella y le había dado a Matelda; de lo contrario, lo que había pasado entre ellos desaparecería por completo, como un sueño.

John McVicars había sido una borrasca que sopló en la vida de Domenica Cabrelli. Aprendió que el tiempo no podía ser la medida de las cosas duraderas. En ocasiones, lo que permanecía era aquello que nos cambiaba en cuestión de momentos, no años. John no había vivido el tiempo suficiente como para decepcionarla; tampoco llevaban mucho tiempo casados como para que ella le fallara a su marido. No hubo necesidad de perdonar; su lapso juntos había sido breve.

John Lawrie McVicars había regresado del mar para vivir entre personajes mitológicos, y los vagabundos, estafadores y santos que encontraron refugio en el fondo del mar. Su espíritu estaba protegido por las olas de granito que abrazaban las costas rocosas del norte de Escocia. Ya no le pertenecía a ella.

Tiró las cartas en una de las hogueras. Un viento barrió la playa y encendió el papel. Muy pronto, las cartas estallaron en llamas de color púrpura. Las delgadas hojas formaron volutas de ceniza negra que salieron flotando del fuego hacia el aire, donde el viento las llevó rumbo al mar.

VIAREGGIO
Ahora

Matelda estaba sentada a la mesa del comedor escribiendo una carta. La dobló y la metió a la caja de la papelería.

—¿Qué estás escribiendo? —preguntó Anina.

—Tarjetas de agradecimiento —dijo Matelda.

—Soy pésima escribiendo esas.

—Lo sé. —Lanzó una dura mirada a su nieta.

—Mamá, te traje fruta —dijo Nicolina de camino a la cocina.

—Ya basta. Me voy a convertir en una papaya.

—Está en la lista de alimentos que recomendó el hospital.

—¿Tú comiste su comida? No deberían repartir listas ni decirle a la gente qué comer —se quejó la anciana.

—Mamá, *Nonna* me está contando unas historias excelentes. —Anina enderezó las pantuflas de su abuela en los descansa pies de la silla de ruedas—. Ya conozco la historia de todas las joyas de la *Nonna*.

—Qué bueno, porque yo no —bromeó Nicolina—. He querido sentarme contigo y escribir todas estas historias. Ahora tenemos tiempo.

—¿Lo tenemos? —preguntó Matelda en voz baja.

—¡No seas morbosa, *bella!* —gritó Olimpio desde la cocina.

Anina se sentó frente a su abuela.

—Me pregunto qué pasó con el anillo de compromiso de Domenica. Ese tan colorido. No lo vi en el joyero.

—Eso es porque no lo tengo. Enterraron a mi madre con él. Era su deseo. Nunca le dije a nadie sobre ese anillo hasta ahora a ti, ni siquiera a Nino. Por supuesto, temía que me cobrara la mitad.

—Debió preguntarse qué pasó con él.—Nicolina se sentó con ellas.

—Si lo hizo, nunca dijo nada. Cuando los hijos hombres se casan no están muy presentes y no ayudan mucho a cuidar a los padres ancianos, pero es muy poco común que quieran algo material cuando los padres mueren. Patrizia no pidió nada tampoco.

—Nunca lo haría —dijo Nicolina—. No es ese tipo de persona.

—Me gustaría que él fuera más parecido a Patrizia. Mi hermano quería mucho más que joyería, créanme —explicó Matelda—. Nino quería la tienda, pero hubo problemas. Mi padre quería que Olimpio dirigiera la tienda y que Nino trabajara para él. Olimpio era un artesano y esa era una tradición en la tienda. Se trataba de confeccionar cosas, no tanto de venderlas. Nino era buen vendedor, pero un desastre como tallador. Cuando mi hermano vio lo que sucedía, decidió mudarse a Estados Unidos. Ese fue el gran cisma entre nosotros.

—Tal vez al tío Nino le molestó que ustedes se hicieran Cabrelli.

—No creo. Éramos Cabrelli antes de que él naciera.

—Yo sigo siendo Roffo —dijo Olimpio, reuniéndose con ellas a la mesa—, pero sí le prometí a Silvio que no cambiaría el nombre de la tienda. Esperaba que su hijo regresara a Viareggio algún día. La familia trató de arreglar las cosas con Nino. Yo lo intenté.

—Todos lo hicimos. Fuimos a visitarlos a Estados Unidos. ¡Qué viaje! *Nonna* Netta, mi madre y yo. Fuimos a la costa en Nueva Jersey. Era hermosa, pero mi abuela Netta dijo: «En Italia tenemos un océano y también una playa. ¿Tenemos que volar la mitad del mundo para sentarnos en una silla de playa diferente?». Vimos la fábrica de Nino, era impresionante. Era un fabricante exitoso de... ¿cómo se llama, Olimpio?

—Bisutería barata a la medida. Conocido por los intermediarios como imitaciones.

—¡Eso es! Chapados. No como lo que hacemos aquí. Copiaba la joyería fina que creábamos aquí; Nino las llamaba simulaciones. Por eso no le dieron a Nino el rubí Speranza. Mi padre no confiaba en él para que hiciera algo de valor —admitió Matelda.

—Pero recapacitó —insistió Olimpio—. Después de que tus padres murieron, Nino se calmó y, de vez en cuando, me llamaba para preguntarme cosas; yo hacía mi mejor esfuerzo para ayudarlo.

—¿Sigue resentido contigo porque Silvio te dejó la tienda? —preguntó Nicolina.

—No parecía... entonces, la vieja herida ya había cicatrizado. Nino tenía éxito en Estados Unidos, así que la pequeña tienda de un pueblo en un país viejo ya no le importaba.

—Los Cabrelli debieron permanecer unidos —dijo Anina.

—Uno pensaría, después de todo lo que habían pasado —acordó Olimpio—. Pero lo primero que perdura cuando se tiene éxito es el recuerdo de haber sido pobre. Cubrimos esa inseguridad como un par de zapatos viejos cuando hay dinero en el banco. Nos acostumbramos a la piel fina y olvidamos cuánto nos dolieron los pies.

TREVISO
1974

Después de la guerra, Speranza pasó dos años trabajando con los estadounidenses en Berlín. Les proporcionó los detalles de su trabajo, los nombres de los hombres con quienes había trabajado y la información que los alemanes habían esperado que muriera con él. Cuando Speranza terminó su trabajo, decidió regresar a Italia. Conforme el tren avanzaba por la campiña, vio lo que los nazis y los fascistas habían hecho.

Había campos quemados donde habían reducido pueblos a cenizas. El tren continuaría por las vías unos veinte kilómetros y el siguiente pueblo estaba animado con tiendas, maceteros con flores en las ventanas; gente elegante que vivía intacta, como si todo ese patético caos nunca hubiera sucedido.

Speranza había estado demasiado agotado como para poder dormir. La guerra le había dado otro regalo: insomnio permanente. Se puso de pie, sujetándose del portaequipajes y avanzó hasta la puerta deslizante. La abrió y salió a la plataforma entre los vagones. Encendió un último cigarro. Los últimos kilómetros de la jornada a casa le parecieron más largos que el tiempo que pasó fuera. Apenas sentía el ajetreo de las ruedas del tren conforme avanzaba sobre las vías. Estaba consciente de que la mayor parte del tiempo no sentía nada. No lloró mucho después de la guerra, pero las macetas de las ventanas lo hicieron sentir nostalgia. La vida había continuado, pero no la suya. Sin Agnese, caminaba por el mundo como un fantasma y ahora sabía que ellos también lloraban.

Traía lo que llevaba puesto y un boleto de tren de vuelta a Italia, un regalo de los estadounidenses. Le habían ofrecido un empleo en Estados Unidos que él, amablemente, rechazó. ¿Para qué le serviría ahora? Fue Agnese quien quiso ir a Estados Unidos. Por supuesto, él la hubiera seguido, era su costumbre. Ella tomaba todas las decisiones; era el arquitecto de todo lo que había salido bien en su vida.

A Speranza le dolían los pies cuando bajó del tren en Treviso. Le alegró ver que los edificios seguían de pie y que las góndolas negras seguían flotando en los canales. Volver al Véneto significaba que podía respirar y moverse en el lugar en el que había conocido a Agnese y había sido feliz. No sabía qué habría hecho si hubieran destruido Treviso. Era la única prueba con la que contaba de que ella había vivido. Su romance empezó mientras caminaban por las calles cubiertas de musgo de la ciudad, a lo largo de los canales azul claro. No volvería a su vieja tienda ni a su departamento en Venecia. Sabía que eso quebraría lo que le quedaba de corazón.

Mientras caminaba por las calles de Treviso, no reconoció un solo rostro y nadie lo conocía a él. Tenía la sensación de que su mundo ahora era un cementerio, nada más que lápidas y tierra fría.

Un granjero lo llevó en su automóvil a Godega.

La guerra había sido una bestia artera en Italia también; a un lado del camino, una casa estaba intacta; al otro, por ninguna otra razón que la mala suerte, los camisas negras habían derribado las rejas, el granero y la casa de la granja. Parecía la carnicería de un tornado que destruye todo sin ninguna lógica. Su estómago dio un vuelco.

Los hombres avanzaron en silencio hasta que pasaron la granja Acocella. Había sido próspera, pero ahora la granja productora de lácteos estaba en ruinas; el suelo estaba cubierto de carbón negro donde quemaron los campos.

—Hace dos años que acabó la guerra. ¿Por qué ese humo? —preguntó Speranza.

—Es la antigua granja. El viejo Antonio hacía vino en el sótano. Construyó túneles subterráneos para ir de la granja a la casa en invierno. Cuando los nazis la quemaron, el alcohol alimentó el fuego subterráneo. Pensé que cuando llegaran las lluvias de primavera extinguirían el fuego; han tratado de hacerlo, pero parece que es una flama eterna.

Hablaron sobre plantar maíz y trigo como si el ejército alemán no hubiera ocupado los pueblos de Treviso hasta Friuli. El hombre no mencionó el campo de prisioneros de guerra que estaba a tan solo sesenta y cinco kilómetros al norte, con el que se encontrarían si seguían su camino.

—¿Cómo está su granja? —preguntó Speranza al conductor.

—Sobrevivimos. Los primeros dos años pensamos que estábamos seguros porque alguien tenía que suministrarles huevo y leche. Los alemanes tenían que comer.

Speranza asintió. Recordó cómo comían los alemanes. Salchichas, res, pan recién horneado, *kreplaj* relleno con una pasta de pollo y res molida. Comían con regocijo como glotones mientras sus prisioneros de guerra se alegraban cuando podían echarle una papa al caldo.

—Decomisaron la granja de los Cistone. Pero antes, hicieron que la señora les preparara una buena cena. Comieron bien y bebieron su mejor vino. A la mañana siguiente, antes de partir, la incendiaron hasta sus cimientos. Incluso se llevaron el caballo. ¿Usted dónde estaba?

—Berlín.

—¿En una fábrica?

Speranza asintió.

—Por suerte sobrevivió.

—¿Sí? —respondió Speranza seco.

Speranza tuvo suerte hasta que fue al campo y se enteró del destino de Agnese. Hasta ese momento, había sido como su vecino: pensó que tenía una oportunidad.

El granjero paró el camión.

—¿Esta es su granja?

Romeo asintió. Le ofreció dinero al hombre, pero él no aceptó.

El camión partió. Romeo empezó a caminar por el sendero a la sombra de los cipreses que lo bordeaban. Bajó la vista a las marcas de piedra que había colocado a la entrada. «Speranza 1924» estaba grabado en la más grande, el año en que Romeo y Agnese Speranza compraron la propiedad a la familia Perin, quienes empacaron y se embarcaron a Estados Unidos para tener una vida mejor y más próspera.

Conforme Romeo caminaba por el sendero familiar, advirtió que, de la curva a la casa habían colocado piedras planas donde antes solo había tierra. Buscó su silo, el aviario y la casa de verano. Todo estaba intacto. Se preguntó si sus ojos lo engañaban. ¿Sería un espejismo?

La pizarra de la fachada exterior acababa de ser encalada; habían barrido el porche. ¿Estaría aquí? ¿Agnese había escapado y llegado a casa? Su corazón se llenó con anticipación. Speranza fue a la puerta, no estaba cerrada con llave y la abrió.

La casa de tres recámaras estaba como Agnese la había dejado. Speranza la llamó. Entró a la cocina, buscó alrededor antes de abrir un cajón. Tomó por el mango un largo cuchillo de cocina. Pasó la mano sobre la mesa del comedor, no había polvo. Fue a la ventana, una suave brisa ondeaba las cortinas estampadas de cachemir que Agnese había confeccionado con una tela que compró en el bazar de Venecia. Caminó por la casa; la cama estaba hecha, cubierta de una cobija y almohadas de plumas. El baño que él instaló al interior como regalo para su esposa estaba impecable.

Romeo salió y caminó a la parte posterior de la casa. Cruzó el campo verde, la brisa acarreaba el sonido de risas y conversación desde una de las habitaciones de invitados más allá de la casa de primavera. Avanzó en dirección al sonido.

Emos, el lustrabotas, cortaba madera junto a la cerca. Alzó la vista; Romeo alzó la mano y la agitó. Emos entró a la casa por la parte trasera.

—¡No, no! ¡Emos, soy yo! —gritó Speranza.

Emos salió por la puerta delantera con una mujer que llevaba un bebé en brazos. Muy pronto, un segundo hijo como de tres años salió hasta donde ellos estaban.

Speranza observó cómo cruzaban el campo. Mientras él estaba ocupado perdiendo el tiempo sirviendo al enemigo, la vida en la granja había continuado.

—*Signore!* —Emos corrió para saludar a su *padrone*—. ¡Bienvenido a casa! ¡Lo hemos estado esperando! ¿Dónde ha estado?

—Berlín.

Speranza, quien no había dicho una sola palabra ni derramado ninguna lágrima cuando los estadounidenses lo llevaron a Buchenwald a buscar a su esposa, empezó a llorar.

—Oh, no, no. —Emos le hizo una seña a su esposa y ella se llevó a los niños al interior.

Speranza sacó el cuchillo de su manga y se lo dio a Emos, quien lo hizo a un lado. Emos lo ayudó a llegar hasta el borde del porche para que se sentara.

—¿Es cierto todo lo que hicieron? —preguntó Emos.

—La señora no salió del campo. Murió ahí.

Los ojos de Emos se llenaron de lágrimas.

—Ahora ya está a salvo —dijo.

—Quiero estar con ella —sollozó Speranza.

—Pero no puede ir solo con desearlo —le dijo Emos—. Solo Dios puede llamarlo.

La esposa de Emos salió con una taza de agua y se la ofreció a Speranza.

—Ella es Eva. Trabajaba como sirvienta para la familia Andamandre hasta que nos casamos.

—¿Tiene hambre? —le preguntó a Speranza—. Le llevaré de cenar a su casa. Ahí podrá comer y descansar.

—Gracias, eso me gustaría —respondió Speranza—. Emos, ¿cómo lo hiciste? ¿Cómo salvaste la granja?

—Los camisas negras nunca subieron por el camino. Una vez miraron hacia acá desde el campo, pero por alguna razón se fueron. Eva cree que la granja está bendita.

—Es una granja pequeña. Eso es todo. Mi falta de ambición antes de la guerra los mantuvo alejados. Aquí no había suficiente para ellos.

—A la familia Fontazza le hicieron cosas terribles. Y por allá, al otro lado de la montaña, asesinaron a la gente del pueblo. No había ningún plan, el mal andaba sin rumbo a nuestro alrededor.

Emos llevó a Speranza a la casa de primavera. El estanque interior, poco profundo, estaba bordeado con piedra no caneada y relleno de agua fría de un manantial exterior. En la oscuridad, la superficie del agua parecía negra. Emos quitó una piedra del piso cerca de la pared y sacó un costalito del agujero que le dio a Speranza.

—Ahí dentro hay dólares, liras y dracmas. Y una perla. Vendo los huevos y guardo el dinero para usted.

Speranza encontró la perla entre las monedas; la hizo girar entre sus dedos, bajo el rayo de luz de la puerta semiabierta.

—Me dijeron que era invaluable —agregó Emos.

—No lo es.

Emos sonrió.

Por primera vez desde hacía mucho tiempo, Speranza también sonrió.

—Todo es tuyo, Emos. —Le devolvió el costalito.

—No, esto es la renta. He vivido aquí siete años.

—Tú cuidaste la granja.

—Tenemos todo lo que necesitamos. Comida, una casa, un jardín, nuestros hijos.

—Un hombre con hijos siempre necesita dinero.

—Lo guardaré para usted. El banco de la casa de primavera —prometió Emos—. Nosotros lo cuidaremos ahora.

—Puedo cuidarme solo.

—Debe dejar que nos ocupemos de usted.

—Son bienvenidos si quieren quedarse, Emos. No creo tener ya la fuerza para trabajar la tierra. Yo me quedaré en la casa, pero no tienen por qué preocuparse por mí.

—No lo entiende, *signore*. Se lo prometí a la *signora*.

Speranza asintió.

—¿Lo hiciste? *Va bene*.

Speranza estaba en paz, Agnese seguía siendo quien mandaba. Harían lo que ella había ordenado, seguirían sus instrucciones.

Speranza se sentó a la mesa de la cocina de su casa para cenar. Eva había preparado una buena polenta veneciana con champiñones y espárragos. La salsa de tomate estaba condimentada con canela, como era la costumbre local. Cortó la polenta e hizo girar su tenedor en la salsa. Probó un bocado, cerró los ojos y permitió que el sabor de la receta de Agnese inundara sus sentidos.

No recordaba una sola comida en Berlín de cuando era prisionero. No sabían a nada. La comida era un medio para sobrevivir y resistir el día de trabajo, nada más. Speranza era judío, pero también italiano. No supo en qué momento un aspecto de su identidad empezaba y el otro terminaba, pero el mundo ya no lo percibía de esa manera.

Después de comer, recorrió la casa, habitación por habitación. Cada objeto que tocaba lo relacionaba con Agnese y, de manera extraña, sintió consuelo. Era un hombre inteligente; sin embargo, su esposa había sido más curiosa que él, era una ávida lectora. Mientras revisaba con detenimiento la colección de libros de su mujer, se prometió leerlos.

Se metió a la cama. Había temido acostarse solo en la casa que habían construido juntos, en la cama que compartieron; pero no tenía razón. Por primera vez desde el día en que los deportaron de Italia, el país donde había nacido, durmió profundamente durante toda la noche y no despertó sino hasta que el sol salió a la mañana siguiente.

VIAREGGIO
Ahora

Nicolina llevó el tazón de *paglia e fieno* a la mesa. Espolvoreó la pasta fresca, amarilla y verde, con parmesano y albahaca. Olimpio sirvió el vino. Anina puso la ensalada en platos pequeños. Matelda observó cómo su familia servía la comida, como ella acostumbraba hacerlo.

—Me siento inútil —dijo.

—Mamá, disfrútalo. Déjanos consentirte. —Nicolina levantó la tapa de la charola—. Es temporada, las alcachofas de Agnese. Encontré la receta en tu caja.

—Agnese le enseñó a mi madre cómo cocinarlas. Nunca la conocí, pero mi madre la quería. Despejaban un piso de la casa para ellos cuando venían de visita y que pudieran tener suficiente espacio. Los hombres trabajaban en la tienda y mi abuela y Agnese cocinaban juntas.

Nicolina probó la alcachofa.

—Muy buena.

A Matelda le agradaba que Nicolina supiera cocinar los platillos que Agnese le había enseñado a Netta. Quizá no había sido una idea terrible compartir el pasado con su hija.

—Speranza disfrutaba visitarnos después de la guerra. Mi abuela le preparaba todos sus platillos favoritos como Agnese le había enseñado. Apreciaba que la cocina de su esposa no hubiera sido olvidada ahora que ella ya no estaba ahí. De cierta forma, le devolvía las ganas de vivir.

—*Nonna* Domenica me dijo que Speranza era talentoso y apuesto. Sin duda muchas mujeres del Véneto se morían por él, pero él nunca quiso tener a otra mujer después de Agnese.

—¿Ella te dijo eso? —preguntó Matelda.

Nicolina asintió.

—La *bisnonna* Netta le contó todo a la *nonna*, y ella me lo contó a mí.

—Me alegra que hayan hablado. —Matelda estaba contenta de que su hija hubiera sido tan cercana a su madre—. Alrededor de 1949, Speranza empezó de nuevo a tallar gemas. Él y mi abuelo incluso colaboraron en algunos proyectos para la Iglesia. Speranza era de la familia. Recuerdo también cuando fuimos a verlos a Venecia.

—¿Cómo era en esas épocas?

—Yo era una adolescente y no ponía mucha atención. A mediados de la década de los cincuenta, nuestro pequeño país fue de pronto popular en el mundo. Italia tenía a los Ferragamo, estrellas de cine, los Agnelli y los peinados cortos. Cuando yo tenía dieciséis años, todo lo que quería era ser mayor. Quería sentarme en la terraza de un café, beber expreso y fumar cigarros. Por supuesto que no podía fumar, mi padre me hubiera matado, pero sí tomaba un expreso con toda la parafernalia.

VENECIA
1956

Silvio Cabrelli conducía sobre el Ponte della Libertà hacia Venecia. La ciudad parecía envuelta en una capa plateada, tan brillante bajo el sol que Matelda entrecerró los ojos y solo podía ver las formas del palacio en el canal cuando se asomaba por la ventana. El agua de los canales estaba tan quieta que parecía de mármol verde.

Los automóviles se detuvieron en el puente. Silvio miró por el retrovisor; su cabello mostraba las primeras señales de gris a los cuarenta y siete años.

—Tu papá está envejeciendo, Matelda.

Matelda acababa de cumplir dieciséis años. Para ella, cualquier persona mayor de treinta era vieja.

—Papá, ¿puedo ir por un expreso?

Matelda era alta y esbelta. Llevaba el cabello corto como Gina Lollobrigida, la estrella de cine, quien había puesto de moda el nuevo «corte italiano».

El tránsito avanzaba. Silvio tomó las calles laterales hasta que encontró dónde estacionarse frente al banco.

—Los negocios primero. Espera y luego iremos por un café.

—Pero no me necesitas, papá.

Él sonrió.

—Anda.

Silvio sabía bien que no valía la pena intentar negociar con su hija adolescente.

Matelda cruzó la calle y se sentó en un café bajo el toldo de la terraza. Se bajó los lentes oscuros de la cabeza y los puso sobre sus ojos.

«Los jóvenes quieren ser viejos y los viejos quieren morir», pensó Silvio.

Emos manejó el viejo Fiat hasta el banco. Bajó del auto y ayudó a Speranza a bajar.

—Lo esperaré aquí —dijo.

—¿Silvio? —Speranza subió las escaleras del banco para saludar al yerno de Cabrelli. Ambos se abrazaron—. ¿Cómo está mi amigo Cabrelli?

—Llevó a mi suegra a visitar a su hermana en Sestri Levanate. —Se mordió la mano a la italiana—. Me dijo que le dijera que preferiría estar aquí.

—Es un hombre paciente —dijo Speranza riendo.

Silvio siguió a Speranza al banco. Speranza habló con el gerente, quien los llevó hasta la bóveda, donde abrió una caja de seguridad. Sacó un estuche de terciopelo de la caja, lo colocó con cuidado sobre la mesa y extrajo con cuidado un rubí Peruzzi. La luz en la habitación era baja, pero las facetas del rubí brillante la atraparon.

—Lo mejor que existe. Un rubí sangre de pichón de Karur. —Speranza examinó la gema a través de la lupa. Le pasó la lupa a Silvio para que examinara la joya—. Tu suegro estuvo conmigo en la India. Esta fue la última piedra que tallé antes de la guerra.

Silvio le dio a Speranza un sobre en pago del rubí.

—Gracias —dijo Speranza, colocando el rubí de nuevo en la bolsa de terciopelo—. Pensé en esta gema y no sabía qué hacer con ella. Resulta que es mi jubilación—. Le dio el rubí a Silvio.

—Mi suegro le agradece que le haya vendido la piedra. Tiene grandes planes para ella.

—Cabrelli siempre tiene grandes planes. Pero, a diferencia de otros soñadores que he conocido, él sí cumple sus proyectos. Termina lo que empieza. Es un verdadero artista.

—Eso mismo dice él de usted, *signore*. ¿Cuáles son sus planes?

—¿Ahora que soy rico? Voy a forjar un futuro para mi familia. Agnese era cercana a su hermano en Estados Unidos, quien tuvo cuatro hijas. Me gustaría dejarles algo. —Speranza sonrió—. A Agnese le habría gustado.

En el camino de regreso a la granja en Godega, Speranza permaneció en silencio. Emos miró a su jefe, quien se había quedado dormido. Parecía tener sueños placenteros. En ocasiones dejaba escapar una palabra en italiano; otras, su rostro mostraba contento. Emos consideró estas señales como que su jefe estaba listo para reunirse con Agnese.

—La vida es una lista, Emos. Una por una, marcas las cosas que quieres hacer y las que tienes que hacer, y pronto llegas al final de la lista. No hay nada más pendiente, has terminado y es momento de morir.

—Hoy está cansado, *signore*. Eso es todo.

El sol se ponía conforme Emos conducía a casa. Encendió los faros del viejo Fiat y avanzó por los senderos sinuosos de la campiña veneciana. Los campos se extendían en pliegues azules ondulantes desde el camino.

—Más despacio, Emos. Estos caminos rurales son terribles.

—Disculpe, *signore*.

—No tenemos razón para apurarnos. Las noticias no llegarán ahí antes que nosotros.

—No dejaré que haga lo que quiere hacer.

—Es mi dinero, Emos.

—Pero nosotros no somos su familia.

—Ustedes me tratan como si lo fuera —insistió Speranza.

—Debe haber un primo o algún familiar en algún lado.

—Esta tarde, en el banco transferí dinero a las sobrinas de Agnese. El resto es para ti y para Eva. Las escrituras de la granja y de lo que contiene están a tu nombre. Hay una copia en el despacho del notario, en Treviso, y otra en el cajón del buró de mi recámara.

—No puedo aceptar sus regalos; usted ya hizo demasiado, me dio un empleo y un lugar donde vivir. Mi familia prospera, tenemos suficiente. Podría vender la granja, conmigo como cuidador.

—Agnese quería que tú tuvieras la granja; debes honrar sus deseos.

—Gracias, señor. Aquí es tan bonito que casi olvido mi hogar en Etiopía.

—Eso significa que amas tu nuevo país. Cuando un inmigrante ama su nuevo país, lo cambia para mejor. —Speranza se recargó en el respaldo del asiento—. Quizá puedas traer aquí a tu familia cuando yo me haya ido.

—A Eva le gustaría. ¿Hay algún lugar al que le gustaría ir de vacaciones? ¿Algún lugar donde yo pueda llevarlo? —preguntó Emos—. ¿La playa en Rímini? Podría conducirlo a Viareggio.

—No hay ningún lugar al que quisiera ir, pero sí algunos que nunca más quisiera ver de nuevo.

—¿Venecia? —preguntó Emos.

—Berlín. Éramos cuatro en una pequeña oficina. Un arquitecto, un profesor, un matemático y yo, el tallador. Dormíamos en esa oficina, ahí trabajábamos y ahí comíamos. Fabricábamos relojes con movimiento de joyería.

—¿Para quién? ¿Las amantes de los generales? ¿Las esposas?

—Para las bombas. Trataba de no pensar dónde aterrizaban las bombas que llevaban mis temporizadores, a cuántas personas mataban y cuántos hogares destruían; pero, conociendo a los nazis, daban en el blanco con más frecuencia de la que fallaban. Así, mientras tallaba las piedras justificaba el trabajo diciéndome que estaba dándome tiempo, que me llevaba un segundo más cerca de volver a ver a Agnese. Por supuesto, como cualquiera de las promesas que hacían en Alemania en esa época, todo era un engaño. No puedes ganar tiempo cuando te lo han robado.

El gallo cantó la mañana siguiente al alba, en lo alto del gallinero de la granja de Speranza. Emos ya había ordeñado a la vaca, desnatado la leche y limpiado la cubeta en el arroyo de la casa de primavera. Caminaba hacia su casa, hacia el desayuno que Eva le estaba preparando, cuando sintió un dolor en el pecho y se detuvo. Se llevó la mano al corazón y reflexionó; el dolor pasó pronto; miró a la casa principal y le sorprendió ver que todas las luces estaban encendidas al interior. A Speranza no le gustaba desperdiciar electricidad, así que, al ver todas las ventanas de la casa iluminadas, Emos se preocupó.

Caminó hasta la casa principal y abrió la puerta. Entró y encontró a Speranza desplomado sobre la silla, con un libro en su regazo. Corrió a su lado.

—*Signore, signore.* —Trató de despertarlo, pero fue inútil.

Speranza se había ido.

Con cuidado, Emos levantó el libro del regazo de Speranza y lo dejó sobre la mesita, abierto en la página que estaba leyendo. Fue a la recámara y cogió una cobija de la cama. Cargó a Speranza, lo llevó al sofá y lo recostó, acomodando los cojines. Con cariño, cubrió al mejor hombre que había conocido con la cobija que, ahora, era su mortaja.

El lustrador de zapatos, ahora un granjero entusiasta y exitoso que vendía leche, mantequilla y crema en Treviso, se sentó junto al cadáver. Levantó el libro de la mesita; en la guarda, había un *ex libris* que rezaba: «Devolver a Agnese Speranza». Los ojos de Emos cayeron en las últimas palabras que Speranza leyó antes de morir.

Quiero que te des cuenta de que todo esto es solo una gran aven-
tura. Un buen espectáculo. El truco consiste en jugarlo y mirarlo
al mismo tiempo.

[...] entre más personas diferentes conozcas, más rico eres. In-
cluso si no se trata de cosas agradables. Eso es vivir [...]

Emos puso el separador para no perder el pasaje de la novela *¡Así de grande!*, de Edna Ferber. No estuvo presente en el último aliento y las últimas palabras de Speranza, pero al menos tenía el consuelo de conocer la frase que su amigo había estado leyendo cuando llegó la hora. En ese momento Emos se hincó frente al cuerpo de Speranza y rezó a Dios en los cielos para que recibiera al buen hombre.

Eva apareció en la puerta. Se reunió con su marido y se arrodilló a su lado en la plegaria.

Según la costumbre judía, a las veinticuatro horas de la muerte de Speranza, Emos ya había cavado una tumba en el campo al norte de la granja. Eva y los niños cubrieron la suave tierra negra con ramas frescas de ciprés hasta que solo quedó verde.

Emos colocó una lápida que él mismo grabó y miró al cielo.

—*Signore*, yo no soy artesano, pero espero que esto le agrade.

ROMEO SPERANZA
Marido de Agnese
Tallador de Venecia
1889-1956

Capítulo 37
Hogar
Ahora

Anina empujaba la silla de ruedas de Matelda por el muelle, cuyos tablones crujían a su paso. Olimpio caminaba al lado de ellas. La brisa del océano los refrescaba y el sol calentaba el pueblo con una luz color mandarina.

—No creo que el cielo y el mar se hayan visto de la misma manera dos veces en mi vida —comentó Matelda—. Siempre hay algo nuevo.

—¿No tienes frío? —preguntó Olimpio.

—Tengo más cobijas encima que las que usaba mi mamá para esponjar el pan de pascua en Semana Santa.

El recuerdo de amasar la pasta, colocarla en cubetas y cubrirlas con papel para repostería, seguido de capas de cobijas donde descansaba junto a una ventana soleada hasta que la masa se inflara era inseparable en la mente de Matelda de los recuerdos de su madre, Domenica.

—Sigo extrañando a mi madre. ¿No es extraño? Olvidamos mucho, pero nunca a nuestra madre.

—Quizá eso es todo lo que necesitas recordar —dijo Olimpio en voz baja, recordando a Marianna, su propia madre.

—¿Tu mamá me quería? Me lo puedes decir ahora, ya todos se fueron —dijo Matelda bromeando con su esposo.

—Mi madre pensaba que eras buena chica —respondió Olimpio, acariciando el cabello de su esposa—. Pensaba que eras franca y apreciaba tu honestidad. La mayor parte del tiempo.

—Apuesto que sí.

—*Nonna*, ¿quieres agua?

—Por favor, Anina. Tengo agua hasta en los pulmones.

Anina se sintió decepcionada. Matelda cambió el tono.

—Pero hay algo bueno de todo eso: estoy mejorando.

—¿Crees que estás lista para hacer ese viaje alrededor del mundo? —preguntó la joven.

—Quizá. —Matelda guiñó un ojo—. ¿A dónde quieres ir?

—A todos lados.

—Tendrás que trabajar mucho.

—Estoy trabajando mucho, ¿verdad *Nonno*?

—Lo estás haciendo bien. Podrías solicitar una pasantía en cualquier lugar que quisieras.

—Es mejor que le vaya bien en lo de los Cabrelli —dijo Matelda—. Espero que mi familia siga haciendo funcionar el negocio cuando ya no estemos.

—Soy la cuarta generación en la tienda. No te preocupes por el futuro, *Nonna* —le aseguró Anina.

—Siempre me preocuparé.

—Y hay una buena razón para eso. El negocio familiar siempre está en peligro, es un trabajo delicado —explicó Olimpio—. Cada mañana, cuando le das la vuelta a la llave de la puerta, está el peligro de irse a pique. El éxito del negocio familiar reside en el timbre de la caja registradora: cuántas veces suena al día y cuántas veces no lo hace. Pero no quiero que pienses en eso, mi amor. Quiero que te relajes. —Le dio un beso a su esposa.

—Quiero aprender a usar la pulidora —dijo Anina mirando a su abuelo.

—¿Quieres tallar gemas?

—Sí, *Nonno*, sí quiero. ¿Crees que puedo hacerlo?

—Por supuesto que puedes —interrumpió Matelda—. ¿No llevo años diciéndotelo?

—Lleva siete años dominar la pulidora —le recordó Olimpio a Anina.

—Esos son siete años que me gustaría darle al negocio Cabrelli.

Olimpio puso su mano sobre la de Anina; con la otra, tomó la mano de Matelda.

—Es un trato, Anina.

—¿Hola? ¿Matelda?

Ida Casciacarro salió del elevador y entró al departamento de Matelda. Ida miró alrededor y echó un vistazo en el departamento. La habitación estaba tan iluminada que no se quitó los lentes oscuros.

—Está en la terraza, *signora* —exclamó Anina.

Ida asomó la cabeza a la cocina.

—¿Cómo está?

—Se está fortaleciendo.

—¡Gracias a Dios! —dijo, dándole una bolsa a la joven—. Galletas de ajonjolí. Las hice yo, siguen calientes. Lo que no se coma hoy, se congela.

Ida se reunió con su amiga en la terraza.

—Te ves bien, Matelda.

—No es cierto.

—Has bajado de peso.

—Un poco. No es para tanto; todos adelgazan al final. ¿Y para qué?

—Exacto. —Ida rio—. El sol ayuda, ¿verdad? Sana desde el cielo.

—¿Dónde está mi familia? —murmuró Matelda.

—No pueden oírte.

—Me estoy yendo por el caño, Ida. El fin está cerca.

—¿Cómo sabes?

—No tengo aire suficiente para levantar esas pelotas en la caja de plástico.

—El espirómetro —dijo Ida con una risita.

—Como demonios se llame. Esas pelotas se quedan el fondo como si fueran de plomo.

—Odio los aparatejos. —Se sentó—. ¿Quién quiere jugar juegos de respiración a nuestra edad?

—¿Cómo está tu nieto?

—Lorenzo se hizo otro tatuaje para celebrar que lleva seis meses sobrio. Ya se está quedando sin extremidades que cubrir. Cuando éramos niñas, ¿recuerdas haber visto a alguien borracho en Viareggio? ¡Nunca! ¿Qué le pasa a mi familia? Gracias a Dios los Metrione están muertos, porque los Casciacarro estamos en pleno deterioro.

—No te preocupes por él, Ida. Dejó el alcohol, es fuerte. Son una buena familia.

—No lo suficientemente buena. —Hizo un gesto con la mano.

Matelda rio, pero eso le provocó tos.

—Tu familia ha visto peores.

—Lo sé. Ese es el problema: ven lo peor y por eso hacen lo peor. Para ellos, ¿cuál es la diferencia?

—Anina canceló su boda.

—Eso escuché. Es una chica lista. ¡Una vidente! Puede ver el futuro. Quizá debería echar el tarot en vez de tallar gemas. Está haciendo lo correcto. Hay que ser firme con esas tonterías cuando se es joven, porque cuando los hombres llegan a los cuarenta, se acabó, solo empeora.

—Empujamos a los hombres a la crisis de los cuarenta y, diez años después, necesitan una píldora para que el tren siga en marcha.

—Que se queden con su tren. Yo salté de ese tren y ni siquiera salí lastimada —confirmó Ida.

Las viejas amigas rieron.

—Quiero que te mejores, Picci.

—No está en mis manos. Se hará la voluntad de Dios.

—La voluntad de Dios —repitió Ida, haciendo eco a la plegaria de su amiga—. Mi madre me dijo que estaba agradecida de tener tiempo para sentarse y pensar antes de morir.

—Tu madre tenía razón. Un poco de tiempo es un gran regalo. Toda mi vida me ha preocupado la muerte. No la mía, ¿sabes?; la de los niños, mis padres, mis amigos. No hay manera de prepararse para la muerte, a menos que seas tú quien se está muriendo.

—¿Estás segura de que te estás muriendo? —Miró a Matelda a los ojos—. No tienes la mirada de la muerte; no tienes la inquietud, no veo ninguno de los indicios.

—No sé cuándo, Ida. Pero se acerca.

—¿Necesitas algo? ¿Algo que pueda traerte? —Ida se inclinó hacia ella.

—Tengo lo que necesito. Estoy en casa. Tengo una silla de ruedas agradable, mejor que un Maserati, que me mantiene aquí, donde pertenezco. Ese océano es mi salvación, ha sido mi compañero constante, ¿sabes?, mi salud mental. Salgo aquí y le hablo a Dios. Lo he hecho toda mi vida. Tengo mucha suerte de haber crecido en esta casa; aquí crie a mi familia y aquí moriré.

—Ustedes, los Cabrelli, y su mansión. ¿Cuántas casas bombardeó Hitler en Viareggio? ¡Y esta es la única que sobrevivió! ¿Alguna vez has pensado en eso?

—Ese bastardo nazi me lastimó de otras maneras, así que no nos emocionemos por lo que no perdimos.

—¿Escuchaste lo de Bim? Murió anoche. ¿Recuerdas a Bim? Estaba en nuestra clase. Era guapísimo. Siempre pensé que se parecía a Robert Redford cuando era joven.

—¿Cómo se ve ahora?

—¿Robert Redford? Mejor que Bim. El pobre ya no es lo que fue. —Ida se rio de su propia broma.

—Es horrible envejecer. —Suspiró—. Todos se desviven por mí.

—Déjalos. En cierto momento llegamos a nuestra edad, miramos alrededor y nos damos cuenta de que cambiamos los pañales de cada una de las personas que ahora nos cuidan. Así que, si quieren darte una galleta o ayudarte a bañar, déjalos. Siempre y cuando no te dejen caer. —Miró su reloj—. Tengo que irme. Tengo cita con el médico.

—¿Qué te pasa?

—Mis pies. Mis dedos están mal. Cuando estoy descalza parece como si usara la caja de los zapatos en lugar de los zapatos.

—¿Están tan mal?

—Nunca lo sabrás. —Ida se puso de pie—. Mis pies son lo único que tengo mal, pero eso es mucho porque los necesito para moverme. —Le dio un abrazo—. Haz tus ejercicios. Los pulmones también son importantes, los necesitas para respirar. Regreso mañana.

—¿Tan pronto?

—¿Qué más tengo que hacer?

Matelda escuchó a Ida platicar con Anina al interior. Hizo una corta inspiración y luego otra. Tosió, metió las manos bajo la cobija y alzó la cara al sol. Ida Metrione Casciacarro era una buena amiga. El tiempo que pasaba con ella nunca era tiempo perdido. Se habían mantenido ocupadas en la iglesia, habían sido voluntarias como guías de turistas en Villa Puccini, salían a comer y, cuando Ida estaba de humor, salía con Matelda a dar un paseo por el pueblo. Se tenían al corriente; pero, sobre todo, Ida la ayudaba a recordar. Hay muchos regalos que una amiga ofrece en la vida a una mujer: historia, empatía y honestidad. La mujer que conservaba a una amiga de infancia tenía suerte, porque esa amiga recordaba qué aspecto tenías, cómo eras, y a tu gente. La mujer que ha tenido a una amiga desde los diez años tiene suerte porque a esa edad las chicas son valientes, arriesgadas y llenas de preguntas, y tienen el tiempo y la energía para buscar respuestas. Esa amiga sabe quién eras realmente. Esa amiga ha visto tu alma.

Nicolina se reunió con su madre en la recámara. Llevaba una charola con una taza de té de manzanilla y unas cuantas galletas en un plato. La puso sobre la cómoda y luego se acercó a la cama.

—Le di a Anina la noche libre.

—¿Crees que verá a Paolo?

—Me da miedo preguntar.

—No te preocupes por ella.

—Todo lo que hago es preocuparme —admitió Nicolina.

—No lo hagas. Hace que te salgan arrugas. Además, Anina hará lo que ella quiera. Sigue a su corazón y, por lo que he visto, tiene un buen sentido de la orientación. Cuando se dé cuenta de que tiene las respuestas no buscará a Paolo para que la haga feliz. Se comprometerá con ser una artista.

—¿Así es como funciona? —Nicolina sonrió.

—Sí. Hasta el fin de los tiempos.

Nicolina acercó la mesita a la cama y puso la charola encima.

—Entonces, ¿es tu turno?

—Sí, mamá. ¿Cómo lo estoy haciendo? No soy enfermera, ¿sabes? —Enderezó la cobija y esponjó las almohadas. Luego le pasó a su madre la taza de té.

—Está en tus genes. Una vida de medicina saltó a mi generación, pero pensé que llegaría a la tuya. ¿Recuerdas ese hospital para muñecas que atendías?

—Solo eran muñecas, ma. No había sangre. ¿Quieres que levante la cabecera?

—Está bien. No quiero que me atiendas.

—Me gusta. Mamá, tú me cuidaste toda mi vida, esto es lo menos que puedo hacer.

—Has sido una hija maravillosa. Tú también has sido una buena madre, Nicolina.

Nicolina apartó el rostro y se enjugó las lágrimas con la manga; luego volvió a mirar a su madre.

—Gracias.

—No llores —dijo Matelda.

—Demasiado tarde —respondió—. Esperé veinticinco años para que me dijeras eso, mamá.

—Debiste preguntarme. ¿Quién espera a que le hagan un halago? Pídelo y luego acéptalo. Y cuando lo haces te das cuenta de que siempre supiste la verdad y que no necesitabas la opinión de nadie más para empezar. Nadie más debe decirte que hiciste un buen trabajo.

Nicolina rio a través de las lágrimas.

—¿Sabes qué? Tienes razón.

—¿Hay algo que quisiste y que no tuviste?

—Nada. Mamá, estaba pensando lo ricos que somos; no por la tienda y el negocio, sino por las cosas importantes. Tus padres vivieron con nosotros y yo también tuve a mis bisabuelos durante un tiempo.

—¿Verdad que fue divertido? Cuando era niña, *nonna* Vera nos venía a visitar los veranos. Nos llevaba mucho a la playa a Nino y a mí. Empacaba sándwiches de jamón y mantequilla. Eran tan suaves y deliciosos y los cortaba en figuras: círculos, triángulos y peces. Mantenía los refrescos fríos porque los envolvía en una bufanda negra de algodón.

—*Nonna* Domenica me enseñó a coser.

—Cierto. ¡Deberías sacar la máquina y confeccionar algo!

—Quizá lo haga. —Nicolina sonrió.

—Espero que todas esas historias no se pierdan. Mujeres como Vera. Mi madre amaba a Vera, así que yo también. Ella era mi premio, mi abuela adicional. Vera Vietro Salerno, la madre de Silvio. La maravillosa suegra de mi madre. Ya nadie habla de ella, eso es muy triste. Al final, los nombres se pierden y luego se olvidan. Hay grandes mujeres que se han perdido en la historia de nuestra familia. Vera era unos años más joven que mi abuela Netta. Tenía mucha vitalidad. Pero, ¿sabes lo que amaba de ella? La mayor parte de su vida la trataron mal y eso no la amargó. Siempre trataba de ayudar a la gente, de ser útil; siempre sonreía. —Matelda puso la taza y el platito sobre la mesa.

—Yo la recordaré, mamá. Yo contaré su historia. Y la de la *bisnonna* Netta. Y la de *nonna* Domenica. Incluso la tuya. ¿Necesitas a una amiga?

—Eso me gustaría.

Nicolina se acostó en la cama junto a su madre y la abrazó.

—Mamá, recordemos todas tus mejores comidas.

—Era buena cocinera.

—Nadie era mejor.

—No le digas a Ida. Es un poco competitiva.

—Recuerdo tu *pastina*. Es lo primero que recuerdo haber comido. El biscocho duro que nos hacías a Matteo y a mí cuando nos estaban saliendo los dientes, y luego seguiste haciéndolos porque nos encantaba el sabor. Los *tortellini*, los *manicotti* con tus crepas. El pollo rostizado con salvia y papas que lo acompañaban.

—¿No te gustaban mis *ravioli*?

—Me encantaban.

—Eso pensé. Es tan difícil tener contentos a tus hijos. La única manera es con la comida.

—Solo tenerte a ti como mi madre me hacía feliz. Sabes que te amo, mamá.

—Te amo, *Piccianina*.

Hacía muchos años que Matelda no llamaba a su hija con su apodo de infancia, que también había sido el suyo.

—No hubiera querido ser hija de ninguna otra mujer.

—Seguro lo deseaste uno o dos días. —Matelda sonrió y cerró los ojos—. Y hubiera sido por completo comprensible. No soy fácil.

Anina encendió la lámpara sobre la mesa de trabajo que tenía un solo rayo luminoso. Estaba sola en Cabrelli Joyeros, en el bulevar principal en Lucca. La noche había caído, pero ella no se había dado cuenta. No vio la hora porque no le importaba cuánto tiempo llevara. Podía escuchar las risas y las conversaciones de la calle cuando los jóvenes del pueblo se dirigían a los bares. Alzó la mirada y sonrió para sí misma. Esa solía ser su rutina. Muy pronto, el sonido de los cláxones y las voces disminuyeron cuando se concentró en la tarea que tenía enfrente.

Se puso los lentes de trabajo. Apretó el interruptor para encender la pulidora, colocó el pie sobre el pedal y, con cuidado, empezó a hacer girar la rueda para pulir. Inclinó la cabeza hacia un lado para escuchar el sonido que hacía cuando giraba a la velocidad correcta.

La aprendiz levantó un trozo de cuarzo rosado y lo sostuvo contra el borde áspero de la rueda. Saltó entre sus dedos y se le escapó de las manos; luego apagó la máquina. Se arrodilló para buscar la piedra. Cuando la encontró en una grieta del parqué, se puso de pie y la vio bajo la luz.

Escuchaba la voz de su abuelo en su cabeza. Examinó el cuarzo, lo hizo girar hasta encontrar el punto de apoyo en la piedra. Ajustó la luz y encendió la máquina de nuevo. Esperaba que la piedra no se despedazara en su mano y cayera en la charola que estaba bajo la mesa. Sentía su solidez conforme la inclinaba contra la rueda que, poco a poco, raspaba el cuarzo contra el borde abrasivo. Sostuvo la gema y la guio con cuidado, haciéndola girar suavemente para crear un borde en el corte. Escuchaba la música de la pulidora conforme la rueda giraba más rápido, las notas escalaban una octava. Dejó de respirar cuando el cuarzo empezó a adquirir la forma de un cuadrado entre sus dedos. La piedra, cortada con sus propias manos, tenía la parte superior suave, sin grietas ni fisuras. Detuvo la rueda y miró la gema. El cuarzo atrapaba la luz. La talla era solo cuestión de luz. «Sí», se dijo Anina, «sí».

Anina se sentó con su abuela en la terraza.

—Esta es la mejor vista del pueblo —afirmó.

—Eso creo. Pero es la única que he conocido. Quizá los Figliolo tienen una mejor.

—Quizá. —Acercó la silla a la de su abuela.

—Tengo miedo, Anina.

—¿Tienes dolor?

—Estoy bien si no me muevo. —Matelda sonrió.

—Pues no lo hagas. ¿Tienes miedo a morir?

—No. Para nada. Nos prometieron que el más allá superaría nuestra imaginación. Tengo ganas de ver qué podría ser, pero temo que no reconoceré a John McVicars cuando lo conozca en el paraíso.

—Tal vez no lo reconozcas, pero él te conocerá a ti.

—Eso es inteligente —asintió—. ¿Tú, la del tatuaje, sabe sobre el más allá?

—*Nonna*, ¿un golpe bajo? ¿En serio? —Tomó la mano de su abuela y la apretó con afecto—. Estoy tratando de ayudar.

—Lo siento. Digo todo lo que pienso y la mitad de las veces son tonterías.

—Es tu sentido del humor. No te disculpes por él ahora.

—Mi humor está muy seco, podría ser el pan molido que le pones a las albóndigas. Bueno, eso pasa cuando envejeces. Pierdes la paciencia y la reemplazas con sarcasmo. No puedo evitarlo. Veo alrededor y todo me parece estúpido. Lo sabrás cuando tengas mi edad. Es la señal de que es hora de irse. —Tomó unas bocanadas de aire—. ¿Has sabido algo de Paolo?

—Quiere que regresemos.

—¿Crees que volverías con él?

—Los Uliana son buenas personas. Un poco controladores. Su madre me manda mensajes para saber cómo estoy. Dice que no le importa si regreso o no con su hijo. Dice que me quiere.

—¿A quién le importa lo que piense?

—Me lo dijiste: «Te casas con la familia». Debí habérmelo tatuado en un lugar visible.

—¡Nada de tatuajes! No lo decía en serio. Te casas con el hombre. Era mi intento para hacerte pensar con la cabeza y no con el corazón. ¿Puedo retractarme?

—Puedes hacer lo que te dé la gana, *Nonna*.

—Si Paolo te hace sentir que todo es posible, cásate con él. Si piensas que debes hacer todo posible para él, no te cases. Una mujer aprecia el apoyo; un hombre necesita creer que todo lo hizo solo. Es ridículo, pero cierto. —Se cubrió los ojos del ocaso—. ¿Todavía hay una botella de *prosecco* en el refrigerador?

—¿Quieres?

Matelda asintió. Anina fue a la cocina, abrió la botella de *prosecco* y sirvió dos vasos. Había tomado una decisión en cuanto a Paolo. No era nada que él hubiera hecho, era lo que había dejado por hacer. No se había interesado en los sueños de ella. Nunca era una mala idea escuchar a su abuela.

Anina le dio a Matelda la copa de *prosecco* y brindó con ella.

—No, no, brindemos por ti —dijo la anciana alzando su copa—. Que Paolo Uliana se vaya al diablo.

—*Nonna*.

—Escúchame. Ámate, esa es la mejor aventura. Cuando te amas quieres encontrar un propósito, algo que solo tú puedes hacer de una manera que solo tú sabes hacer. Confeccionar cosas. Crear. Y si llega un hombre, y créeme, llegará, la relación ya tiene un buen comienzo porque los dos aman a la misma persona: tú. Será afortunado.

Las campanas de la iglesia tañeron a la distancia. Matelda tarareó junto con la melodía de los carillones.

Nicolina preparaba el desayuno de su madre en la cocina. La puso en una charola y la sacó a la terraza.

—No extraño esas campanas en Lucca. Marcar cada hora es demasiado —dijo Nicolina, poniendo la charola sobre la mesa junto a su madre—. Mamá, Matteo viene hoy.

—¿Otra vez?

—Sí. Quiere verte tanto como pueda.

Olimpio llevó la tetera a la terraza y sirvió una taza de expreso a su esposa.

—Tú come —le dijo a su esposo, empujando la charola de comida hacia él.

—Ya desayuné. —Olimpio empujó suavemente la charola hacia ella.

—No tengo ganas.

—Puedo hacerte un huevo, mamá. ¿Te gustaría un huevo? —preguntó Nicolina.

Olimpio tomó la mano de Matelda.

—Está helada. Ve por una cobija, por favor.

—No tengo frío. —Observó a las gaviotas volar en círculo a la distancia sobre la playa.

Matelda estaba tranquila. El sacerdote le había llevado la sagrada comunión. Se había confesado y, como bono, le ofreció el sacramento de la unción de los enfermos. Ella lo aceptó feliz. En su mente, era un seguro. No quería hacer nada entre ese momento y la hora de su muerte que pudiera evitar que viera el rostro de Dios. Se sentía optimista. Por cualquier mal que hubiera hecho, había pedido perdón. No había perdido el tiempo. Las mujeres raras veces lo hacían. Utilizaban cada momento del día para servir a otros. Pero ¿y las cosas que dejó por hacer? ¿Había sido ella suficiente? ¿Hecho suficiente? No hubo respuesta, pero ese ya no era su problema. Su último deseo era partir de este mundo en estado de gracia. «Hágase su voluntad» sería su redención. Lo único que le faltaba a su alma era el asunto de su salvación. Respiró profundo y no tosió. Sus pulmones se abrieron al aire marino como fuelles.

Nicolina regresó con la cobija y acompañada de Anina.

—¿No es hermoso? —Matelda observaba el mar azul turmalina.

Había esperado que volvieran la primavera y el color, y milagro de milagros, llegaron. Aunque no había puesto los pies en la arena, sentía que se hundía en la alegría del polvo fino cuando el agua de mar llenaba los huecos entre los dedos de sus pies para formar una arcilla con la marea, luego charcos que refrescaban la planta de sus pies. Unos pececitos rosados mordisqueaban sus dedos. A lo lejos, a la luz del horizonte se inflaban nubes de coral que formaban un sendero hacia el sol. Entrecerró los ojos hacia la costa blanca, cuando vio a su madre en la playa. Matelda se irguió en su silla. Vio a una niñita que corría hacia su madre; reconoció a la niña.

—¡Domenica! Mi Domenica —murmuró.

Fue entonces que escuchó el barritar de un elefante, ¿o era la *Trompeta Voluntario* de los ángeles o las bacanales de Puccini? Lo que fuera, el sonido era agradable.

Nicolina siguió la mirada de su madre y exploró la playa con la vista.

—¿Ves algo, mamá?

—Dijo «Domenica». *Nonna*, ¿qué quieres decir? —Le preguntó Anina.

Pero Matelda no la escuchó. Conforme empezaba a dejar este mundo, sus voces y palabras se convirtieron en un lenguaje que ella no conocía. Cada aspecto de su persona empezó a plegarse, uno sobre otro, hasta que su alma se elevó de su cuerpo. Sintió cómo se convertía en una luz facetada, en rayos de un sol blanco brillante que se ponía sobre un azul profundo.

Matteo llegó a la terraza a toda carrera.

—¡Mamá! —Se inclinó para darle un beso—. Te ves bien, mamá.

Matelda no lo escuchó.

—Soy yo, tu Matteo —dijo más fuerte, antes de voltear a ver a su padre, su hermana y su sobrina con desesperación—. Algo le pasa. ¡Llamen al médico!

Cuando su padre no se movió con la rapidez suficiente para su gusto, Matteo, frustrado, se levantó y hurgó en sus bolsillos en busca de su teléfono.

Anina se hincó frente a Matelda. El perfume con el que había rociado a su abuela esa mañana llenaba el aire con un aroma a gardenias. Hundió su rostro en el cuello de Matelda y susurró:

—Está bien, *Nonna*. Ve con tu madre.

Matelda dio tres bocanadas breves e inclinó la cabeza. Anina se puso de pie.

Olimpio se puso en cuclillas frente a su esposa, tomó sus manos y se persignó.

—¿Qué pasa? ¡Hagan algo! —Matteo la tomó de la muñeca—. No te vayas, mamá.

Pero no tenía pulso. Matteo empezó a llorar y le dio la espalda.

Nicolina se paró detrás de Matelda y puso las manos con suavidad sobre los hombros de su madre, protegiéndola como si fuera un arcángel. Las lágrimas caían en silencio por sus mejillas. Frente al sol brillante, el rostro de Nicolina parecía de enlucido barnizado, como el de los santos del atrio de la iglesia de San Paolino.

Aunque el océano había llamado a Matelda toda su vida, eso solo había sido un señuelo que la atraía. De hecho, era el cielo en lo alto lo que se convertiría en la puerta a lo eterno. Era el cielo lo que ella alcanzaría. Su alma ascendería por un portal de nubes hasta un brocado de estrellas donde se encontrarían de nuevo madre e hija, donde se reuniría con el padre que la había criado y el padre que nunca conoció.

—Vuela. —Olimpio se enjugó los ojos con su pañuelo—. Vuela.

Le dio a su esposa un beso de adiós. Anina volteó la cabeza y lloró hasta que el mar que su abuela había amado se convirtió en una mancha borrosa de color azul.

Las campanas de la iglesia de San Paolino repicaron conforme sacaban a Matelda McVicars Cabrelli Roffo de la iglesia, hacia la luz de la mañana, fracturada por los cipreses. Olimpio caminaba detrás del ataúd al lado de su cuñado, Nino y su esposa Patrizia, seguidos de los hijos y nietos. El día primaveral no era ni caliente ni frío, sino perfecto para uno de los paseos por el pueblo que Matelda tanto amaba hacer.

Ida Casciacarro asintió hacia Giusto Figliolo, quien la tomó del brazo en la procesión detrás del féretro y de la familia al salir de la iglesia hasta la plaza. Hilera tras hilera, los escoltas dirigían a las personas que abarrotaban la iglesia a la salida.

—No puedo creer que se haya ido —murmuró Ida—. No dejaba de decirme que iba a morir; solo que yo nunca quise creerle.

—Lo sabía, Ida. —Figliolo recordaba el día en que Matelda le había dado la manzana dorada—. Si ponemos atención, reconoceremos el día y la hora.

—Fue ese pájaro, ¡esa gorda gaviota! El bastardo la rasguñó y la marcó de muerte. Si la superstición no la hubiera matado, los gérmenes lo habrían hecho.

—¿Hablaste con una bruja?

Ida negó con la cabeza.

—Tengo una pequeña *strega* en mí, ¿sabes? Los Metrione podían ser videntes cuando no había nadie más disponible. Cuando ese pájaro la atacó, pensé: «El final está cerca». —Ida se secó los ojos con su pañuelo—. No me gusta tener razón.

Anina volteó y vio a la multitud de deudos que se había reunido en las escaleras de la iglesia detrás de la familia. Paolo Uliana le sonrió y cerró los puños; con la boca dibujó la palabra «*coraggio*». Ella asintió, agradecida. Los padres de Paolo estaban detrás de su hijo.

La procesión siguió a Olimpio y a la familia al cementerio para el entierro. El sacerdote dijo la oración final. La familia y los amigos de Matelda cubrieron el ataúd con flores.

La familia guio a los deudos por la calle hasta la panadería Ennico. Umberto había hecho charolas frescas de *cornetti* glaseados con chabacano y café con crema suficiente para acompañar los pastelillos. Había bloqueado las calles con sillas y mesas cubiertas de manteles blancos y adornadas con floreros de peonías y rosas. El funeral y la recepción de Matelda salieron como se había planeado.

Las puertas de la terraza del departamento de Olimpio y Matelda estaban abiertas. Beppe dormía al sol. Argento, la gata, giró sobre la terraza, debajo de la silla del perro. El mar turquesa estaba tranquilo. Adentro, los nietos de la difunta ayudaban a servir la comida. Nicolina les pasó la mejor vajilla y los cubiertos de su madre. Colocaron las servilletas de lino planchadas junto a los platos. Anina acomodó las peonías rosas en el florero y lo puso como centro de mesa.

Olimpio se sentó en la cabecera mientras los demás deudos caminaban por el departamento, observando los detalles de la vida cotidiana de la mujer por quien se habían reunido a llorar. Su hogar estaba exactamente igual que siempre, salvo porque Matelda ya no estaba ahí.

Nicolina puso la mano sobre el hombro de su padre.

—Come algo, papá.

—Lo haré.

—¿Empezamos?

Olimpio asintió. Nicolina llamó a los invitados para que se sentaran a la mesa y les indicó sus lugares.

—Esta es una jugada de Matelda, si alguna vez la tuvo —murmuró Ida al oído de Giusto mientras este jalaba la silla para que se sentara—. Somos los únicos aquí que no somos familia de sangre. —Olió la servilleta rígida, la desdobló y se la puso sobre el regazo.

—Me siento honrado de estar aquí —respondió Giusto en voz baja.

La conversación ligera durante la comida muy pronto se apagó, conforme los invitados terminaron su deliciosa comida. Anina y Nicolina se aseguraron de que hubiera suficiente de comer.

—A veces, Matelda probaba mis *tortellini*, pero yo nunca probé los de ella —comentó Ida—. No están mal.

—Tengo todas las recetas —dijo Nicolina sonriendo mientras volvía a servirle agua a Ida—. Mi madre la amaba, a usted y sus platillos.

Ida estalló en lágrimas y se llevó la servilleta a los ojos.

—Yo también la amaba.

La cafetera de plata sonó cuando el café comenzó a filtrarse. Anina y Nicolina recogieron los platos y pusieron platitos para el postre en el centro de la mesa. Sirvieron el café a los invitados con ayuda de la cuñada de Nicolina, Rosa, y de su hija, Serena. Cuando todos los invitados estuvieron servidos, Nicolina tomó su lugar en la cabecera de la mesa, de pie junto a Olimpio.

—Mi madre me pidió que los invitara hoy aquí, a su casa. Ella vivió aquí desde que tenía cuatro años; nació en Dumbarton, Escocia. Sus padres se casaron en Manchester, Inglaterra, el 3 de junio de 1940. Mamá nació ocho meses después de que su padre, el capitán John Lawrie McVicars, muriera en el *Arandora Star*, el 2 de julio de 1940. Mi mamá y su madre, Domenica Cabrelli McVicars, esperaron en Escocia, en el convento, durante cinco años hasta que terminara la guerra; cuando acabó, volvieron a su casa, a Viareggio. El único padre que mi madre conoció fue Silvio Cabrelli, quien fue muy bueno con ella. Silvio fue el primer amor de Domenica y se casaron cuando él volvió al pueblo para trabajar con Pietro Cabrelli. Mi abuelo Silvio tomó el apellido Cabrelli para continuar con la tradición de nuestro negocio familiar. Mamá amaba a su único hermano, Nino. Vivieron felices en esta casa con sus abuelos, Netta y Pietro; y la madre de Silvio, Vera, los visitaba en los veranos.

—Era muy divertido —intervino Nino—. Vera era muy animada.

—Conocen a nuestra madre. Ella elegía el menú, las flores y la lista de invitados. Mi hermano y yo no conocemos los detalles de lo que pasará ahora, así que discúlpennos de antemano. Estaremos tan sorprendidos como ustedes conforme sigamos sus instrucciones.

Nicolina fue hasta la caja fuerte, la abrió y sacó el joyero de terciopelo. Encima de él había un sobre.

—Hay una carta. —Su voz se quebró.

Llevó la caja y el sobre hasta la mesa y leyó la carta en voz alta a los invitados.

Querida familia y amigos:

En esta caja: mi historia. Mi historia y ahora la suya, porque serán dueños de un pedazo de ella. Hay algo para cada uno de ustedes. Quizá no les guste lo que elegí para cada quien, pero con el tiempo apreciarán que para mí era más importante seleccionar algo para ustedes que lo que me importaba que a ustedes les gustara.

La gente ahí reunida lanzó una carcajada. Nicolina siguió leyendo:

Antes de que Nicolina reparta los regalos que están aquí, quiero agradecerles a ella y a mi hijo, Matteo. Agradezco a sus cónyuges, Giorgio y Rosa; a mis nietos Anina, Giacomo, Serena y Arturo. Agradezco a mi hermano Nino y a su esposa, Patrizia, así como a su hija Anna. Sobre todo, agradezco a mi amante y marido, Olimpio, quien tuvo que soportar todas mis estupideces, pero que siempre lo hizo con mucha elegancia. Hiciste una buena vida para nosotros, y fuiste un excelente representante del negocio familiar de mi abuelo y de mi padre.

Amigos míos, quiero agradecerles a todos por haber sido amables cuando envejecí. Olvido hechos, historia y cifras. Un poco de pérdida de memoria cada día no importa mucho, pero cuando se suma a lo largo del tiempo, se convierte en un declive que se llama vejez. Recuérdenme entre los escombros.

Estas joyas me hacen pensar en ustedes; así que piensen en mí cuando las usen.

Un gran beso,

Matelda (mamá, Nonna y, para los viejos, Picci)

Ida le dio un ligero codazo a Giusto.

—Eso es clase —murmuró.

El joyero estaba lleno de una serie de pequeños sobres, con una nota escrita a mano por Matelda en cada paquete, dirigida a la persona que recibía el regalo. Nicolina rodeó la mesa y entregó los sobres.

—Esto es como Navidad —dijo Ida al abrir su sobre.

Querida Ida:

Usé este collar de perlas que mi madre me dio, todos los días de mi vida, hasta que ella murió y dejé de usarlo. Nunca me gustó. No me gustan las perlas. Pero a ti sí, Ida. Con frecuencia las admiraste. Espero que no lo hayas hecho solo para halagarme, porque, si fue así, que mala suerte, Ida, te tocan las perlas.

Tu amiga,

Picci

—No tenía que haber hecho esto —dijo Nino.

—Quería hacerlo, tío Nino. —Nicolina le dio a su tío la medalla de Santa Lucía que Vera Vietro y Silvio le dieron a Domenica cuando eran niños—. Para ti, tía Patrizia. —Nicolina le dio a su tía el anillo de rubíes.

—¡Mira lo que me escribió! —exclamó Patrizia.

Decía: «Para mi excelente cuñada, que tanto ha sufrido».

—Mantuvo su sentido del humor hasta el final: mordaz y gracioso —comentó Nino, encogiéndose de hombros.

Conforme la familia abría sus regalos, la tristeza fue reemplazada por alegría exaltada al compartir las notas que Matelda les había dejado.

El broche de platino con zafiros fue para su nuera, Rosa. Los aretes de oro de la infancia de Domenica fueron para su nieta, Serena.

—Ayúdame con el broche, Giusto. —Ida se inclinó cuando Giusto le abrochó el collar de perlas de Matelda alrededor del cuello.

Las mancuernillas de rubíes que Silvio confeccionó y utilizó se las quedó su nieto Giacomo. El reloj de bolsillo de oro que Pietro le ofreció a Domenica cuando la desterraron de Marsella fue el regalo para Giusto Figliolo. La nota decía: «Querido Giusto: espero que vivas más de cien años».

La alianza de Matelda, que había pertenecido a su madre Domenica, de su boda con McVicars, el diamante de Olimpio, el brazalete y los aretes aguamarina fueron para Nicolina.

La medalla del Vaticano que el papa Juan Pablo II concedió a Olimpio y a Matelda por sus servicios fue para Matteo; la medalla de San Antonio de Silvio, para Arturo; el reloj de Silvio, para Giorgio, «Para mi maravilloso yerno»; la alianza de Netta, para la hija de Nino, Anna; el reloj de aventurina que Domenica recibió como regalo de compromiso del capitán, para Anina.

El rubí de Speranza fue para Olimpio, «Por favor, Olimpio, haz algo con este rubí. Ya es hora. Cuando vea a Speranza y a Agnese en el cielo, estoy segura de que preguntarán».

—Anina, esto también es para ti —dijo Nicolina.

—Pero ya tengo el reloj de *Bisnonna*.

Anina abrió el segundo sobre y miró al interior.

—¿Qué es? —preguntó Ida en voz baja.

Anina leyó la nota en voz alta.

Cuando algún día te cases, ofrécele esta alianza a tu esposo. Perteneció a mi padre Silvio, quien sabes que era mi padrastro. Nunca conocí a mi padre, John McVicars, y Silvio Birtolini Cabrelli pasó su vida tratando de compensar esa pérdida. Mi papá Silvio siguió su propio consejo toda su vida, cuando no tenía razones para creer en sí mismo. Al nacer pobre, sin un padre que le diera su apellido, pudo haberse ido por el mal camino; pero su madre, Vera Vietro, le enseñó a su hijo a amar sin importar lo mal que lo trataran. Yo no era su descendencia, como mi buen hermano Nino, pero papá nunca me hizo sentir que no lo era; de hecho, Nino tampoco. El día en que elijas marido, hazlo de manera inteligente. La alianza de oro la llevó un hombre que eligió ser un Cabrelli.

En calcetines, Nicolina estaba parada en la cocina de su madre; enjuagaba el último plato de la comida del funeral de Matelda.

—Ese fue el día más largo de mi vida.

—Solo se siente así, mamá, porque tuviste que hablar con mucha gente. —Anina tomó el plato y lo secó—. Tuviste que leer la carta de *Nonna*. Nadie supo lo difícil que fue para ti hablar en público. Hiciste un buen trabajo.

—*Grazie*. Cuando muera, por favor no le digas a nadie que seguía sintiéndome ansiosa a los cincuenta.

—Será la primera oración de tu obituario. —Anina subió a un banco. Nicolina le pasó una pila de platos limpios—. No puedo creer cuánta gente se presentó para *Nonna* hoy.

—En este pueblo amaban a mamá. Setenta y siete años es mucho tiempo para vivir en un solo lugar.

—Me hubiera gustado que me llamaras Matelda. Es un nombre tan bonito.

—Te di un apellido. Te puse el del tío Nino, por así decirlo. Cuando yo era niña éramos cercanos, y siempre dije que usaría su nombre para mi hijo. Pero mamá y su hermano estaban enojados cuando nació Giacomo, así que le puse un nombre del lado de los Tizzi. Cuando tú naciste, pensé que si te ponía el nombre del tío Nino sanaría la fisura entre mi madre y mi tío de una vez por todas. De ahí saqué el nombre de Anina. Pero ni siquiera eso funcionó. Mamá y el tío Nino se pusieron cada uno en la isla durante años, como si tuvieran ahí un tiempo compartido.

—¿La isla?

—Así le decíamos al lugar al que mamá enviaba a su hermano cuando no hablaba de él. Nunca te lo dije porque no quería que sacaras esas tonterías con tu hermano.

Anina rio.

—Nos llevamos bien. La única isla a la que vamos es a Isquia, para el festival anual de la almeja.

—Que así siga.

—Pudiste ponerme Domenica.

—¿Quieres cambiarte el nombre?

—No, solo me parece extraño que no haya una Domenica en mi generación.

—Hay una buena razón para ello. Cuando tenía como unos siete años y Matteo diez, mamá se embarazó. Me dijo que, si el bebé era niña, sería mía y que, si era niño, sería de Matteo. Siempre fuimos competitivos, pero eso era ridículo. Los dos queríamos un hermano y esperamos a ese bebé como si fuera domingo de Pascua. En fin, mamá fue al hospital y cuando regresó a casa no traía al bebé. Más tarde supimos que tuvo una niña, pero que nació muerta. Mamá le había puesto Domenica.

—Pobre *Nonna*.

—Y esto es lo más extraño. Yo amaba a mi hermanita Domenica, y nunca la conocí. ¿Cómo puede ser posible? ¿Cómo puedes amar a alguien a quien no conoces y nunca conocerás, pero que es tan real para ti como cualquiera de tu familia?

—*Nonna* amaba a su padre el capitán naval, y nunca lo conoció. Lloró cuando me habló de él. Así que supongo que puedes amar a alguien a quien nunca has conocido.

—¿Lloró?

—Sí.

—Puedo contar con una mano las veces que vi llorar a mi madre. Cuando regresó del hospital, lloró cuando deshizo el bambineto. Era de mimbre blanco y lo había recubierto de pequeños moños amarillos. Le llevó días hacerlo.

—Lo recuerdas con detalle, mamá.

—Porque la bebé me importaba. He extrañado a mi hermana toda la vida. Mamá fue una persona diferente después de la bebé.

—Mamá, ¿por qué no me contaste de tu hermana?

—No quería que tuvieras miedo de tener algún día tu propio hijo.

—No me da miedo, mamá. —Anina abrazó a su madre—. Ahora tiene sentido. Cuando *Nonna* murió dijo «Domenica». Vio a su hija.

—¿Lo crees?

Mientras Anina abrazaba a Nicolina, se prometió llamar a su hija Domenica, algún día. Domenica Cabrelli.

Anina se sentó en la silla de su abuela en la terraza cuando escuchó ladrar a Beppe y la puerta de vidrio se deslizó a su espalda.

—¿Necesitas algo, *Nonno*? —preguntó sin alejar la vista del mar.

—*Ciao*, Anina.

Anina volteó y vio a Paolo. Ella llevaba un delantal sobre el vestido que había usado en el funeral. Estaba descalza y el rímel que se le había corrido con el llanto formaba dos sombras negras bajo sus ojos.

Paolo jaló una silla.

—Siento lo de tu abuela. Era una gran mujer. Mis padres dijeron que fue el funeral más grande al que hayan asistido en San Paolino.

—Gracias. Me gustó que estuvieran ahí. Por favor, agradece a tus padres de mi parte.

—Lo haré. No nos pareció apropiado asistir al café después.

Anina sonrió, tomó su mano y la apretó, luego lo soltó. Una de las cosas que le atraían de Paolo eran sus modales.

—Tú y tu familia siempre son bienvenidos.

—Es curioso. —Sonrió—. Sé que así es.

—¿Cómo has estado?

—Muy bien. Regresé a casa de mis padres, pero no por mucho tiempo. Me fui a Barcelona. Un par de amigos me invitaron a trabajar en su nueva compañía.

—Felicidades. ¡Son excelentes noticias! No sabía.

—¿Cómo lo sabrías? Ya no hablamos. —Paolo bajó la vista hacia sus manos.

—Lo haremos. Pasé las últimas semanas con *Nonna*.

—Yo no tenía ningún problema de que pasaras tiempo con tu abuela.

—Lo sé. Dije cosas que no debí decir. Y probablemente hice cosas que no debí hacer. Pero aprendí mucho de ella en las últimas semanas. Voy a tratar de hacer las cosas mejor. Voy a hacer un verdadero esfuerzo por no controlar todo en mi vida. Eso incluye a las personas a las que amo.

—Yo no quería que me dejaras.

—Pero mira lo que pasó cuando lo hice. ¡Ya tienes un trabajo! Quería tanto que todo saliera bien para ti que yo misma evité que sucediera.

—No, Anina. Tú me animabas.

—Eso traté. Pero siempre te retenía con mis propios miedos. Quería que fueras feliz en un empleo que amaras, pero nunca me tomé el tiempo de saber qué te gustaría hacer. Era un obstáculo, y ahora tienes un buen puesto. Todo está relacionado.

—Si tú lo dices.

—Lamento haberme obsesionado con la boda. ¿A quién le importan las fiestas, el vestido, un anillo de diamantes?

—Tu familia está en el negocio de la joyería.

Anina rio.

—Cierto. Pero no debería tratarse solo de los accesorios que van con el compromiso; debería tratarse del matrimonio.

—¿Estás trabajando con tu abuelo?

Ella asintió.

—Estoy aprendiendo a usar la pulidora.

Paolo se sentó con Anina hasta que el sol, del color de una bolita de mantequilla, empezó a derretirse en el océano; bajo esa luz, cuando volteaba a verla, ella olvidaba por qué lo había dejado ir. Su corazón seguía dando un vuelco al verlo, pero no quería admitirlo. Al menos no a él.

Si Paolo supiera que aún sentía algo por él, quizá renunciaría a su empleo en Barcelona. Pero él ya no se sentía con el derecho de preguntarle por sus sentimientos; había perdido su confianza y creía que no había manera de restaurarla.

—Debo irme. —Paolo se puso de pie.

Anina lo acompañó hasta el elevador. Él se subió.

—¿Paolo? —preguntó, apretando el botón para mantener las puertas abiertas.

—¿Sí?

—La vida es larga.

—¿Me estás dando esperanzas? —preguntó sonriendo.

—Siempre hay esperanza.

Anina soltó el botón, las puertas se cerraron. Llevó la mano al reloj de su bisabuela, lo desprendió de su vestido y se lo llevó al oído. Escuchó el suave tictac del mecanismo.

—*Nonna* —murmuró—. ¡Funciona!

Nicolina ofreció quedarse después de haber arreglado el departamento y preparado la cafetera para el desayuno la mañana siguiente, pero Olimpio insistió en que volviera a casa con Giorgio. Anina ya estaba dormida en el cuarto de invitados. Por primera vez desde que Matelda había muerto, Olimpio estaba solo. Se sentó, en pijama, y volvió a leer la nota que su esposa le había dejado junto con el rubí de Speranza.

Olimpio:

Este es el manifiesto de papá; lo escribió la noche que adoptó el apellido Cabrelli. ¿Podrías imprimirlo y dárselo a nuestros hijos y nietos? Había olvidado que lo tenía y quería compartirlo. Papá tenía razón: una familia es tan fuerte como sus historias.

Te amo,

M.

MANIFIESTO DE LA FAMILIA

Familia. Somos el redil, el circo y el escenario, el foro, el campo de juegos y el camino. Somos la estructura, la arquitectura y la fortaleza. Nuestra conexión es nuestro sustento y esperanza. Si la supervivencia de la familia se deja al capricho o a la suerte, eso es abandono y la familia muere desde su raíz. Debemos poner a la familia antes que el trabajo, el juego o la ambición. Debe haber un plan para crecer y prosperar. La vida es menos sin una familia y se convierte en una serie de eventos, un hastío, una letanía de miserias y un esfuerzo hacia la soledad. Sin un objetivo común, la productividad y la industria se ven reemplazados con un lento deterioro seguido de carencia. Cuando la familia falla, también falla el mundo.

Silvio Cabrelli
1947

Olimpio continuó y leyó la conclusión de Silvio.

Les conté a mis nietos la historia de la elefanta, la cual me relató Pietro Cabrelli, mi suegro. Él la escuchó de un hombre que conoció en la India hace muchos años. La elefanta murió al final de la historia; pero, a lo largo de los años, cambié el desenlace porque me parecía que a los niños les daba miedo, así que permití que la elefanta viviera. Querida familia, ustedes son los autores de su destino. En sus manos está el final de su historia y el inicio de una nueva cada vez que nace un bebé. Dios sabe lo que hace.

Olimpio dobló el documento y lo volvió a meter en el sobre. Llenó de croquetas el tazón de Argento y le dio a Beppe un hueso como premio. Tomó una de las galletas de ajonjolí de Ida Casciacarro que estaban en una charola de la cocina y la mordisqueó mientras recorría el departamento apagando las luces. Subió las escaleras hasta su recámara. Se sentó al borde de la cama y terminó la galleta. Fue al baño y se lavó los dientes; llevando a cabo el ritual sin mirarse en el espejo.

Volvió a la recámara, jaló la cobija y la dobló hasta los pies de la cama. Luego extendió la mano hacia el lado de Matelda. Le había dado el beso de las buenas noches a la misma mujer durante cuarenta y cuatro años, y ahora ella ya no estaba. Toda su vida se preguntó qué se sentiría tener el corazón roto, porque nunca conoció ese dolor. Ahora lo sabía. Empezó a llorar de manera incontrolada. Después de un momento, se sentó y se enjugó las lágrimas en las mangas de su pijama. Escuchó que Beppe rascaba al otro lado de la puerta. Encendió la luz. Se levantó y dejó entrar al perro; era extraño, pero Argento estaba detrás de él. La gata y el perro nunca habían dormido en su habitación. La cama del perro estaba debajo de las escaleras y la gata, hasta donde sabía, vagaba por la casa en la noche hasta que encontraba un estante a su gusto.

Olimpio miró al perro y a la gata.

—¿Qué vamos a hacer, amigos? —dijo en voz alta.

Volvió a la cama, pero en lugar acostarse de su lado, lo hizo del lado de su esposa. Se metió en las cobijas y apagó la luz. Puso las manos en la nuca y miró al techo oscuro como si fuera el escenario vacío de un teatro. La joven Matelda apareció en escena. Él se reunió con ella en el momento en que se conocieron la primera vez. Vio cómo se desarrollaba su historia de amor; recordó lo que ella llevaba puesto, cómo se movía, su olor y su sonrisa. Ella fue la única mujer de su vida con quien podía hablar. Creyó que quizá esa era la clave para un matrimonio feliz, y mantuvo viva esa conversación. Solo amó a una mujer, ¡y qué mujer había sido!

Beppe saltó a la cama y puso su cabeza sobre el pecho de Olimpio. Su amo acariciaba suavemente al perro cuando sintió las cuatro patas de la gata que caminaban por su pierna, hasta su pecho. Argento siguió su camino hasta posarse sobre la almohada, entre Olimpio y la cabecera. Los tres deudos pronto se quedaron dormidos y permanecieron juntos hasta que salió el sol.

Capítulo 38
Glasgow
Ahora

—Así, *Nonno*. —Anina bajó la charola del asiento del avión frente a su abuelo.

—No me trates como a un bebé, Anina.

—Eres tú quien debería tratarme como a un bebé. Revisa tu boleto. Es 28 de agosto. Se suponía que hoy me casaría con Paolo.

—¿Debemos regresar?

—No en algún tiempo, *Nonno*.

Olimpio sonrió.

—¿Leíste los contratos que te dejé?

—Sí. Tengo algunas preguntas.

—Espero tener las respuestas.

—Si no las tienes, los abogados las tendrán. Es fácil trabajar contigo, *Nonno*. Hablas claro.

—¿Sí? Tu abuela decía que era un burro. Y puedo serlo. Mi gente eran granjeros de Lombardía. Cuando llegué a la Toscana a trabajar, tu bisabuelo Silvio me dio un empleo, me entrenó. Empecé igual que tú.

—¿Cuándo se jubiló?

—No lo hizo. Pero yo también le enseñé algo. Silvio tallaba piedras siete días a la semana. Si no tenía un pedido, tomaba trabajo de otros joyeros para mantenerse ocupado cuando no había actividad en la tienda. Traté de explicarle que el oro era precisamente esa inactividad; el tiempo muerto es cuando el artista sueña, piensa, imagina. El trabajo constante de la pulidora desgasta la piedra, y al artista junto con ella. Nunca sabrás lo difícil que fue para mí convencerlo de que la apagara.

—¿Alguna vez lo hizo?

—Al final, mi suegro entendió de lo que hablaba. Lo encontraba caminando por el muelle, se detenía a beber en las fuentes. Jugaba cartas en el jardín Boncourso con otros ancianos. Aprendió que si mantienes la cabeza baja hacia la pulidora no ves lo que hay arriba. Te pierdes la vida.

Empezaba la tarde cuando Olimpio y Anina recogieron su equipaje y pasaron la aduana en el aeropuerto de Glasgow, Escocia. Su primera cita con el nuevo comprador era hasta la mañana siguiente. Dejaron su equipaje en el hotel y salieron a caminar para explorar la ciudad por primera vez.

El sol entraba y salía entre las nubes que parecían caracolas de mar y flotaban sobre la ciudad en parches azulados. El barrio de Glasgow, junto con la parte norte del río Clyde, era una mezcla de encantadoras construcciones de ladrillo, fábricas dispersas y tiendas nuevas. Edificios altos con ventanas reflejantes se erguían al fondo, reflejando la línea del horizonte de la ciudad.

Olimpio y Anina cruzaron las puertas de bronce de la Catedral de San Andrés. La luz dorada bañaba la nave, que se vertía en la iglesia por los ventanales a lo largo del techo abovedado. Las paredes pálidas, los pisos de mármol claro y las bancas de roble evocaban un campo de trigo bajo el sol brillante.

—Es como estar adentro de un anillo de bodas. —dijo Anina a su abuelo—. Mucho oro.

Se persignaron e hicieron una genuflexión ante el altar mayor. La joven se dirigió al nicho donde estaba la estatua de la virgen María; alzó la mirada hacia la serena madre, cuyas manos estaban extendidas y cuyo vestido flotaba al tiempo que aplastaba con el pie una víbora de yeso enrollada alrededor de un globo terráqueo. Hurgó en su bolso en busca de monedas. Olimpio permaneció detrás mientras su nieta depositaba las monedas en la caja y encendía una vela en la ofrenda votiva. Anina se arrodilló, cerró los ojos y juntó las palmas para rezar. Momentos después, se puso de pie y se persignó. Volteó a ver a su abuelo.

—*Nonno*, ¿quieres encender una veladora?

—¿Encendiste una por tu abuela?

—Sí.

—Estamos cubiertos —dijo Olimpio, pero luego cambió de parecer, cuando un pensamiento en particular hizo que frunciera el ceño. Metió la mano en el bolsillo, sacó una moneda, la metió en la caja y encendió una vela. Luego se arrodilló para rezar.

—A *Nonna* le gustaría. —Anina le dio unas palmaditas en la espalda.

—No era para ella —respondió, poniéndose de pie—. Era para Domenica. Tu abuela nunca fue la misma después de que perdimos a la bebé. Esa tristeza la llevó con ella hasta el final.

Anina siguió a su abuelo a la salida.

El jardín italiano del claustro estaba rodeado por un muro de piedra junto a la catedral. La reja de hierro que daba al jardín estaba abierta.

Olimpio se paró en la entrada y leyó en voz alta en su teléfono: «El jardín fue diseñado por el arquitecto romano, Giulia Chiarini». Metió el teléfono a su bolsillo, juntó las manos a su espalda y caminó entre las esculturas de vidrio espejado en el centro del espacio abierto.

—Vinimos hasta Escocia para ver el trabajo de un italiano.

Un flujo de agua cristalina corría por un abrevadero de plata que pasaba por las altas esquirlas de vidrio finamente grabadas de filósofos, poetas y santos. Anina exploró el espacio hasta que encontró un pedestal con los nombres de los italianos y la tripulación que murieron en el *Arandora Star*.

—*Nonno*, ven aquí.

Olimpio fue a la pared donde ella estaba y leyó los nombres.

—Ese es él —dijo emocionado—. Ese era el padre de Matelda.

Para su esposa hubiera significado mucho ver la prueba de que John Lawrie McVicars había vivido y muerto, y que lo habían honrado por su servicio en este jardín italiano en Escocia.

—Debí haberla traído aquí —agregó Olimpio arrepentido.

—No se puede hacer todo lo que se quiere en una sola vida —dijo Anina de manera muy parecida a la de Matelda.

Desdobló el papel albanene y lo colocó sobre la placa. Tomó el lápiz que tenía sobre la oreja y lo pasó sobre las letras. Muy pronto surgió el nombre de su bisabuelo escocés en bloques grises sobre el papel translúcido, como si el mismo McVicars apareciera entre las nubes grises para saludarlos.

—¡Anina Tizzi!

—¿Sí, *Nonno?*

Anina continuó pasando el lápiz sobre el nombre de su bisabuelo.

—¿Eso que tienes en el brazo es un tatuaje?

Al extender el brazo para marcar el nombre de McVicars, la manga de Anina había dejado al descubierto su nuevo tatuaje.

—No veas.

—Tu abuela los odiaba.

—Este tal vez le hubiera gustado.

Anina se puso el lápiz sobre la oreja, se subió la manga y le enseñó a su abuelo el tatuaje estilizado. La palabra «Matelda» estaba tatuada delicadamente en tinta china en la parte interior del antebrazo, entre el codo y la mano.

—¿Cómo hicieron eso? —preguntó Olimpio intrigado.

—Son artistas. Hice que copiaran la firma de *Nonna* de un cheque que me mandó en mi último cumpleaños. Nunca lo cobré. Supongo que tenía un plan. ¿Te gusta?

—Creo que sí —respondió el anciano, sorprendido por su reacción.

—Me alegra. Después de todo, soy un poquito escocesa, un poquito rebelde.

El cielo se cubrió sin previo aviso, como sucedía en Escocia. La lluvia empezó a caer con fuerza sobre los turistas italianos desprevenidos.

Anina metió rápidamente el papel albanene bajo su chamarra para protegerlo. Olimpio se abotonó el abrigo y alzó los ojos al cielo.

—Vamos, *Nonno*. ¡Corre!

Epílogo

Karur, India
Hoy

Un chico delgado de unos once años se arrodilla en un pozo sobre la tierra roja. Excava el barro con las manos, cada vez más profundo, donde los últimos meses ha formado una zanja. Es su trinchera, la cavó solo. Tiene aproximadamente medio metro de ancho por uno y medio de profundidad. Lleva la camiseta atada alrededor de la cabeza por que no tiene sombrero con el cual protegerse del sol inclemente. Le alivia un poco cuando las nubes rosadas cubren el sol en el cielo lapislázuli. Está descalzo, tiene el torso desnudo y lleva unos shorts demasiado largos, atados a la cintura para sujetarlos. Bordada en grandes letras alrededor de la pierna de los shorts se lee «Nike».

Una canasta vacía descansa en el suelo, en el agujero a su lado. Levanta una piedra cuya forma es como la de una punta de lanza y la golpea contra una vena de la roca en el agujero abierto. Baja la mirada. Aproximadamente a seis metros, su hermano excava de manera similar. Está a tres metros bajo tierra, pero es mayor y tiene más experiencia en la minería sobre la superficie, así que es más rápido. Dispersados por el inmenso campo hay más chicos de su pueblo, haciendo el mismo trabajo; usan la técnica roca sobre roca en busca del mismo resultado. Escuchan un sonido hueco donde la roca se ha convertido en rubí.

El chico afloja la tierra alrededor de la roca. El piso está mojado, lo que significa que hay víboras o un arroyo subterráneo. El río Amaravati está cerca. Después de las lluvias de primavera se hace lodo cuando el agua se cuela al subsuelo en arroyos que recorren varios kilómetros. Hay una vieja historia sobre una elefanta que murió en la orilla del río después de salvar una carga que sacó de una mina en la montaña, y ahora, siglos después, una planta exuberante crece donde ella murió. Le llaman orejas de elefante en su honor.

El chico golpea la roca en punta de flecha contra la piedra incrustada y la afloja. Saca la roca. Tiene el tamaño de un zapato grande de hombre. Golpea la roca contra la pared lateral de la zanja. Se quita la camiseta de la cabeza.

La roca es más pesada que la piedra no canteada del mismo tamaño. Sus manos le dicen que esta roca es diferente. Se siente esponjosa, pero también tiene densas muescas y agujeros. Se raspa los dedos con las columnas elevadas de la roca que corren por las fisuras. Los frescos hilos de agua que bajan por la piedra se sienten como vidrio. Limpia la piedra con su camiseta. Por un lado tiene estrías grises y negras, como cualquier piedra. Se siente decepcionado. Pero una corazonada le dice que no se dé por vencido.

Voltea la roca y limpia el otro lado con la camiseta. La tela se atora en algo. Hay puntos en la parte inferior; caen terrones de tierra roja. El chico empieza a sudar porque está emocionado por la expectativa, pero actúa con cuidado porque no está acostumbrado a las buenas noticias y tampoco confía en sus propios ojos. Encuentra brillos de oro y venas rojo sangre en la estría de la roca que son tan oscuras que parecen moradas. Rubí sangre de pichón. Lo sabe porque una vez los traficantes le dejaron tocar uno. Nunca olvidó la imagen de ese rubí y lo veía en su mente cada noche, antes de dormir, pensando que algún día encontraría uno igual. Y ahora lo ha hecho. Su corazón se hincha; siente como si fuera a explotar dentro de su pequeño cuerpo.

Envuelve la piedra en su camiseta y sale del agujero. Explora con la mirada el campo lodoso salpicado de niños hasta donde llega su vista. Llama a su hermano.

—¡Ey! —grita.

Su hermano corre; por la urgencia en la voz de su hermano menor, sabe que encontró el tesoro.

Los chicos que trabajan en el campo sueltan sus herramientas y salen de sus trincheras.

—¡Ey! —exclaman.

Muy pronto, un pequeño ejército de chicos corre hacia el que tiene la roca en la mano y forman un círculo a su alrededor.

Si uno de los niños encuentra un rubí, todos comparten la recompensa a partes iguales. Cuando comparten la recompensa, comen. Son una familia unida por algo mucho más profundo que el nombre. Hay una sola mesa y todos son bienvenidos al banquete.

Los chicos dan saltos, gritan y bailan para celebrar su buena suerte. El niño levanta el rubí para que todos lo vean; el afortunado alza la cara al sol y exclama:

—¡Vida!

Agradecimientos

Esta novela trata de cómo vivimos y lo que dejamos atrás cuando nos vamos. Por supuesto tú, querido lector, me dirás que también trata de muchas otras cosas; y siempre, en el centro de todo, o al menos de las historias que trato de contar, está la familia. Le dedico este libro a nuestra hija Lucia. Su llegada a este mundo maravilloso y cansado ha hecho que nuestra vida valga la pena. Le pusimos el nombre de mi abuela materna, Lucia Bonicelli; nuestra hija heredó su buen corazón, empatía e inclinación por el detalle.

Cuando Lucia tenía cinco años le pregunté qué quería ser de grande. Esperaba que dijera maestra, artista o astronauta; en su lugar, respondió: «Agradable». Comprende la obligación moral de la gentileza. Nadie le enseñó eso, es parte de ella. Espero que, además de los regalos de Dios, cuente con una serie de valores que la mantendrán de pie mucho tiempo después de que nosotros nos hayamos ido; y por supuesto, el mayor de estos es el amor.

Me siento honrada de que me publique la gente maravillosa de Dutton y Penguin Random House. Regreso al grupo que de manera maravillosa dirige Ivan Held, un amigo de confianza de larga data que recibió esta novela con entusiasmo y apoyo. Maya Ziv es una estrella brillante en el firmamento de los jóvenes editores, y soy afortunada de trabajar con ella de nuevo. A veces el destino arroja una rosa en tu camino, y yo me aferraré a Maya en tanto ella lo permita. Mi más profunda gratitud al equipo espectacular de Dutton: Christine Ball, John Parsley, Lexy Cassola, Amanda Walker, Stephanie Cooper, Katie Taylor, Jamie Knapp, Hannah Poole, Caroline Payne, LeeAnn Pemberton, Mary Beth Constant, Katy Riegel, Chris Lin, Julia Mehoke, Susan Schwartz, Ryan Richardson, Dora Mak y Tiffany Estreicher. Agradezco también al equipo de ventas de Penguin Random House (PRH), que es el que pone los libros en tus manos. Kim Hovey es una joya. Vi-An Nguyen creó la portada que cuenta la historia al interior con hermosos colores y detalle. El diseño interior es lo más hermoso que he visto en una novela. Pat Stango es el gran mago técnico de PRH.

En PRH, Reino Unido, agradezco a Clio Cornish, Lucy Upton, Gaby Young, Madeleine Woodfield, Deidre O'Connell, Kate Elliot, Hannah Padgham, Louise Moore y Maxine Hitchcock, y a los irremplazables Eugenie Furniss y Emily MacDonald, de 42. Gracias a Tara Weikum, Danielle Kilodkin y a mis viejos amigos de Harper; y a Suzanne Baboneau e Ian Chapman, de S&S UK.

En WME, gracias al pequeño dinamo y campeona de larga data, Suzanne Gluck; gracias a los queridos Nancy Josephson, Jill Gillett, Andrea Blatt, Nina Iandolo, Ellen Sushko, Wesley Patt, Caitlin Mahony, Oma Naraine, Tracy Fisher, Sam Birmingham y Alicia Everett.

En Sugar23, me emociona trabajar con el equipo de alto octanaje de Katrina Escudero, Sukee Chew, Michael Sugar, Esmé Brachmann y Viola Yuan. En Sunshine Sachs, la gran Brooke Blumberg lleva la batuta. Mi gratitud a los productores Laurie Pozmantier, Larry Sanitsky y Katherine Drew. Richard Thmpson, de Breechen Feldman Breimer Silver & Thompson, LLP, es el mejor abogado en el negocio.

Mi eterno agradecimiento y amor a Bill Persky, mentor, padre, amigo y compañero, cuyo genio creativo en la página y el escenario ha hecho que nuestra vida sea mejor, más rica y más divertida.

Gail Berman es la hermana a la que llamo para resolver problemas y para que me indique la buena dirección. Mi gratitud por su sabiduría y corazón amoroso.

Michael Patrick King: ya sea en una llamada matinal o el pánico a medianoche, siempre estás ahí; gracias por todo lo que eres y por todo lo que haces.

Alexa Casavecchia, inteligente, incansable y concentrada, dirige Glory of Everything Company. Gracias a Alexa y a su equipo: Emily Metcalfe y Maxwell Seiler, quienes te trajeron, *Adriana Ink,* junto con Andrea Rillo, la brillante artista detrás de nuestras campañas en redes sociales. Nuestros becarios son las estrellas del mañana. Gracias, Jacob Cerdena, Jaden Daher, Emma Freund, Ashley Futterman, Paige Michels, Steffi Napoli, Annika Salamone, Maddie Smith y Lauren Taglienti.

Cynthia Olson llevó a cabo una investigación meticulosa y trabajó incansablemente para dar veracidad y contexto histórico a los eventos de la novela. Agradezco a mi familia en Italia: Andrea Spolti, Paolo Grassi y Andrea Pizio. Mi tío abuelo, el fallecido periodista don Andrea Spada, fue muchos años editor de *L'Eco di Bergamo.* El excelente periódico y sus magníficos artículos proporcionaron el marco contemporáneo de esta historia.

Por invitación de Kristin Dornig, en la casa de subastas Christie's, en Nueva York, tomé una clase sobre las joyas de los marajás y los mogoles en la India, que me proporcionó el conocimiento básico que se convirtió en la base de esta novela. La familia Montaquila, joyeros de larga data en Connecticut, me enseñó los mecanismos del diseño de joyería. Gracias, Madeline.

Si están interesados en la expulsión de hombres y niños de ascendencia italina de Escocia durante la Segunda Guerra Mundial, recomiendo como lectura *Collar the Lot! How Britain Interned and Expelled its Wartime Refugees*, de Peter Gillman y Leni Gillman. *Europa por dentro* y *Sudamérica por dentro*, de John Gunther, me proporcionaron información sobre el estado político, económico y moral de los países europeos antes y durante la Segunda Guerra Mundial.

Entre las lecturas para un contexto histórico más amplio de los eventos que suceden en esta novela, leí libros de H. G. Wells, Erik Larson, Philip Paris, Donatella Tombaccini y Oswald Mosley. *Ensayos sobre el fascismo*, de Benito Mussolini, es un manual básico de la diabólica astucia de los dictadores. En cuanto a la verdad y la belleza, hay que considerar la lectura de *Crossing de Alps*, de Helen Barolini; *Una infancia toscana*, de Kinta Beevor; *Zeffirelli*, la autobiografía de Franco Zeffirelli; y *Giuliano bugialli's Foods of Tuscany*.

Tenemos una gran deuda con nuestras enfermeras, sin quienes no habría sanación. Me enorgullece honrar su trabajo y las historias que compartieron conmigo en estas páginas. Gracias a las buenas enfermeras del hospital emérito de Saint Vincent, en Nueva York, y a las Siervas Pobres de la Madre de Dios, del hospital St. Mary, en Norton, Virginia. Catherine Shaughnessy Brennan me brindó información sobre la enfermería geriátrica. Mi cuñada, Brandy Trigiani, enfermera de oncología, inspiró las relaciones de las jóvenes enfermeras en el hospital de San José, en Marsella. La difunta Irene Halmi trabajó como enfermera en la Segunda Guerra Mundial, sus historias de esa época fueron tesoros. Ralph Stampone, retirado con honores de la Marina de Estados Unidos en 1946, proporcionó conocimiento sobre los procedimientos médicos durante la guerra.

No habría podido contar la historia de los inmigrantes italianos en Escocia sin el relato de Nina Passarelli, quien vivió en el convento escuela de Nuestra Señora de Namur, en Dumbarton, durante la guerra. La hija de Nina, Anna, compartió las historias que su madre le platicó en detalle. Por desgracia, Nina murió mientras yo escribía la novela. Agradezco a toda la *bella familia* Csavecchia-Passarelli por compartir conmigo la vida de Nina. Gracias, Anna, Joe, Erica y Joseph Casavecchia, y Joseph Casavecchia padre.

El elenco y el equipo de *Entonces apareciste* (película de 2020) hicieron que me enamorara de Escocia y de su gente. La majestuosidad de la campiña me recordó mi hogar en los Apalaches. Gracias, Kathie Lee Gifford, por confiar en mí para dirigir tu película-bebé. Andy Harris, nuestro escenógrafo, me enseñó la belleza intemporal de este país que Reynaldo Villalobos, el gran director de fotografía, capturó de manera experta. Megan y Craig Ferguson, mis cuidadores favoritos de castillo, se aseguraron de que Escocia permaneciera en mi alma mucho después de haberme ido de ahí.

Gracias a los profesionales italo-estadounidenses: Louisa Ermelino, Mary Pipino, Joe Ciancaglini, Robin y Dan Napoli, Mario Cantone y Jerry Dixon (IBM), Gina Casella de AT Escapes, Angelo y Denise Vivolo, Anthony y Maria Tamburri, Aileen Sirey, Eileen Condon, Pat Tinto, Rossella Rago Pesce y Nick Pesce, Brenda Vaccaro, Lorraine Bracco, John Melfi y Andrew Egan (IBM), Joanne LaMarca, Caroline Giovannini, Mary A. Vetri, Ed y Chris (Pipino) Muransky, Gina Vechiarelli, Beth Vechiarelli Cooper, Dominic y Carol Vechiarelli, Denise Spatafora, Lora Minichillo, Dolores Alfieri Taranto, Dominic Candeloro, Marolyn Ferragamo Senay, Theresa Guarnieri, Carla Simonini, Donna DeSanctis, Marisa Acocella, Violetta Acocella, Susan Paolercio, Regina Ciarleglio, Josephine Pellegrino, Florence Marchi, Anthony Giordano, Lisa Ackerman, Christine Freglette, Miles Fisher, las mujeres de la Organización Nacional de Mujeres Italiano Estadounidenses (NOIAW, por sus siglas en inglés), los Hijos e Hijas de Italia y la Fundación Ciudadanos de Columbus. El incomparable autor David Baldacci es mi hermano honorario y entrenador; no existe uno mejor.

En esta época de pérdida y sufrimiento, muchos maravillosos miembros de la familia y amigos han pasado a la otra vida, y los extrañamos en esta. Mi familia está en duelo por nuestros primos Bobby Ferris, Ignatius Farino, Eva Palermo, Constance Ciliberti

Bath, Constance Rose Ruggiero, Connie Butler y Catherine «Kitty» Calzetti. También lloramos a la tía abuela Lavinia Perin Spadoni y a la tía Peggy McBain.

Los virginianos: desde Big Stone Gap hasta el capitolio, recordamos al senador John Warner, Carolyn Bloomer, Dr. Henry David Patterson, Ginny Patterson, Ben Allen, Midge Hall, Paula Sue Gillespie Isaac, David Isaac Jr., Morris Burchette, Johnny Cubine, Butch Lyke y N. Brent Kennedy. *Las misses América*: Phyllis George y Leanza Cornett, bellezas por dentro y por fuera y madres amantes. *El sacerdote, pastor, escritor y agitador*: el padre John Rausch ha sido mi consejero espiritual desde que yo era niña. Fui afortunada en conocerlo.

Los queridos actores, artistas, escritores y diseñadores (no solo queridos por mí): James Hampton, Leila Meacham, Ed Stern, Mary Pat Gleason, Walter Hicklin, Jay Sandrich, Lynn Cohen, Robert Hogan, Alice Spivak, Rebecca Luker, Monty y Marilyn Hall, Dorothea Benton Frank y Willie Garson. *Los ángeles*: el hijo de Melissa Smith y el nieto de Susan Sanders; Logan Smith, Shannon DeHart, Patricia Lynn McMahon Vogelsang, la tía Pauline «Polly» Harold y James Natel Gomes de Oliveira Filho.

Los neoyorquinos: Bunny Grossinger, el gran Charlie Weiner (el esposo de Lynn, generoso y amable), Sonny Grosso (la mitad de *The French Connection* y completo italiano estadounidense), Dorothy Tota de Long Island y Cartier, y el doctor Emil Pascarelli (el esposo de Dee, y el hombre más fino que jamás haya vivido).

Los padres, hombres buenos y generosos: Victor Peccioli, el doctor Vincent DeFranco, Marvin Gilliam, Vincent Festa, Joseph V. Trigiani, Jordan Barnette, Bruce Kerner, Jack Carrao, Alfred Shelton, Dennis Richard Myers, Joseph B. Rienzi, Eddie Mugavero, Gregory Piontek, Robert E. Isaac padre, Joe Toney, Ronnie Coughlin, L. C. Coughlin, Steven Goffredo, Jaack Hurd y Bernard Passarelli.

Conservaremos siempre en nuestros corazones a estas hermosas madres: Doris Emmerson, Betty Joyce Ball, Patti Webb Cornett,

Marie Castellano, Barbara Ann Festa, nellie Millet Williams, Esther D. Wing, Jean Hendrick, Evadean Church, Carlota Browder, Janet Salerno Bellanca, Nancy Cline Toney, Eleanor «Fitz» King, Ardeth Fissé, Dolores «Dee» Losapio, Marie Trigiani, Rita Joan Holwager, Susan Cooperman Tannenbaum, Theresa Joan Winiecki, Portia McClenny, Marie Salerno, Cheryl Scarelli, Rosalyn Mugavero, Nina Coughlin, Martha Bolling Wren Ford, Billie Louise Peters Gabriele, Norma A. Siemen, Jean DeVault Hendrich, Rosalia Helen LaValley Pentecost y Marie Casavecchia.

La pérdida de Shirley Carvallo, visionaria, chef, diseñadora y propietaria de La Locanda Dele Cavallo, en Easton, Pennsylvania, es enorme. Aprendí mucho de su suntuosa y maravillosa generosidad en la mesa, en el jardín y en su casa. Su amado hijo, Brondo, mi hermano honorario, continúa con su trabajo espectacular.

James Huber Varner manejó el Wise County Bookmobile. Cuando era niña y se paraba en Big Stone Gap, era todo un acontecimiento. Nunca le faltaba una sonrisa o una recomendación para esta joven lectora. Yo lo adoraba.

Los maravillosos educadores cambiaron el mundo y siguieron viviendo en los entusiastas alumnos intelectuales a quienes enseñaron. Extrañaremos a Dorothy Ruggiero, al doctor George Vaughn, a Peggy Vaughn, Connie Clark y Anthony Baratta.

The Origin Project atiende dos mil quinientos estudiantes de primaria y secundaria en mi estado natal, Virginia. Las raíces apalaches del programa han cultivado un jardín de jóvenes talentosos, escritores publicados. El programa escolarizado de escritura no existiría sin la visión y la valentía de su directora ejecutiva y cofundadora, Nancy Bomeier. Nuestro más profundo agradecimiento a Ian Fisher y Ryan Fisher. Linda Woodward lleva la dirección del tren y Rhonda Carper aceita las ruedas cuando más lo necesitan.

Gracias al equipo de *The House of Love*, de Viking, quienes brindaron alegría durante el proceso de escritura de esta novela, mientras Amy June Bates ilustraba de manera incomparable mi primer libro infantil. Gracias a mi brillante editora, Tamar Brazis, y a su equipo: Olivia Russo, Ken Wright, Denise Cronin, Lucia Baez, jed Bennett, leah Schiano, Alex Garber, Lauren Festa, Carmela Iaria, Summer Ogata y Shanta Newlin.

Gracias, Ernestine Roller y Billie Jean Scott, los bibliotecarios que me acogieron con el corazón abierto en sus bibliotecas escolares en Big Stone Gap. Tengo una gran deuda con ellos.

Mi eterno agradecimiento a Jean y Jake Morrissey (los únicos dos amigos en el mundo que sí contestan el teléfono a las 2:00 a.m.), Tony Krantz y Kristin Dornig, George Dvorsky, Bruce Feiler, Mary Ellen Fedeli, Ron Block, Dorothy Isaac, Dianne y Andy Lerner, Spencer Salley, Jayne Muir, Nigel Stoneman y Charles Fotheringham, Kim Isaac DeHart, Liza (Brian) y Jamie (Mark) Persky, Ali Feldon, Alan y Robin Zweibel, Lou y Berta Pitt, Doris Gluck, Tom Dyja, Wiley Hausam, Dagmara Domincyzk y Patrick Wilson, Philip Grenz, Christina y Willie Geist, Joyce Sharkey, Jody y Bill Geist, Jackie y Paul Wilson, Sister Robbie Pentecost, Karen Johnson, Roland LeBreton, Steven Williams y Michael Stillman, Heather y Peter Rooney, Aaron Hill y Susan Fales-Hill, Mary K y John Wilson, Jim y Kate Benton Doughan, Joanna Patton, Polly Flanigan, Michael Morrison, Angelina Fiordellisi y Matt Williams, Michael La Hart y F. Todd Johnson, Richard y Dana Kirshenbaum, Karen y Gary Hall, Michael y Rosemarie Filingo, Nancy y Jimmie Kilgore, y Kenny Sarfin.

Gracias a las maravillosas mujeres cuya amistas atesoro, las grandes *attriche* Mary Testa, Ruth Pomerance, Elena Nachmanoff, Dianne Festa, Wendy Luck, Jasmine Guy, Jane Cline Higgins, Helene Bapis, Monique Gibson, Liz Travis, Cate Magennis Wyatt, Sharon Ewing, Kathy McElyea, Mary Deese Hampton, Sharon Gauvin, Dori Grafft, Dana Chidekel, Mary Murphy, Nelle Fortenberry, Dee Emmerson, Norma Born, Christina Avis Krauss, Rebecca Pepin, Jueine D'Alessandro, Barbara Benson, Eleanor Jones, Veronica Kilcullen, Andrea Lapsley, Mary Ellinger, Iva Lou Johnson, Betty

Fleenor, Nancy Ringham Smith, Michelle Baldacci, Sheila Mara, Hoda Kotb, Kathy Ryan, Jenna Elfman, Janet Leahy, Courtney Flavin, Susie Essman, Aimee Bell, Constance Marks, Becky Browder Neustadt, Connie Shulman, Sharon Watroba Burns, la hermana Karol Jackowski, Elaine Martinelli, Karen Fink, Sarah Choi, Robie Scott, Pamela Stallsmith, Candyce Williams, Margo Shein, Robyn Lee, Carol Fitzgerald, Robin Homonoff, Zibby Owens y Kathy Schneider. Gracias, Betty Cline, mi madre honoraria.

Más gratitud y amor para Emma y Tony Cowell, Hugh y Jody Friedman O'Neill, Whoopi Goldberg, Tom Leonardis, Dolores Pascarelli, Eileen, Ellen, Patti King, Sharon Hall y Todd Kessler, Charles Randolph Wright, Judy Rutledge, Greg y Tracy Kress, Mary Ellen Keating, Lorenzo Carcaterra, Max y Robyn Westler, Tom y Barbara Sullivan, Brownie y Connie Polly, Beáta y Steven Baker, Todd Doughty y Randy Losapio, Craig Fissé, Steve y Anemone Kaplan.

Cuando dicen que uno nunca deja de llorar la pérdida de la madre, tienen razón. Durante la escritura de este libro pensé mucho en mi mamá, Ida Bonicelli Trigiani. Mis abuelas estuvieron conmigo durante este proceso. De alguna manera, mi abuela Viola Perin Trigiani encontró su camino en el inconsciente de Matelda Roffo y ahí se quedó. Mi padre, Anthony, nunca está lejos de mis pensamientos cuando escribo sobre la vida creativa o los dictadores. (Le parecería divertidísimo. Quizá).

Agradezco a mis hermanos y hermanas, a sus maridos, sus esposas y sus familias. Dave y Carol Stephenson, son la mejor familia política que alguien pudiera desear; su hijo, mi esposo Tim, puede arreglar cualquier cosa, incluidos los ánimos abatidos. Está conmigo, y eso es todo.

Estoy agradecida con dos sacerdotes, el reverendo Joseph M. McShane; el gran jesuita ha dedicado su vida y alma a la Universidad de Fordham, entre otras. Deja una gran sombra. En segundo lugar, al sacerdote de la catedral de Saint Andrew, en Glasgow, quien me invitó a visitar el jardín en honor a los escoceses italianos que perecieron en el *Arandora Star*. Un encuentro aleatorio desencadenó esta novela y una historia verdadera se reveló, que cambió la manera en la que veo el mundo. Padre, aunque no conozco tu nombre, nunca te olvidaré. *Mille grazie.*